寫鬼寫妖　刺貪刺虐

——《聊齋俚曲》新論

蔡造珉　著

▲ 蒲松齡白石雕像

翻魘殃 下卷 聊齋俚曲
翻魘殃 聊齋俚曲
姑婦曲
慈悲曲
寒森曲 下卷 聊齋俚曲
俊夜叉 聊齋俚曲
千古快 聊齋俚曲
寒森曲 下卷 聊齋俚曲
幸雲曲 上卷
富貴神仙 下卷
富貴神仙 上卷

▲《聊齋俚曲》手抄本

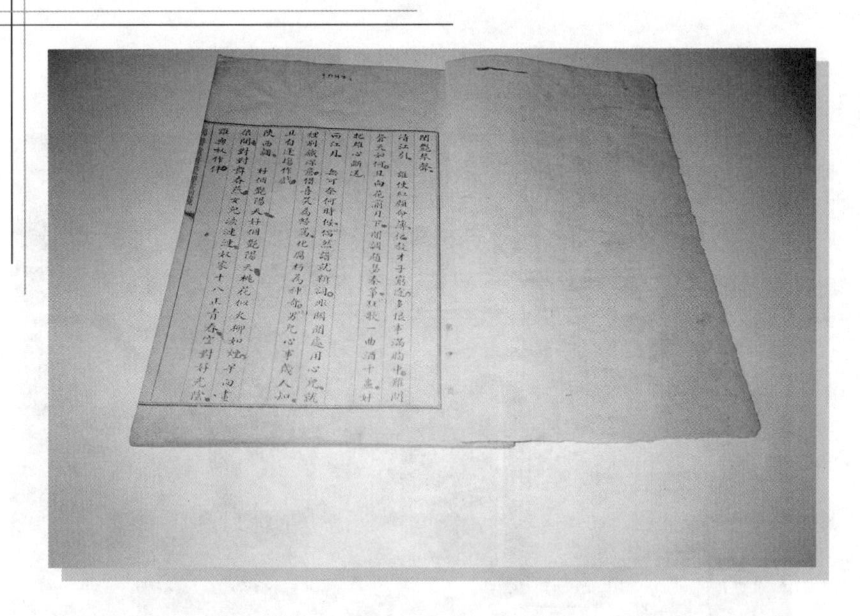

▲〈閨艷琴聲〉（即〈琴瑟樂〉）手抄本（現藏於蒲松齡紀念館內）

▲ 蒲松齡墓

▲柳泉（位蒲松齡紀念館後方，為蒲松齡創作構思閒暇所遊之處）

▲前排左起：

王佑學（蒲松齡紀念館書記）
陳玉琛（《聊齋俚曲》專家）
作　者
張永政（蒲松齡紀念館館長）
施順生（文化大學副教授）
盛　偉（蒲松齡研究所副所長）

▲後排左起：

楊海儒（蒲松齡研究所副所長兼《蒲松齡研究》總編輯）
劉玉湘（蒲松齡紀念館副館長）

▲楊海儒先生與作者攝於蒲松齡研究所前

▲作者攝於「聊齋」前

羅 序

《聊齋俚曲》是蒲松齡繼《聊齋志異》後的另一名著，撰就於作者的中晚年時期。張元撰〈柳泉蒲松齡墓表〉，碑陰刻有「通俗俚曲十四種」，其中〈琴瑟樂〉、〈窮漢詞〉、〈醜俊巴〉、〈快曲〉等四種，早期研究者如路大荒、胡適先生等，於題下均括注曰「未見」；如今〈琴瑟樂〉一曲，已由日本漢學家藤田祐賢教授自慶應大學影印而出示於淄川蒲松齡紀念館，公布於世。其他三種俚曲，也於文革期間陸續出土，因此目前這部《聊齋俚曲》的曲種，已全部到齊。

蒲松齡是一位苦口婆心的多產作家。他寫《聊齋志異》，是亦勸亦懲；寫社會科學叢書、甚至諸多歌賦時文等，也多能見名而知其意。略如《省身語錄》、《懷刑錄》、《曆字文》、《日用俗字》、《農桑經》、《婚嫁全書》、《小學節要》、《藥祟書》、《家政內編》、《家政外編》等，無不男女兼顧，老幼皆親。於是他寫《聊齋俚曲》，其中除了八篇單獨命題，而〈慈悲曲〉、〈姑婦曲〉、〈富貴神仙後變磨難曲〉（今人研究分為兩曲）、〈寒森曲〉、〈翻魘殃〉、〈禳妒咒〉等，分別敷衍自《聊齋志異》的〈張誠〉、〈珊瑚〉、〈張鴻漸〉、〈商三官〉、〈仇大娘〉、〈江城〉故事，目的在擴大渲染而「大醒市媪之夢」。蒲箬撰〈柳泉公行述〉就說：「如《志異》八卷，漁蒐聞見，抒寫襟懷，積數年而成，總以為學士大夫之針砭，而猶恨不如晨鐘暮鼓，可參破村庸之迷，而大醒市媪之夢也。又演為通俗俚曲，使市衢里巷之中，見者歌，而聞者亦泣，其救世婆心，直將使男之雅者、俗者，女之悍者、妒者，盡舉而匋於一編之中。嗚呼！意之良苦矣！」誠然！

蔡君造珉，隨余讀書多年，聰敏好學，樂觀進取，既見《聊齋俚曲》作者的救世婆心，卻鮮見後世的體其用心，於是旁蒐博采，深微體察，撰就《聊齋俚曲新論》一書，為目前國內外研究《聊齋俚曲》最具系統而完善的一部新著，也揭示了聊齋文學的另一光輝成就。余既得先讀為快，遂略綴數語，是為序。

羅敬之

西元2003年7月

自序

論文寫作是一種挑戰，它必須同時兼具耐心和恆心方能完成，在盤根錯節、眾說紛紜的混亂資料中，耐心地理出一條思緒；在推論失敗、全盤皆墨的無情打擊下，恆心地堅持學術研究的信念。很幸運的，在我對論文思緒混亂的時候，恩師羅敬之先生總能不厭其煩，引領我抽絲剝繭地找到方向；而在我灰心於推論錯誤、意志消沈的時候，家人又總是能適時給予我精神支持，尤其我的妻子，更是在自己工作之餘，替我校稿、排版、剪貼，所以論文寫作的過程雖是艱辛，但我卻總是覺得一定可在自己預期的時間內完成。

這本論文限於資料之不足，如曲譜之亡佚與曲牌之錯訛等，故其中有許多疑惑仍是未得解答（當然也或者有筆者雖然解答，卻可能是錯誤的答案之處），但我想我是盡可能地秉持羅師敬之嚴謹的治學態度，「用心」去研究這《聊齋俚曲》，而其中訛誤之處，除一方面等待新文獻的出土外，另一方面也希望各位賢達能不吝賜教，給予我更大的收穫。

有人說博士論文的完成，才是真正學術研究的開始。這句話在以前「彷彿」是懂的，總以為是句謙詞，但在博士論文寫成後，我卻才深深體會到它所隱含「學然後知不足」的含意。畢竟許多的文學作品，是作者窮盡一生而成的血淚，或累積一輩子的學識才得以公諸於世的，而才智平庸如我者，要能「專精」，又豈是三年五載便可達到的呢？對我而言，唯一能確定的是，未來仍有一段漫長的學術研究的路要走。

最後特別要感謝山東大學馬瑞芳先生及鄒宗良先生，淄川蒲松齡紀念館的張永政館長、王佑學書記、劉玉湘副館長、盛偉先生、楊海儒先生，及俚曲專家陳玉琛先生等人，在筆者於二〇〇一年九月到山東考察地理、蒐集文獻時所熱心給予的豐盛資料與思想啟發，沒有這齊魯一行，這本論文絕對無法現在就完成的；又論文審查時皮述民老師、傅錫壬老師、曾永義老師及洪惟助老師的不吝賜教，給予我論文上一些錯誤觀念的導正，實讓筆者受益匪淺，在此則一併致上個人最深最深的謝意。

蔡造珉

西元2003年6月　謹識於北投寓所

目錄

羅　序

自　序

第一章　緒　論 …… 001

第一節　研究的範疇、現況與方法 …… 001

一、研究的範疇 …… 001

二、研究的現況 …… 003

三、研究的方法 …… 004

第二節　作者生平之概述 …… 006

第二章　山東地區戲曲成就及《聊齋俚曲》創作概況 …… 011

第一節　山東地區之戲曲成就 …… 011

一、山東劇種之成就 …… 012

二、山東戲曲之大家 …… 015

第二節　《聊齋俚曲》之創作概況 …… 021

一、「聊齋俚曲」之定義 …… 022

二、《聊齋俚曲》之版本 …… 027

三、《聊齋俚曲》之創作動機 …… 033

四、《聊齋俚曲》之成篇時間 …… 049

第三章 《聊齋俚曲》之變體、結構及曲牌曲譜…083

第一節 《聊齋俚曲》之變體……084
一、敘述體——說唱方式……084
二、代言體——戲劇方式……088
第二節 《聊齋俚曲》之結構……091
一、《俚曲》分回名稱……092
二、《俚曲》分回結構……093
三、回目或有同於章回……095
第三節 《聊齋俚曲》之曲牌曲譜……101
一、《聊齋俚曲》之曲牌……102
二、《俚曲》曲牌之來源……121
三、《俚曲》曲牌之應用……151
四、現存曲譜之質疑……161
五、《俚曲》曲牌之情態……179

第四章 《聊齋俚曲》之內容思想……193

第一節 勸善教化，重孝講悌……194
一、重孝……194
二、講悌……201
第二節 民生窮困，官吏貪瀆……208
一、天災不斷……209
二、官吏貪瀆……213
三、官逼民反……216
第三節 壯志未酬，戮力功名……218

一、戮力功名 …………………………………………… 219
二、壯志未酬 …………………………………………… 223
第四節 改編史事，嫉惡如仇 ………………………………… 232
一、曹操生平本為一極佳之小說題材………………… 235
二、將之編演以為勸善教化之用 ……………………… 237
三、蒲公乃中國儒家思想之傳承者 …………………… 239
第五節 藉彼喻此，批判皇權 ………………………………… 240
一、反貪官污吏即反朝廷 ……………………………… 242
二、駁斥前朝皇帝之非，以借古鑑今………………… 242
三、讚揚明洪武皇帝對貪官剝皮萱草之手段 …… 248
第六節 人之大欲，款述情愛 ………………………………… 250
一、論作者情性之真………………………………………… 251
二、述題材開創之善………………………………………… 255
三、談情節描述之美………………………………………… 257
第七節 鬼神之觀，因果報應 ………………………………… 267
一、鬼狐人性之展現………………………………………… 268
二、生死藩籬之超越………………………………………… 275

第五章 《聊齋俚曲》改編自《聊齋志異》之篇章探析 …………………………… 289

第一節、《聊齋俚曲》之改編方式…………………………… 291
一、《志異》故事之輪廓 …………………………… 291
二、《志異》故事之擴寫 …………………………… 295
三、結合《志異》故事二篇以成一部俚曲 ……… 300
第二節、《志異》、《俚曲》之風格差異 ………………… 301

一、文字雅俗之異 …… 301
二、內容簡繁之別 …… 305
三、情節增益之趣 …… 309

第六章　《聊齋俚曲》之語言藝術 …… 325

第一節　修辭技巧 …… 327
一、運用對偶，匠意巧心 …… 327
二、巧用排比，語勢緊湊 …… 329
三、妙用歇後，意在言外 …… 334
第二節　語言風格 …… 338
一、方言土語，如鄉鄰語 …… 339
二、不避粗鄙，刻畫真實 …… 341
三、詼諧風趣，引人一笑 …… 344

第七章　結　論 …… 351

第一節　《俚曲》失傳之因 …… 352
一、時間距今已然久遠 …… 352
二、方言土語限制發展 …… 353
三、傳統時代風氣影響 …… 354
四、當代流行劇種所迫 …… 355
五、說唱形式流傳不易 …… 357
第二節　《俚曲》歷史地位 …… 359

主要參考書目 …… 363

第1章 ▶▶▶

緒論

蒲松齡，一般為世人所熟知的是他雅致而引人入勝的短篇文言小說集《聊齋志異》，但對其傾晚年之力所成就十五部、約四十餘萬字之《聊齋俚曲》來說，後人卻始終由於文體、文字及音律上之限制而著墨不多，這在中國文學史上實是令人遺憾！且其《聊齋俚曲》不僅在思想上，富含對人生勸善教化的純真態度，及對低下階層窮苦百姓的無限關愛；在文學上，亦表現出其晚年反璞歸真、爐火純青的語言技巧及文學內涵；更在音樂上，由於俚曲本就是一種民間曲調，而蒲松齡竟能鎔鑄各種小調曲牌，使之聲和曲諧甚至登台演出。凡此種種，都可以看出它絕不遜色於《聊齋志異》，而研究上，亦有極其珍貴之價值。

第一節　研究的範疇、現況與方法

一、研究的範疇

在研究的範疇中，本論文既名之為「《聊齋俚曲》新論」，故乃針對其所謂「俚曲」的部分作一深入探討。而《聊齋俚曲》蒐羅至今共計十五部（含殘篇〈醜俊巴〉），正巧應合其同鄉後學張元所為之寫〈柳泉蒲先生墓表〉中「通俗俚曲」的數量，乃有：〈牆頭記〉、〈姑婦曲〉、〈慈悲曲〉、〈翻魘殃〉、〈寒森曲〉、〈琴瑟樂〉、〈蓬萊宴〉、〈俊夜叉〉、〈窮漢詞〉、〈醜俊巴〉、〈快曲〉、〈禳妒咒〉、〈富貴神仙後變磨難曲〉、〈增補幸雲曲〉等。其中〈富貴神仙後變磨難曲〉於今實留下兩種本子，且可分別獨立，故筆者以為應將之視為兩種才是。另外，亦有學者主張將蒲公另外著有之「戲三齣」（即〈闈窘〉、〈鍾妹慶壽〉、〈鬧館〉三齣，但〈闈窘〉中又附有〈南呂調九轉貨郎兒〉一部，故有學者以為應稱之為「戲四齣」）亦列入《聊齋俚曲》中，此說，筆者並不以為然，主要原因有三：

1.在張元〈柳泉蒲先生墓表〉中，即明白將「戲三齣」與「通俗俚曲」二者分開，可見即使與蒲松齡為同時之張元，亦認為二者內容有異，而實屬不同之範疇，故不可將二者混為一談。

2.《聊齋俚曲》所用曲牌中，有許多乃屬民間小曲之曲調，但蒲公乃將南北曲和民間曲調雜糅於其作品之中，但「戲三齣」則全用南北曲之曲調，並亦有南北合套的情形，故二者之曲牌內容上，實有顯著之不同。

3.《聊齋俚曲》名為「俚曲」，顧名思義乃有許多淄川地區的俚俗之語用於其中，而服務對象也大都為一般中下階層的平民百姓（且絕大多數為目不識丁）；但「戲三齣」的文辭則顯然較俚曲文雅，故二者文字形容上，亦有其不同。

綜觀上述之因，故筆者本論文之範疇，僅在十五部俚曲內容的探討，而「戲三齣」部分，則因並非此論文題目之範圍，故而將之摒除。凡此，乃筆者以為是在本論文撰寫前所應特別說明並予以界定的。

二、研究的現況

蒲松齡《聊齋俚曲》的研究現況，在台灣部分，雖早在民國五十九年就有將大陸蒲學研究者路大荒所編《聊齋全集》影印出版於台灣，但或許由於《聊齋志異》的名氣實在過大，故其《聊齋文集》、《聊齋詩集》等部分，並未受到重視，而更遑論夾帶著大量淄川方言土語的《聊齋俚曲》了。況且路大荒所收《聊齋俚曲》部分也僅十一曲，尚少〈琴瑟樂〉、〈窮漢詞〉、〈醜俊巴〉及〈快曲〉等四部，文本上有其欠缺處，這些因素都讓蒲學研究者在一定程度上「不小心」或「故意」的遺漏了《聊齋俚曲》所應受到之重視，以致在台灣截至目前為止，並無任何《聊齋俚曲》的研究專書；而單篇學術論文方面，筆者也僅收得汪志勇〈蒲松齡禳妒咒研究〉[1] 及羅永裕〈論聊齋俚曲快曲〉[2] 二篇，且其內容上也都有一些值得商榷的地方。故總言之，台灣方面對蒲松齡《聊齋俚曲》的研究上，幾乎可說是一片空白。

而在大陸方面，雖亦無見得《聊齋俚曲》系統而專門的研究專書，但有關的單篇論文之數量則不少，如山東大學「蒲松齡研究室」出版的《蒲松齡研究集刊》第一輯（西元一九八〇年八月）到第四輯（西元一九八四年十一月）裡，都至少有一篇或兩篇研究《聊齋俚曲》的論文；另外在淄川的「蒲松齡紀念館」，則以季刊的方式發行《蒲松齡研究》，每期收錄有關蒲松齡之學術論文約有十篇左右，至今已發行四十餘期，而其中就有不少關於俚曲方面的研究[3]。尤其在西元一九九八年十二月及一九九九年十月各由盛偉及鄒宗良出版了《蒲松齡全集》及《聊齋俚曲集》後，不僅十五部俚曲已全部蒐羅，而且在考訂及注釋上亦頗精贍，完全彌補了過去文本資料不足及語言隔閡所產生的困擾，而研究俚曲的學者也愈來愈多，發表的單篇自然亦多，並在質方面也提升了不少。但如筆者所言，這亦只是單篇論文的研究，現況上缺乏的則是對整個《聊齋俚曲》作一系統而完整的整理！

三、研究的方法

在研究方法上，本論文乃從各面向深度切入探討，務求對蒲公之俚曲能有一全面而系統的研究，也讓世人對其俚曲有更清晰的認識，見得俚曲之真正價值，故筆者各章節的安排分別是：

第二章，「山東地區戲曲成就及《聊齋俚曲》創作概況」，則討論整個山東地區歷來之戲曲發展與作家成就，又蒲公之作《聊齋俚曲》的動機為何？並對各部俚曲之版本問題、成篇時間等等，都有一全面的認識。

第三章，乃主要探討有關其曲牌曲譜的問題，這部分可說是目前所有研究《聊齋俚曲》最大困境之所在。由於時代久遠，原來曲譜早已亡佚，僅留下曲牌名而已，但蒲公寫作《聊齋俚曲》時，既用了南曲曲牌，也用了北曲曲牌，而且其名「俚曲」，可知其中亦有絕大部分應屬民間小曲才是。故本章乃研析其曲牌，並以之核對現存南曲、北曲及民間小曲之曲譜，觀察其中，究竟多少屬南曲、北曲，而多少屬民間小曲，希望能還原部分真相，而對整個俚曲原貌的重建工程，略盡一綿薄之力。

第四章，乃研析其作品之內容思想，並分七節，依序是：第一節「勸善教化，重孝講悌」，第二節「民生窮困，官吏貪瀆」，第三節「壯志未酬，戮力功名」，第四節「改編史事，嫉惡如仇」，第五節「借彼喻此，批判皇權」，第六節「人之大欲，款述情愛」，第七節「鬼神之觀，因果報應」。從其作品，傳達蒲公俚曲的各種意念，瞭解俚曲的真正價值。

第五章，由於《聊齋俚曲》的許多故事，其源乃自《聊齋志異》，但兩者之間，風格迥異，功用亦不同。尤其俚曲乃為教化之用，故其挑取《聊齋志異》故事是否有其特殊意義？並在改寫過程中，蒲公特別強調什麼？這是我們在見其由雅轉俗，所應注意並予研究、學習的地方，故特立本章以探析之。

第六章，則談俚曲別於「雅文學」，而獨樹「雅中有俗，俗中有雅」之語言特色，作品風格獨特，實為鬼斧神工之作。

第七章，則為本論文之總結，並探述其所造成之影響，而世人所予之評價為何。

全文共計七章，分可獨立，合則完整，各章皆各司其職，但又緊密相扣，而希冀由此將蒲公《聊齋俚曲》完整而有系統的作一介紹，也期望世人能對之加以重視，不致讓蒲公竭盡思慮，窮暮年所作之心血，卻束之高閣，無人理睬，因這般情形已歷將近三百年，筆者以為，是該使其綻放光芒，而讓世人驚豔、讚嘆之時刻了！

第二節　作者生平之概述

明崇禎十三年（西元一六四〇年）陰曆四月十六日戌時，生於山東濟南府淄川縣城東之蒲家莊故里。蒲松齡在《聊齋志異》之〈自敘〉一文中自敘其誕生情形曰：「……松懸弧時，先大人夢一病瘠瞿曇，偏袒入室，藥膏如錢，圓黏乳際。寤而松生，果符墨誌。」[4] 又於其〈降辰哭母〉詩中云：「老母呼我坐，大小繞身旁，開顏顧兒女，時復惠餘觴。團圞聚飲啖，絮語悉家常。因言庚辰年，歲事似飢荒。兒年於此日，誕汝在北房。洗兒抱榻上，月斜過南廂。逡巡復爾許，曉雞始鳴窗。……」[5] 可知其出生乃確實於此年。

而其一生所遇天災、人禍不斷，如天災部分，在《淄川縣志》中記載，在蒲松齡七十六年的歲月中，便有十六次的天災（亦即有十六年均發生天災），這樣的比率是極高的。有些天災發生時，蒲松齡時年尚幼，但影響卻也是有的，如其《聊齋志異》〈劉姓〉篇中云：「初崇禎十三年，歲大凶，人相食。……」[6] 崇禎十三年，亦不過是蒲松齡出生之年，而其作品中便記載此事，更何況日後年紀稍長，蒲松齡已知曉人事，而身歷天災降臨之艱難困境呢！又如康熙七年（西元一六六八年）發生的大地震，蒲松齡亦撰成文字寫道：

> 康熙七年六月十七日戌刻，地大震。余適客稷下，方與表兄李篤之對燭飲，忽聞有聲如雷，自東南來，向西北去。眾駭異，不解其故。俄而几案擺簸，酒杯傾覆，屋

> 梁椽柱，錯折有聲。相顧失色，久之，方知地震，各疾趨出。見樓閣房舍，仆而復起；牆傾屋塌之聲，與兒啼女號，喧如鼎沸。人眩暈不能立，坐地上，隨地轉側。河水傾潑丈餘，鴨鳴犬吠滿城中。踰一時許，始稍定。視街上，則男女裸體相聚，競相告語，並忘其未衣也。後聞某處井傾仄，不可汲；某家樓台南北易向；棲霞山裂；沂水陷穴廣數畝。此真非常之奇變也。[7]

其人民受驚慌程度，我們可從「視街上，則男女裸體相聚，競相告語，並忘其未衣也」看出是何等的劇烈，竟連穿衣蔽體都忘記了，而這些都全然詳實地記錄在蒲松齡的文學作品中。

又其應試科舉部分，雖其一生戮力功名，但卻只在十九歲（西元一六五八年）時應童子試，以縣府道三第一的資格入泮，之後再無金榜題名之時，計自二十一歲到有應試記載的六十三歲為止，屢次鎩羽而歸，故詩文中亦多有自傷之語，如其〈寄孫安宜〉七律三首：

> 君疲牛馬身猶病，我困遭逢數亦慳。
> 三載行藏真落水，十年義氣已闌珊。
> 不堪鴻雁愁中聽，但把茱萸醉後看。
> 千里蹀躅何所寄？惟憑尺一勸加餐。（其一）
>
> 帳外西風剪剪吹，屋梁月冷不勝悲！
> 途窮只覺風波險，親老惟憂富貴遲。
> 九月山城聞塞雁，五更魂夢繞江蘺。

懷人中夜悲天問，又復高歌續楚詞。（其二）

楓老秋林玉露濃，涉江何處採芙蓉？
霜凋衰柳愁千縷，雲障遠山恨萬重。
楚陂猶然策良馬，葉公原不愛真龍。
歧途惆悵將焉往？痛哭遙追阮嗣宗。（其三）[8]

詩中除首句外，其餘句句充滿落寞惆悵之感，如「三載行藏真落水，十年義氣已闌珊」，語氣中滿是懷才不遇、志氣消磨的苦悶。又如「途窮只覺風波險，親老惟憂富貴遲」，表示自己仕途之路既窮又險，而及第富貴卻又是遙遙無期，著實令人鬱悶。再如「歧途惆悵將焉往？痛哭遙追阮嗣宗」，更是以阮籍的「遭時紛亂，借酒避禍」而不禁「痛哭而返」，自況考試挫敗，也只有痛哭一場方能解愁啊！

但其一生，以何為業呢？若以此問，得到的大概會是「設帳教書」這四個字吧！如蒲松齡之子蒲箬在〈祭父文〉中所云：「家計蕭條，五十年以舌耕度日。」[9]蒲松齡在二十到七十歲這五十年期間，除了撥出少數時間到濟南應考、隨孫蕙南遊一年為其幕賓外，其餘多是以坐館課蒙為業。而在四十歲前曾坐館教書且可考者有兩處：

1. 清康熙六年（西元一六六七年）——設帳於邑西王村王永印家。

據日人前野直彬所著《蒲松齡傳》中所述，記有蒲松齡〈新婚宴曲〉一首，而其曲終則注曰：「康熙六年仲春月，適在王村，課蒙為業。……」[10]

2. 清康熙十一年（西元一六七二年）——設帳於邑北豐泉

鄉王府。

據羅師敬之在其所撰《蒲松齡年譜》一書中，即考證道：

> 《聊齋編年詩集》，譜主（蒲松齡）贈酬王府族人詩作，本年有〈和王如水過大兵行營〉七律一首，〈王長人園中讌集，因懷如水〉五古長詩一首。前詩曰「和」，可證與王如水已非初識；後詩句有「雅人張盛宴，難弟滯天涯」。「雅人」即指王長人。長人名體正，字長人，為王如水從兄。「難弟」則指王如水。……如《聊齋編年詩集》編年不誤，似譜主本年已坐館王家。[11]

可見若《聊齋編年詩集》無誤，則羅師敬之推論蒲松齡於此時已在王家設帳教書則極為合理。

但亦有王枝忠考證蒲松齡坐館於豐泉鄉王村時，應有兩次，分別在康熙初年及康熙十三年，而康熙十一年應是坐館於西鋪畢際孚家，此亦有其論點所在[12]。但無論如何，可見的事實是，蒲松齡此時已是以教書為業了。

晚年七十歲時蒲松齡撤帳歸家，至七十六歲仙逝於家中，其一生著作等身，含詩、詞、文、曲、賦外，曆法、農桑、醫藥、民俗……等等，均皆涉獵，若云其鬼才，則筆者以為當無太多疑義才是。

注　釋

1　汪志勇：〈蒲松齡禳妒咒研究〉（台北《中外文學》，民國七十三年八月，第十三卷，第三期），頁五六～九一。

2　羅永裕：〈論聊齋俚曲快曲〉（台北《中國文化大學中文學報》，

民國九十一年三月，第七期)，頁二九一～三〇一。

3 按：甚至如第二十六期即名之為「聊齋俚曲專號」(西元一九九七年十二月)，共有十六篇相關蒲松齡俚曲的學術論文，而後且附有現存十支俚曲曲牌之曲譜。

4 盛偉編：《蒲松齡全集·自敘》(上海學林出版社，西元一九九八年十二月)，冊一，總頁三四。

5 同注4，冊二，總頁一六九五。

6 同注4，冊一，總頁六九〇。

7 同注4，冊一，總頁一三五。

8 同注4，冊二，總頁一六二五。

9 同注4，冊三，總頁三四四二。

10 羅師敬之：《蒲松齡年譜》(國立編譯館，民國八十九年九月)，頁四〇。

11 同注10，頁五六。

12 王枝忠：〈關於蒲松齡生平的幾點考訂〉(山東《蒲松齡研究集刊》，西元一九八四年十一月，第四輯)，頁二〇五～二二二。

第2章

山東地區戲曲成就及《聊齋俚曲》創作概況

中國戲曲源遠流長，而其究竟源於哪個時間、何種形式，且在宋、金、元、明之時，它又有何發展？又蒲松齡所居之山東地區究竟有哪些劇種？戲曲大家有哪幾位？而蒲松齡作此《聊齋俚曲》，其動機究竟為何？筆者以為這都是影響蒲松齡創作俚曲的社會背景，所以是我們所須瞭解討論的。

第一節　山東地區之戲曲成就

音樂戲曲的影響，筆者以為對個人而言是具強迫接受性，除非是一個絕世獨立、隱居不出的人，否則在它流傳的過程裡，人皆會因先天上好奇心的驅使，而為不同於一般生活節奏的戲曲音樂所誘引，這是天性，也幾乎無人可抗拒之。同時，每一位不論是「天資聰穎」或「才華洋溢」的戲曲家或音樂家，也都是由潛移默化、耳濡目染的「模仿」後，才進一步提煉舊有素材，開創個人風格，這個道理亦亙古不變。鑑於此，我們或許就該對蒲松齡生長的山東地區戲曲劇種稍事介紹，因為這些戲曲劇種必定或多或少都在流傳的過程中，牽動過蒲松齡的思考，進而影響其俚曲創作。

一、山東劇種之成就

山東地區古為齊魯，文化發源相當早，再加上近海之便，是而物產豐饒，且來往之間的商旅行客亦相當多，更加造就了此地之經濟水平，當然戲曲的發展也就有了一個良好的基礎。

山東劇種在周妙中所寫《清代戲曲史》一書中，即詳細地列舉了有二十七類，筆者茲將其略述作一表格如下：

劇種	流行地域	附注
山東梆子	以菏澤為中心，流傳於山東西南部	又名曹州梆子、淮調，為山東最盛行的劇種
高調		分笛戲和大笛囉囉兩種，有許多劇目由崑腔移來
本地倘	以魯西南為中心，含鄆城、鄄城、梁山、菏澤、定陶等縣	又名倘梆、澤州調
萊蕪梆子	萊蕪、新泰、泰安、蒙新、沂南	又名萊蕪謳、萊蕪吼、打腔
平調	山東西南	
山東謳	章邱、惠民、昌濰、聊城	又名章邱梆子、東路梆子
柳子戲	山東西北、曲阜、臨沂	
呂戲	濟南（於山東極為流行）	又名洋琴戲、化妝洋琴、上裝洋琴、驢戲、縷戲、迷戲、蹦蹦戲

五音戲	山東中部章邱、歷城、淄博、濟南、惠民、濟河、青島	又名五人班、五人戲、秧歌腔、燈腔、周姑子、章邱肘骨子
二夾弦	山東西南部菏澤一帶	又稱河西柳、二架弦
羅子戲	流行於冀、魯、豫三省交界處	
哈哈腔	山東樂陵	又名合兒腔、喝喝腔
墜子戲	聊城一帶	
四合音	菏澤、濟寧	
唱賺		和柳子戲同出一源，又名卷戲
八仙戲	臨淄	
燈腔	惠民、博興、壽光、益都、淄川	又名東路肘鼓子
南官戲	掖縣	
王皮戲	冠縣	
官腔	鄄縣	又名高腔
魚鼓戲	霑化縣	
膠州秧歌	膠州一帶	
拉花	聊城	
鑼鼓沖子	鄒縣、滕縣	
茌平花鼓戲	茌平一帶	
山東木偶戲	泰安、聊城、昌濰	唱梆子調
山東皮影戲	濟南、青島、煙台、泰安、臨沂、昌濰、萊陽	唱大鼓、墜子等腔調

林林總總，種類繁多，可見其戲曲流行之盛。其中較著名，且影響較大者，則當屬山東梆子、柳子戲、呂戲及五音戲等劇種，以下則簡而述之。

山東梆子，又稱曹州梆子，為山東境內最盛行的劇種，因其以菏澤為中心，故又名「淮調」。而其風格特徵乃粗獷豪邁，極符山東人民情性。其重要劇目有所謂「老十八本」，乃〈春秋配〉、〈梅降雪〉、〈千里駒〉、〈金台將〉、〈百花詠〉、〈富貴圖〉、〈老邊庭〉、〈龍門鎮〉、〈佛手桔〉、〈雙手鐲〉、〈玉虎墜〉、〈全忠孝〉、〈江東戰船〉、〈宇宙鋒〉、〈虎邱山〉、〈二進宮〉、〈天賜鹿〉、〈馬龍記〉等，均頗受歡迎。

柳子戲，是山東極早之劇種，所謂「東柳西梆南崑北弋」，可知其盛行乃不亞於梆子、崑腔及弋陽腔等。而其主由曲子和柳子兩種民間文藝組成，曲子上有〈鎖南枝〉、〈山坡羊〉、〈耍孩兒〉、〈駐雲飛〉、〈寄生草〉、〈黃鶯兒〉、〈打棗竿〉……等等，這一點和沈德符談小令之源流極是相近，其言：

> 元人小令，行於燕趙，後浸淫日盛。自宣正至成弘後，中原又行〈鎖南枝〉、〈傍妝台〉、〈山坡羊〉之屬。李崆峒先生初自慶陽徙居汴梁，聞之以為可繼《國風》之後，何大復繼至，亦酷愛之。今所傳《泥捏人》及《鞋打卦》、《熬鬏髻》三闋為三牌名之冠，故不虛也。自茲以後，又有〈耍孩兒〉、〈駐雲飛〉、〈醉太平〉諸曲，然不如三曲之盛。嘉隆間，乃興〈鬧五更〉、〈寄生草〉、〈羅江怨〉、〈哭皇天〉、〈乾荷葉〉、〈粉紅蓮〉、〈桐城歌〉、〈銀紐絲〉之屬，自兩淮以至江南，漸與詞曲相遠，不過寫淫媟情態，略具抑揚而已。比年以來，又有〈打棗竿〉、〈掛枝兒〉二曲，其腔調約略相似。則不問南北，不問男女，不問老幼良賤，人人習之，亦人人喜聽之。[1]

而這些曲牌名，有許多亦為蒲松齡作俚曲時所用及，所以可以推論，或許蒲松齡俚曲和柳子戲二者之間，乃具有一定程度的密切關係才是。

呂戲，乃從洋琴演化而來，而洋琴原是黃河、淮河下游間之民間說唱文學，後來因受大眾所喜，乃流播至各地，又受當地語言、戲曲影響，而有了「山東琴書」、「河南洋琴」、「徐州洋琴」、「蘇北洋琴」等等流派。且洋琴乃匯聚明清之民間小曲而來，因此其中亦有〈銀紐絲〉、〈疊斷橋〉、〈羅江怨〉、〈呀呀油〉……等與蒲松齡俚曲相同的曲牌，亦可見二者關係。

五音戲，又名五人班或五人戲，其名之由來或許是和一個戲班大致由五人組成，其中兩人至三人擔任演員，其餘伴奏；又「人」與「音」在山東方言的發音相同，故稱之為「五人戲」或「五音戲」。而五音戲之傳承多由口傳，因此有許多劇目亦隨表演者的去世而斷絕，傳於世者，其內容泰半是反映民間生活的小戲，或採自傳說之民間故事，對於地方風俗之保留及人民精神之教化，皆具有其一定之價值意義。

二、山東戲曲之大家

如前所述，山東為一古文化之地，是而任何文化藝術的發展，都可以在此地看到它的軌跡，戲曲亦是如此。在《中國曲學大辭典》中，自金朝至年代足以影響到蒲松齡的孔傳鋕（西元一六七八～？），自散曲至戲劇，山東地區僅是曲家即有五十五位（含蒲松齡），這代表的正是這地方戲曲乃具有高度傳承和發揚的特性。當然，戲曲的影響並非只有一省以內，它會透過各種形式（或戰爭之故，藝人逃難各地；或經濟發達，商旅有娛樂之需求；或生活需要，專事行走各地之走唱藝人等等）或各種人物（或士大夫之作曲填詞；或後輩藝人對前作之增刪修訂；或劇目傳至各地配合之方言、風俗等等），廣泛的加以影響或被影響，傳播或被傳播。但不容諱言，一地之內（或地域相近）之氣息感染是最快也最直接，故而若欲探討蒲松齡《聊齋俚曲》，那麼瞭解山東地區戲曲的傳承也就有其必要性了。以下茲將山東曲家作一簡表如下：

戲曲家	籍　貫	著　作
商道（1190~1195）	山東菏澤人	〈雙漸小卿〉諸宮調（亡），散曲、小令四支，套數八套，殘套一套
杜仁杰（1201~1283）	山東濟南人	《善夫先生集》
商挺（1209~1288）	山東菏澤人	小令十九首
嚴忠濟（？~1293）	山東東平人	小令二首
王修甫（？）	山東東平人	套數二套
徐琰（？~1301）	山東東平人	小令十二首，套數一套
荊幹臣（？~1281）	山東東營人	套數二套
高文秀（？）	山東東平人	雜劇三十餘種，今僅存〈雙獻功〉、〈遇上皇〉……五種
張時起（？）	山東東平人	雜劇〈秋千記〉、〈別虞姬〉……等四種，惜均已亡佚
劉敏中（1243~1318）	山東濟南人	小令二首
奧敦周卿（？）	山東淄博人	著有《奧屯提刑樂府》一卷
康進之（？）	山東惠民人	雜劇二種〈李逵負荊〉（存）、〈老收心〉（亡佚），套數一套
張壽卿（？）	山東東平人	雜劇〈紅梨花〉一種
張養浩（1270~1329）	山東濟南人	小令一百六十一首，套數二套

賈固（1341~1368）	山東臨沂人	〈醉高歌過紅繡鞋〉
趙良弼（？~1328）	山東東平人	雜劇〈梨花雨〉（亡佚）
李齊賢（？）	山東益都人	散曲一首
王廷秀（？）	山東益都人	雜劇〈坑儒焚典〉……等四種（均已亡佚），散曲一套
李好古（？）	山東東平人	雜劇三種〈張生煮海〉（存）、〈劈華岳〉、〈鎮凶宅〉（二者亡佚）
岳伯川（？）	山東濟南人	雜劇二種〈鐵拐李岳〉（存）、〈楊貴妃〉（殘曲）
顧仲清（？）	山東東平人	雜劇二種〈陵母伏劍〉、〈火燒紀信〉（均亡佚）
楊朝英（？）	山東高青人	小令二十餘首
李泂（？）	山東滕縣人	散曲套數一套
劉庭信（？）	山東益都人	小令三十九首，套數七套
賈仲明（1343~1422）	山東淄博人	雜劇十七種，今存〈玉梳記〉……等五種，小令八十一種，套數二套
劉龍田（1450~？）	山東人	小令十一首，套數一套
劉守（1466~？）	山東濟寧人	套數一套
楊應奎（？~1541）	山東益都人	小令十七首，套數六套
劉天明（1486~1541）	山東濟南人	小令四首
袁崇冕（1487~？）	山東章邱人	小令二首
李開先（1502~1568）	山東章邱人	小令二百二十六首，套數七套
張自慎（？）	山東商河人	曾作金元樂府三十餘種（均已亡佚）
弭來夫（？）	山東章邱人	小令一首
張國籌（？）	山東章邱人	雜劇〈脫穎〉、〈茅廬〉……等五種（均已亡佚）
馮惟敏（1511~？）	山東臨朐人	雜劇二種均亡佚，小令五百零八首，套數五十種

張誠庵（？）	山東章邱人	小令一首
高應玘（？）	山東章邱人	雜劇〈北門鎖鑰〉，散曲〈醉鄉小稿〉，小令八首
劉效祖（1522~1582）	山東惠民人	散曲編有《詞臠》一卷，小令一百十二首，套數一套
殷士儋（1522~1582）	山東濟南人	套數十五套
王克篤（？）	山東東平人	編有散曲《适暮稿》一卷，小令一百三十五首，套數八套
薛崗（？~1595）	山東益都人	雜劇二種，僅存〈觀世音行香山記〉，小令一百十九首
桑紹良（？）	山東濮縣人	雜劇〈獨樂園〉（亡佚）
葉華（？）	山東曲阜人	編有散曲《太平清調》一卷，小令十三首，套數十套
孫峽峰（？~1642）	山東安丘人	編有散曲《峽峰先生小令》不分卷，小令五十八首
丁綵（？）	山東諸城人	編有散曲集《小令》一卷，小令一百十四首
賈鳧（？）	山東曲阜人	今存《木皮散人鼓詞》
丁耀亢（1599~1669）	山東諸城人	傳奇十三種，今僅存〈西湖扇〉……等四種，散曲二套
葉承宗（1602~1648）	山東濟南人	雜劇〈金紫芝改號孔方兄〉……等四種，散曲五套
高珩（1614~1697）	山東淄博人	編有散曲《醒夢戲曲》一卷
宋琬（1614~1673）	山東萊陽人	雜劇〈祭皋陶〉
趙進美（1620~1692）	山東益都人	雜劇〈瑤台夢〉、〈立地成佛〉二種
路術淳（？）	山東汶水人	傳奇〈玉馬珮〉
孔尚任（1648~1718）	山東曲阜人	傳奇〈桃花扇〉、〈小忽雷〉，雜劇〈大忽雷〉（殘存二折）
孔傳鋕（1678~？）	山東曲阜人	傳奇〈軟羊脂〉、〈軟郵筒〉、〈軟錕鋙〉三種

由此表可以清楚看出山東優良的藝術氣息，及其對文化創作的旺盛生命力，而和蒲松齡同屬淄博人又有奧敦周卿、賈仲明和高珩等，顯見淄博地區是有其培養戲曲創作的傳統歷史背景。此外，戲曲史上稱「南洪北孔」的「北孔」乃孔子第六十四世孫孔尚任，其冠絕一時的〈桃花扇〉，想必也是對蒲松齡造成極大的震撼！此處則簡介賈仲明、高珩與孔尚任三人以為代表。

賈仲明，一作仲名，號雲水散人，別署雲水翁，原山東淄川人，後徙居蘭陵（今山東棗莊）。《太和正音譜》中稱其曲詞乃「如錦帷瓊筵」[2]，《錄鬼簿續編》亦言其：「嘗傳文皇帝（明成祖朱棣）於燕邸，甚寵愛之。每有宴會應制之作，無不稱賞。」[3] 其雜劇十七種，現僅存〈荊楚臣重對玉梳記〉、〈蕭淑蘭情寄菩薩蠻〉、〈鐵拐李度金童玉女〉、〈玉壺春〉及〈呂洞賓桃柳生仙夢〉五種。在《全明散曲》裡收錄其小令八十一首，套數二套，且其中文字簡練，並藉此記載了八十一位曲家的生平事蹟資料，實提供了史學研究的重要文獻。

高珩，字蔥佩，號念東，晚號紫霞道人。其年長蒲松齡二十有八，生平官至刑部侍郎，且著述極豐，有趙執信所編《棲雲閣詩》十六卷，宋弼輯有《拾遺》三卷，散曲有《醒夢戲曲》一卷等等。而其事蹟在錢儀吉的《碑傳集》和王藻、錢林的《文獻徵存錄》中皆有記述。高珩對蒲松齡影響是很大的，兩人交情甚篤，甚至蒲公《聊齋志異》成編之時，高珩首為之作序，並給與其極高之評價，其言：「吾願讀書之士，覽此奇文，須深慧業，眼光如電，牆壁皆通，能知作者之意，並能知聖人或雅言、或罕言、或不語之故，則六經之文，三才之統，諸聖之衡，一一貫之。」[4] 拿之與聖人之言相較，實備極讚譽。

孔尚任，字聘之，一字季重，號東塘，自稱雲亭山人，別署岸堂主人，山東曲阜人，為孔子第六十四代孫。三十七歲時曾為康熙講經，得康熙之褒獎，賜命為國子監博士，最後浮沉官場，看盡奸險現形，故其詩文中亦時常流露出不遇、寂寞之憤慨，如其〈晚庭〉一首：

> 十年南北似浮家，名姓何人記齒牙？
> 閉戶閒鋤秋草砌，垂鞭早散午槐衙。
> 愁來短鬢難勝鑷，病後衰脾漸畏茶。
> 瑟瑟涼風通塞口，單衣莫看晚庭花。[5]

而也就因官場上的不得意，故使他有許多的時間從事戲曲創作，又見當時官吏風氣之敗壞，是而便造就他描述南明弘光王朝覆亡的歷史寫實劇──〈桃花扇〉。

〈桃花扇〉在成書的過程中，就有好友屢相索覽，如其言：「與僚輩飲讌，亦往往及之。又十餘年，興已闌矣。少司農（即戶部侍郎）田綸霞先生來京，每見必握手索覽。予不得已，乃挑燈填詞，以塞其求。凡三易稿而書成，蓋己卯之六月也。」[6]又書成之後，一時洛陽紙貴、傳唱不已，「長安（此處指北京）之演〈桃花扇〉者，歲無虛日，……笙歌靡麗之中，或有掩袂獨坐者，則故臣遺老也；燈炧酒闌，唏噓而散。」[7]甚至康熙也急索欲觀，「己卯秋夕，內侍索〈桃花扇〉本甚急；予之繕本莫知流傳何所，乃於張平州中丞家，覓得一本，午夜進之直邸，遂入內府。」[8]可見此作於世之盛。但〈桃花扇〉卻可能也是其被罷官疑案之「元凶」，如其〈放歌贈劉兩峰〉中自言：「命薄忽遭文字憎，緘口金人受誹謗。」[9]
而他在〈容美士司田舜年遣使投詩贊予桃花扇傳奇，依韻卻寄〉中亦云：

> 解組全辭形式路，還卻隱坐太平車。
> 《離騷》惹淚余身吉，社鼓敲聾老歲華。[10]

可見這應是和文字獄有關之事，或有云其乃藉〈桃花扇〉抒發興亡之感，故引起康熙不滿，因而罷官。但究竟原因為何？亦如其自云「疑案」，卻已無從知曉！此外，孔尚任有關戲曲方面還有因曾購得唐制胡琴小忽雷，而與至友顧彩合作傳奇〈小忽雷〉，雜劇〈大忽雷〉（今殘存二折）二種。又作有《律呂管見》一書，惜今已亡佚。

綜觀上述，中國劇種繁多，作家亦豐，筆者所舉山東地區劇種、名家，當然非必然就對蒲松齡俚曲有直接重大之影響；而未提之山東地區以外作家，也不代表他們對蒲松齡的俚曲創作就無相關，因戲曲文學此等藝術創作，本就會因「人」的流動而彼此相互牽引。此處列述山東劇種、名家，不過略述蒲松齡之生長環境的歷史條件罷了！但從另一角度而言，這「同鄉」之人的影響，筆者以為，絕對是有的。

第二節　《聊齋俚曲》之創作概況

在本節裡，筆者主要從四個部分加以分析探討：首先乃對何謂「聊齋俚曲」作一定義，所謂名不正則言不順，若無法確定題意，則後面之論述必皆失所依據。其次則述及現存俚曲版本有哪些？且本論文所用之底本為何？參考為何？第三則論述蒲松齡此十五部俚曲之創作動機為何？因文學藝術畢竟是和作者生平及社會背景有著密不可分之關聯。最後即就現有資料，考述其各篇之寫作時間，以使創作年代得以確立，並再次印證其俚曲之創作動機。凡上，都是探討蒲松齡俚曲之基本要件。

一、「聊齋俚曲」之定義

何謂「聊齋俚曲」？而其定義為何？在討論這個問題之前，筆者以為，我們必須先瞭解何謂「俚曲」才是。

(一)「俚曲」之定義

「俚曲」之名的討論，或許我們應該先從「俚」字來加以研析。「俚」字之義，大致有五：

1. 俚，賴也、聊也。

如許慎《說文解字》云：「俚，賴也。从人里聲。」[11]段玉裁在其注中則言：「賴，各本作聊，此用方言改許書也。」而在《漢書》卷三十七〈季布欒布田叔傳〉的贊中寫道：「以項羽之氣，而季布之勇顯名楚，身履軍搴旗者數矣，可謂壯士。及至困戹奴僇，苟活而不變，何也？彼自負其材，受辱不羞，欲有所用其未足也，故終為漢名將。賢者誠重其死。夫婢妾賤人，感慨而自殺，非能勇也，其畫無俚之至耳。」[12]而晉灼乃曰：「揚雄《方言》曰：『俚，聊也』，許慎曰：『賴也』。此為其計畫無所聊賴，至於自殺耳。」[13]且《廣韻》亦云：「俚，賴也，聊也。」[14]

2. 俚，鄙也。

如《漢書．司馬遷傳》中云：「然自劉向、揚雄博極群書，皆稱遷有良史之材，服其善序事理，辨而不華，質而不俚，其文直，其事核，不虛美，不隱惡，故謂之實錄。」[15] 而劉德即注曰：「俚，鄙也。」

3. 俚，乃野人歌也。

如孟浩然之〈和張明府登鹿門山詩〉中寫道：「忽示登高作，能寬旅寓情。弦歌既多暇，山水思彌清。草得風先動，虹因雨後成。謬承巴俚和，非敢應同聲。」[16] 此即言鄉野人之歌謠乃為「俚」。

4. 俚，乃國之下邑也。

如《一切經音義．卷第二十三》之「鄙俚」一條中載道：「蒼頡篇：『國之下邑曰俚。』」[17]

5. 俚，蠻族名也。

如《廣韻》即云：「俚，南人蠻屬也。」[18] 又《集韻》亦云：「俚，或曰南蠻種名。」[19] 另外在《後漢書》之〈南蠻西南夷列傳〉中對「蠻里」一詞，張游乃注為：「里，蠻之別號，今呼為俚人。」[20] 又《博物志》也寫道：「交州夷，名曰俚子。俚子弓長數尺，箭長尺餘。」[21]

由上可知，「俚」字之釋義中，僅在第一釋裡作「賴也」、「聊也」的解釋，即依藉、憑靠；其餘則皆云鄙俗或野人、蠻族之意。即可知其並非指高貴或文雅、別致等意涵；相反地，「俚」乃指民間的，或甚至是粗俗的、不雅的。我們或亦可言，「俚」即「雅」之相對詞。

而「俚曲」之義乃顯而易見，即指俚俗之歌曲。其同義詞有小曲、俗曲、俚歌、市井小令、時調、清曲等等。如《中國曲學大辭典》中之「小曲」詞條之釋義即云：

> 小曲是曲的一種門類，一般指明清時代南北曲以外的各種民間歌曲。小曲的「小」，與結構規模上的大小無關，是指它的曲調形式較為簡單而已。小曲在民間的俗稱很多，如俗曲、俚曲、市井小令、時調、清曲等。[22]

而在「俗曲」一詞之詞條下，則進一步寫道：

> （俗曲）又稱「俚曲」。原義為民間流行的通俗歌曲，相當於小曲。往往創始於民間，口口相傳，不脛而走，繼而為文人注目，或採擷成冊，或起而仿之。……也可敷演故事，塑造人物，如清蒲松齡《聊齋俚曲》即是。[23]

這說的都是「俚曲」乃民間所創作，而口口相傳之歌曲，本非源於官方或文人等陽春白雪之作。即如劉禹錫的〈武陵書懷五十韻并引〉寫道：「照山畲火動，蹋月俚歌喧。」[24] 和蘇軾的〈和王勝之詩三首〉之三：「要知太守憐孤客，不惜陽春和俚歌。」[25] 裡面所提的「俚歌」，指的就是民間的通俗歌謠，也就是「俚曲」。至於文人的加以重視乃至採擷成冊，甚者加入創作的行列，則皆因耳濡目染後，對之有獨特見地，方乃為之。如蒲松齡即緣此而作《聊齋俚曲》。

（二）何謂「聊齋俚曲」

「俚曲」一詞，廣泛而言乃指民間俚俗之歌曲。然則蒲松齡「聊齋俚曲」該是如何的一種俚俗之曲？或許我們應更深一層地去加以說明並予以定義，如此也才能更精準而正確地說出其意涵所在。

「聊齋」乃蒲松齡故鄉山東淄川之起居住所，故以「聊齋」為其俚曲之名，筆者以為當無任何疑義。至於《聊齋俚曲》之曲目，在蒲公同邑後學張元所撰〈柳泉蒲先生墓表〉之碑陰上，已清楚刻出「通俗俚曲十四種」（牆頭記姑婦曲慈悲曲翻魘殃寒森曲琴瑟樂蓬萊宴俊夜叉窮漢詞醜俊巴快曲各一冊禳妒咒富貴神仙後變磨難曲增補幸雲曲各二冊）[26]，此間實應為十五種（因〈富貴神仙〉和〈磨難曲〉事實上是以兩種本子各自獨立行世），且另外「戲三齣」部分，張元乃別立之，並不與俚曲混雜，故此筆者並未將之列入一併討論。而就十五種《聊齋俚曲》之定義，筆者則認為當從下面幾個角度，加以探析之：

在語言文字上，既然是「俚曲」，則必然絕大部分是從地方上的方言、土語及歇後語所加以撰構而成，否則豈能收到「俚」之效用。而《聊齋俚曲》在語言文字上正是以其山東淄川之方言加以撰述而成，這一點在其十五部俚曲中，全均以此表達，只要翻閱其俚曲，便可一目了然。

在曲牌應用上，既以「俚曲」為名，則自然是以一地民間歌謠的曲調為基準，加以應用編撰，並傳唱於地方上，故乃稱之為「俚曲」。而《聊齋俚曲》的曲牌應用，正如筆者在第三章第三節所統計，在五十二種曲牌中，民間俗曲約佔百分之八十，而其餘百分之二十左右則屬於南北曲的部分，則其曲牌運用之民間化，乃顯而易見。

在地域範疇上，由於「俚曲」其語言文字上多用方言土語的限制，故其地域範疇通常只限於一地，且其範圍並不致過大。因為當超出了這個方言所通行的區域後，在欣賞上便有了隔閡，觀眾們看不懂，自然也就無其流行的條件。《聊齋俚曲》也因有過多淄川地方的獨特方言，所以其流傳的地域上，始終局限於淄川當地。

在服務對象上，「俚曲」是多用地方方言、土語，甚至有時其遣詞用字是鄙俗而不堪的，這主要原因即在於，其服務對象並非特為知書達禮的文人雅士；相對的，其服務對象乃為一般目不識丁之平民百姓，而這些不識字的百姓，其個性率真、樸實，故在表達其情感意向時，也往往便是直抒己懷、毫不修飾。故而即使是大戲曲家所作之名劇，若過分雅致，則由於文詞上的隔閡，對他們而言，便索然無味而絲毫吸引不住他們的目光，反之亦是如此。且俚曲有時因過分鄙俗，故鮮少有文人雅士會去觀賞，至於如蒲松齡還作有十五種、四十餘萬字的俚曲者，更屬鳳毛麟角，全然乃因蒲松齡欲以之勸善世人所為。由此，即可知《聊齋俚曲》之創作，其服務對象亦為淄川地方不識一丁之平凡百姓。

在表現形式上，王川昆曾在〈對蒲氏俚曲的思考發微〉一文中如此言之：「『俚曲』就是蒲松齡運用明清俗曲這一民間藝術形式創作的講唱文學作品，也就是一種曲藝說唱形式。」[27]把蒲松齡所作《聊齋俚曲》歸類為一種「說唱形式」。事實上，這樣的說法似乎不夠完整。因為在蒲松齡的十五種俚曲中，固然有說唱形式之俚曲，如〈寒森曲〉、〈琴瑟樂〉、〈俊夜叉〉、〈窮漢詞〉、〈醜俊巴〉、〈姑婦曲〉、〈慈悲曲〉、〈翻魘殃〉、〈蓬萊宴〉、〈快曲〉、〈富貴神仙〉及〈增補幸雲曲〉等。但在〈牆頭記〉、〈禳妒咒〉及〈磨難曲〉中，不僅有曲文（曲牌、唱詞），就連賓白、科介等也皆有之，誠然已具備「戲劇」所該有的特質了。所以其形式並不僅只拘泥於「說唱」的廣義定義，更細部的說法是：它同時兼蓄有「說唱」和「戲劇」兩種表現形式。

由以上的論述，筆者以為對於蒲松齡所著《聊齋俚曲》，應可以給它如下的定義：《聊齋俚曲》主要是在蒲松齡的故鄉山東淄川地方，用當地的方言土語及其時民間流行的俗曲曲牌，加以編製組合，而以說唱或戲劇的方式，以對淄川地區一般的平凡百姓（絕大多數為目不識丁的人民），在予人民休閒娛樂的方式下，進一步達到端正社會風氣，勸善世人之真正意義。

二、《聊齋俚曲》之版本

蒲松齡所作《聊齋俚曲》由於年代距今已有三百年左右，加上其多用山東地區方言土語所作而不受高度重視，又蒲松齡故鄉淄川乃當時濟南到青島之間的中繼站，來來往往的人事相當多，而俚曲受到當時山東地區普遍流行之雜劇及傳奇等戲曲的擠壓，致使《聊齋俚曲》的發展更有其局限性，而不易流傳下來，故於今在版本方面，仍有其不足之處。以下即列敘之，並說明筆者本論文所採用之底本為何。

（一）路大荒編撰之《聊齋全集》

路大荒對於蒲松齡文學流傳的貢獻，及其全心投入研究的決心，是舉凡近代中國蒲松齡文學研究者所有目共睹的。而他不僅深入探析並編撰發表了蒲松齡年譜外，其對蒲學之探究精神更令我們深深感佩，如其嘗於《聊齋全集》之五《聊齋俚曲集》的序裡即自言：

> 我在小學的時候，就愛好蒐集古人的遺書，在近數年的中間，竟成了一種嗜好，所以我對於蒲柳泉老先生的遺著，更下了個最大的決心。凡是先生釣弋游譙的地方，都去下過功夫。他的故鄉蒲家莊，曾去過數次，也連住了幾宵，還有自一些古董販子的手裏，不惜重價買得來的幾種。總算起來，比較先生墓碑上所列的著作目錄，也超過了半數。[28]

而由路大荒四處搜訪，整理出來的聊齋俚曲部分，就計有十一種（其中〈琴瑟樂〉、〈快曲〉、〈窮漢詞〉、〈醜俊巴〉四篇，路先生並未收錄），且亦可說是現存中頗為精良的版本，也是後來陸陸續續出現的蒲松齡俚曲校注本的底本，或重要之參用本。

（二）日本慶應大學「聊齋文庫」之藏抄本

這一部分，在日本慶應大學的「聊齋文庫」中，其實又有幾種本子，但可惜筆者手邊只有一本天山閣藏的〈琴瑟樂曲〉，其餘並未能得見。但在曾任山東蒲松齡紀念館副館長盛偉所編撰的《蒲松齡全集》冊三的《聊齋俚曲集》各曲的校勘中，似皆有參考取用之，並述之於各曲首回之〔校勘記〕中，故於此乃摘錄之，以資參酌：

> 〈牆頭記〉——錄天山閣藏抄本一冊，雍正九年瞻云氏抄本一冊。

〈姑婦曲〉——抄本一冊。

〈慈悲曲〉——錄天山閣藏抄本一冊，王子佩抄本一冊，舊抄本一冊。

〈翻魘殃〉——錄天山閣藏抄本一冊，錄蒲英譚抄本二冊。

〈寒森曲〉——錄天山閣藏抄本一冊，錄蒲國政抄本一冊。

〈琴瑟樂〉——錄天山閣藏抄本一冊，舊抄本一冊。

〈蓬萊宴〉——錄天山閣藏抄本一冊，淄川抄本一冊，剪報一冊。

〈俊夜叉〉——藏〈俊夜叉賭博五更曲詞〉王小亭舊藏抄本一冊，〈俊夜叉〉抄本一冊。

〈窮漢詞〉——畢子俊舊抄本一冊。

〈醜俊巴〉——〈醜俊巴曲〉抄本一冊。

〈快曲〉——〈快曲二種〉舊抄本一冊，〈聊齋快曲〉錄畢氏抄本一冊，〈快曲〉舊抄本一冊。

〈禳妒咒〉——錄天山閣藏抄本一冊，〈禳妒咒〉卷上蒲國政抄本一冊。

〈富貴神仙〉——〈富貴神仙曲〉錄天山閣藏抄本一冊，舊抄本一冊。

〈增補幸雲曲〉——〈幸雲曲〉錄天山閣藏抄本一冊，錄姜萬卿抄本二冊。

可以看見的是，在這一部分，日本慶應大學的「聊齋文庫」中，其實又分有幾種本子。而除了〈磨難曲〉在盛氏所撰《聊齋俚曲集》的〔校勘記〕中沒有日本慶應大學的本子外，其餘各曲皆有藏抄本。

眾所皆知，在中國亡失的書籍，往往由於日本跟中國的密切接觸，且受漢化影響極深，故多有加以蒐羅並帶回日本的情形發生，因此有些在中國已不可得之珍貴典籍，但在日本卻仍可尋見。聊齋俚曲亦復如是。而雖筆者未能見此，但盛氏顯然已在其所編《聊齋俚曲集》中校注參用，故抑或可稍釋其憾吧！

（三）蒲松齡紀念館藏「聊齋遺著抄本」

這是淄博地區在五十年代，由一群學者專家所籌組的名為「聊齋遺著整理小組」所搜集且清抄而有的一套聊齋俚曲。而這套抄本，亦被盛偉在編撰《聊齋俚曲集》時所高度使用，其意義價值自然不容忽視，如盛氏所編之〈牆頭記〉、〈姑婦曲〉、〈慈悲曲〉、〈翻魘殃〉、〈寒森曲〉、〈蓬萊宴〉、〈禳妒咒〉、〈富貴神仙〉、〈磨難曲〉、〈增補幸雲曲〉等曲中首回之〔校勘記〕裡，其皆云：此據「遺著抄本」收錄，其重要性乃不言可喻。

（四）盛偉所編撰《蒲松齡全集》之《聊齋俚曲集》本

盛氏曾為大陸《蒲松齡研究》雜誌之主編，亦是蒲松齡研究所副所長、研究員，並身兼蒲松齡研究會的副會長，長期從事蒲松齡生平、著作之考述與研究。而他在一九九八年十二月編撰出版了《蒲松齡全集》共三冊，其中也在第三冊校勘了十五部蒲松齡的聊齋俚曲，且因其參校多種版本，故在版本的校勘上應亦極具權威。

盛氏在其《蒲松齡全集》裡的編訂後記中，即自述了其使用底本及參校情況，其言：

> 我這次輯校《全集》，依路氏編《聊齋俚曲集》為底本校勘，參校館藏五十年代在淄博組織的「聊齋遺著整理小組」所搜集、清抄的一套聊齋俚曲（共十四種）收錄；有的俚曲，因路大荒先生所用底本錯、漏較多，《全集》中，即據別本收錄。其中，有的題簽不同於一般社會所流傳的本子，及我另搜求的其他俚曲本子，現概述如下：〈寒森曲〉，其題名〈陰陽報〉，下署「聊齋外編」；〈快曲〉，是據館藏署名〈千古快〉的本子收錄。這個本子與路氏編《聊齋俚曲集》所用的本子不同，而與關德棟先生的《聊齋俚曲選注》中所使用的本子完全相同。因為這個本子較路氏所用者要精良，故據此舊抄本收錄。〈增補幸雲曲〉是用館藏一個題名〈聊齋志異補編幸雲曲正德嫖院〉的本子，下署：「古般陽蒲留仙編著」，用該抄本補進路編中所缺佚的文字。[29]

可見他是以路大荒的《聊齋俚曲集》一書作底本的校勘，參校了曾經在五十年代淄博地區組織的「聊齋遺著整理小組」所整理的「聊齋遺著抄本」，又配合關德棟先生及所收舊抄本，一起校勘而成。其所見版本之多，舉如〈琴瑟樂〉一曲，他便擁有蒲松齡紀念館所藏〈閨豔琴聲〉抄本（博山田慶順藏），以及日本慶應大學「聊齋文庫」中名為〈琴瑟樂曲〉署「錄天山閣藏抄本」的本子，及蒲松齡紀念館藏本名為〈琴瑟樂〉（《聊齋俚曲》叢抄本）等多種版本。所以盛氏的《聊齋俚曲集》，在版本的校勘上，應是現今最詳實而正確的本子。

(五)蒲先明整理、鄒宗良校注之《聊齋俚曲集》本

大陸蒲松齡文學專家蒲先明，乃蒲松齡之第十二世孫，因此對蒲公各類著作皆廣蒐而珍藏之，如鄒宗良在其校注的《聊齋俚曲集》前言中即說道：

> 先明先生是蒲松齡的十二世孫，自幼對其先祖的著述珍愛有加，早年在村中讀私塾時，他就從塾師蒲英棠先生那裏抄錄過部份聊齋俚曲。近二十年來，他的親朋好友如淄博市供電局退休幹部田慶順先生、淄川區寨里鎮寨里村張恩增先生等，或友情提供借閱，或慨然以舊本贈與，使先明先生得以睹見大量的聊齋俚曲舊抄。在此基礎上，蒲先明先生窮數年之功，將這些抄本一一用工楷過錄，得凡二十餘巨冊。此為本書底本的由來。[30]

可見蒲先明蒐羅其先祖作品之用心。而這一版本亦為鄒宗良所校注的《聊齋俚曲集》一書所作為底本。

《聊齋俚曲集》，筆者以為是目前所可見對蒲松齡《聊齋俚曲》注釋最為詳盡的本子了。全書共四千七百六十二個注釋，且蒲先明及鄒宗良二人本就是淄川地方人士，對方言土語的掌握，亦可謂頗為精準而極少缺失。此書之校勘及注釋情況，即如鄒宗良之言，乃：

> 參用了蒲先明先生提供的〈牆頭記〉、〈富貴神仙〉等數種俚曲的舊抄本或原過錄底本，藤田祐賢先生贈山東大學蒲松齡研究室的日本慶應義塾大學〈琴瑟樂〉藏本

> 複印本，盛偉先生的〈琴瑟樂〉校點本，路大荒先生整理的《蒲松齡集》本俚曲十四種（缺〈琴瑟樂〉），關德棟先生整理的《聊齋俚曲選本》的〈窮漢詞〉、〈千古快〉（即〈快曲〉）和〈牆頭記〉。注釋則側重山東方言、典章制度和用典幾個方面。[31]

則此書之完備處乃清楚可知。

綜上所述，文學作品本就因傳抄而廣泛流傳，但也易因時代的流行久遠而致使原稿亡佚，如此便只能無奈地以抄本取代原稿了。但在傳抄過程裡，則又極易有筆誤的情況發生，遂又更致後人如墮五里霧中而無所適從，版本考究的問題也就因此而發生了。

在上面的討論中，可知現今可見最佳的校勘及參注乃盛偉及鄒宗良二人各自編撰的《蒲松齡全集》及《聊齋俚曲集》（以下簡稱盛本、鄒本）。但筆者以為在版本上，應是以盛本為主，因其所收集及所見版本，確實較為豐富，而鄒本在此處則略顯不及；但在注釋上，則宜採用鄒本之注，因其四千七百六十二個注釋，且敘述詳細，這樣的用心令人絕對佩服。但幸好二者的不同，多是無關重大劇情的改變，只是文字上的小差異而已。故本論文乃以盛本為底本，而參校了鄒本的注釋，如此則亦可謂大致周全矣！

三、《聊齋俚曲》之創作動機

蒲松齡《聊齋俚曲》雖不似其《聊齋志異》名聞遐邇，箇中原因固然許多，但其中尤為重要的是：二者文體不同、文字敘述方式各異，進而流傳的地域及能接受的群眾便有所差別。《志異》文字雅深沉練、用典得當，直可令文人雅士望之而心生欽佩、不敢輕視；但《俚曲》卻大用土語、內容詼諧，似有不登大雅之堂而為遊戲人間之作。因此，世人也就多對《志異》投以關注的眼神，無形中忽略了《俚曲》其獨具之風格特色，與蒲松齡何以傾晚年之力創作這十五部俚曲的意義了。

《聊齋俚曲》之創作動機，若將其嚴格細分，則必紛然雜沓、莫衷一是。何以言之呢？因一件文學作品的創造，絕非僅止於一端，它必然受到至少一個或一個以上「原創」的觀念，再加上作品在形成的過程裡，作者或因主觀、或因客觀之事物而睹物思情，綜合聯想後完成。而如此，若我們簡單地用「創作動機」四個字代表作者創作作品的觸發點時，便會有許多的動機及條件紛紛出現，以至於究竟何者才是作者創作之原意？何者是伴隨作品在綜合聯想後的附帶動機？就容易令人有紛然雜沓、莫衷一是之感了。故依筆者想法，探索文學作品的創作動機，我們必須將其分為作者之「原創動機」與「附帶動機」兩項，分別梳理條序，如此則既不失作者創作之原意，又能見其創作時之其他想法配合，作者為文之用心，於此即可全然呈現。

（一）原創動機

這是指作者在創作時的最原始想法，亦即其創作之初衷。這想法有時並非限定僅只一個，或許作者亦會有意的為兩個或兩個以上的目的進行創作，故雖言「原創」，但並不是指「唯一」之意。而欲尋求作者這原始的「原創動機」時，若有作者口述或親撰文獻之第一手資料，則抓住作者原意的準確性是最佳的；其次則以作者之親人或其至交好友之敘述為善。若能見此，再加以分析探究，那麼此作者之原創動機則明矣！

而蒲松齡在其十五部俚曲的創作中，筆者以為除了〈琴瑟樂〉、〈窮漢詞〉和〈醜俊巴〉外，其餘十二部〈牆頭記〉、〈姑婦曲〉、〈慈悲曲〉、〈翻魘殃〉、〈寒森曲〉、〈蓬萊宴〉、〈俊夜叉〉、〈快曲〉、〈禳妒咒〉、〈富貴神仙〉、〈磨難曲〉及〈增補幸雲曲〉均以「勸善教化」為其思想核心，亦即筆者所謂「原創動機」。我們試觀其幾部俚曲之開場，即可明白「勸善教化」確為其原創動機。

1.〈牆頭記〉等十二部俚曲之原創動機

如〈慈悲曲〉其開場〈西江月〉即云：

> 別書勸人孝弟，俱是義正詞嚴，良藥苦口吃著難，說來徒取人厭，唯有這本孝賢，唱著解悶閑玩，情真詞切韻纏綿，惡煞的人也傷情動念。[32]

開宗明義說明這〈慈悲曲〉乃為勸人孝弟，而使善行傳、惡行改之用意而作。乃為別於一般雖義正詞嚴卻惹人心煩的說教方法，故另創此俚曲，望一般平民百姓能藉由這閒來無事、唱戲解悶的娛樂方式，而達到潛移默化的「勸善教化」效果。

又如〈姑婦曲〉之開場詩云：

> 二十餘年老友人，買來矇婢樂萱親。
> 惟編姑婦一般曲，借爾弦歌勸內賓。[33]

其實〈姑婦曲〉說的是一有著兩個兒子的婆婆，雖其大媳婦既賢慧又端莊，然她卻人在福中不知福，整日只知尋其不是處，最後竟逼得兒子出妻。但沒想到二兒子後來也娶了個媳婦，卻是潑辣異常，時常忤逆相向，最後還將其氣倒在病床上，這時才知原來大媳婦之孝順與賢淑。此編之用意，乃蒲松齡明白為勸內賓（指婦人而言）之當知福、惜福，莫讓福氣從身邊溜走而轉福為禍。

又如〈翻魘殃〉第一回之開場云：

> 人只要腳踏實地，用不著心內刀槍；欺孤滅寡行不良，沒娘的孩子自有天將傍。天意若還不順，任憑你加禍與殃，禍害反弄成吉祥，黑心人豈不混帳？[34]

清楚指出人只要實實在在、腳踏實地，終究「善有善報」，自然會得到上天之庇佑。但若存心不良，整日只思如何陷人於罪的話，則「惡有惡報」這因果循環乃永遠報應不爽。

又如〈寒森曲〉之開場云：

> 善人衰敗惡人興，倒倒顛顛甚不平。
> 忽遇正神清世界，始知天道最分明。[35]

也說明了雖善人一生非必一帆風順，其間或有顛簸挫折，然這些挫折只是如孟子所云：「天將降大任於斯人也，必先苦其心志，勞其筋骨，餓其體膚，空乏其身，行拂亂其所為，所以動心忍性，增益其所不能。」為上天之試煉罷了，但終有一天會得天正道之相應，而有其善報的。

凡此種種，都可見蒲松齡作《俚曲》乃為「勸善教化」之動機。而我們再看其子蒲箬之祭其父〈柳泉公行述〉中亦云：

> 如《志異》八卷，漁蒐聞見，書寫襟懷，積數年而成，總以為學士大夫之針砭，而猶恨不如晨鐘暮鼓，可參破村庸之迷而大醒市媪之夢也，又演為通俗雜曲，使街衢里巷之中，見者歌，而聞者亦泣，其救世婆心，直將使男之雅者、俗者，女之悍者、妒者，盡舉而匋於一編之中。嗚呼！意良苦矣！[36]

言明《志異》一書乃為針砭時事而作，但《俚曲》則更能如暮鼓晨鐘地教育各種階層的人民，尤其是低下階層，能令之參破村庸之迷而移風易俗、改惡為善，蒲松齡之用心實「意良苦矣」！

總上可知，蒲松齡是以各種形式的故事內容，來說明及端正社會風氣，以讓所有人民能知「善行自得天助」的道理。正如其子蒲箬所言：「……又演為通俗雜曲，使街衢里巷之中，見者歌，而聞者亦泣，其救世婆心，直將使男之雅者、俗者，女之悍者、妒者，盡舉而匋於一編之中。嗚呼！意良苦矣！」此俚曲創作之初衷殆無疑。

2.〈琴瑟樂〉、〈醜俊巴〉之原創動機

〈琴瑟樂〉是一部別具特色的俚曲，最主要原因，乃一般咸以為它引用了相當多《金瓶梅》中有關「性」方面的描寫，故早期固然一方面是由於其文本在國內已亡佚而無從探究，如路大荒所收集的《蒲松齡集》中，亦無此一著作，而只聽聞有一〈閨豔琴聲〉的俚曲題名。又後來盛偉在西元一九八六年所出版的《聊齋佚文輯注》裡，也收錄了其相校淄川王氏天山閣藏抄本題名〈閨豔琴聲〉的清抄本及日本慶應義塾大學珍藏之〈琴瑟樂〉兩種本子而成之〈琴瑟樂〉俚曲，但如盛氏之自言：「輯錄時，我又將該俚曲中所夾雜的一些不健康的描寫文字的情節刪去。所刪部分在文中注明，全文共刪約七百七十餘字。」[37] 其文字內容之獨特性，於此乃可見一斑。

那麼這樣一篇獨具「性」文字特色的作品，究竟蒲松齡想要表達的是什麼呢？或許我們該先探究其故事內容，如此才能有一好的立足點。

故事乃以一未出嫁女子，雖正值思春年華，然限於中國婦女傳統被動的禮俗，雖心中焦躁萬分，卻只能耐心等候。繼而有了門當戶對的人家來相看、締婚、下聘後，最後終於出閣。接下來作者便既溫婉又寫實地描述了一段新婚洞房之經歷，著實把千百年來，所有新婚夫妻初嘗愛情滋味的羞喜情態表露無遺。尤其一段因中國古禮中，在新婚一個月後，娘家會派人來將新娘帶回住一個月，俗稱「住對月」，蒲公更是把那新婚分離之不捨與其亟欲見到愛人之焦急情態，全然詳實而委曲道盡，寫出了夫妻的閨房之樂。其實男女之間的情愛追求，遠在孔子用以教弟子之《詩經》中便已提及，如〈關睢〉之云：「關關睢鳩，在河之洲。窈窕淑女，君子好逑。」[38] 且其更言：「窈窕淑女，寤寐求之。求之不得，寤寐思服。悠哉悠哉，輾轉反側。」[39] 那思念、追求是令之輾轉反側而難以成眠的。又如〈野有死麕〉中有言：「野有死麕，白茅包之。有女懷春，吉士誘之。林有樸樕，野有死麕。白茅純束，有女如玉。舒而脫脫兮，無感我帨兮，無使尨也吠。」[40] 更是露骨的寫兩人於林中約會，而女子之囑其情郎勿過魯莽、勿使尨吠，詩中女子欲拒還迎之嬌羞情態，躍然紙上。所以可知男女之間本就是異性相吸、互相愛慕，而這亦為亙古以來永恆不變之自然法則。若是瞭解這個道理，那麼蒲公之撰〈琴瑟樂〉或許也就可以不被視為離經叛道而猥穢不堪，如此我們也可以從一個單純的態度去看待這篇奇文佳作了。

事實上，蒲松齡在〈琴瑟樂〉曲末即自述了其創作此曲之原意，其云：

> 信口胡謅，不俗也不雅；寫情描景，不真也不假。男兒不遇時，就像閨女沒出嫁。時運不來，誰人不笑他？時運來了，誰人不羨他？編成小令閑玩耍，都淨是些胡話。即且解愁懷，好歹憑他吧。悶來歌一闋，我且快活一耍。
>
> 富貴功名，由命不由俺；雪月風花，無拘又無管。清閑即是仙，莫怨身貧賤。好月初圓，新醬傾幾盞。好花初開，「奇書」讀一卷。打油歌兒將消遣，就裏情無限。留著待知音，不愛俗人看。須知道識貨的，他另是一雙眼。[41]

雖文句中蒲松齡言有：「男兒不遇時，就像閨女沒出嫁。時運不來，誰人不笑他？時運來了，誰人不羨他？」又云：「富貴功名，由命不由俺」，似皆描述對現實科舉功名之欣羨，然己卻未逢時遇，故只得裝作悠閒的說：「清閑即是仙，莫怨身貧賤。」但這其實就是蒲公作此曲之背景，感慨自己滿腹才學，卻時運未至，言下之意，頗有惆悵、抑鬱不得志之懷。

至於〈醜俊巴〉這部俚曲，或許我們只能說是「半部」俚曲，因現今僅存兩節，且第二節尚殘，因此我們並無法理解作者之欲將故事意向帶向何方，故僅能就其現存內容，闡述作者之原創動機了。

在此曲之開場「西江月」中，作者即云：「一個說金蓮最妙，一個說八戒極精；我遂及他撮合成，哪管他為唐為宋。淨壇府呆仙害病，枉死城淫鬼留情；酆都城畔喊一聲，就成了一雙鸞鳳。」[42] 可見作者是有意要讓醜而精的豬八戒與淫而妙的潘金蓮撮成一對鸞鳳，而這樣的開頭豈不極具趣味性？繼而作者便描述了天蓬元帥豬八戒，一日無事駕雲離了天宮，吃醉了酒，適巧見到了淫亂俊麗的潘金蓮正被惡鬼們押解到陰司去，頓時豬八戒起了色心，然卻只能眼望而無法得手，使得天蓬元帥因相思而足足病了十日，直令其「渾身消瘦鬣毛鬆；腮子掉了二斤半，後坐瘦的豎腦尖，耳朵搐的相薄脆，前槽搭喇踠了肩」[43] 之為伊消得人憔悴啊！但由於並無終篇，所以就作者之言：「我遂給他撮合成，哪管他為唐為宋。」筆者以為語氣上似乎是如〈琴瑟樂〉一般，亦乃蒲公為玩耍解悶而作才是。

總上言之，蒲松齡之創作〈琴瑟樂〉及〈醜俊巴〉之原意，應是如其在〈琴瑟樂〉中所自言：「編成小令閑玩耍，都淨是些胡話。且即解愁懷，好歹憑他罷。悶來時歌一闋，我且快活一霎。」[44] 只為解解不順意之愁緒，故乃編此小曲來閒玩解悶罷了。而此文蒲公又言：「留著待知音，不愛俗人看。」[45] 因俗人俗不可耐，或許只重視「性」方面的描寫。而不若「識貨的」雅士一般，能在看完這描寫少女懷春的〈琴瑟樂〉後，亦能瞭解「此情無限」；而在卒讀豬八戒起色心於潘金蓮的〈醜俊巴〉後，亦能引其會心之一笑。

3.〈窮漢詞〉之原創動機

〈窮漢詞〉又是一篇蒲公俚曲中特殊的著作，其篇章短小，而其形式上，又不同於他部俚曲之有多位以上角色的對話而成，此乃一窮漢以說唱方式一人獨演，祈求著財神能將好運、財富帶來給他的內容。雖文字敘述乃如插科打諢般極富趣味性，但蒲公背後所隱藏的那份對窮人在困苦的環境裡，所欲求得生存的企盼，絕對是會令人在閱讀此俚曲後深深為之動容。

如其開場即云：「孩子絕不探業，老婆更不通情，攮他娘的養漢精，狗腿常來逼命。止有一身破衲，夜間蓋蓋蒼生。綽號名為『大起靈』，一起滿床光腚。」[46] 形容雖通俗而近乎不雅，但感情卻是真真切切，可看出其困窮到全家只剩一件破衣當蓋被，而若一人起身穿上破衣，則滿床的家人便全沒了遮蓋之物。且又有官府之狗腿（差役）經常到府催納賦糧，這日子之悲慘難過，豈不令人在閱其遊戲文字時，有著另一番同情與憐憫。

而說到官吏之視人命如草芥，曲中又敘道：「糧也欠，米也欠，糧食粜的沒一石，衣服當的沒一件，狗腿常來給俺沒體面，嘴兒翻邊又捲沿，眼兒惡釘珠兒轉，把他娘的好難看！說了道了都不算，也有酒，也有飯，盡他搗，盡他揎，還要給截官兒見，休要誤了這一限。成年論月，犁眼鑽圈，真正是氣也氣不死！」[47] 那些狗腿的官役們狗仗人勢，已經是接受巴結賄賂吃了飯、喝了酒了，卻還是威脅恐嚇著按期交糧納稅，否則便拉去見官坐監，這樣貧苦的日子，蒲松齡作〈窮漢詞〉是把窮人滿腹的委屈與面臨之窘境，給真實地呼喊出來了。

蒲松齡身居山東，其既無顯赫家世，又非經商或地主等，故家境並非富裕。且山東歷來多災，如在前「蒲松齡之生平事蹟」一節中所述，蒲松齡七十六年的歲月裡，《淄川縣志》中記載的天災即有十六次。換言之，平均每四至五年就有一次天災降臨，因此一般平民百姓生活上只求能得溫飽，便已心滿意足，哪裡可能積聚財富而為富人？人民生活的困苦與艱難，於此乃顯而易見，也因此〈窮漢詞〉此曲便依此而有，而蒲松齡或許也藉以抒發他那滿腹的牢騷吧！

（二）附帶動機

文學表現形態有許多種，有詩、詞、曲、賦、散文、小說……等等各種文體，而其所展現的內容，涵蓋的範疇層面，更是上達國家社稷，下至個人閒雜，大如宇宙穹蒼，小似芝麻蒜皮，皆可成為文學創作之主題，而或為戲謔、或為嚴肅、或為寫實、或為抒情等等，不一而足，是而創作藝術無限，而終令文學有著無限的變化與多采多姿。

而在作者有意為文時，必有其主要所欲創作之動機，此即前小節之所謂「原創動機」。但在「原創動機」外，作者也或許會在創作的過程裡，增加其許多想法與用意，或受環境時勢影響，或欲展現個人才華等等，呈現出其「附帶」的一些構思，而這些，筆者以為則可統稱為「附帶動機」。

綜觀蒲松齡《聊齋俚曲》中，勸善教化為其創作之原始動機，此乃無疑。至於附帶動機，則依筆者分析後，大致有四：

1. 表現對國家、社會、人民的關注

文學形態雖然多樣，而內容亦極紛雜，但無疑，當文學作品若是以反映人生或時代背景為主的話，則其歷史價值意義不僅較大，且也更能撼動人心。如詩史杜甫之〈石壕吏〉寫道：「暮投石壕村，有吏夜捉人。老翁逾牆走，老婦出看門。吏呼一何怒，婦啼一何苦。聽婦前致詞：三男鄴城戍。一男附書

至，二男新戰死。存者且偷生，死者長已矣！室中更無人，唯有乳下孫。有孫母未去，出入無完裙。老嫗力雖衰，請從吏夜歸。急應河陽役，猶得備晨炊。夜久語聲絕，如聞泣幽咽。天明登前途，獨與老翁別。」[48] 描寫杜甫投宿石壕村時，聽到隔壁有官吏來捉軍伕，而老翁急忙爬牆逃走，留下老婦苦苦哀求，但最終莫可奈何連老婦也被捉走，這樣的史詩，讀來豈不令人為之鼻酸。

又如白居易之〈賣炭翁〉寫宮中宦官向貧苦百姓名為買炭，但實際上乃奪取之手段，其云：「賣炭翁，伐薪燒炭南山中。滿面塵灰煙火色，兩鬢蒼蒼十指黑。賣炭得錢何所營？身上衣裳口中食。可憐身上衣正單，心憂炭賤願天寒。夜來城上一尺雪，曉駕炭車碾冰轍；牛困人飢日已高，市南門外泥中歇。翩翩兩騎來者誰？黃衣使者白衫兒：手把文書口稱敕，迴車叱牛牽向北。一車炭，千餘斤，官使驅將惜不得。半疋紅紗一丈綾，繫向牛頭充炭直。」[49] 貧困之賣炭翁，辛辛苦苦製炭，只為身能蔽寒，口能飲食，所以即使衣單，仍希望天寒，如此才能將炭賣個好價錢。無奈正遇宮中宦官購物，最後一車千餘斤的炭，卻僅僅獲得「半匹紅紗一丈綾」的微薄報酬，這種對社會人民投之以強烈關注的文學，絕對是足以令人掩卷沈思而低迴不已。

杜甫和白居易都看到了困厄的國家社會下，低下階層窮苦百姓的生活，故而寫實地反映在其作品裡，這體現的就是一個「真」字，因此能動人心弦而引發其心靈中極深的感慨。而蒲松齡的十五種俚曲中，處處可見的就是這麼一種反映水深火熱中人民的感受。他對國家，強烈批判皇權；對政府，舉發貪贓舞弊；對人民，同情民生窮困。凡此種種，皆是其為勸善教化之主題外，所觀察之國家、社會、人民狀況，而為其所申論欲以明之於天下，並一吐胸中憤懣之氣。

如〈增補幸雲曲〉即寫正德皇帝之置國事於不理，且猶如市井無賴一般，只知尋歡於妓院，並大耍其流氓行徑，蒲松齡對此表現其譏諷與譴責。但其實這何嘗不是作者「案意在此，而言寄於彼」的諷刺滿清。說明國家紛亂，社會不安，百姓困苦，但封建皇權的清朝政府是否看見了呢？且是否願意用心改善百姓之生活呢？

又如〈寒森曲〉寫的是兄妹二人赴陰司告狀的故事。惡霸趙惡虎為霸佔田產而殺了善人商員外，其二子商臣、商禮不甘，因在陽間具狀告訴，然趙惡虎卻一路行賄，自縣、府、司至院，均皆受賄，故商臣兄弟因而敗訴。其女商三官乃扮作清唱藝人，藉機殺了趙惡虎，而後自戕。但到了陰間後，趙惡虎又在陰司行賄，買通閻王、判官、城隍等等，而商員外及商三官不敵，又被誣判，乃求助於商禮，於是又展開一段漫長的陰司訴訟。但由於閻王等陰司官吏受賄，而商禮屢告不成，且受盡陰間刑罰，但商禮毫不氣餒，最後一波三折，才尋得二郎神為之主持正義，乃將閻王、判官、城隍等一干惡吏繩之以法，而商員外、商禮復生為人，商三官升格為神。故事曲折有趣，然其間諷刺意味則再顯明不過。作者最後雖以圓滿作為結束，但中間傳述不僅陽世有貪官污吏之接受賄賂以行不公之事，甚至連陰司也是一個「有錢能使鬼推磨」的世界，自閻王以下等陰間主宰，個個貪贓枉法、舞弊受賄，蒲公在這兒是全然地表現其對整個社會國家之不滿與徹底失望啊！

蒲公寫作俚曲，固然主要乃勸善教化世人之傳善行、改惡端，但他同時附帶的也在創作裡提出其反映當時背景之思想主題，且均深刻地描繪出低下階層百姓的心聲，故其在《聊齋志異》之〈自敘〉中云：「知我者，其在青林黑塞間乎！」[50] 在俚曲中不亦得證！

而筆者於此只是列舉數例證之，至於詳細部分，則請參閱本論文之第四章——「《聊齋俚曲》之內容思想」。

2. 展現其卓越之音樂才能

蒲公應極曉音律，我們見其〈聽張道士彈琴〉一詩即可得知，其寫道：「二十二歲餐霞人，韓湘應必是前身。偶過道院聽清泛，洗卻胸中萬斛塵。處處淫哇鬧竹宮，忽逢列子御清風。不須絕調如流水，能解吟操便不同。」[51] 其中「忽逢列子御清風」及「不須絕調如流水」雖可作成二解，一為描寫蒲公只偶然經過道院聽到張道士彈琴，便即識出其所奏乃「列子御風」及「流水」二曲；一為「列子御清風」、「流水」乃指曲調旋律之流暢悅耳。但無論何解，蒲公對音樂之鑑賞乃無庸置疑。

又如秦吟在其〈蒲松齡與音樂〉一文中，則云：「……現只就音樂一個方面看，《聊齋志異》（三會本）所收錄的四百九十篇中，以音樂活動為題材或記錄和描述音樂活動的即有四十二個篇目。佔全書篇目的8.6%。在一部文學作品中，竟有如此多的篇章寫到音樂活動，除去唐代著名詩人白居易，歷史上很少有作家、詩人與之媲美。從而亦足見蒲松齡對音樂的重視和偏愛了。」[52] 不亦清楚說明蒲公音樂造詣之高，實非泛泛之輩。

而其十五部俚曲，共用五十二種清之時調，且搭配之合宜，如在王川昆的〈對蒲氏俚曲的思考發微〉一文中曾提及，當他拿著蒲松齡的俚曲給中國音樂研究所的名譽所長楊蔭瀏先生看時，楊先生云：「蒲松齡對明清俚曲不但非常熟諳，而且還很有研究。所以選用的『俚曲』，不論南曲、北曲還是俗曲，用的都比較講究。」[53] 由此可見蒲松齡其卓越的音樂才華，是足可為世人所肯定。

蒲松齡一生由於並未考取功名，僅以教書為業，故閒暇時乃勤於著述，其著作極豐，而且範疇極廣，如《聊齋志異》、《婚嫁全書》、《帝京景物選略》、《省身語錄》、《宋七律詩選》……等等，似乎蒲松齡是有意涉獵各種文體，而欲成為一曠古絕今「通才」的文學作家，以彌補其科舉考試屢試不第的遺憾，故其著作層面，即使遍閱歷史上著名之文學名士，也難有出其右者。依此而思，則蒲松齡本乃一熟稔絲竹金石之音樂家，又豈會錯過這一顯長才不僅可以勸善教化，而且亦可告知世人其音樂才能的機會。故而其創作俚曲之附帶動機，這一點的存在乃無須有所懷疑。

3. 表達通俗俚曲亦可為文學之藝術

俚曲專家陳玉琛曾如此盛讚蒲公說：

> 縱觀十五部俚曲及其在藝術方面的研究，可以看到，蒲松齡不僅通曉前代的各種藝術形式，而且有著卓絕寶貴的創新精神。從變文、寶卷、宣卷、唐宋詩詞、鼓子詞、唱賺、諸宮調、元雜劇到各種俗曲，他無所不通；從駢散歌賦、說唱、戲劇，他無所不能。沒有哪一種藝術形式能束縛他的藝術翅膀，沒有哪一種藝術形式不可為他所用。在學習繼承前代藝術形式上，他即善於融會貫通，又善於發揮自己的創造精神，從而使俚曲成為不拘一格而又自成一體，別於雜家而又獨具特色的一個藝

術品種。[54]

蒲松齡的創作數量是驚人的，且其文學藝術的才華，亦是為後人所讚嘆的，而其作俚曲卻不用崑曲等所謂戲曲「正統」之宮調曲牌，則又可見其「從而使俚曲成為不拘一格而又自成一體，別於雜家而又獨具特色的一個藝術品種」。

事實上，這十五部俚曲不僅留下許多足可為後人傳唱的音樂藝術，且相當程度地反映清初政府腐敗、社會紛亂與人民貧困的歷史。又文辭上雖是以方言寫成，中間使用不少一般以為不雅甚至鄙俗的文句或俚語，但這何嘗不是一種語言文字的傳承呢？蒲松齡別出心裁地以故鄉方言作俚曲，他難道無法如歷史上那些大戲曲家用「正統」宮調，並寫出文雅別致的詞句嗎？我們看他《聊齋志異》或其他著作，深知這位大文豪若要以典雅之詞創作，恐怕是不會遜色於同時代的「南洪北孔」才是。那麼他何以堅持用故鄉的語言創作呢？或許簡而言之就是：他喜歡創作，且極富創造精神，而且他就是刻意要寫出這樣的作品來顛覆傳統，在他的創作動機裡，自始至終也就是有這麼一種不喜蹈人覆轍，重複別人已作過的精神。更進一步地說，在他的文學觀念中，通俗俚曲絕對也可以是文學之藝術。而他正是朝向這個方向作出一部又一部令人嘆為觀止的聊齋俚曲啊！

4. 寫作俚曲以自娛娛人

如〈慈悲曲〉之開場云：「別書勸人孝弟，但是義正詞嚴，良藥苦口吃著難，說來徒取人厭，唯有這本孝賢，唱著解悶閑玩，情真詞切韻纏綿，惡煞的人也傷情動念。」雖其重心在勸戒世人並予教化風俗，但「唱著解悶閑玩」，不就是蒲公其自娛娛人的創作態度。

再如〈快曲〉一部，乃蒲松齡改編三國故事，將本寫諸葛亮點將圍剿曹操，而關羽卻在華容道放其生路，這一則「捉放曹」的故事，改為雖關羽放過曹操，但卻被張飛追及，一矛刺死並梟其首級，情節敘來實緊湊生動而大快人心。但史實終非如此，故蒲公也只能在結尾云：

> 天下事不必定是有，好事在人作。殺了司馬懿，滅了曹操後，雖然撈不著，咱且快活口。詩曰：「華容一事千秋悶，未斬奸臣老賊頭；不是一矛快今古，萬年猶恨壽亭侯。」[55]

雖未能如蒲公〈快曲〉所願，曹操為張飛所殺，但正如其自言「咱且快活口」，就寫來自娛娛人、快活快活，又有何不可呢！

又如〈增補幸雲曲〉一部，蒲松齡更是直接將其搬上戲台，而以說書的口吻為其開場：

> 話說只為這件奇事，編了一部〈耍孩兒〉，雖則流傳已久，各人唱的不同。待在下唱來，尊客休嫌污耳。[56]

這正是述說蒲松齡作俚曲乃有唱來與他人聽，以為娛樂之效果。

以上所列數例，均足以說明蒲公之作俚曲，卻有為之解悶閑玩，也亦有藉此讓他人傳唱，而一同快活之用意。而雖如在周貽白《中國戲劇史》及劉大杰《中國文學發展史》中，均未能肯定聊齋俚曲是否於當時確實上演過，但後來多數人證明俚曲是必然上演過的。如蒲松齡即自云其作〈姑婦曲〉乃為「二十餘年老友人，買來矇婢樂萱親。惟編姑婦一般曲，借爾弦歌勸內賓。」[57] 在畢氏坐館時，為獻畢際友夫人王氏壽誕而作，那麼豈不於當時上演之？又如在楊蔭瀏《中國古代音樂史稿》中亦云：「據說，一八九七年左右，還有人能唱全本〈磨難曲〉。可見〈磨難曲〉是曾被實際演唱過，是經過了相當時期才流傳而漸漸失傳的。」[58] 可見而今雖已無人能唱全本〈磨難曲〉，但其確實登台，則毫無疑義。另外馬瑞芳在其《蒲松齡》一書中，亦云其曾實地考察，確信俚曲曾被搬上過舞台，而蒲松齡的後人還曾向馬教授描述當時演出〈蓬萊宴〉時的盛況[59]。凡此，均可證其確實演出過。而《聊齋俚曲》固然以勸善教化為主軸，但其間羼有自娛娛人的動機，卻也是不言可喻。

四、《聊齋俚曲》之成篇時間

在〈蒲箬等祭父文〉中寫道：「……暮年著《聊齋志異》八卷，每卷各數萬言，高司寇、唐太史兩先生序傳於首，漁洋先生評跋於後，大抵皆憤抑無聊，借以抒勸善懲惡之心，非僅為談諧調笑也。間摘其中之果報不爽者演為通俗之曲，無不膾炙人口，可歌而□□（原缺）。」[60] 其言暮年方成《聊齋志異》八卷，這「暮年」自是已指晚年了。並由從中揀選出因果循環、報應不爽的故事來，演而為通俗俚曲，乃可知其時間必然又更晚於《聊齋志異》的創作時間（事實上，俚曲有多篇便是從《聊齋志異》中改編而來，此部分情節及其間差異，留待本論文第五章詳論，此處暫不贅言）。但這只是「大體而言」，實際上，俚曲中是亦有蒲公年輕時的作品。

那麼張元所寫於蒲氏〈墓表〉碑陰「通俗俚曲十四種」，是否就是蒲松齡寫作的順序呢？這一點高明閣在〈作者晚年的俗曲創作〉一文中，有比較清楚的解釋，其云：

> 至於到了張元〈墓表〉碑陰，又把這些俗曲的順序完全搞亂了。是按創作先後？不是，〈牆頭記〉很明顯，年代很晚，卻列在最前面；是按質量高低有無代表性麼？也不是，〈醜俊巴〉未完，卻列在中間。只有一個理由，「各一冊」的列在一起，「各二冊」的列在一起，為了好數，防止佚失。《蒲松齡集》中的《聊齋俚曲集》，基本上也是按順序編排的。[61]

這個說法，基本上，筆者以為絕對可以接受。但張元是否就漫無目的地把一冊的置於前，兩冊的置於後，而毫無其想法？對此筆者則有所存疑。但盛偉則為此作了一個合理解釋，其云：

> 蒲箬在〈柳泉公行述〉中，談到蒲松齡為什麼將其《聊齋志異》中某些篇章改寫為俚曲時說：「而猶恨不如晨鐘暮鼓，可參破村農之迷，而大醒市媼之夢也，又演為通俗雜曲，使街衢里巷之中，見者歌，而聞者亦泣，其救世婆心，直將使男之雅者、俗者，女之悍者、妒者，盡舉而匋於一編之中。」張元寫〈墓表〉時，自然是看到這篇〈行述〉。古人為先人立碑及其對先人碑文的寫作是極為講究的，所以，其碑陰所列「通俗俚曲十四種」，張元不可能將蒲氏早期所創作豔情俚曲列於篇

首。[62]

所以其雖依單冊與兩冊分別列之，但其順序上，單冊的部分為：〈牆頭記〉、〈姑婦曲〉、〈慈悲曲〉、〈翻魘殃〉、〈寒森曲〉、〈琴瑟樂〉、〈蓬萊宴〉、〈俊夜叉〉、〈窮漢詞〉、〈醜俊巴〉、〈快曲〉等。則可見前五篇乃皆反映出中國固有之傳統美德「孝悌」精神。而這類如〈牆頭記〉等俚曲，必然在當世有絕對的警世作用，也符合蒲公精神，若有演出，也必定是時常搬演於舞台上的，故張元乃將之列於前。爾後才是一些描繪豔情或神仙鬼怪、窮人辛酸、改編歷史等故事，所以這樣的順序應是張元依個人想法而作的編排，而絕非是蒲松齡各篇俚曲創作的時間，這是首先要特別說明清楚。以下則就各俚曲，一一探討其約作於何時。

（一）〈窮漢詞〉之成篇時間

〈窮漢詞〉的成篇時間在蒲松齡諸俚曲中較為無疑，主因即藤田祐賢在〈聊齋俗曲考〉一文中記載[63]，在日本慶應義塾大學裡藏有淄川畢子俊之舊藏抄本，而其文章末尾則有「康熙十五歲次丙辰下浣」數語，此時即為西元一六七六年，蒲公時年三十七，故時間上應是沒有問題。

（二）〈琴瑟樂〉之成篇時間

〈琴瑟樂〉一文在日本慶應義塾大學的藏抄本末附有高珩及李堯臣二人之跋，但時間上卻分別署為甲戌年（康熙三十三年，西元一六九四年）及乙亥年（康熙三十四年，西元一六九五年），乍視之，似以為乃蒲松齡五十五歲左右的作品。但我們就其描寫新婚夫妻閨房之樂的口吻看來，似乎又覺得這篇俚曲不太可能寫於此時，而是應作於其青壯年時期才對。如藤田祐賢在其〈聊齋俗曲考〉中[64]，即言此曲乃作於康熙十三年（西元一六七四年）前後，蒲公三十五歲時的作品。而這樣的結論應是根據蒲松齡許多與此相同內容的小曲所推論而得。

究竟有哪些小曲與〈琴瑟樂〉的情節相符呢？盛偉在其〈蒲氏碑陰俚曲十四種順序考〉裡，乃作了詳細而具體的論述。首先蒲公在康熙五年（西元一六六六年）時，曾因生活所迫，故應邀到王村設館教書，聽聞鄰村有一賢婦，但其丈夫卻有韓壽之癖，故感而寫下〈夜雨思夫曲〉，其內容乃：

小引：難消日影偏遲遲，窗外好鳥唱唧唧。
雙眉不待情君掃，自點胭脂自整衣。

〔雁過聲〕譙樓一鼓敲，譙樓一鼓敲，佳人忙把銀燈挑，不住地往外瞧。盼不到好瞧，愁鎖雙眉淚珠拋。愁鎖雙眉淚珠拋。

〔前調〕譙樓二鼓急，譙樓二鼓急，忽聽窗外雨淋漓，不住地淚珠迷。風愈緊，雨愈急，梧桐葉落草萋萋。梧桐葉落草萋萋。

〔前調〕譙樓三鼓過，譙樓三鼓過，爭奈愁思往事何。冷清清，風颯颯；幽愁長，燈花落。淒風涼雨長夜何。淒風涼雨長夜何。

〔前調〕譙樓四鼓交，譙樓四鼓交，無限傷心被他拋。聽聆淋雨聲遙，疏還密，低復高。幾陣窗前人驚攪。幾陣窗前人驚攪。

〔前調〕譙樓五鼓初，譙樓五鼓初，紛紛淚點如雨珠。

> 半壁殘燈離迷，雨中因想更淒。聲聲默默動人思。聲聲默默動人思。[65]

曲後蒲公並有附後曰：「康熙五年秋月之初，有臨村之賢婦者，但伊夫素嗜韓壽之癖，如適其性，恆終夜不歸；而是婦輒於風宵雨夜而伺之，以為常。茲以素悉其概，故作是曲以志。松作。」[66]

繼而，在康熙六年（西元一六六七年）時，蒲公又寫下了〈新婚宴曲〉，並撰述了〈特志事略〉，清楚說明其作此曲之目的，其〈志〉中云：「康熙六年，仲春之月，適在王村，課蒙為業。有村古城，偶往游焉，訪故人耳。作席地談。某之比鄰，素亦望族，吉期合巹。新婚之夜，交杯換盞，情愛異常。人生極樂，孰比於斯？豈吾慕之，人人慕之。故作此曲，永久志之。」[67]而〈新婚宴曲〉的內容則為：

> 小引：朧明春月照花枝，始是新承恩澤時。
> 　　　長倚玉人心自醉，年年歲歲樂千期。
>
> 〔疊斷橋〕一更鼓兒敲，一更鼓兒敲，孔雀屏開銀燈照。借燈光，細把佳人瞧。輕點朱唇，淡把蛾眉掃。輕點朱唇，淡把蛾眉掃。面龐兒、自來帶笑。面龐兒、自來帶笑。
>
> 〔前調〕二更樂聲喧，二更樂聲喧，陳設酒筵色色鮮。有侍婢、雙雙把杯盞。玉液瓊漿，珍味盛大盤。玉液瓊漿，珍味盛大盤。果品兒、樣樣新鮮。果品兒、樣樣新鮮。
>
> 〔前調〕三更肴羹萃，三更肴羹萃，交換金樽調美味。

互相勸，各盡兩三尋。迥飲千杯，也是不能醉。迥飲千杯，也是不能醉。並肩兒、玉人一對。並肩兒、玉人一對。

〔前調〕四更酒興闌，四更酒興闌，雙攜玉手並香肩。剪燈花，仔細來相看。玉體亭亭，金蓮又纖纖。玉體亭亭，金蓮又纖纖。輕盈兒、一雙臂腕。輕盈兒、一雙臂腕。

〔前調〕五更星月稀，五更星月稀，同入羅幃同解衣。早現出：那珠輝玉麗，明霞般骨，似沁雪般肌。明霞般骨，似沁雪般肌。盡力兒、擁抱偎依。盡力兒、擁抱偎依。[68]

又康熙十二年（西元一六七三年）蒲公又寫了一首〈尼姑思俗曲〉，其云：

小引：尼姑睡矇朧，夢見一書生。
　　二人恩和愛，鐵馬響一聲。
　驚醒南柯夢，翻身是個空。叫聲小情郎，影兒無了蹤。

〔疊斷橋〕一更裡，獨坐禪堂。一更裡，獨坐禪堂。手拿著木魚兒，一陣好悲傷。手拿著木魚兒，一陣好悲傷。落了髮，去修行，離了家鄉。最可憐奴在青春未配那少年郎。最可憐奴在青春未配那少年郎。算小奴活不過三、六、九歲，因此上，二爹娘將小奴捨在廟堂。因此上，二爹娘將小奴捨在廟堂。恨只恨老爹爹行事太錯；想當年作此事，二老並未商量。想當年作此事，二老並未商量。

二更裡，珠淚兩行。二更裡，珠淚兩行。山門外走進來美貌女紅妝。山門外走進來美貌女紅妝。穿著紅，掛著綠，多麼好看。懷抱著小孩童，口口叫聲娘。懷抱著小孩童，口口叫聲娘。黑真真烏雲髮猶如墨染，鬢邊上斜插著花兒秋海棠。鬢邊上斜插著花兒秋海棠。有閒事和無事，山門外看；看一看眾黎民，都比我出家強。看一看眾黎民，都比我出家強。

三更裡，睡正矇朧。三更裡，睡正矇朧。山門外走進來美貌一書生。山門外走進來美貌一書生。走上前拉住了袍和衣袖。他言說：同入幃房，敘敘相思情。他言說：同入幃房，敘敘相思情。我二人正在那愛戀之處，忽聽得鐵馬兒，嗳，當啷響了一聲。忽聽得鐵馬兒，當啷響了一聲。這才是驚醒了南柯一夢；翻翻身，叫情郎，摟抱一場空。翻翻身，叫情郎，摟抱一場空。

四更裡，打掃禪堂。四更裡，打掃禪堂。開山門，人進來，還願又燒香。開山門，人進來，還願又燒香。也有男，也有女，也有老少；也有那好夫婦，男女好情腸。也有那好夫婦，男女好情腸。有姑娘共學生成雙配對；最可恨作小尼，苦守在禪堂。最可恨作小尼，苦守在禪堂。見婦女懷抱著小小嬰孩；可嘆我當尼姑，一世也白來。可嘆我當尼姑，一世也白來。

五更裡，淚流如雨。五更裡，淚流如雨。眼看著月色歪，天到發了明。眼看著月色歪，天到發了明。清晨起，到禪堂，蒲團打坐。洗洗手，漱漱口，奴好去念真經。有小尼正把那真經來念，猛聽得半空中呼喚一聲。

叫一聲小尼姑洗耳敬聽。叫一聲小尼姑洗耳敬聽。我本是上方界普化三通，奉上神，來點化，你且記心中。奉上神，來點化，你且記心中。從今後且不可思念紅塵事，小心著造下禍，五雷又來轟。小心著造下禍，五雷又來轟。訓話罷，一陣風，無了蹤影。有小尼才知道上神把話明。從今後回禪堂苦苦去修行。從今後回禪堂苦苦去修行。[69]

而若把尼姑的角色換成〈琴瑟樂〉中待嫁之女主角時，其心境是何其相似啊！且其後有附文乃云：

康熙十有二年，暮春之初，寂寞無寥（聊），與高念東徒步而游。偶至邑城東北之故有蓮花庵，即同入隨喜。上方佛殿遍覽既畢，徑憩於禪堂。俄一小尼蹀躞獻茶。窺其意旨，頗有思俗之念。偶成此曲，玆志之。不無世有小補焉。

柳泉氏作[70]

即可推知是蒲公三十四歲時之作。

又有如應是亦作於此時，描繪夫妻二人閨房之樂的〈五更合歡曲〉，其內容為：

小引：斗畫長眉翠淡濃，遠山移入鏡當中。

曉窗日射胭脂頰，一朵紅酥旋欲融。

〔念奴嬌〕初更新合歡，沈吟半晌。怕庸姿下體，不敢陪從椒房。受寵承愛，一霎時，身判人間天上。唯願取：恩情美滿，地久天長。

〔古輪台〕二更月上窗，下金堂，籠燈就月細相量。庭花不及嬌模樣，輕偎低傍。這鬢影衣光，掩映出豐姿千狀。此夕歡欲，風清月朗，笑他夢雨暗高唐。

〔前調〕三更月，月高仙掌，今宵占斷好風光。紅遮翠障，錦雲中一對鸞鳳。瑤花玉樹，夜月春江，聲聲暗唱，月影過牆。搴羅幌，好扶殘醉入蘭房。花搖燭月映窗，把良夜歡情細講。

〔字字錦〕四更月，花影重。恩從天上濃，緣向前生種。金籠花下開，巧賺娟娟鳳。燭花紅，只見弄盞傳杯；傳杯處，驀自語兒唧噥。匆匆不容宛轉，把人央入帳中。帳中歡如夢，綢繆處，兩心同。綢繆處，兩心同。

〔前調〕五更月落西，奈朝來背地，有人在那裡，人在那裡，裝模作樣，言言語語，諷諷譏譏。咱這裡，羞羞澀澀，驚驚惕惕。猶憶夜來旖旎。回看處，恰似鴛鴦對宿。白頭偕老，今日伊始。[71]

凡此種種，我們若將之比照於〈琴瑟樂〉，則可得見其情境是何等相似啊！而足可令我們深信〈琴瑟樂〉必作於此時。但究竟何年？若乍言康熙十三年，似乎是過於武斷，故筆者以為我們亦只能等待更堅強的證據出現後，方能言之了。

（三）〈俊夜叉〉之成篇時間

〈俊夜叉〉的成篇時間，由於版本的不同，即有不同說法，其分別是：

1. 成於清康熙三十八年（西元一六九九年）

這個說法主要是緣於現存版本中，有路大荒所收《聊齋俚曲集》之〈俊夜叉〉及在山東蒲松齡紀念館中所藏「聊齋遺著整理稿紙」之抄本，而二本皆有文句云：

康熙爺己卯年，宗丌人，婆子大他一年半。

而由此，藤田祐賢乃首先在山東大學蒲松齡研究室所編《蒲松齡研究集刊》第四期中，發表其〈聊齋俗曲考〉一文，指出：「〈俊夜叉〉根據結尾曲詞的記述，可看作六十歲前後之作。」[72] 爾後高明閣在一九八五年，於山東淄博召開的第二次全國蒲松齡學術討論會上，提交了〈蒲松齡俗曲創作篇第考〉文章，亦贊同了藤田祐賢的看法[73]。而此看法，在鄒宗良所校注的《聊齋俚曲集》一書裡，亦作如此結論[74]。且從此看法者，已所在多是。

2. 成於清康熙十四年（西元一六七五年）

此時蒲松齡正值青壯年，年僅三十六歲。而持此說法者主要乃盛偉，其於一九九七年，蒲松齡紀念館所主編並發行之《蒲松齡研究》總第二十六期裡，發表了〈蒲氏碑陰俚曲十四種順序考〉一文。文中言其除擁有前述兩種版本外，又在中國社會科學院圖書館所藏之三畏堂本《聊齋遺集》中，尋得另一種版本，且雖此本題名乃《聊齋外書．賭博詞》，但實際內容便是〈俊夜叉〉。而這本子即寫道：

〔耍孩兒〕康熙爺，乙卯年，宗丌人，四十三，婆子大他一年半。

由此乃可推斷，康熙乙卯年乃是康熙十四年，即西元一六七五年，而此時蒲公則僅三十六歲。且盛氏又言，蒲公在寫作〈俊夜叉〉俚曲之前，早作有〈賭博詞〉一文，其云：

> 天下之傾家者，莫速於博；天下之敗德者，亦莫甚於博。入其中者，如沈迷海，將不知所底矣。夫商農之人，具有本業；詩書之士，尤惜分陰。負來橫經，故成家之正路；清淡薄飲，猶寄興之生涯。爾乃狎比淫朋，纏綿永夜，傾囊倒篋，懸金於崄巇之天。呵雉呼盧，乞靈於淫昏之骨。盤旋五木，似走圓珠；手握多張，如擎團扇。左覷人而右顧己，望穿鬼子之睛；陽示弱而陰用強，費盡魍魎之技。門前賓客待，猶戀戀於場頭；舍上煙火生，尚眈眈於盆裡。忘餐廢寢。則久入成迷。舌敝唇焦，則相看似鬼；夫迨全軍盡沒，熱眼空窺，視局中，則叫號濃焉，技癢英雄之臆；顧橐底，而貫索空矣。灰寒壯士之心。幸交謫之人眠，恐驚犬吠；苦久虛之腹餓，敢怨羹殘。既而鬻子質田，冀還珠於合浦。不意火灼毛盡，終撈月於滄江。即遭敗後，我方思，已作下流之物。試問：賭中誰最善，群推無褌之公。甚而枵腹難堪，遂栖身於暴客，搔頭莫度至，仰給於香奩。嗚呼，敗德喪行，傾產亡身，孰非博之一途致之哉！[75]

描述賭博之害人傾家敗德，而致不見容於親人好友，更有甚者，乃走上黃泉而亡身！繼而，在中科院的版本中，蒲公又寫有一首〈賭博五更曲〉，揭露賭徒之醜狀並回家後夫妻失和的情形，其寫道：

一更黑，黑了天，打伙子商量去賭錢。坐下就把端陽弄。叫了個么六，輸了半千。不打一更天，輸了八柱錢。人家坐紅，俺擲十三。兩吊銅錢，輸了個淨，到吃了局家七八袋烟。賭博場裡閒打蹭。坐下來就把端陽弄，四五六點都拷盆，一心卻還不足興。時氣低，運氣蹭，坐下點子照著磞。抓起骰來熱了盆，一輪輸了個淨打淨。

二更裡，月轉高。借了貳百文輸了。那裡誆借再來賭，借了一遭無曾借著。這錢極好撈，就是無了捎。極瞪著兩眼好似肉邊，埋怨自己無主意，最不該一回都輸淨了；埋怨自己無身分，平日和也胡打混。抓耳撓腮借不著，明日還人也不信。暗暗惱，心發恨，好似交了死絕運。手裡無個低小毫，這待怎麼著光打棍。

三更裡，半夜多。手裡無錢看歪博，人家吃餅捲雞蛋，饞的俺嘴裡光咽唾沫；急的俺把腳跺，躁的俺把手撮，不住旁裡瞎咕弄。人家拉俺睡了覺，睡了多時無曾睡著。贏家走，輸家求，站在旁裡閒多口。使心勞點一著，除不承情罵不休。閒多口，無良斗，局家好似呲拉狗。揪著耳朵摔出去，無顏搭撒往家走。

四更裡，眼正花。趴杈起來轉還家。推開門往家走，老婆坑（炕）上他又罵。罵了聲賊強人，罵了聲強人殺，無白無黑作的甚麼，惱惱性子不合你過，不是投井就是吊殺。不怨別人怨自己，前世命薄攤著你。那時燒了斷頭香，攤著你這賭博癖。孩子哭全不理，跳將起來把皮起。吃穿二字受操勞，看看誰來不強似你。

五更裡，大天明。婆子咕噥只推聾。埋怨自己作的錯，忍氣吞聲不作聲。疲困渾身疼，發花眼難睜。翻來覆去又受用，一頭扎在炕頭上；回頭朝裡推害汗馬，抓毛豎空炕上爬。作夢又把骰來抓，么了就是七星劍，八九就是一枝花。趕著贏，趕著杈，趴杈起來轉還家。炕上使了一身汗，醒來還是平鋪塌。

（此曲〈俊夜叉曲〉附後）[76]

末尾更題有「此曲〈俊夜叉曲〉附後」之語，即言〈俊夜叉曲〉乃附在此〈賭博五更曲〉之後，則可知其為一系列的著作。而如此，則主題為勸一嗜賭成性的賭鬼回頭，也才更具情節的豐富性與結構的完整性。

這兩種版本，雖僅在「己卯年」或「乙卯年」之間的差別，且「己」與「乙」二字本極相似，傳抄過程自易出錯，但造成的結果卻是一為蒲公時年六十，一則三十六，時間上極為離譜。

第一種講法，自然是因為他們所見版本，上面的時間寫的就是「己卯年」，故便直接推論為康熙三十八年，並以為當無可疑之處。而第二種講法，則因盛偉所得中科院版本中，上面出現了「乙卯年」，故便推之為康熙十四年之作品，又舉蒲公作有〈賭博詞〉一文，且符合其後所作〈賭博五更曲〉之意義內容，又〈賭博五更曲〉末尾又言「此曲〈俊夜叉曲〉附後」，則可知作者當是循序漸進，依次寫了這樣情節的三篇作品。但可惜的是，盛偉並未說明何以這便是其三十六歲時的作品，而僅言：「如果我們根據這一時間（康熙十四年，西元一六七五年），去研究〈俊夜叉〉，就可排除研究中的許多困難與疑團。據這個『乙卯』的時間概念推斷：〈琴瑟樂〉與〈俊夜叉〉寫成於同一時間範圍內，它完全合乎蒲氏一生思想的發展過程與蒲氏整個聊齋俚曲創作的規律。」[77] 但符合蒲氏什麼思想的發展與俚曲創作的規律呢？這中間盛偉卻又是完全沒有解答的。

又盛偉於〈蒲氏碑陰俚曲十四種順序考〉中，他是將張元所列的單冊俚曲部分又分為兩部分。第一部分包括〈牆頭記〉、〈姑婦曲〉、〈慈悲曲〉、〈翻魘殃〉、〈寒森曲〉等，第二部分包括〈琴瑟樂〉、〈蓬萊宴〉、〈俊夜叉〉、〈窮漢詞〉、〈醜俊巴〉及〈快曲〉等。並言第二部分乃統歸成於康熙十三年至康熙十七年間，而以此看來〈俊夜叉〉即該是在康熙十四年完成，故其或許以為如此即是「完全合乎蒲氏一生思想的發展過程與蒲氏整個聊齋俚曲創作的規律」吧！但這樣的推論，似乎是有為了導出其既定之結論，而勉強鋪排出過程之嫌。但相對地，這樣創新的想法，其實正好也提供我們另一思考的空間，思考著此曲是否真有可能是蒲公年輕時的作品。

筆者在反覆閱讀此曲及其他聊齋諸俚曲後，發現就分回的狀況來說，諸俚曲中僅有〈琴瑟樂〉、〈俊夜叉〉和〈窮漢詞〉三篇，從頭到尾，一氣呵成，並無分回。而〈琴瑟樂〉及〈窮漢詞〉二者，若要從內容的分析上或文字的使用上去理論歸納〈俊夜叉〉該屬何期時，是有其困難，但若從分回的狀況及文學創作的脈絡等外在因素來思考的話，似乎是能看出點端倪。從前面之敘述，又極可確定是完成於蒲公三十多歲，正值青壯之期的作品，所以〈俊夜叉〉從文章結構的分回上看來，似乎是可與前二曲相貫通，而言其作於此時。

再從創作作品的文學脈絡而言，一般以為都是先從閱讀他人作品後，進而模仿他人的作品，最後再成就具個人風格、獨樹一幟的自我創作。但若同一作家的同一種文體中，有短製、有長篇的話，似乎也是會先由短製入手，待有根基而熟能生巧後，再進行長篇之作，而這一過程應也是一合理的推斷，故若依此，則此文成於蒲公三十餘歲之際，或許也說得通。

由上之敘述可知，〈俊夜叉〉的成篇年代是有著「己卯年」與「乙卯年」兩種說法，而時間上亦相距有二十四年之久，但從俚曲的分回及文學創作的發展脈絡而言，似乎〈俊夜叉〉是較有可能成於蒲松齡年輕之際。但真正時間究竟為何，或許我們同樣也只有等待新資料的出現吧！

（四）〈醜俊巴〉之成篇時間

〈醜俊巴〉一曲，作者依舊並未標列出其創作時間，但這篇卻也是其十五部俚曲中，唯一未完稿的作品（抑或是其後半段已亡佚），僅存二回。但這篇簡短的俚曲中，我們卻可見得其閒玩解悶之創作態度，因其開篇即云：

> 一個說金蓮最妙，一個說八戒極精；我遂及他撮合成，哪管他為唐為宋。淨壇府呆仙害病，枉死城淫鬼留情；酆都城畔喊一聲，就成了一雙鸞鳳。[78]

把《西遊記》中之豬八戒和出現於《水滸傳》及《金瓶梅》的潘金蓮串聯一塊，這種雖似續書，但實著意於玩耍性質的態度是再清晰不過了。

藤田祐賢說道：「〈窮漢詞〉詼諧有趣地畫出了一個窮人，他窮得除了夫婦生活之外不能有別的樂趣，於是向財神傾訴了貧窮之苦。未成稿〈醜俊巴〉則以長篇曲詞描寫了入迷於潘金蓮的好色豬八戒。這兩曲的創作態度，也是與〈琴瑟樂〉相同的。」[79] 而鄒宗良更直接將之與〈琴瑟樂〉、〈窮漢詞〉、〈快曲〉等，列為蒲公運用民間文學形式進行創作的探索時期，並將之歸類在不成熟作品之列[80]。這些都說明了〈醜俊巴〉一曲，乃令人一觀即知其生澀之筆調，而不若其晚年俚曲思想之完整、成熟，是而雖未確知實際寫作時間，但毫無疑問，必亦在其青壯年之時。

（五）〈快曲〉之成篇時間

〈快曲〉，又名〈千古快〉，自其字義乃可知「快意」之喻。此回乃據《三國演義》之「戰夷陵」及「華容道」情節而述，但卻大改其意，在關羽於華容道之後，作者卻安排張飛殺出，並一矛刺曹操於馬下的「快意」情節，可謂改寫前人之作，此則近人名之為「續書」。

明清之際，「續書」的風氣極為盛行，最著名者如《紅樓夢》一書，後來之續書有如：逍遙子之《後紅樓夢》、蘭皋居士之《綺樓重夢》、陳少海之《紅樓復夢》、歸鋤子之《紅樓夢補》、花月癡人之《紅樓幻夢》……等數十種，或有接續程偉元、高鶚之後四十回而延伸發展，或有腰斬程、高二人之續而另行創新者，各懷抱負、各逞其能。另外又如續《水滸傳》者有《蕩寇志》、《新水滸》；續《三國演義》者有《新三國》；續《聊齋志異》者有《反聊齋》……等等，多有依前作之基礎，而更動其情節，亦暢敘續書作者之心意。且應即是在這種氣氛下，蒲松齡寫了其俚曲中，雖僅四聯，但卻痛快其意之〈快曲〉。

雖然蒲公有多篇文章述寫三國之事，且其中關於以曹操之惡行為主旨的，除〈快曲〉外，另有如小說之〈曹操冢〉、〈甄后〉及〈閻羅〉三篇；詩方面則有〈三義行〉一首。但可惜的是皆未述及著作年代，以致今日乃無法確實考辨其各篇之創作時間，而其中〈快曲〉亦如是。可是筆者推測，應也不會是蒲松齡晚年之作，主要原因有二：

1. 筆法快意，頗有豪邁之氣

孔子曰：「君子有三戒：少之時，血氣未定，戒之在色；及其壯也，血氣方剛，戒之在鬥；及其老也，血氣既衰，戒之在得。」[81] 清楚地說出人生三個階段，三種特別要戒除之事。其中「及其壯也，血氣方剛，戒之在鬥」。我們若以之相較於蒲公之〈快曲〉，則可知此文最易出現的時代必是如此，因其文中不僅寫下張飛刺殺曹操於馬下；甚至還有將其首級高掛百尺之竿上，而眾人輪番射之以洩恨；更恨極處，還描寫幾位士兵將曹操耳朵火燒且嚼之。這些形容不是「鬥」之極狠處嗎？故此曲實有成於其青壯時期那快意、豪邁之氣息。

2. 續書前著，乃有初嘗之意

前面已言，明清之時，文學家不乏有續書之作，而此文章只將《三國演義》中之一小段摘出，再加以改編重寫，僅成八千餘字，若言其為初創自己續書文學之作品的話，我想大概是可得到基本的認同。但蒲松齡什麼時候寫了這篇〈快曲〉呢？筆者以為若將其十五部俚曲綜觀歸納的話，屬於「續書」性質，且包括續其《聊齋志異》的話，當然有著相當多的篇章。但若純以續古典小說名著的話，則僅有〈快曲〉（續《三國演義》）及〈醜俊巴〉（續《西遊記》、《水滸傳》、《金瓶梅》之著）兩部俚曲罷了。而這兩篇所續內容恰恰正是明代四大小說，故極有可能是蒲松齡同一時期所寫成。或許我們更大膽一點的推測，蒲公可能受明清續書影響，而本有宏志欲將四大小說畢其功於一役，只是後來未能完成而已。又由於如前之所述，〈醜俊巴〉之曲詞頗近於〈琴瑟樂〉，而皆言男女情欲之事，乃亦應成於蒲松齡青壯年才對，而絕不似晚年之作。

（六）〈姑婦曲〉之成篇時間

〈姑婦曲〉的成篇時間亦是較能確定的，主要在其開場詩裡即云：

> 二十餘年老友人，買來矇婢樂萱親。
> 惟編姑婦一般曲，借爾弦歌勸內賓。[82]

而此事當指其在畢氏坐館時，畢年伯母，即畢際有之夫人王氏（生於西元一六二三年十二月十九日），因八秩大壽，故畢家乃買來矇婢孝親，而蒲松齡即編此〈姑婦曲〉，意在為之祝壽。

此事蒲松齡另撰有〈南山歌，壽畢年伯母〉一首，同〈姑婦曲〉一樣，亦為王夫人大壽所寫，其內容為：

> 南山磐石高蘢嵸，世彩堂前香霧滃。琅邪胄適尚書裔，
> 紛帨雜服雲錦動。郝鐘家範足儀型，桓孟風規胥傾竦。
> 初佐栽花後五馬，桐鄉猶作神明奉。彭澤頓壓玉蟬腥，
> 休文猶嫌金帶重。攜手深山舞彩衣，拂袖東皋薙荒茸。
> 仲郢參熊佐苦讀，楊子農桑亦兼董。潤周九里布春陽，
> 福應三多荷天寵。子舍一賢等鳳麟，孫枝八士擬珪珙。
> 含飴展笑庭幃歡，望色承顏几杖捧。夜夜登樓負王母，
> 望朔更番程健勇。高門駟馬正騰驤，巨壑群龍欲昂聳。

八衰康強尚如昔，弛杖回翔步高甬。不廢劬勞猶親績，
未肯尊優坐閒冗。我來叨與康兒戲，習上蘭階納決踵。
歲容南郭濫竽吹，日倚東窗布被擁。紗幔久沐文宣教，
昔日黑頭今種種。壯者已衰少者壯，人生易老如蠶蛹。
生晚夫人十七歲，蒲柳弱質漸臃腫。大德大年方未艾，
清淺蓬萊潮不湧。喜逢壽節共稱觴，我發狂歌響秋蛩。[83]

詩中云：「八衰康強尚如昔，弛杖回翔步高甬。」則清楚交代乃王母之壽誕。

由王夫人乃生於西元一六二三年，故八十大壽應為西元一七〇二年，即康熙四十一年。而蒲松齡此時乃六十三歲，距其從康熙十八年到畢家設館坐帳，至今正巧已屆二十三年，亦吻合其〈姑婦曲〉首句「二十餘年老友人」之與畢年伯等兄弟相識之年數。由此得知，〈姑婦曲〉之成篇時間乃確為康熙四十一年，西元一七〇二年，蒲公時年六十三。

（七）〈禳妒咒〉之成篇時間

〈禳妒咒〉的成篇時間，極有可能亦是在康熙四十一年（西元一七〇二年），蒲公六十三歲前後，何以證之？試比較其〈禳妒咒〉第四回「入泮」及寫與其子之〈試後示篪、笏、筠〉詩，即可得窺二者所述，實極為相似，似出於同時。其〈試後示篪、笏、筠〉一詩之內容乃：

昔日童子科，髮短齊頰輔；今日童子科，身橫如牆堵。
昔日學中士，獲榮在稽古；今日泮中芹，論價如市賈。
額雖十五人，其實僅四五。益中幕中人，心盲或目瞽：

> 文字即擅場，半猶聽天數；矧在兩可間，如何希進取？
> 悠悠歲月邁，稚齒為衰姥；不受三年勞，遂得百年苦！
> 昔賢逾壯歲，尚與童子伍；一備弟子員，雲霄已騰舉。
> 不患世不公，所患力不努！[84]

如詩中所言「昔日學中士，獲榮在稽古；今日泮中芹，論價如市賈」，譏諷古者求學獲榮，乃在於學識淵博；但今之及第，則在論價之高低。而〈禳妒咒〉裡意同於此，乃言：「求人情，好歹將來未可憑；不如包打上二百好冰凌（銀兩），上公堂照他皮臉擲，要進童生是童生，要進幾名是幾名。」[85] 又詩中言：「額雖十五人，其實僅四五。」說錄取名額雖為十五，但其實憑真才實學考上的僅會有四、五人，其餘都是考官早已接受賄賂而預定的了。而〈禳妒咒〉亦言：「怨不的宗師大稱也麼稱，他下的本錢也不輕。好營生，至少也弄過本利平。既然作生意，只望交易成，下上本誰不望利錢重？大縣進學十五名，其實三停只一停。我的天，僥幸難，真是難僥幸！」[86] 這「三停只一停」即是把進學的名額十五人分成三份，其中只有一份（五人）是因成績優秀而錄取，其餘則皆為宗師受賄鬻官。

又詩中言：「昔日童子科，髮短齊頰輔；今日童子科，身橫如牆堵。」而〈禳妒咒〉則益之敷演為一劉太和，年已六十五，卻始終因無錢賄賂，故一直考不上，乃自諷作一詩云：「從那來了個春風鼓，童考考到六十五。沒錢奉上大宗師，熬成天下童生祖。」[87] 讀來豈不令人莞爾！

由上之相較乃知，二者無論是用字或寓意，均十分相似，實應俱作於同一時期，即為康熙四十一年（西元一七〇二年），蒲公六十三歲前後。

（八）〈增補幸雲曲〉之成篇時間

〈增補幸雲曲〉可見是在某一支曲的基礎上加以擴張、增補而有，而其第一回之開始即云：「話說只為這件奇事，編了一部〔耍孩兒〕，雖則流傳已久，各人唱的不同。待在下唱來，尊客休嫌污耳。」[88] 即可知已有此故事，且「流傳已久」，故蒲公乃「增補」之。

而此曲之成篇時間為何，大陸蒲松齡研究專家關德棟，即從語言使用的角度，證明了此曲雖未確知其正確的創作時間，但無疑的，乃成於其晚年之時，我們試從其「開場」見之：

> 〔西江月〕一字元朝失政，天生火德臨凡。洪武晏駕許多年，傳流正德登殿。天下太平無事，朝廷戲耍民間。風流話柄萬人傳呀，名為〈正德嫖院〉。
>
> 〔西江月〕既畢，待在下把這樁故事略表幾句：
>
> 好玩耍的天子，嫖了個絕妙的嬌娃；
>
> 極貧賤的小子，得了個異樣的榮華；
>
> 兵部堂的公子，遭了個無情的橫死；
>
> 宣政院的婊子，從了個昂邦的良家。[89]

這裡蒲公把裡面重要角色作了一簡略的介紹，但特別要注意的是「昂邦」這兩個字，關德棟在其〈讀聊齋俚曲札記〉一文說道：

> 在這裡蒲松齡使用了一個來自滿語的借詞「昂邦」

> anban，漢語意義為「大臣」。這種純譯者借詞，通常譯寫為「昂邦」、「諳邦」等，從歷史文獻使用的情況看，在清康熙中期使用「昂邦」譯音較為普遍，如王漁洋《池北偶談》裡論及清代官制時，說有軍國大事在禁中與滿大學士、尚書等人雜議的大臣，謂之「黑白昂邦」滿語（heibai anban即「議政大臣」)。可知當時「大臣」anban需要用音譯詞的時候，是用「昂邦」的寫法；而「諳邦」則是晚出的譯語。類似的情況，蒲松齡《聊齋志異》中使用音譯詞時也一樣。因此，若從社會語言學方面研究考慮，蒲松齡寫作〈增補幸雲曲〉的時間約在十七世紀末，也還是可以徵信的。[90]

事實上，這樣的推論很有道理，尤其「俚曲」更是演出給一般平民所看，且其中多有不識字者，若這個詞不夠普遍的話，那麼對看戲的人必定造成困擾，所以這個詞的出現，必定是要當時社會上普遍都可接受，而蒲公也才會這樣自然地寫在「開場」中。而若我們以康熙三十年為其中期來算的話，則為西元一六九一年，時則蒲公五十二歲，亦可言之為晚年。並設若要普遍大眾都接受了「昂邦」這滿詞譯音情況的話，筆者以為，〈增補幸雲曲〉的成篇時間只能是愈往後移，而不會是提前的。

（九）〈牆頭記〉之成篇時間

在蒲松齡《聊齋詩集》中，有一首作於康熙五十年（西元一七一一年），蒲公時年七十二的〈老翁行〉，其內容所言與俚曲〈牆頭記〉是極為相近的，其寫道：

> 老翁行年八旬餘，耳聾目暗牙齒無。朝夕冷暖需奉養，
> 一孫一子皆匹夫！知養妻孥不養老，分養猶爭月盡小。
> 翁媼蹣跚來此家，此家不納仍喧嘩；及到彼家復如此，
> 嗷嗷餓眼生空花。破帽無檐垂敗絮，襪履皆穿足趾露；
> 嚴冬猶服夏時衣，如丐何往趁食去？三作三憩到兒門，
> 兒家殘汁無餘溫。轆釜當門風如剪，十指僵直戰墜碗。
> 歸來破屋如丘墟，土坙寒衾三尺短。子舍圍爐笑語歡，
> 誰念老翁寒不眠。早知梟鳥仇相向，墮地一啼置隘巷！[91]

這裡所言養大了兒孫，但這些兒孫卻在應回報老父養育之恩時，採用輪流照顧的方式，且彼此之間還在計較月盡的大小（每月的天數不定，故照顧的天數有異），極盡不孝。又老翁在吃的方面乃「嗷嗷餓眼生空花」；在穿的方面乃「破帽無檐垂敗絮，襪履皆穿足趾露；嚴冬猶服夏時衣，如丐何往趁食去？」故最後也只能無奈的感嘆「早知梟鳥仇相向，墮地一啼置隘巷」了。

而〈牆頭記〉便是在〈老翁行〉的基礎上加以鋪寫而成。〈老翁行〉的內容約佔四回〈牆頭記〉的前一回半，其後乃加上了老翁被兩個逆子丟在牆頭上，幸巧遇老友王銀匠搭救，並為之設計詐得二子奉養老翁盡了天年，又落土為安，而兩個逆子最後亦遭縣官責罰其不孝之罪。

由上則可知，蒲公在七十二歲作了〈老翁行〉一詩，且將之鋪敘而成俚曲〈牆頭記〉，故而此〈牆頭記〉應亦作於同時七十二歲之際，或更後之時。

(十)〈蓬萊宴〉、〈富貴神仙〉之成篇時間

筆者於此將這兩篇俚曲併作一處討論，主要原因乃蒲松齡在〈蓬萊宴〉之曲末結束時，說了這麼一段話：

> 吳彩鸞上了天，忘不了兒女緣，一心偷著來家看。娘娘又罰三年整，才把仙家蹤跡傳，這卻入不得蓬萊宴。等老頭有了興致，再說那富貴神仙。[92]

從這段話中，我們大致可歸納出下列兩點來：

1.〈蓬萊宴〉作品必早於〈富貴神仙〉。

2. 從「等老頭有了興致，再說那富貴神仙」一句中，蒲公自稱「老頭」，這至少也要是五十歲以上才會如此稱呼吧！可見〈蓬萊宴〉及〈富貴神仙〉皆作於蒲公之晚年。

又二者之創作時間相距應不甚遠，因〈蓬萊宴〉中，主要乃王母娘娘在東洋海乾了之際宴請群仙，其中有太上老君、福祿壽三仙及八仙等，而在宴中王母看出侍女彩鸞有思凡之心，故命之下凡，歷一塵劫。最後彩鸞醒悟，王母乃令之回列仙班，且彩鸞之君文蕭，亦因八仙中呂洞賓之點化而得歸列仙班。同樣的，在〈富貴神仙〉中，作者於最後一回之回目乃題「八仙慶壽」，內容即寫八仙齊來為本曲主角張鴻漸祝壽，且福、壽二星亦來祝之「福壽雙全」。而這些神仙人物在二篇之中亦皆出現，似乎也可見出此二篇創作之相關性。

總上言之，我們可看出的是兩篇俚曲的創作年代，應皆屬於作者晚年，且〈蓬萊宴〉及〈富貴神仙〉雖是同時之作，但無疑地，〈蓬萊宴〉的創作時間應是早於〈富貴神仙〉才對。

（十一）〈磨難曲〉之成篇時間

在張元所寫〈柳泉蒲先生墓表〉之碑陰裡寫下了「富貴神仙後變磨難曲」這樣一句話，可知〈磨難曲〉乃以〈富貴神仙〉為其底本，且二曲皆是敷演《志異》中〈張鴻漸〉之故事，以傳之於俚俗大眾。

而〈磨難曲〉之寫作年代，絕對是蒲公晚年，且一般咸以為乃作於其六十九歲之際或更後，原因乃：

1. 在〈磨難曲〉中，蒲公增加了許多人民受盡磨難之事，尤其第一回，全言百姓受天災之苦而民不聊生，如文起即寫道：

> 不下雨正一年，旱下去二尺乾，一粒麥子何曾見！六月才把穀來種，螞蝗吃了地平川，好似班鳩跌了蛋。老婆孩一齊挨餓，瞪著眼亂叫皇天。[93]

而民生凋弊，百姓生活困頓，遂致餓死或成丐者不計其數，於是蒲公又半諷刺、半憐憫地繼續說道：

> 六月半頭下大雨，晚穀種的甚相當；長來長去極茂盛，眼看就有尺多高。實指望秋禾接接口，誰想天爺不在行！遮天影日螞蜡過，朝朝每日唬飛蝗。把穀吃了個罄溜淨，莊稼何曾上上場！大家沒法乾瞪眼，餓的口乾牙又黃。一窩孩子吱吱叫，老婆子拖菜插粗糠。老頭子不濟瘟著了，出不下恭來絕氣亡。大家告災到了縣，知縣不肯報災傷；眾人又望上司告，差下鹽正道老黃。知縣

> 怕他實落報，送上厚禮哀哀央。他轎裡底頭麻瞪眼，合縣報了幾個莊。百姓跟著嚎啕痛，搖吆怒喝臉郎當；一溜飛顛揚長去，罵聲空在耳邊廂。軍門照著起了本，按莊赦了三分糧。哭的哭來笑的笑，人人祝讚那公道娘！路上行人多淒涼，暫時不知死合亡；鄉里人民都散盡，城裡大板大比糧。近日相傳有大赦，愈發狠打苦難當！一限抬出好幾個，莊莊疃疃出新喪。與其臨死臀稀爛，不如囫圇死道旁；今日還能沿地走，運氣極低算命長。俺也不指望逢大赦，指望出門逢善良；一路無災又無難，安安穩穩到汴梁。天爺睜眼不殺死，他日還能返故鄉；貪官拿去年成好，正紙大錁又燒香。蓮花落哩溜蓮花。[94]

而這樣的形容正是和康熙四十二年、四十三年發生在淄川的天災極為相似，依《聊齋編年詩集》，蒲公在康熙四十二年因天災蜚蟲寫下了〈霪雨之後，繼以大旱，七夕得家書作〉七古、〈蜚蟲害稼〉七絕及〈糠市〉五古等各一首；而文有如：〈祭蜚蟲文併序〉、〈紀災前篇〉等。又康熙四十五年則作有〈五月歸自郡，見流民載道，問之，皆淄人也〉五古一首。〈流民〉、〈居民〉、〈餓人〉、〈流民蒙君恩，載送東歸〉、〈歷下〉、〈雜亂〉、〈飯肆〉、〈勸賑〉、〈邸報〉等七絕各一首。〈旱甚〉七絕三首、〈夏荒〉五律一首、〈紀災〉七古一首、〈微雨〉五絕一首、〈蟲後僅餘蕎菽，而久旱又將枯矣。時雨忽零，奈數里外未之沾及。聞畢公滄對客雪涕，感而作此〉五絕二首、〈見刈黍，慨然懷靖節〉七絕二首、〈重陽前一日作〉七律二首、〈故人驚憔悴〉五古一首、〈密雲不雨〉七絕一首、〈諸災並作，秋稼已空，十月猶旱，麥田未耕。月來雨頻降，吾鄉獨不及沾。延息待蘇，不免憾造物之偏也〉五古一首、〈十月二十二日雨〉七絕一首等等；而文又有如：〈康熙四十三年紀災前篇〉、〈秋災紀略後篇〉、〈救荒急策上布政司〉等。其中天災造成之民生慘烈，蒲公歷歷在目，記而為詩，讀來格外惻人肺腑，如其康熙四十二年所作〈霪雨之後，繼以大旱，七夕得家書作〉中云：

> 當年青草燎洪爐，旱禾萎悴夜不蘇。齊魯千里百郡縣，八十四邑莽為瀦！高田苗瘠黃未死，酷陽收燼霪雨餘。赤夏三旬無滴雨，禾穗半秕豆莖枯。今方秋成穀騰貴，世上斗米如斗珠！吾家婦子三十口，曩歲不免瓶罄虞。況有累弟老無力，四壁圮盡半壟無。家書入覽愁不寐，但聞蛩聲唧唧泣向隅。[95]

蒲公於其時亦陷入困境，面對著「今年秋成穀騰貴，世上斗米如斗珠」的情況，乃悲而寫下這令之無法成眠、滿懷愁憂的詩句來。又如康熙四十三年之〈五月歸自郡，見流民載道，問之，皆淄人也〉一詩寫道：

> 大旱已經年，田無寸草青。大風折枯蓬，壟頭黃埃生。五月行復盡，寧猶望西成？壯者盡逃亡，老者尚呻嚶。大村煙火稀，小村絕雞鳴。流民滿道路，荷簏或抱嬰。腹枵菜色黯，風來吹欲傾。飢屍横道周，狼藉客駭驚。我行至舊村，鄰半為逃氓。官慈盜日多，日落少人行。父老對欷歔，愁旱心煎烹。尤恐天雨降，晚田無人耕。[96]

這整年的乾旱，令大地看來奄奄一息、毫無生氣，而百姓因無收成，個個成了流民，只得向他處覓尋生路。故路上所見乃「流民滿道路，荷簏或抱嬰。腹枵菜色黯，風來吹欲傾」，而最終乃免不了出現「飢屍橫道周，狼藉客駭驚」的景象了。又如〈紀災〉一詩乃云：

> 半載酷陽責天殞，歜之盈筐不受掘。六月初雨田始青，蚜蚄蜿蜒大如蚓。禾壟聚作風雨聲，上視叢叢下蠢蠢。婦子攜箕相鬥爭，隨擊憧憧半傾隕。前方坑殺置溝渠，後已裓屬緣禾本。勸者苦戰禾半存，懈者少息穗苗盡。枯莖滿地蝗猶飛，老農涕盡為一哂。剩有菽菽待秋成，生途益窄民情緊。葉萎花焦望雨零，片雲吹散朔風狠。去年賣女今棄兒，羅盡鼠雀生計窘。千古奇災一時遭，孽自人作天亦忍！[97]

凡此種種，所述皆與〈磨難曲〉首回之描述極為相似，應即蒲公據此時人民之悲戚，而改寫〈富貴神仙〉成為〈磨難曲〉。而此時乃至少已六十五歲！

2. 據高明閣〈蒲松齡俗曲創作篇第考〉文中又言，蒲公在〈磨難曲〉中云康熙見山東天災不斷、人民疾苦，於是乃派「鹽正道」來此巡視、勘災，正巧與康熙四十七年之事相吻合，故本文乃極有可能成於至少是蒲公六十九歲之時，或更晚。於此，筆者以為亦應是可信的。

由於〈磨難曲〉乃增修〈富貴神仙〉而來，而〈富貴神仙〉之寫作年代據前之所述，乃可確定在蒲公晚年，是而〈磨難曲〉必作於晚年。又對照曲中所寫之情景與其詩作相類，均反映了康熙四十二、四十三年之事，可知此曲年代又必在蒲公六十五歲之後。且曲中撰述康熙派遣「鹽正道」來此視察災情之事，又恰與康熙四十七年時相應，故本曲所創年代，則應在蒲公六十九歲之後，此則無疑。

（十二）〈慈悲曲〉、〈翻魘殃〉及〈寒森曲〉之成篇時間

這三部俚曲羅師敬之在其《蒲松齡年譜》中，將〈慈悲曲〉編列在康熙四十年（西元一七〇一年）蒲公六十二歲之時，而〈翻魘殃〉和〈寒森曲〉則列在康熙四十一年（西元一七〇二年），其六十三歲之時；另外鄒宗良於其《聊齋俚曲集》之〈前言〉裡，亦據高明閣〈蒲松齡俗曲創作篇第考〉一文之結論，將〈慈悲曲〉列在六十三歲前（未確實言明年歲），〈翻魘殃〉及〈寒森曲〉則列在六十三歲之時，可見依其內容並寫作技巧及曲牌應用而言，這三部為蒲公六十歲後之作品亦為眾人所確然。但確切時間為何？是否真是在六十二及六十三歲所完成？則筆者以為由於資料的不足，實在無法論述，於此則暫時存疑，以待將來有更新的文獻出現時再作確立吧！

注　釋

1　沈德符：《萬曆野獲編》（北京文化藝術出版社，西元一九九八年八月），冊下，卷二十五，〈時尚小令〉，頁六九二。

2　朱權：《太和正音譜》（台北學海出版社，民國八十年十月），頁三二。

3　賈仲明著、楊家駱主編：《錄鬼簿續編》（台北世界書局，民國四十九年十一月），頁一七〇。

4　盛偉編：《蒲松齡全集》（上海學林出版社，西元一九九八年十二月），冊一，總頁二八一二九。

5 見張庚、郭漢城：《中國戲曲通史》（台灣大鴻圖書有限公司，西元一九九八年七月），下冊，頁六四五。

6 孔尚任著、俞為民校注：《桃花扇校注》，（台灣華正書局，民國八十三年九月），〈桃花扇本末〉，頁一。

7 同注6，頁二—三。

8 同注6，頁二。

9 同注5，頁六四六。

10 同注5，頁六四六。

11 許慎著、段玉裁注：《說文解字注》（台北黎明文化事業股份有限公司，民國八十二年七月），頁三七三。

12 班固：《漢書》（北京中華書局，西元一九九七年十一月），頁五〇八。

13 同注12，頁五〇八。

14 陳彭年等重修：《宋本廣韻》（黎明文化事業股份有限公司，民國六十五年九月），頁二五二。

15 同注12，頁六九八。

16 孟浩然：《孟浩然集校注》（人民文學出版社，西元一九八九年八月），頁二〇四。

17 釋元應撰、清莊炘等校：《一切經音義》（收錄於《叢書集成新編》第二十五冊，新文豐出版社，民國七十四年三月），頁七一四。

18 同注14，頁二五二。

19 丁度等修定：《集韻》（收錄於《景印摛藻堂四庫全書薈要》冊八十五，世界書局，民國七十七年二月），頁三六二

20 范曄：《後漢書》（北京中華書局，西元一九九七年十一月），頁七三四。

21 張華：《博物志》（北京中華書局，西元一九八五年新一版），卷九，頁五八。

22 齊森華等著：《中國曲學大辭典》（浙江教育出版社，西元一九九七年十二月），頁五。

23 同注22，頁二二。

24 劉禹錫：《劉禹錫集》（北京中華書局，西元一九九〇年三月），頁二七七。

25 蘇軾：《蘇軾詩集》（北京中華書局，西元一九八二年二月），冊四，〈和王勝之三首〉，頁一三二五。

26 同注4，冊三，總頁三四三七。
27 《蒲松齡研究》編輯部：《蒲松齡研究》（山東淄博蒲松齡紀念館，西元一九九八年六月），總二十八期，頁一一二。
28 路大荒：《聊齋全集．聊齋俚曲集》（古亭書屋，民國五十九年八月），頁一。
29 同注4，冊三，總頁三四六六～三四六七。
30 蒲先明整理、鄒宗良校注：《聊齋俚曲集．前言》（北京國際文化出版公司，西元一九九九年十月），頁三五。
31 同注30，頁三六。
32 同注4，冊三，總頁二五〇六。
33 同注4，冊三，總頁二四七六。
34 同注4，冊三，總頁二五四七。
35 同注4，冊三，總頁二六二六。
36 同注4，冊三，總頁三四三九。
37 盛偉輯注：《聊齋佚文輯注》（山東齊魯書社，西元一九八六年一月），頁六六。
38 余培林：《詩經正詁》（台北三民書局，民國八十二年十月），冊上，頁四。
39 同注38，頁四。
40 同注38，頁六三。
41 同注4，冊三，總頁二六九〇。
42 同注4，冊三，總頁二七四一。
43 同注4，冊三，總頁二七四三。
44 同注4，冊三，總頁二六九〇。
45 同注4，冊三，總頁二六九〇。
46 同注4，冊三，總頁二七三七。
47 同注4，冊三，總頁二七三八。
48 杜甫著、韓成武等譯：《杜甫詩全譯》（河北人民出版社，西元一九九七年十月），頁二三七。
49 白居易：《白居易集》（台北漢京文化出版社，民國七十三年三月），冊一，卷四，〈賣炭翁〉，頁七九～八〇。
50 同注4，冊一，總頁三五。
51 同注4，冊二，總頁一八八九。
52 秦吟：〈蒲松齡與音樂〉（山東《蒲松齡研究》，蒲松齡研究所，西元一九九一年六月，第四期），頁二一九。
53 王川昆：〈對蒲氏俚曲的思考發微〉（山東《蒲松齡研究》，西元一九九八年六月，第二十八期），頁一一四。
54 陳玉琛：〈從聊齋俚曲看蒲松齡的藝術創作精神〉（山東《蒲松齡研究》，西元一九九七年三月，第二十三期），頁九三。
55 同注4，冊三，總頁二七六二。
56 同注4，冊三，總頁三一五五。
57 同注4，冊三，總頁二四七六。
58 楊蔭瀏：《中國古代音樂史稿》（台北大鴻圖書有限公司，西元一九九七年七月），下冊，頁四～四五。
59 馬瑞芳：《蒲松齡評傳》（台北雲龍出版社，西元一九九一年二月），頁二九五。
60 同注4，冊三，總頁三四四二。
61 見盛偉：〈蒲氏碑陰俚曲十四種順序考〉（山東《蒲松齡研究》，西元一九九七年十二月，第二十六期），頁三四。
62 同注61，頁三五。
63 藤田祐賢：〈聊齋俗曲考〉（山東《蒲松齡研究集刊》，西元一九八四年，第四期），頁二九六。
64 同注63，頁二九六。
65 同注4，冊三，總頁二四二四～二四二五。
66 同注4，冊三，頁二四二五。
67 同注4，冊三，頁二四二六。
68 同注4，冊三，總頁二四二五～二四二六。
69 同注4，冊三，總頁二四二六～二四二七。
70 同注4，冊三，總頁二四二七～二四二八。
71 同注4，冊三，總頁二四二九～二四三〇。
72 同注63，頁二九六。
73 同注30，頁五。
74 同注30，頁六。
75 同注4，冊二，總頁一三七五。
76 同注4，冊三，總頁二四三二～二四三三。
77 同注61，頁四四～四五。
78 同注4，冊三，總頁二七四一。
79 同注63，頁二九八。

80 同注30，頁八。
81 謝冰瑩等著：《新譯四書讀本・論語・季氏》（台北三民書局，民國七十八年三月），頁二六一。
82 同注4，冊三，總頁二四七六。
83 同注4，冊二，總頁一八〇七～一八〇八。
84 同注4，冊二，總頁一八〇四。
85 同注4，冊三，總頁二七七九。
86 同注4，冊三，總頁二七七九。
87 同注4，冊三，總頁二七七九。
88 同注4，冊三，總頁三一五五。
89 同注4，冊三，總頁三一五四。
90 同注4，冊三，總頁三一五五。
91 同注4，冊二，總頁一九〇九。
92 同注4，冊三，總頁二七二三。
93 同注4，冊三，總頁二九八一。
94 同注4，冊三，總頁二九八四。
95 同注4，冊二，總頁一八二二。
96 同注4，冊二，總頁一八三〇～一八三一。
97 同注4，冊二，總頁一八三八～一八三九。

第3章

《聊齋俚曲》之變體、結構及曲牌曲譜

在前面第二章部分，筆者已對「聊齋俚曲」作出定義，即「主要在蒲松齡故鄉山東淄川地方，用當地的方言土語及其時民間流行的俗曲曲牌，加以編製組合，而以說唱或戲劇的方式，以對淄川地區一般的平凡百姓（絕大多數為目不識丁的人民），在予人民休閒娛樂的方式下，進一步達到端正社會風氣，勸善世人之真正意義」如此的結論。但其中的演出方式（是說唱或戲曲）、分回結構（遵元雜劇四折或突破四折）、曲牌運用（是南曲、北曲或南北合套）及曲牌情態（何種曲牌表現愉悅、何種表示悲傷）等，這些更是我們在研究「聊齋俚曲」時，所應探討而不可遺漏之處。因為其中展現的，全然是蒲公突破傳統桎梏、開創個人風格之匠心獨具處，亦是蒲公文學創作的另一極致顛峰，以下乃一一探究之。

第一節 《聊齋俚曲》之變體

蒲松齡所編之十五部「聊齋俚曲」，其表演方式並不拘泥於一端，事實上，其俚曲既有說唱方式的敘述體，亦有真人扮演之代言體，「聊齋俚曲」只是用來形容蒲公俚曲作品的「專有名稱」，但卻不能將之局限於只屬某一範疇，由此可見其表現形式上是活潑而自由；換言之，蒲公在創作時，乃端視己心意念，信手拈來，作出或說唱、或戲劇的俚曲，並不拘束要以正統戲劇形式表現，故俚曲短者如說唱的〈窮漢詞〉僅約一千字，長者如戲劇的〈磨難曲〉則計有近十萬言，相差幾百倍之多。如此兼具敘述之「說唱」與代言之「戲劇」，筆者以為適足以表現他創作意圖上的不同凡響，也展現了「聊齋俚曲」的獨一無二。

一、敘述體——說唱方式

《聊齋俚曲》有高達十二部作品表演上屬於敘述體的說唱方式，乃分別是〈慈悲曲〉、〈寒森曲〉、〈姑婦曲〉、〈翻魘殃〉、〈琴瑟樂〉、〈蓬萊宴〉、〈俊夜叉〉、〈醜俊巴〉、〈富貴神仙〉、〈增補幸雲曲〉、〈窮漢詞〉及〈快曲〉等，這一部分作者都在其文前或文末時自行提及，以下即臚列以證之。

如〈慈悲曲〉第一回起首裡寫道：

詩曰：古往今來萬萬春，世間能有幾賢人？

誰知百世千秋下，王祥王覽有後身。

我今說一件兄弟賢孝的故事，給那世間的兄弟作個樣子。但只是裡邊掛礙著那作後娘的。我想普天下作後娘的，可也無其大數，其間不好的固多，好的可也不少。我說出這件故事來，那不好的滿心裡驚，那好的想是不見怪。這件故事名為慈悲曲。[1]

又如〈寒森曲〉開頭亦云：

〔西江月〕報仇難得痛快，尤奇在二八紅顏。快刀終日繡裙掩，殺人時秋波不轉。常聽說銜冤投御狀，不曾聞告到陰間。一頭撞到九重天，直踢倒森羅寶殿！

善人衰敗惡人興，倒倒顛顛甚不平；忽遇正神清世界，始知天道最分明。

話說元朝至正年間，有一件奇事，出在山東濟南府新泰縣……[2]

又如〈姑婦曲〉第一回寫道：

詩曰：二十餘年老友人，買來矇婢樂萱親；

惟編姑婦一般曲，借爾弦歌勸內賓。

〔西江月〕家中諸人好做，惟有婆婆極難：管家三日狗也嫌，惹的人人埋怨。十個媳婦相遇，九個說婆婆罪愆；唯有一個他不言，卻是死了沒見。

……

這有個故事，也是說婆婆，也是說媳婦，編了一套十樣

錦的曲兒，名為姑婦曲。……[3]

〈翻魘殃〉第一回寫道：

〔西江月〕人只要腳踏實地，用不著心內刀槍，欺孤滅寡行不良，沒娘的孩子自有天將傍。天意若還不順，任憑你加禍興殃；禍害反弄成吉祥，黑心人豈不混帳？……

今日我說一件故事給列位聽聽：話說陝西鳳翔府扶風縣……[4]

〈琴瑟樂〉末尾說道：

信口胡謅，不俗也不雅；寫情描景，不真也不假。男子不遇時，就像閨女沒出嫁。時運不來，誰人不笑他？時運來了，誰人不羨他？編成小令閑玩耍，都淨是些胡話。即且解愁懷，好歹憑他吧。悶來歌一闋，我且快活一耍。[5]

〈蓬萊宴〉文末寫道：

吳彩鸞上了天，忘不了兒女緣，一心偷著來家看。娘娘又罰三年整，才把仙家蹤跡傳，這卻入不得蓬萊宴。等老頭有了興致，再說那富貴神仙。[6]

〈俊夜叉〉裡蒲公寫道：

……這個曲兒，是用時興的〔耍孩兒〕調兒編成，能開君子的笑口，也能發俗人的志氣。待我唱起來，給列位聽聽。[7]

〈醜俊巴〉開頭唱云：

〔西江月〕一個說金蓮最妙，一個說八戒極精；我遂及他撮合成，哪管他為唐為宋。淨壇府呆仙害病，枉死城淫鬼留情；酆都城畔喊一聲，就成了一雙鸞鳳。[8]

〈富貴神仙〉裡寫道：

莫費心思作狀呈，寧將冷落惱親朋；
不惟用意傷天理，尤恐將來禍患生。
話說順天永平府盧龍縣有一秀才，姓張名逵，字鴻漸，年方一十八歲，就成了一府名士。[9]

〈增補幸雲曲〉第一回中載道：

話說只為這件奇事，編了一部耍孩兒，雖則流傳已久，各人唱的不同，待在下唱來，尊客休嫌污耳。[10]

另外〈窮漢詞〉一曲，開始即以一窮漢在大年初一時，燒香祭拜財神，祈求帶來財運，並一路以戲謔手法講唱生活的困窘直到結束，這若不是說唱，那又該是什麼？而〈快曲〉全文共有四聯，乃改編關羽放曹操於華容道之事，並以講唱方式敘述，在各聯之始，作者皆用「卻說」二字帶出下文，如第一聯開頭即寫道「卻說：孔明祭起東南風，助周郎燒那曹操，到了樊城……」[11]，這全然猶如說話人說書之模樣。

二、代言體——戲劇方式

除了前述十二部說唱的俚曲外，另外還有三部俚曲，無論在結構或形式上，筆者以為均是屬於戲劇中「大戲」的範疇[12]。那麼何謂大戲呢？曾永義在《中國古典戲劇的認識與欣賞》中以為，乃演員足以充任各門腳色扮演各種人物，情節複雜曲折足以反映社會人生，而藝術形式已屬綜合完整的戲曲稱之。並曾對此下一定義：

> 中國古典戲劇是在搬演故事，以詩歌為本質，密切結合音樂和舞蹈，加上雜技，而以講唱文學的敘述方式，通過俳優妝扮，運用代言體，在狹隘的劇場上所表現出來的綜合文學和藝術。[13]

可知「大戲」可由九個因素組合而成，故事、詩歌、音樂、舞蹈、雜技、講唱文學敘述方式、俳優妝扮、代言體與狹隘劇場等[14]。

而若將〈牆頭記〉、〈禳妒咒〉和〈磨難曲〉放在這九個條件來看的話，首先在故事情節上，〈禳妒咒〉共三十三回，字數約六萬六千字左右；〈磨難曲〉計三十六回，字數約有十萬字，都屬於結構綿密、情節完整之作；〈牆頭記〉雖僅分四回，而字數也僅只一萬六千字，但情節卻是相當完整，從老父被二子棄於牆頭，到遇好友王銀匠設計相救，而二子中計盡心巴結，奉養老父至死，最後二子知所矇騙，欲找王銀匠興事理論，卻被縣官責罰大板，拾取教訓，如此的結構豈不完整並深富教育意義？所以在故事情節的抒展上乃毫無疑義。

其次在以詩歌為本質上，我們只須見其上、下場詩，即可知其和戲劇的關係。在這三部俚曲中，雖未必每回都兼有上、下場詩，但大致都會有其中之一，二者皆沒有的，也只有〈禳妒咒〉的第十八回和〈磨難曲〉的第二、五、九、二十回而已，所以這和戲劇中通常會以上場詩介紹人物的身分，及下場詩接續上、下兩回之劇情完全一樣，這以詩歌為本質的特色，於此乃清楚見到。

另外在講唱文學敘述方式及代言體上，在這三篇裡是顯而易見，此處不再贅言。而俳優妝扮及狹隘劇場方面，我們可列舉數例開場即可輕易看出：

張老拄杖破衣上唱……（〈牆頭記〉第一回）

張老出來，衣帽整齊，手持拄杖說……（〈牆頭記〉第四回）

丑扮媒婆上云……（〈禳妒咒〉第五回）

丑扮廚子上云……（〈禳妒咒〉第二十四回）

眾百姓拴繩上白……（〈磨難曲〉第二回）

張太公須（斑）白髮上白……（〈磨難曲〉第三十六回）

這些都說明了他們是在一個狹隘的劇場上，作了一些角色所需的妝扮後，才上場演出。

最後在音樂、舞蹈及雜技上，其以講唱文學形式演出，而共計有五十二種曲牌，二千九百九十二段唱詞，那麼這中間的音樂性乃不言可喻。但可惜的是，由於「聊齋俚曲」或許在蒲公剛完成及其生平之時，是傳唱於鄉里之間，且甚至相當流行，故激起蒲公一再寫作俚曲的動力。可是在蒲公逝後，由於某些原因（筆者在第七章結論將論述亡佚之因），俚曲逐漸消逝了，而它的舞蹈和雜技也就不得而知。尤其雜技部分，由現存資料乃完全無法證明其存在。不過在舞蹈部分，我們或許可勉強從其曲詞上略窺端倪，如〈禳妒咒〉第二十五回「喜聚」講高蕃中舉歸來拜見父母之事寫道：

> 太公太母念佛上，公子揚鞭上云三載寒窗苦，一枝佔桂林；雖懷逆鱗懼，且慰父母心。家人報大爺已到。公子云給爹娘磕頭。[15]

這裡的科介動作，寫來相當清楚，而我們特別要注意的是，在高蕃雙親念佛上場後，接著則「公子揚鞭上云」，而這「揚鞭」應即是戲劇中藉以比喻「騎馬」之意，即云高蕃騎馬歸家，故手中有揚鞭的動作，那麼筆者以為此處勢必該有一些舞蹈動作的演出才是。相同情形在〈磨難曲〉第三十三回「大王破敵」中亦寫道：

張鴻漸上俺奉旨報安，來到永平。聽的說有外國犯邊將來，不得不日夜趲行。急走揚鞭介[16]

而接下便有〔倒板槳〕的一段唱寫道：

走忙忙來走忙忙，不料強寇犯邊疆。只恐失落朝廷的敕，如何覆命見君王？如何覆命見君王？急慌張，揚鞭走馬望山崗。[17]

在這段唱詞進行之時，想必飾此張鴻漸者，必然上下揮動著馬鞭，作了一些舞蹈的動作無疑，而這不就印證蒲公俚曲是有「大戲」之條件嗎？

綜觀「聊齋俚曲」的表演方式，乃並非固定形態，亦即其並不墨守成規、固守舊法；相對的，蒲公隨時都在追尋文學藝術的突破，找尋藝術創作的出口，所以終究能成為中國文藝創作之翹楚，而在文藝史上佔有其一席之地。

第二節　《聊齋俚曲》之結構

《聊齋俚曲》內容上為長短不一的說唱或大戲，而這代表的是蒲松齡創作上的不拘一格，將俚曲以不同形式呈現於大眾眼前。而它的不拘一格是否僅在演出形式上呢？若我們再從它的分回結構上來看，顯然可看到，蒲公在「創新」的意圖上乃極為強烈。以下即探討他在分回及回目上的一些特色。

一、《俚曲》分回名稱

《聊齋俚曲》是兼含說唱和戲曲兩種，而中國戲曲的體制上，說唱分回的規定並不嚴苛，但大戲則有其一定的體制規律。在明朝嘉靖之後，北劇通用分「折」，南戲則皆名為「齣」(也作「出」，此「出」有出場之意，因名之），遂為定名。

而蒲松齡《聊齋俚曲》從其既不用「折」稱，也不用「出」或「齣」稱，其特意要顯其俚曲並非「北劇」，亦非「南戲」或「傳奇」，乃獨立於眾體之外，故連分回上也要有所創新，並不固定一名，其分之有：

1. 稱「回」者：〈牆頭記〉四回、〈翻魘殃〉十二回、〈寒森曲〉八回、〈蓬萊宴〉七回、〈禳妒咒〉三十三回、〈富貴神仙〉十四回及〈增補幸雲曲〉二十八回，共七部。

2. 稱「段」者：〈姑婦曲〉三段、〈慈悲曲〉六段。

3. 稱「聯」者：〈快曲〉四聯。

4. 稱「卷」者：〈磨難曲〉四卷。

5. 通篇不分者：〈琴瑟樂〉、〈俊夜叉〉及〈窮漢詞〉。

6. 其他：〈醜俊巴〉為蒲公殘稿，今見其標題，第一部分標題為「淨壇府八戒害相思」，第二部分標題為「枉死城金蓮成雙對」，知其必有二回以上，但蒲公並未標明其名究竟為何？故在此筆者列之於其他類。

在我們舊有的觀念裡，戲曲分回的名稱是「折」、「齣」或「出」等；而「回」似是明清章回小說中所用，「段」自然則採其段落之義，「聯」則為對聯，當然也可稱之乃一聯接過一聯，以為前後情節相接之用，「卷」最早則為書之單位，後來紙張發明了，一本書中可收原來好幾卷的內容，故在書中也就有卷一、卷二……等等名稱，後來眾人習慣了這樣的用法，也就在自己設定段落時以「卷」為名。而這些在蒲松齡的俚曲中統統看得到，何以如此？筆者以為，蒲公之義乃其所作為「俚曲」，既名為「俚曲」，則該歸之本義「俚俗之曲」，而俚俗之義即出乎天真自然、隨心所欲的或在農事之餘休閒娛樂，或在煩悶之時排憂解勞時哼唱著，故根本不須規範，更加不需要如「北劇」、「南戲」、「傳奇」等的諸多定律與限制，甚至在分回結構上，完全不用「折」字或「齣」、「出」等字，蒲公學多識廣，不可能不知道北劇、南戲、傳奇等之分目結構，之所以如此，必是他特意要與那些所謂「雅曲」作一區隔才是。

二、《俚曲》分回結構

《聊齋俚曲》的創作自由而不受局限，我們可再從其分回結構上得一力證。其分回上雖有三部（〈牆頭記〉、〈快曲〉及〈磨難曲〉）類似元劇四折之結構，然在總計十五部的俚曲中，所佔不過是五分之一的分量，況且〈磨難曲〉雖分四卷，但其實有三十六，其四卷之分，筆者以為不過乃為裝訂成冊而有，而非應元劇起、承、轉、合之義。故從蒲公之分回結構觀之，其創作隨心，體例隨性，絕不得以成規框之。以下乃將十五部俚曲之分回狀況簡列，以見筆者所言：

〈牆頭記〉——四回。

〈姑婦曲〉——三段。

〈慈悲曲〉——六段。

〈翻魘殃〉——十二回。

〈寒森曲〉——八回。

〈琴瑟樂〉——不分回。

〈蓬萊宴〉——七回。

〈俊夜叉〉——不分回。

〈窮漢詞〉——不分回。

〈醜俊巴〉——二回（殘卷）。

〈快曲〉——四聯。

〈禳妒咒〉——三十三回。

〈富貴神仙〉——十四回。

〈磨難曲〉——四卷、三十六回。

〈增補幸雲曲〉——二十八回。

《聊齋俚曲》之表演方式於前節已述，共有十二部說唱及三部戲劇。在十二部說唱部分，說唱篇幅欲長、欲短，本隨創作者意念所喜，故並無定制，而蒲公也果如是，從不分回到二回（殘卷〈醜俊巴〉）、三回、四回、六回、七回、八回、十二回、十四回，甚至到二十八回均有，充分展現其不落窠臼之態度。而在三部的戲劇部分，僅〈牆頭記〉一部依雜劇起、承、轉、合四折作之，〈禳妒咒〉且有三十三回，絲毫不理會雜劇之規則；另外〈磨難曲〉一部，雖蒲公又特分四卷三十六回，但事實上這「四卷」的分法實令人起疑。因它若是習於元劇每本四折，可不計幾本情形的話，那麼「卷」即同於「本」，可知一卷之下該僅四折，但〈磨難曲〉卻在卷一下有十回，卷二下有八回，卷三、卷四下都各有九回，顯然蒲公並非襲於每本四折之體制，而卷下的回數不一，則可見這「卷」與「回」的關係又並非絕對，且如鄒宗良《聊齋俚曲集》之〈磨難曲〉並無分卷，僅有三十六回，這都透露出這四卷的分法似乎是可以去除的。

那麼分此四卷原因為何？筆者以為或許只是〈磨難曲〉的篇幅過多，全文計約十萬字（其次如〈禳妒咒〉、〈增補幸雲曲〉亦不過六萬餘字），故在書之成稿裝訂之際，無法以一本裝訂，是乃特意分為四卷，且四卷中雖回數不一，但字數卻頗為相當，故筆者前面說道，即可見是純為裝訂之故而為此，和元劇四折的基本結構並無相關才是。

由此看來，《聊齋俚曲》之分回，遑論定制，連規律亦無，是可見蒲公不拘格套，創作文學以己意為主，大膽開創新風貌，誠為文學而文學、為創作而創作之先進。

三、回目或有同於章回

《聊齋俚曲》除不分回的部分外，其餘在分回中，蒲公皆加了回目，這是承襲戲劇的格式而來，而主要目的則在標示此回的主旨表現，也給人一種提綱挈領的領會。其回目上大致有五種形式，分別是：

（一）二字式

有〈快曲〉及〈禳妒咒〉兩部，其回目為：

〈快曲〉：「遣將」、「快境」、「慶功」、「燒耳」等四聯。

〈禳妒咒〉：「開場」、「雙戰」、「遷居」、「入泮」……等三十三回。

（二）三字式

有〈慈悲曲〉一部，其回目為：「後娘氣」、「逃命計」、「小痛」、「人人痛」、「慈悲露」、「悲中喜」。但在這裡我們看到第三回僅兩個字「小痛」，筆者以為這應有三字才對，或許是傳抄的過程遺漏了，否則蒲松齡在編設其回目時是極為細心的，若用二字式則全曲回目皆為二字，若用四字式則全曲回目也皆為四字，絕不可能有像〈慈悲曲〉這樣的情形出現。

（三）四字式

有〈牆頭記〉、〈姑婦曲〉、〈蓬萊宴〉、〈富貴神仙〉及〈磨難曲〉等五部，其回目為：

〈牆頭記〉：「老鰥凍餒」、「計賺雙梟」、「安飽驚夢」、「癡兒失望」等四回。

〈姑婦曲〉：「孝子出妻」、「孝婦重還」、「悍婦回頭」等三回。

〈蓬萊宴〉：「神仙大會」、「兩地相思」、「喜成佳偶」、「仙女抄書」、「純陽度脫」、「桃仙獻技」、「蓬萊罷宴」等七回。

〈富貴神仙〉：除了首回是「楔子」外，其他二回以下乃「張生逃難」、「中途逢仙」、「佳人出獄」、「聞唱思家」……等十四回。

〈磨難曲〉：「百姓逃亡」、「貪官比較」、「闔學公憤」、「軍門枉法」……等三十六回。

（四）對聯式

有〈翻魘殃〉、〈寒森曲〉及〈增補幸雲曲〉三部，其回目為：

〈翻魘殃〉：「仇尚廉賄賣侄婦土條蛇造言誣良」
「用奸計魏名教賭迷真性仇福思嫖」
「弟費錢魏名獻計母生氣仇福分家」
「仇大郎賺賣本妻鄭知縣怒殺趙烈」
……等十二回。

〈寒森曲〉：「商員外歸途遇害大相公告狀鳴冤」
「貪官府上下無公道賢兄弟冤憤哭靈前」
「李蠍子請客叫清唱商三官報仇吃人心」
「大相公設心祭父商三官託夢顯靈」
……等八回。

〈增補幸雲曲〉：「坐北京正德臨朝誇大同江彬獻諂」
「張皇后苦諫天子武宗爺喜扮軍裝」
「使金錢鄉人拿轡馬拜御駕巡檢受天恩」
「武宗爺過山遭渴難雲魔女送水動軍心」
……等二十八回。

（五）單句多字式

如〈醜俊巴〉一曲，雖此曲為殘稿，僅餘一回半，但其所編回目如首回為「淨壇府八戒害相思」，二回為「枉死城金蓮成雙對」，亦在回目中自成一格，不與他同。

這裡我們特別要注意的是第四種與第五種，在戲劇的分回回目中多有如前三種的情形，但對聯式和單句多字式甚少，如我們再仔細觀察，第五種的〈醜俊巴〉是殘稿，而其剩餘的二回回目若我們將之聯合起來（即以一回之回目視之），「淨壇府八戒害相思，枉死城金蓮成雙對」，不亦如對聯式之回目嗎？而這種對聯式的回目正巧是章回小說中所常用，甚至我們可說是章回小說的「體制」之一，如《紅樓夢》前四回之回目即：

第一回　甄士隱夢幻識通靈　賈雨村風塵懷閨秀
第二回　賈夫人仙逝揚州城　冷子興演說榮國府
第三回　託內兄如海薦西賓　接外孫賈母惜孤女
第四回　薄命女偏逢薄命郎　葫蘆僧判斷葫蘆案

又如《三國演義》前四回回目乃：

第一回　宴桃園豪傑三結義　斬黃巾英雄首立功
第二回　張翼德怒鞭督郵　何國舅謀誅宦豎
第三回　議溫明董卓斥丁原　餽金珠李肅說呂布
第四回　廢漢帝陳留踐位　謀董賊孟德獻刀

再如《金瓶梅》之前四回回目：

第一回　景陽岡武松打虎　潘金蓮嫌夫賣風月
第二回　西門慶簾下遇金蓮　王婆貪賄說風情
第三回　王婆定十件挨光計　西門慶茶房戲金蓮
第四回　淫婦背武大偷姦　鄆哥不憤鬧茶肆

而這樣的回目有什麼特色呢？作為案頭文章而言，主要特色有二：

1. 表現文章情節：如《三國演義》首回回目「宴桃園豪傑三結義　斬黃巾英雄首立功」，表現了此回裡作者所要敘述的兩大情節，一是桃園結義，一是斬殺黃巾。而這不同於戲劇多以二字式、四字式作為每折之標題，主要原因乃戲劇是唱白相間，故劇情較易拖沓。但案頭文章純為閱讀，是而劇情較為緊湊，故戲劇通常是每折一個重要情節（有時一折還難以陳述），而小說較可在一回中安排兩個（或兩個以上）重要情節，回目即用以表現文章情節。

2. 展現作者才華：中國文人作詩寫詞論文章，尤其是詩，其講究平仄格律，對仗工整，甚至可因一巧奪天工的絕妙佳對，而名留青史，如史上並稱之「郊寒島瘦」，其固然是和韓愈交往而聲名大噪，但孟郊〈慈母吟〉：「慈母手中線，遊子身上衣。臨行密密縫，意恐遲遲歸。誰言寸草心，報得三春暉。」此惻人肺腑、動人思親的詩句，誰又記得孟郊曾中過舉、得過進士、任過官職呢？又如晚唐詩人李商隱，其雖終生追求官位，但始終一事無成，而賴以成名者，不亦以其無數絕妙詩句而聞名於世？如其「夕陽無限好，只是近黃昏」，如其「此情可待成追憶，只是當時已惘然」，如其「相見時難別亦難，東風無力百花殘。春蠶到死絲方盡，蠟炬成灰淚始乾」。無一不讓吟詠過的人，一唱三嘆、再三低迴啊！故小說這般案頭文章，許多本即是落第舉子為抒己意所寫，而在內容上除達動人真切外，在回目上亦作對聯，以顯其過人才能，也讓後世觀者似為作者嘆道：「如此李杜才華，怎奈時不我與，無緣中舉助君王治國、平天下啊！」

上述二種，是案頭章回小說之特色，但蒲松齡作俚曲，為何也有這種回目特色的幾部俚曲？其因筆者以為應是：

1. 蒲公雖亦為小說名家，但他所寫為短篇小說，並無宏大體制之長篇小說，故其無由作如前人章回小說之回目，而唯一有機會，體制較大者，則只有俚曲，故他在回目上雖有些乃因循戲劇之二字或四字式的回目，但某些俚曲，他卻意圖展現才華，告知世人，他並非只能寫作短篇小說；更且，他同樣可以寫作長篇，如俚曲雖是戲曲，但亦可列屬長篇。且如其作長篇，連回目也都將毫不遜色於《西遊記》、《水滸傳》、《三國演義》、《金瓶梅》等名著小說，更遑論其他成就不及於此之小說了。這或許亦是文人在創作上的「通病」吧！總想超越自己、超越前人。

2. 在前面筆者已談過蒲公《聊齋俚曲》不易傳唱的原因，而這，筆者以為亦是蒲公會有如章回小說回目的原因。何以如此說呢？我們知道，在戲劇演出時，觀眾只是看著演員演出劇情；至於回目，觀眾是不盡注意的（或言根本不去注意），那麼回目只是給演出人看的，讓演出人有一個「綱要」的認識，而甚至在討論時，不致有甲演員跟乙演員講「第二十五回」的內容如何如何這樣的話來，而是會連帶把「回目」也說出，如此溝通起來則必更清晰，也更方便。所以既然回目是觀眾不易見得（亦且蒲公某些回目的文言程度，筆者以為大部分觀眾也不甚瞭解），且其俚曲因用山東方言俚語又不易流傳，那麼蒲公為何編出這樣的回目呢？或許他就是知道這樣的俚曲是難以演出，而最終亦可能不被演出，最後剩下的也僅是如同章回小說的案頭文章，所以也就把俚曲當成案頭文章，而附以文辭典雅、對仗工整的回目來。

3. 在第一點筆者討論了蒲公想證明自己絕不僅是「短篇之

王」，他也可以是長篇之大家，只是人一生的精力與生命有限，只能擇取幾項為之罷了，所以他選擇短篇的《志異》及長篇的《俚曲》；在第二點筆者討論了蒲公編此章回小說的回目，是他或許也正視了他的俚曲會因許多因素而終將不被演唱，後來只可能是以文本傳世，故在某些程度上，他把「演出」的俚曲，當成「案頭」的小說來寫，也就自然而然的不去注意回目是否應要簡潔明瞭，所以「對聯式」的回目就如此出現了。但在這裡我們同樣可由前面兩點看到一件事實，看到蒲公突破傳統的現實，他隨時都在尋求創新，他隨時都在創造文體，他要求與眾不同，他要獨樹一幟，這是蒲松齡畢生窮盡心力所在追求，也付諸實行的告訴世人，而此正是我們要認真體會、切實感受蒲公的創作才是。

縱上所述，蒲公在分回的名稱及其結構和回目的編設上，都可見其承襲之痕跡，但無疑地，更多的是蒲公自己的創新，承舊法而活用之，正足以見蒲公作此俚曲之用心處，也見得其俚曲之價值所在。

第三節 《聊齋俚曲》之曲牌曲譜

《聊齋俚曲》專家陳玉琛曾對研究蒲松齡俚曲說了這樣的話：「在《聊齋俚曲》的研究中，最棘手的一個問題，可能就是對其曲牌的研究了。這是一個跨學科的課題，它涉及到文學、音樂、曲藝、戲劇等知識，而且又是古代的作品。但最大的困難還在於缺乏研究對象的資料，主要是曲牌的曲譜資料。」[18] 事實上由於種種的原因，《聊齋俚曲》有一部分曾亡佚不見，幸好經過蒲學研究者鍥而不舍的盡心搜尋，才將文本逐一尋獲（但內容文字上仍須再三斟酌）；但曲譜的蒐集上卻是困難重重，在一九六〇年代左右，大陸地區有一批老音樂工作者曾費盡心思蒐集，卻也僅錄下了十個聊齋俚曲曲牌（由會演唱其中片段的耆老們演唱錄音所得），而這十種是否便是當初蒲公作俚曲時之原音重現呢？無奈的是，這個答案目前仍是存疑。如陳霖即言其中有半數為贗品[19]。又如王川昆在其〈對蒲氏俚曲的思考發微〉中提到，他曾將所蒐集記錄的六、七首蒲松齡俚曲給中國音樂研究所的名譽所長楊蔭瀏先生看，楊所長說：「蒲松齡對明清俚曲不但非常熟諳，而且還很有研究。所以選用的俚曲，不論南曲北曲還是俗曲，用得都比較講究。……」[20]但哪些是俗曲？哪些南曲、北曲呢？該文卻又就此略過。其因為何？顯然在斷定上是有困難的。也因此，曲牌的研究始終是俚曲中最「棘手」的部分。

而筆者作此《聊齋俚曲》研究，對於曲牌的討論，勢必是不能避免且也不可避免，故於此乃僅就前人軌跡加以探析，一方面希冀能找出一條規律以供蒲學研究者一起參考，一方面也讓本論文有其完整性與全面性。

一、《聊齋俚曲》之曲牌

在對《聊齋俚曲》曲牌作研究之前，我們必須先知道其各曲之曲牌及其分布情形如何，如此我們方能對蒲公曲牌的運用有一基本的瞭解，也可由此見得當時淄博地區的俚曲特色及流行情況，並藉此為後文研究奠基，茲將之列表如下（粗黑字體的，表示在一回中，同一曲牌並不相連，其間雜有別種曲牌）：

表格一

牆頭記	第一回 第二回 第三回 第四回	耍孩兒（二十九曲） 耍孩兒（二十八曲） 耍孩兒（二十四曲） 耍孩兒（四十曲）劈破玉（一曲）
姑婦曲	第一段	西江月（一曲）劈破玉（二曲）倒板槳（四曲）跌落金錢（二曲）銀紐絲（二曲）呀呀油（四曲）羅江怨（一曲）疊斷橋（五曲）房四娘（六曲）耍孩兒（二曲）對玉環帶清江引（一曲）
	第二段	攜婦歌（一曲）劈破玉（五曲）倒板槳（八曲）跌落金錢（三曲）銀紐絲（三曲）呀呀油（十曲）羅江怨（二曲）疊斷橋（四曲）房四娘（五曲）耍孩兒（三曲）對玉環帶清江引（一曲）
	第三段	勸人歌（一曲）劈破玉（四曲）倒板槳（三曲）跌落金錢（三曲）銀紐絲（二曲）呀呀油（五曲）羅江怨（二曲）疊斷橋（七曲）房四娘（三曲）耍孩兒（六曲）羅江怨帶清江引（一曲）
慈悲曲	第一段	一剪梅（二曲）耍孩兒（二曲）呀呀油（二曲）倒板槳（三曲）銀紐絲（一曲）懷（還）鄉韻（一曲）跌落金錢（一曲）羅江怨（一曲）疊斷橋（二曲）劈破玉（二曲）清江引（一曲）＊另有一不明俚歌
	第二段	耍孩兒（一曲）呀呀油（二曲）倒板槳（二曲）銀紐絲（一曲）懷鄉韻（二曲）跌落金錢（二曲）羅江怨（一曲）疊斷橋（一曲）劈破玉（一曲）清江引（一曲）
	第三段	耍孩兒（一曲）呀呀油（二曲）倒板槳（三曲）銀紐絲（三曲）懷鄉韻（四曲）跌落金錢（二曲）羅江怨（一曲）疊斷橋（三曲）劈破玉（三曲）清江引（一曲）

	第四段	耍孩兒（三曲）呀呀油（三曲）倒板槳（三曲）銀紐絲（二曲）懷鄉韻（二曲）跌落金錢（二曲）羅江怨（一曲）**疊斷橋**（十曲）劈破玉（五曲）清江引（一曲）
	第五段	耍孩兒（二曲）呀呀油（三曲）倒板槳（三曲）銀紐絲（二曲）懷鄉韻（二曲）跌落金錢（二曲）羅江怨（一曲）**疊斷橋**（一曲）劈破玉（一曲）清江引（一曲）
	第六段	耍孩兒（一曲）呀呀油（一曲）倒板槳（二曲）銀紐絲（一曲）懷鄉韻（一曲）跌落金錢（三曲）羅江怨（二曲）**疊斷橋**（六曲）劈破玉（五曲）清江引（二曲）西江月（一曲）
翻魘殃	第一回	西江月（一曲）耍孩兒（十七曲）
	第二回	**耍孩兒（三曲）**劈破玉（三曲）呀呀油（八曲）**耍孩兒（八曲）**
	第三回	**耍孩兒（九曲）**西調（四曲）還鄉韻（二曲）**耍孩兒（六曲）**
	第四回	**耍孩兒（六曲）**劈破玉（六曲）**疊斷橋**（十三曲）**耍孩兒（六曲）**
	第五回	**耍孩兒（十一曲）**銀紐絲（七曲）跌落金錢（二曲）**耍孩兒（七曲）**
	第六回	**耍孩兒（十曲）**呀呀油（十二曲）**疊斷橋**（四曲）**耍孩兒（五曲）**
	第七回	**耍孩兒（十曲）**劈破玉（三曲）**疊斷橋**（六曲）**耍孩兒（十曲）**
	第八回	**耍孩兒（八曲）**跌落金錢（二曲）皂羅袍（六曲）呀呀油（九曲）憨頭郎（二曲）**耍孩兒（三曲）**
	第九回	**耍孩兒（十八曲）疊斷橋**（十四曲）銀紐絲（五曲）**耍孩兒（九曲）**
	第十回	**耍孩兒（五曲）**憨頭郎（三曲）懷鄉韻（五曲）**耍孩兒（九曲）**
	第十一回	耍孩兒（二十九曲）
	第十二回	耍孩兒（三十曲）清江引（一曲）

寒森曲	第一回	西江月（一曲）耍孩兒（十九曲）
	第二回	耍孩兒（三十四曲）
	第三回	耍孩兒（三十四曲）
	第四回	耍孩兒（三十四曲）
	第五回	耍孩兒（二十九曲）
	第六回	耍孩兒（二十四曲）
	第七回	耍孩兒（二十七曲）
	第八回	耍孩兒（三十八曲）清江引（一曲）
琴瑟樂		西江月（二曲）陝西調（四十一曲）對玉環帶清江引（二曲）
蓬萊宴	第一回	西江月（一曲）耍孩兒（十曲）黃鶯兒（四曲）
	第二回	銀紐絲（五曲）跌落金錢（五曲）劈破玉（一曲）
	第三回	劈破玉（四曲）呀呀油（六曲）
	第四回	呀呀油（二曲）西調（九曲）疊斷橋（三曲）
	第五回	疊斷橋（十九曲）采茶兒（五曲）憨頭郎（四曲）
	第六回	耍孩兒（十六曲）
	第七回	耍孩兒（二十二曲）清江引（一曲）
俊夜叉		西江月（二曲）耍孩兒（三十曲）調寄劈破玉（一曲）西江月（一曲）
窮漢詞		西江月（十曲）清江引（一曲）
醜俊巴	第一回	西江月（一曲）山羊坡（二曲）
	第二回	山羊坡（一曲）
快　曲	第一聯	黃鶯兒（四曲）耍孩兒（五曲）
	第二聯	**耍孩兒（一曲）**倒板槳（三曲）**耍孩兒（三曲）皂羅袍（一曲）**哭皇天（三曲）**呀呀油（三曲）皂羅袍（一曲）呀呀油（三曲）皂羅袍（八曲）**
	第三聯	銀紐絲（二曲）耍孩兒（七曲）倒板槳（五曲）清江引（一曲）
	第四聯	黃泥調（七曲）梆子腔（四曲）清江引（一曲）
禳妒咒	第一回	西江月（一曲）調寄山坡羊（十一曲）皂羅袍（二曲）

	第二回	**耍孩兒（二曲）**跌落金錢（二曲）**耍孩兒（二曲）**
	第三回	耍孩兒（七曲）黃鶯兒（四曲）香柳娘（五曲）皂羅袍（三曲）
	第四回	耍孩兒（三曲）銀紐絲（七曲）
	第五回	耍孩兒（二曲）調寄呀呀油（七曲）羅江怨（三曲）清江引（二曲）
	第六回	耍孩兒（二曲）疊斷橋（八曲）
	第七回	還鄉韻（四曲）倒板槳（十四曲）皂羅袍（四曲）
	第八回	耍孩兒（三曲）西調（五曲）皂羅袍（五曲）
	第九回	**耍孩兒（九曲）**跌落金錢（二曲）**耍孩兒（三曲）**疊斷橋（三曲）
	第十回	銀紐絲（七曲）鬧五更（五曲）清江引（二曲）
	第十一回	耍孩兒（六曲）疊斷橋（十二曲）呀呀油（十曲）
	第十二回	耍孩兒（九曲）劈破玉（五曲）
	第十三回	**耍孩兒（一曲）銀紐絲（一曲）呀呀油（三曲）銀紐絲（三曲）呀呀油（一曲）**房四娘（四曲）**耍孩兒（五曲）**棹歌（一曲）
	第十四回	鴛鴦錦（六曲）刮地風（八曲）
	第十五回	耍孩兒（二曲）西調（四曲）蝦蟆曲（歌）（三曲）
	第十六回	劈破玉（六曲）
	第十七回	銀紐絲（二曲）耍孩兒（七曲）
	第十八回	哭皇天（三曲）房四娘（十曲）
	第十九回	耍孩兒（九曲）
	第二十回	耍孩兒（二曲）羅江怨（六曲）跌落金錢（一曲）疊斷橋（四曲）刮地風（八曲）
	第二十一回	耍孩兒（一曲）皂羅袍（三曲）還鄉韻（二曲）
	第二十二回	耍孩兒（五曲）呀呀油（八曲）
	第二十三回	耍孩兒（二曲）**玉娥郎（二曲）滿詞（調）（一曲）玉娥郎（一曲）滿詞（調）（一曲）**
	第二十四回	黃鶯兒（五曲）哭笑山坡羊（十二曲）耍孩兒（五曲）

	第二十五回	桂枝香（五曲）
	第二十六回	耍孩兒（三曲）滿調（三曲）蝦蟆歌（三曲）銀紐絲（一曲）
	第二十七回	**疊斷橋（五曲）**浪淘沙（三曲）**疊斷橋（二曲）**哭皇天（七曲）還鄉韻（四曲）
	第二十八回	耍孩兒（九曲）
	第二十九回	銀紐絲（三曲）**耍孩兒（四曲）**鴛鴦錦（五曲）**耍孩兒（三曲）**
	第三十回	耍孩兒（九曲）北黃鶯（黃鶯兒）（三曲）
	第三十一回	劈破玉（一曲）桂枝香（五曲）鴛鴦錦（二曲）十和解（一曲）黃鶯兒（三曲）
	第三十二回	耍孩兒（六曲）倒板槳（九曲）皂羅袍（三曲）
	第三十三回	耍孩兒（六曲）桂枝香（四曲）四朝元（四曲）黃鶯兒（四曲）
富貴神仙	第一回	鷓鴣天（一曲）山坡羊（一曲）劈破玉（一曲）清江引（一曲）
	第二回	耍孩兒（二十八曲）
	第三回	**銀紐絲（三十七曲）**疊斷橋（一曲）跌落金錢（一曲）**銀紐絲（一曲）**
	第四回	疊斷橋（四十一曲）
	第五回	玉娥郎（四曲）**房四娘（七曲）**銀紐絲（七曲）金紐絲（四曲）**房四娘（三曲）**疊斷橋（四曲）**房四娘（二十五曲）**
	第六回	劈破玉（三十一曲）
	第七回	平西歌（十曲）倒板槳（十六曲）
	第八回	皂羅袍（二十二曲）
	第九回	**呀呀油（六曲）**楚江秋（五曲）**呀呀油（四十曲）**
	第十回	**刮地風（六曲）**蝦蟆歌（四曲）**刮地風（四曲）**羅江怨（六曲）劈破玉（一曲）
	第十一回	**跌落金錢（七曲）**哭皇天（十二曲）山坡羊（一曲）**跌落金錢（一曲）**
	第十二回	疊斷橋（三十五曲）
	第十三回	**劈破玉（一曲）**房四娘（二曲）銀紐絲（二曲）倒板槳（四曲）**劈破玉（一曲）**呀呀油

		（五曲）皂羅袍（三曲）疊斷橋（五曲）玉娥郎（一曲）羅江怨（一曲）耍孩兒（四曲）平西調（二曲）跌落金錢（四曲）清江引（一曲）
	第十四回	耍孩兒（三曲）桂枝香（十曲）香柳娘（四曲）僥僥令（一曲）收江南（一曲）園林好（一曲）沽美酒帶太平令（一曲）清江引（一曲）
磨難曲	第一回	**耍孩兒（十一曲）**蓮花落（三曲）**耍孩兒（一曲）**
	第二回	**耍孩兒（七曲）倒板槳（二曲）耍孩兒（四曲）倒板槳（一曲）耍孩兒（一曲）**
	第三回	耍孩兒（八曲）
	第四回	耍孩兒（三曲）桂枝香（四曲）西調（四曲）憨頭郎（二曲）
	第五回	**耍孩兒（二曲）皂羅衫（袍）（五曲）耍孩兒（二曲）皂羅衫（袍）（三曲）耍孩兒（二曲）**
	第六回	耍孩兒（十七曲）
	第七回	銀紐絲（十曲）
	第八回	耍孩兒（十五曲）疊斷橋（一曲）跌落金錢（一曲）黃鶯兒（一曲）
	第九回	疊斷橋（八曲）
	第十回	疊斷橋（七曲）耍孩兒（三曲）
	第十一回	耍孩兒（八曲）疊斷橋（四曲）
	第十二回	玉娥郎（五曲）銀紐絲（六曲）金紐絲（四曲）**黃鶯兒（二曲）**太平年（一曲）**黃鶯兒（五曲）**
	第十三回	疊斷橋（三曲）劈破玉（十三曲）
	第十四回	**耍孩兒（四曲）**桂枝香（四曲）跌落金錢（三曲）**耍孩兒（十一曲）**
	第十五回	倒板槳（十六曲）黃鶯兒（二曲）
	第十六回	**耍孩兒（三曲）**皂羅袍（十三曲）**耍孩兒（二曲）**
	第十七回	**耍孩兒（三曲）**黃鶯兒（九曲）**耍孩兒（三曲）**

	第十八回	**耍孩兒（二曲）**憨頭郎（二曲）**耍孩兒（二曲）劈破玉（二曲）耍孩兒（三曲）劈破玉（六曲）西調（二曲）劈破玉（一曲）西調（二曲）**
	第十九回	**耍孩兒（四曲）**西調（四曲）楚江秋（五曲）**呀呀油（十四曲）耍孩兒（二曲）**還鄉韻（六曲）**呀呀油（十三曲）**
	第二十回	耍孩兒（六曲）疊斷橋（五曲）
	第二十一回	耍孩兒（四曲）羅江怨（三曲）劈破玉（一曲）
	第二十二回	耍孩兒（二曲）跌落金錢（二曲）**還鄉韻（五曲）**憨頭郎（十三曲）**還鄉韻（一曲）**
	第二十三回	耍孩兒（四曲）黃鶯兒（一曲）西江月（一曲）邊關調（六曲）哭笑山坡羊（一曲）
	第二十四回	耍孩兒（四曲）疊斷橋（二曲）跌落金錢（四曲）清江引（一曲）
	第二十五回	平西調（十九曲）疊斷橋（十三曲）對玉環帶清江引（一曲）
	第二十六回	**劈破玉（一曲）**房四娘（二曲）銀紐絲（一曲）倒板槳（三曲）**劈破玉（一曲）**呀呀油（三曲）疊斷橋（六曲）清江引（一曲）
	第二十七回	楚江秋（四曲）玉娥郎（一曲）羅江怨（一曲）耍孩兒（五曲）西調（二曲）跌落金錢（二曲）還鄉韻（二曲）清江引（一曲）
	第二十八回	耍孩兒（二十二曲）
	第二十九回	耍孩兒（八曲）乾荷葉（六曲）
	第三十回	耍孩兒（十曲）
	第三十一回	桂枝香（六曲）雁兒落帶得勝令（一曲）僥僥令（一曲）收江南（一曲）香柳娘（二曲）清江引（一曲）
	第三十二回	**耍孩兒（三曲）**皂羅袍（五曲）**耍孩兒（六曲）**
	第三十三回	**倒板槳（一曲）耍孩兒（一曲）倒板槳（四曲）香柳娘（二曲）耍孩兒（五曲）香柳娘（三曲）倒板槳（二曲）耍孩兒（二曲）**憨頭郎（一曲）**耍孩兒（二曲）**
	第三十四回	平西歌（三曲）耍孩兒（六曲）

	第三十五回	黃鶯兒（六曲）劈破玉（一曲）
	第三十六回	耍孩兒（五曲）桂枝香（十曲）香柳娘（三曲）僥僥令（一曲）收江南（一曲）園林好（一曲）沽美酒帶太平令（一曲）清江引（一曲）
增補幸雲曲	開　場	西江月（一曲）
	第一回	耍孩兒（九曲）
	第二回	耍孩兒（十五曲）
	第三回	耍孩兒（十一曲）
	第四回	耍孩兒（十曲）
	第五回	耍孩兒（十五曲）
	第六回	耍孩兒（十一曲）
	第七回	耍孩兒（十曲）
	第八回	耍孩兒（七曲）
	第九回	耍孩兒（十曲）
	第十回	耍孩兒（八曲）
	第十一回	耍孩兒（十一曲）
	第十二回	耍孩兒（十六曲）
	第十三回	耍孩兒（十二曲）
	第十四回	耍孩兒（八曲）
	第十五回	耍孩兒（七曲）
	第十六回	耍孩兒（十二曲）
	第十七回	耍孩兒（十一曲）
	第十八回	耍孩兒（十一曲）
	第十九回	耍孩兒（四曲）
	第二十回	耍孩兒（七曲）
	第二十一回	耍孩兒（十二曲）
	第二十二回	耍孩兒（七曲）
	第二十三回	耍孩兒（十五曲）
	第二十四回	耍孩兒（十五曲）
	第二十五回	耍孩兒（十九曲）
	第二十六回	耍孩兒（十五曲）
	第二十七回	耍孩兒（十曲）
	第二十八回	耍孩兒（十二曲）西江月（一曲）

而由此表格，我們可再歸納出其曲牌運用的多寡乃：

表格二

曲　牌	各部俚曲曲數	
耍孩兒 【共一三八四曲】	牆頭記	第一回（二十九曲）第二回（二十八曲）第三回（二十四曲）第四回（四十曲）
	姑婦曲	第一段（二曲）第二段（三曲）第三段（六曲）
	慈悲曲	第一段（二曲）第二段（一曲）第三段（一曲）第四段（三曲）第五段（二曲）第六段（一曲）
	翻魘殃	第一回（十七曲）第二回（十一曲）第三回（十五曲）第四回（十二曲）第五回（十八曲）第六回（十五曲）第七回（二十曲）第八回（十一曲）第九回（二十七曲）第十回（十四曲）第十一回（二十九曲）第十二回（三十曲）
	寒森曲	第一回（十九曲）第二回（三十四曲）第三回（三十四曲）第四回（三十四曲）第五回（二十九曲）第六回（二十四曲）第七回（二十七曲）第八回（三十八曲）
	蓬萊宴	第一回（十曲）第六回（十六曲）第七回（二十二曲）
	俊夜叉	（三十曲）
	快　曲	第一聯（五曲）第二聯（四曲）第三聯（七曲）
	禳妒咒	第二回（四曲）第三回（七曲）第四回（三曲）第五回（二曲）第六回（二曲）第八回（三曲）第九回（十二曲）第十一回（六曲）第十二回（九曲）第十三回（六曲）第十五回（二曲）第十七回（七曲）第十九回（九曲）第二十回（二曲）第二十一回（一曲）第二十二回（五曲）第二十三回（二曲）第二十四回（五曲）

		第二十六回（三曲）第二十八回（九曲）第二十九回（七曲）第三十回（九曲）第三十二回（六曲）第三十三回（六曲）
	富貴神仙	第二回（二十八曲）第十三回（四曲）第十四回（三曲）
	磨難曲	第一回（十二曲）第二回（十二曲）第三回（八曲）第四回（三曲）第五回（六曲）第六回（十七曲）第八回（十五曲）第十回（三曲）第十一回（八曲）第十四回（十五曲）第十六回（五曲）第十七回（六曲）第十八回（七曲）第十九回（六曲）第二十回（六曲）第二十一回（四曲）第二十二回（二曲）第二十三回（四曲）第二十四回（四曲）第二十七回（五曲）第二十八回（二十二曲）第二十九回（八曲）第三十回（十曲）第三十二回（九曲）第三十三回（十曲）第三十四回（六曲）第三十六回（五曲）
	增補幸雲曲	第一回（九曲）第二回（十五曲）第三回（十一曲）第四回（十曲）第五回（十五曲）第六回（十一曲）第七回（十曲）第八回（七曲）第九回（十曲）第十回（八曲）第十一回（十一曲）第十二回（十六曲）第十三回（十二曲）第十四回（八曲）第十五回（七曲）第十六回（十二曲）第十七回（十一曲）第十八回（十一曲）第十九回（四曲）第二十回（七曲）第二十一回（十二曲）第二十二回（七曲）第二十三回（十五曲）第二十四回（十五曲）第二十五回（十九曲）第二十六回（十五曲）第二十七回（十曲）第二十八回（十二曲）
疊斷橋【共二六七曲】	姑婦曲	第一段（五曲）第二段（四曲）第三段（七曲）
	慈悲曲	第一段（二曲）第二段（一曲）第三段（三曲）第四段（十曲）第五段（一曲）

		第六段（六曲）
	翻魘殃	第四回（十三曲）第六回（四曲）第七回（六曲）第九回（十四曲）
	蓬萊宴	第四回（三曲）第五回（十九曲）
	禳妒咒	第六回（八曲）第九回（三曲）第十一回（十二曲）第二十回（四曲）第二十七回（七曲）
	富貴神仙	第三回（一曲）第四回（四十一曲）第五回（四曲）第十二回（三十五曲）第十三回（五曲）
	磨難曲	第八回（一曲）第九回（八曲）第十回（七曲）第十一回（四曲）第十三回（三曲）第二十回（五曲）第二十四回（二曲）第二十五回（十三曲）第二十六回（六曲）
呀呀油 【共一八七曲】	姑婦曲	第一段（四曲）第二段（十曲）第三段（五曲）
	慈悲曲	第一段（二曲）第二段（二曲）第三段（二曲）第四段（三曲）第五段（三曲）第六段（一曲）
	翻魘殃	第二回（八曲）第六回（十二曲）第八回（九曲）
	蓬萊宴	第三回（六曲）第四回（二曲）
	快　曲	第二聯（六曲）
	禳妒咒	第五回（七曲）（調寄呀呀油）第十一回（十曲）第十三回（四曲）第二十二回（八曲）
	富貴神仙	第九回（四十六曲）第十三回（五曲）
	磨難曲	第十九回（二十七曲）第二十六回（五曲）
銀紐絲 【共一二四曲】	姑婦曲	第一段（二曲）第二段（三曲）第三段（二曲）
	慈悲曲	第一段（一曲）第二段（一曲）第三段（三曲）第四段（二曲）第五段（二曲）第六段（一曲）
	翻魘殃	第五回（七曲）第九回（五曲）
	蓬萊宴	第二回（五曲）

	快　曲	第三聯（二曲）
	禳妒咒	第四回（七曲）第十回（七曲）第十三回（四曲）第十七回（二曲）第二十六回（一曲）第二十九回（三曲）
	富貴神仙	第三回（三十八曲）第五回（七曲）第十三回（二曲）
	磨難曲	第七回（十曲）第十二回（六曲）第二十六回（一曲）
劈破玉【共一一九曲】	牆頭記	第四回（一曲）
	姑婦曲	第一段（二曲）第二段（五曲）第三段（四曲）
	慈悲曲	第一段（二曲）第二段（一曲）第三段（三曲）第四段（五曲）第五段（一曲）第六段（五曲）
	翻魘殃	第二回（二曲）第四回（六曲）第七回（三曲）
	蓬萊宴	第二回（一曲）第三回（四曲）
	禳妒咒	第十二回（五曲）第十六回（六曲）第三十一回（一曲）
	富貴神仙	第一回（一曲）第六回（三十一曲）第十回（一曲）第十三回（二曲）
	磨難曲	第十三回（十三曲）第十八回（九曲）第二十一回（一曲）第二十六回（二曲）第三十五回（一曲）
	俊夜叉	（一曲）
倒板槳【共一一一曲】	姑婦曲	第一段（四曲）第二段（八曲）第三段（三曲）
	慈悲曲	第一段（三曲）第二段（二曲）第三段（三曲）第四段（三曲）第五段（三曲）第六段（二曲）
	快　曲	第二聯（三曲）第三聯（五曲）
	禳妒咒	第七回（十四曲）第三十二回（九曲）
	富貴神仙	第七回（十六曲）第十三回（四曲）
	磨難曲	第二回（三曲）第十五回（十六曲）第二十六回（三曲）第三十三回（七曲）

皀羅袍 【共八七曲】	翻魘殃	第八回（六曲）
	快　曲	第二聯（十曲）
	禳妒咒	第一回（二曲）第三回（三曲）第七回（四曲）第八回（五曲）第二十一回（三曲）第三十二回（三曲）
	富貴神仙	第八回（二十二曲）第十三回（三曲）
	磨難曲	第五回（八曲）第十六回（十三曲）第三十二回（五曲）
房四娘 【共六七曲】	姑婦曲	第一段（六曲）第二段（五曲）第三段（三曲）
	禳妒咒	第十三回（四曲）第十八回（十曲）
	富貴神仙	第五回（三十五曲）第十三回（二曲）
	磨難曲	第二十六回（二曲）
跌落金錢 【共五九曲】	姑婦曲	第一段（二曲）第二段（三曲）第三段（三曲）
	慈悲曲	第一段（一曲）第二段（二曲）第三段（二曲）第四段（二曲）第五段（二曲）第六段（三曲）
	富貴神仙	第三回（一曲）第十一回（八曲）第十三回（四曲）
	翻魘殃	第五回（二曲）第八回（二曲）
	蓬萊宴	第二回（五曲）
	禳妒咒	第二回（二曲）第九回（二曲）第二十回（一曲）
	磨難曲	第八回（一曲）第十四回（三曲）第二十二回（二曲）第二十四回（四曲）第二十七回（二曲）
黃鶯兒 【共五三曲】	蓬萊宴	第一回（四曲）
	快　曲	第一聯（四曲）
	禳妒咒	第三回（四曲）第二十四回（五曲）第三十回（三曲）第三十一回（三曲）第三十三回（四曲）
	磨難曲	第八回（一曲）第十二回（七曲）第十五回（二曲）第十七回（九曲）第二十三回（一曲）第三十五回（六曲）

桂枝香 【共四八曲】	禳妒咒	第二十五回（五曲）第三十一回（五曲）第三十三回（四曲）
	富貴神仙	第十四回（十曲）
	磨難曲	第四回（四曲）第十四回（四曲）第三十一回（六曲）第三十六回（十曲）
懷鄉韻 【共四三曲】	慈悲曲	第一段（一曲）第二段（二曲）第三段（四曲）第四段（二曲）第五段（二曲）第六段（一曲）
	翻魘殃	第三回（二曲）第十回（五曲）
	禳妒咒	第七回（四曲）第二十一回（二曲）第二十七回（四曲）
	磨難曲	第十九回（六曲）第二十二回（六曲）第二十七回（二曲）
陝西調 【共四一曲】	琴瑟樂	（四十一曲）
西調 【共三六曲】	翻魘殃	第三回（四曲）
	蓬萊宴	第四回（九曲）
	禳妒咒	第八回（五曲）第十五回（四曲）
	磨難曲	第四回（四曲）第十八回（四曲）第十九回（四曲）第二十七回（二曲）
羅江怨 【共三二曲】	姑婦曲	第一段（一曲）第二段（二曲）第三段（二曲）
	慈悲曲	第一段（一曲）第二段（一曲）第三段（一曲）第四段（一曲）第五段（一曲）第六段（二曲）
	禳妒咒	第五回（三曲）第二十回（六曲）
	富貴神仙	第十回（六曲）第十三回（一曲）
	磨難曲	第二十一回（三曲）第二十七回（一曲）
憨頭郎 【共二七曲】	翻魘殃	第八回（二曲）第十回（三曲）
	蓬萊宴	第五回（四曲）
	磨難曲	第四回（二曲）第十八回（二曲）第二十二回（十三曲）第三十三回（一曲）
清江引 【共二七曲】	慈悲曲	第一段（一曲）第二段（一曲）第三段（一曲）第四段（一曲）第五段（一曲）第六段（二曲）

	蓬萊宴	第七回（一曲）
	翻魘殃	第十二回（二曲）
	寒森曲	第八回（一曲）
	增補幸雲曲	第二十八回（一曲）
	窮漢詞	（一曲）
	快　曲	第三聯（一曲）第四聯（一曲）
	禳妒咒	第五回（二曲）第十回（二曲）
	富貴神仙	第一回（一曲）第十三回（一曲）第十四回（一曲）
	磨難曲	第二十四回（一曲）第二十六回（一曲）第二十七回（一曲）第三十一回（一曲）第三十六回（一曲）
西江月 【共二七曲】	窮漢詞	（十曲）
	姑婦曲	第一段（一曲）
	慈悲曲	楔子（一曲）第六段（一曲）
	翻魘殃	第一回（一曲）
	寒森曲	第一回（一曲）
	蓬萊宴	第一回（一曲）
	俊夜叉	（四曲）
	醜俊巴	（一曲）
	禳妒咒	（一曲）
	磨難曲	第二十三回（一曲）
	增補幸雲曲	開場（一曲）第二十八回（一曲）
	琴瑟樂	（二曲）
哭皇天 【共二五曲】	快　曲	第二聯（三曲）
	禳妒咒	第十八回（三曲）第二十七回（七曲）
	富貴神仙	第十一回（十二曲）
平西調 【共二四曲】	磨難曲	第二十五回（十九曲）第三十四回（三曲）
	富貴神仙	第十三回（二曲）
香柳娘 【共一九曲】	禳妒咒	第三回（五曲）
	富貴神仙	第十四回（四曲）
	磨難曲	第三十一回（二曲）第三十三回（五曲）第三十六回（三曲）
刮地風 【共一六曲】	禳妒咒	第十四回（八曲）第二十回（八曲）

山坡羊 【共一六曲】	醜俊巴	（三曲）
	富貴神仙	第一回（一曲）第十一回（一曲）
	禳妒咒	第一回（十一曲）
楚江秋 【共一四曲】	富貴神仙	第九回（五曲）
	磨難曲	第十九回（五曲）第二十七回（四曲）
哭笑山坡羊 【共一三曲】	禳妒咒	第二十三回（一曲）第二十四回（十二曲）
鴛鴦錦 【共一三曲】	禳妒咒	第十四回（六曲）第二十九回（五曲）第三十一回（二曲）
玉娥郎 【共一三曲】	禳妒咒	第二十三回（三曲）
	富貴神仙	第五回（四曲）第十三回（一曲）
	磨難曲	第十二回（四曲）第二十七回（一曲）
蝦蟆曲 【共十曲】	禳妒咒	第十五回（三曲）第二十六回（三曲）
	富貴神仙	第十回（四曲）
平西歌 【共十曲】	富貴神仙	第七回（十曲）
金紐絲 【共八曲】	富貴神仙	第五回（四曲）
	磨難曲	第十二回（四曲）
黃泥調 【共七曲】	快　曲	第四聯（七曲）
邊關調 【共六曲】	磨難曲	第二十三回（六曲）
乾荷葉 【共六曲】	磨難曲	第二十九回（六曲）
鬧五更 【共五曲】	禳妒咒	第十回（五曲）
滿詞 【共五曲】	禳妒咒	第二十三回（二曲）第二十六回（三曲）
對玉環帶清江引 【共五曲】	姑婦曲	第一段（一曲）第二段（一曲）
	琴瑟樂	（二曲）
	磨難曲	第二十五回（一曲）
呆茶兒 【共五曲】	蓬萊宴	第五回（五曲）
梆子腔 【共四曲】	快　曲	第四聯（四曲）

四朝元 【共四曲】	禳妒咒	第三十三回（四曲）
浪淘沙 【共三曲】	禳妒咒	第二十七回（三曲）
僥僥令 【共三曲】	富貴神仙	第十四回（一曲）
	磨難曲	第三十一回（一曲）第三十六回（一曲）
收江南 【共三曲】	富貴神仙	第十四回（一曲）
	磨難曲	第三十一回（一曲）第三十六回（一曲）
蓮花落 【共三曲】	磨難曲	第一回（三曲）
一剪梅 【共二曲】	慈悲曲	第一段（二曲）
園林好 【共二曲】	富貴神仙	第十四回（一曲）
	磨難曲	第三十六回（一曲）
沽美酒帶太平令 【共二曲】	富貴神仙	第十四回（一曲）
	磨難曲	第三十六回（一曲）
棹歌 【共一曲】	禳妒咒	第十三回（一曲）
十和解 【共一曲】	禳妒咒	第三十一回（一曲）
鷓鴣天 【共一曲】	富貴神仙	第一回（一曲）
羅江怨帶清江引 【共一曲】	姑婦曲	第三段（一曲）
太平年 【共一曲】	磨難曲	第十二回（一曲）
雁兒落帶得勝令 【共一曲】	磨難曲	第三十一回（一曲）
曲牌不明	姑婦曲	攔婦歌（第二段一曲）勸人歌（第三段一曲）
	慈悲曲	俚歌（第一段一曲）

在這裡顯然地，〔懷鄉韻〕和〔還鄉韻〕，就其句式觀之，實為一種。而〔平西調〕與〔平西歌〕，〔山坡羊〕與〔調寄山坡羊〕，〔劈破玉〕與〔調寄劈破玉〕，〔皂羅袍〕與〔皂羅衫〕，〔蝦蟆曲〕與〔蝦蟆歌〕，〔滿調〕與〔滿詞〕等等，亦復如是，均為同曲之異名。故若將這些以一種曲牌算之，那麼我們共計可得五十二種曲牌（不含不明的三曲部分，〔攜婦歌〕、〔勸人歌〕、〔俚歌〕），二九九二段唱詞，數量相當驚人。且我們足可深信蒲公對音樂是極為熟稔的，畢竟能把這麼多種曲牌加以組合應用的人，若非熟諳曲律，絕對是辦不到的。又曲牌用最多的前五名，分別是〔耍孩兒〕（一三八四曲）、〔疊斷橋〕（二六七曲）、〔呀呀油〕（一八七曲）、〔銀紐絲〕（一二四曲）及〔劈破玉〕（一一九曲），均屬於地方小曲的曲調，故名之為「俚曲」乃有其根據，這一點在稍後「聊齋曲牌之來源」會有細論。

但筆者特別要申明的是，這個數量或許並非絕對無誤。事實上，蒲公之俚曲原稿，如本節開頭所述，由於時代久遠及散失的原因，許多早已亡佚不見，而現今所蒐集到的文本亦亟需再三斟酌；且其中困難處，如陳玉琛亦云：

> 關於曲牌唱詞段數的計算，主要目的在於通過統計，認識曲牌的使用情況，以便心中有數。這個問題看似十分簡單，實際上卻非常複雜。因為有些曲牌唱詞的段數無法數，或不知該怎麼數。這牽掣到，A原書中（指《蒲松齡集》）有許多錯誤，如多處並未標明用的是什麼曲牌。B同一曲牌的用法也不相同，如有的四句一段，有的八句一段，有的四十多句一段。以自然段為一段計算

> 呢？還是以曲牌的詞格為準？我的觀點是以曲牌詞格為依據分段，多者便是重複。在某些曲牌詞格不明確處，暫以自然段為根據。C有些曲牌的詞格尚未弄清楚，故此處只應說是粗略、大致的概數，尚不十分精確。[21]

筆者對其曲牌算法的理論乃表示贊同，但中間或許在認知上不盡相同，故所得到的結論也並不相同[22]。如筆者以為有五十二種曲牌，二九九二段唱詞；陳先生則以為應是五十種曲牌，二九七一段唱詞。其實各家對此看法的不同實多，在大陸亦有多位蒲學專家在討論到這個問題時，或有結論與筆者和陳玉琛不同，或有支吾其詞者，如黃晶在其〈蒲松齡聊齋俚曲柳子戲曲牌〉[23]一文中言有五十七種曲牌，秦吟〈蒲松齡與音樂〉[24]中說應有五十五種曲牌，而呂東萊在〈聊齋俚曲曲牌淺談〉[25]及王川昆在〈對蒲氏俚曲的思考發微〉[26]，均籠統言有五十多種。凡此都可見得，我們和事實的「真相」尚有一段距離，畢竟等待新文獻的出現是所有研究《聊齋俚曲》者所殷殷期盼，卻也是急不得的呀！

鑑於上述，在曲牌及段數上雖均未能明確，但小心擇用，其對於我們後文所可研究討論的部分，並不會有太大的影響，此則為可喜之處。

二、《俚曲》曲牌之來源

如前所述，考據曲牌之來源乃為一艱巨任務，原因是它在文本上只留下曲牌名，再加上後面的曲詞如此而已，並無任何曲譜之記錄；又其名為「俚曲」，故似乎只是應用俚俗小曲編製而成的「區域性」說唱和戲曲罷了。但在一番深入的探究後，我們可發現到它實際上並非僅是俚俗小曲而已，而應是羼和了某些南北曲才是，最顯明的地方即在其曲牌應用上，用了「南北合套」形式的表現手法，即南曲和北曲依一定嚴格規律必交雜使用（詳細請見本節第三點「俚曲曲牌之應用」），足可見其曲牌的靈活性與豐富性。但可惜的卻也是由於蒲公曲牌的「靈活」，所以在其曲譜亡佚後，使我們產生了還原上的重重困難，而其中最大的困難便在其曲牌來源之正確性。

《聊齋俚曲》的曲牌由於並無工尺譜的記載傳下，故其所用究竟為南曲、北曲，抑或是小曲，實令所有研究者均感困惑；且小曲中許多本源自南、北曲，爾後又加以創新，變為自成一格之曲牌，所以其或有同一牌名但曲譜旋律卻大相逕庭者，這些，我們都可由前人之筆記雜著中略窺一二，如沈德符在其《萬曆野獲編》的〈時尚小曲〉一條裡即清楚提到：

> 元人小令，行於燕趙，後浸淫日盛。自宣正至成弘後，中原又行〔鎖南枝〕、〔傍妝台〕、〔山坡羊〕之屬。李崆峒先生初自慶陽徙居汴梁，聞之以為可繼《國風》之後，何大復繼至，亦酷愛之。今所傳《泥捏人》及《鞋打卦》、《熬䯼髻》三闋，為三牌名之冠，故不虛也。自茲以後，又有〔耍孩兒〕、〔駐雲飛〕、〔醉太平〕諸曲，然不如三曲之盛。嘉隆間，乃興〔鬧五更〕、〔寄生草〕、〔羅江怨〕、〔哭皇天〕、〔乾荷葉〕、〔粉紅蓮〕、〔桐城歌〕、〔銀紐絲〕之屬，自兩淮以至江南，漸與詞曲相遠，不過寫淫媟情態，略具抑揚而已。比年以來，又有〔打棗竿〕、〔掛枝兒〕二曲，其腔調約略

> 相似。則不問南北，不問男女，不問老幼良賤，人人習之，亦人人喜聽之。以至刊布成帙，舉世傳誦，沁人心腑。其譜不知從何來，真可駭嘆！又〔山坡羊〕者李、何二公所喜，今南北詞俱有此名，但北方惟盛愛〔數落山坡羊〕，其曲自宣、大、遼東三鎮傳來，今京師妓女，慣以此充弦索北調。其語穢褻鄙淺，併桑濮之音亦離去已遠，而羈人遊婿，嗜之獨深，丙夜開樽，爭先招致。而教坊所隸箏蓁等色，及九宮十二，則皆不知為何物矣。俗樂中之雅樂，尚不諧里耳如此，況真雅樂乎！[27]

可見明之小曲許多乃元之小令所傳，及南北曲之遺緒，而這些曲牌名和《聊齋俚曲》中同名者就有〔山坡羊〕、〔耍孩兒〕、〔鬧五更〕、〔羅江怨〕、〔哭皇天〕、〔乾荷葉〕及〔銀紐絲〕等七種，但這些是否便是蒲公所用之曲牌呢？又如《霓裳續譜》中亦有〔西調〕、〔疊落金錢〕、〔劈破玉〕、〔銀紐絲〕、〔邊關調〕、〔倒板槳〕、〔呀呀呦〕、〔玉娥郎〕、〔蓮花落〕、〔羅江怨〕、〔清江引〕、〔山坡羊〕、〔疊段橋〕、〔耍孩兒〕、〔刮地風〕、〔園林好〕、〔桂枝香〕等十七種；《萬花小曲》中有〔劈破玉〕、〔銀紐絲〕、〔玉娥郎〕、〔金紐絲〕、〔黃鶯兒〕五種；《絲絃小曲》中有〔劈破玉〕、〔邊關調〕、〔哭皇天〕、〔刮地風〕、〔羅江怨〕等五種；而在南北曲部分，如《北詞廣正譜》中有〔刮地風〕、〔乾荷葉〕、〔山坡羊〕、〔耍孩兒〕、〔黃鶯兒〕、〔清江引〕、〔沽美酒帶過太平令〕等七種；《舊編南九宮譜》中有〔桂枝香〕、〔耍孩兒〕、〔一剪梅〕、〔香柳娘〕、〔羅江怨〕、〔刮地風〕、〔山坡羊〕、〔黃鶯兒〕、〔僥僥令〕、〔四朝元〕、〔園林好〕、〔皂羅袍〕、

〔浪淘沙〕等十三種；《九宮大成南北詞宮譜》中亦有〔皂羅袍〕、〔桂枝香〕、〔園林好〕、〔僥僥令〕、〔西江月〕、〔浪淘沙〕、〔耍孩兒〕、〔一剪梅〕、〔香柳娘〕、〔羅江怨〕、〔黃鶯兒〕、〔山坡羊〕、〔清江引〕、〔雁兒落帶得勝令〕、〔沽美酒帶太平令〕、〔蓮花落〕、〔刮地風〕等十七種。共計小曲部分相同曲牌名的有二十種，南北曲的部分有十九種。而如果我們再據清朝王奕清等人編著的《康熙曲譜》去看南北曲部分的話，那麼曲牌名便可再加上〔哭皇天〕和〔楚江秋〕二種，如此，南北曲的部分便共有二十一種，但小曲和南北曲中又有許多牌名相同的部分，故究竟何者才是蒲公所用之曲牌？抑或是全然不是？這中間疑義是極大的。以〔山坡羊〕曲牌為例，我們另外可由明朝顧起元在其《客座贅語》卷九的記載得知：

> 里衖童孺婦媼之所喜聞者，舊惟有〔傍妝台〕、〔駐雲飛〕、〔耍孩兒〕、〔皂羅袍〕、〔醉太平〕、〔西江月〕諸小令。其後益以〔河西六娘子〕、〔鬧五更〕、〔羅江怨〕、〔山坡羊〕。〔山坡羊〕有「沈水調」、有「數落」，以為淫靡矣。後又有〔桐城歌〕、〔掛枝兒〕、〔乾荷葉〕、〔打棗竿〕等，雖音節皆傚前譜，而其語益為淫靡；其音亦如之。是桑間濮上之音，又不啻相去千里，晦淫導欲，亦非盛世所宜有也。[28]

又沈寵綏《度曲須知》寫道：

> 予猶疑南土未諳北調，失之江以南，當留之江以北，乃

> 歷稽彼俗，所傳……已莫可得而問矣。惟是散種如：〔羅江怨〕、〔山坡羊〕等曲，比之蓁、箏，渾不似諸器者，彼俗尚存一二，其悲戚慨慕，調近於商，惆悵雄激，調近正宮，抑且絲揚則肉乃低應，調揭則彈音愈渺，全是子母聲巧相鳴和；而江左所習〔山坡羊〕，聲情指法，罕有及焉。雖非正音，僅名「侉調」，然其愴怨之致，所堪舞潛蛟而泣嫠婦者，猶是當年逸響云。[29]

可知〔山坡羊〕一曲即有〔沉水調山坡羊〕、〔數落山坡羊〕及〔侉調山坡羊〕等各調，事實上我們從《金瓶梅詞話》、《風月錦囊》及馮夢龍〔掛枝兒〕等文獻中，還可發現有〔四不應山坡羊〕、〔慢山坡羊〕等二種，而這些皆由〔山坡羊〕本調衍化而出，卻又各自不同。而蒲公《聊齋俚曲》中除有〔山坡羊〕之曲牌名稱外，亦有〔哭笑山坡羊〕之名，但這是否又是另外一調呢？實在是令我們深感疑惑。

再如〔耍孩兒〕曲牌，亦是一南曲、北曲及民間小曲曲調中皆有之曲牌，而在《中國曲學大辭典》中即清楚寫著三種各自之格律。在北曲部分：

> 全曲九句：七、六、七、六、七、七、三、四、四。第二句宜押上聲韻。第七句散套有不押韻者，此係沿襲諸宮調作法之故。第五、六句對。第八、九句對。散套首牌，〔哨遍〕套次牌。劇套聯入套中，可獨用入套。一名〔魔合羅〕，只出現在劇套中。有么篇，同前篇，散套用之。亦入〔正宮〕、〔中呂〕。《北詞廣正譜》謂借入〔雙調〕，原注「缺」。出於諸宮調，全同。與南曲

異。[30]

在南曲部分：

全曲七句：七、五、七、二、八、八、六。《南詞簡譜》謂：第二句「可以押韻，惟普通格式概不押也」。第四句二字句，一般也不押韻。時有誤題〔紅衫兒〕，如《拜月亭．皇華悲遇》、《邯鄲記．召還》。與諸宮調，北〔般涉調．耍孩兒〕均不同。[31]

在小曲曲調部分：

民間曲調名。一般七句四十一字。平仄通押。明人景居士選輯《時興滾調歌令玉谷新簧》卷一，載有二十餘首《時興各處譏妓耍孩兒歌》，一式皆是七、七、七、七、三、三、七的句格，與南北曲之〔耍孩兒〕字數句格都不同。沈德符在《野獲編．時尚小令》裡說：「自茲（按指成化、弘治年間）以後，又有〔耍孩兒〕、〔駐雲飛〕、〔醉太平〕諸曲，然不如三曲（按指〔鎖南枝〕、〔傍妝台〕、〔山坡羊〕）之盛。」道出了當時〔耍孩兒〕流行的實際狀況。[32]

由此觀之，這三種〔耍孩兒〕句長、曲調全然不同，而依俚曲定義，應和民間曲調較為接近。但我們只要舉例觀之，就可知道並非如此。如〈增補幸雲曲〉第一回中〔耍孩兒〕曲詞寫道：

> 微臣奏主得知：十三省數山西，大同城裡好景致。男人清秀真無比，女人風流更出奇，人才出色多標致。宣武院三千粉黛，一個個亞賽仙姬。[33]

乃全曲八句，句格為六、六、七、七、七、七、七、七。和所舉民間曲調截然不同，更遑論南北曲部分。而這〔耍孩兒〕應屬何種呢？蒲公在此〈增補幸雲曲〉第一回中即自言道：

> 世事兒若循環，如今人不似前，新曲一年一遭換。銀紐絲兒才丟下，後來興起打棗竿，鎖南枝半鎖羅江怨，又興起正德嫖院，耍孩兒異樣的新鮮。[34]

這「新曲一年一遭換」談的不就是流行是不斷更替的，而如今「耍孩兒異樣的新鮮」，說的應是有人將〔耍孩兒〕改弦易調，重披弦索地更新之，故時下大家均感新奇，否則延續陳腔舊調，又有啥「新鮮」可言呢？乃可知這又是一新興於清初蒲公時之民間曲牌。

由上即可見其曲牌之繁複。而蒲公名其所作為「俚曲」，故應以民間小曲為主，並輔以南北曲才是。而若依前所見南北曲和《聊齋俚曲》裡相同的有二十一種的話，那這個比例或許也就過高了[35]；且小曲的曲牌名和南北曲的曲牌名相同的也不少，故於此也就有釐清的必要。那麼如何釐清呢？由於曲譜已全然不見，現存的亦是今人之傳唱而抄錄，並非蒲公文本傳下，故真實性實值懷疑。唯一的方法只有將《聊齋俚曲》中為南北曲曲牌名的內容，對照於今可見《九宮大成南北詞曲譜》、《北詞廣正譜》、《舊編南九宮譜》、《康熙曲譜》等書，觀其句長是否相同，若相同，或許它也即是南北曲；若不同，則可能雖為南北曲之曲牌名，卻早已為民間更易而為民間俗曲了。此種方法雖有其缺失，如曲本就可加襯字，故可能同一曲牌，可是句長字數卻不同。但這樣的情形若發生在《俚曲》之句長字數都和南北曲一致時，則應無疑問；而若不同時，才有令人置疑之處。故筆者於此，則盡可能多方舉例，尤其不同俚曲都出現同一曲牌之時，便皆列之以說明，而在不同俚曲裡，同一曲牌之句長都相同（或許表示它就是個定式），但卻與南北曲不一樣時，則其為民間俗曲的可能性也就愈高。這樣的作法或許仍未完善，無奈卻是我們目前可採行最好的處理辦法了。以下即一一對照之：

（一）僥僥令

《康熙曲譜》南商調過曲，句長四句：五、五、七、八。

俚曲句式大致同於此，如〈富貴神仙〉第十四回：

> 今生新愛好，前世舊姻緣。今朝一別何時見？要知道千里在眼前。

又如〈磨難曲〉第三十一回：

> 兩下分兵去，誰想中奸謀，大兵折了無其數，劉副將命嗚呼。

（二）西江月

《九宮大成南北詞曲譜》南中呂宮引，句長八句：六、六、七、六、六、六、七、六。

俚曲句長大致同於此，如〈琴瑟樂〉中載道：

> 誰使紅顏命薄，偏教才子窮途，幾多恨事滿胸中，難問蒼天如何。且向花前月下，閒調趙瑟秦箏，狂歌一曲酒千盅，好把雄心斷送。
>
> 無可奈何時候，偶然譜就新詞，非關閒處用心兒，就裡別藏深意。借嬉笑為怒罵，化腐朽作神奇。男兒心事幾人知？且自逢場作戲。

又如〈窮漢詞〉中寫道：

> 孩子絕不探業，老婆更不通情。攮他娘的養漢精，狗腿常來逼命。止有一身破衲，夜間蓋蓋蒼生。綽號名為大起靈，一起滿床光腚。

（三）浪淘沙

《康熙曲譜》南羽調近詞，句長七句：四、四、四、四、七、八、六。

同書南越調引子，句長五句：五、四、七、七、四。

俚曲句長大致同〔南越調引子〕，如〈禳妒咒〉第二十七回寫道：

南海有毒龍，作害無窮。金身羅漢下天宮，捉著龍頭按龍尾，搭救蒼生。

猛虎在深山，危害人間。金身羅漢下西天，猛虎一見伏在地，不敢動彈。

身體胖如綿，耳大頭圓。全無煩惱在胸間，常似見人咧嘴笑，一派喜歡。

（四）一剪梅

《康熙曲譜》南呂宮引子，句長六句：七、四、四、七、四、四。

俚曲句長大致同於此，如〈慈悲曲〉第一回：

世間兩種最難當：一是偏房，二是填房。天下惡事幾千樁，提起來是後娘，說起來還是後娘。

人心原自不相同，你生的你疼，我生的我疼。後娘冤屈也難明，好也是無情，歹也是無情。

（五）香柳娘

《康熙曲譜》南呂宮過曲，句長十二句：五、五（疊）、四、七、五、五（疊）、五、五、五、五（疊）、四、四。

俚曲大致同於此，如〈禳妒咒〉第三回：

客何曾謝完，客何曾謝完，抬頭看天，一客拜到晌午轉。急等著要搬，急等著要搬，心火又生煙，諸事還不辦。老婆兒望穿，老婆兒望穿，定說老漢，一去不回還。

蒙仲鴻死留，蒙仲鴻死留，難把身抽，三杯已是飯時候。才剛剛罷休，才剛剛罷休，好似魚脫鉤，兩腳忙忙走。跑的來汗流，跑的來汗流，不暇再別，兩鄰朋舊。

將房門放開，將房門放開，滿地塵埃，該把房屋深深拜。看樑柱庭階，看樑柱庭階，炕沿鍋台，住你三年外。今別你去來，今別你去來，腳夫等候，不得遲挨。

叫江城女孩，叫江城女孩，步步走來在後邊，誰相待？俺慢慢行來，俺慢慢行來，啼哭淚滿腮，看被人驚怪。又過巷穿街，又過巷穿街，布衣上蓋，羅裙塵埃。

（六）黃鶯兒

《康熙曲譜》南商調過曲，句長九句：五、六、七、四、四、七、三、四、五。

同書北商角調，句長五句：四、四、四、四、四。

俚曲句長大致與〔南商調過曲〕同，如〈禳妒咒〉第三回中寫道：

一杯奉坐前，聽小弟告一言：以後難得常相見。暫且留連，暫且盤桓，畢酒還有家常飯。莫推謙，酒薄情厚，請告一杯乾。

老兄情太高，擾過了千萬遭，不曾杯水將恩報。又飲香醪，又享佳餚，臨別又領兄台教。不勞消，相隔不遠，何必在今朝？

一別路途遙，蒙相別情義高，不領也被旁人笑。留也是虛邀，飯也是免囂，你我唯有心相照。請飽叨，省的老嫂，重複費烹調。

芥蒂無分毫，我兩人道義交，往來盡脫虛圈套。心戀戀難拋，恨重重難消，臨行還有言相告。請聽著：如有閒空，相訪莫辭勞。

又如〈蓬萊宴〉第一回：

金爐發異香，起彩雲結樓房，看來百里一般樣。黃金塔盡長，舍利子放光，人人都把眼睛晃。與娘娘廣寒宮裡，早晚照梳妝。

賓客密如麻，東俩俩西仨仨，八百席一霎安排下。玉桌椅雕牙，錦裀褥繡花，娘娘真正人家大。朝廷家大開御宴，也沒有這樣奢華。

老天日日周，海一乾下一籌，一籌就得八千壽。這日月如流，這光陰不留，娘娘容顏還依舊。一回頭人間天上，又是幾千秋。

娘娘下天宮，今來到東海東，小神無物可相奉。大海的小龍，見娘娘玉容，渾身鱗甲皆生動。喜重重，八千餘歲，又得一相逢。

（七）清江引

《康熙曲譜》北雙調，句長五句：七、五、五、五、七。俚曲句長大致與此同，如〈慈悲曲〉第五回：

萬苦千辛受不了，又上羊腸道。天道也難知，世事總難料，下一回再看他這一找。

又如〈磨難曲〉第二十七回：

醉的東歪又西倒，妻子同歡笑。十年兩次歸，睡了一宿覺。今夜要安安穩穩直到老。

再如〈快曲〉第三聯：

沒似今朝醉的好，大家同歡笑。箭箭中賊頭，鼓聲酒杯倒，把一個劉皇叔生醉倒。

（八）沽美酒帶太平令

《九宮大成南北詞曲譜》北雙角隻曲，句長十五句：六、六、六、七、五、六、七、七、七、七、二、二、二、五、呀、七。

俚曲句長大致與此同，如〈磨難曲〉第三十六回：

罷豪飲謝芳筵，辭賢主別眾仙；照夕陽人影亂，跨鶴凌雲上九天，似風去雨還。飛彩鳳舞祥鸞，亂紛紛酒闌人散，鬧嚷嚷星流霞燦，薰騰騰異香一片，白茫茫祥雲數段；俺可要，飄然，言旋，名山洞天，呀，好似赴瑤池一回佳宴。

（九）桂枝香

《康熙曲譜》南仙呂宮過曲，句長十一句：四、四、六、六、四、四（疊）、四、四、三、五、五。

同書南仙呂宮慢詞，句長二十句：四、五、四、四、五、七、七、四、四、四、七、四、四、四、六、七、七、四、四、四。

而《聊齋俚曲》裡的句長雖與〔南仙呂宮慢詞〕的不同，但卻和〔南仙呂宮過曲〕頗為相近，其句長有十句及十一句二種，十句者如〈磨難曲〉第三十一回裡寫道：

尚書部院，領兵十萬，趙總兵足智多謀，劉副將驍勇敢戰，平踩三山，叫張逵渾身是汗！寶刀出鞘，雕弓上弦，破上兩個拿一個，管取鞭敲金鐙還。

尚書毛義，全憑聲勢，聽說他依仗威靈，見了人好喘粗氣，把三山會齊。俺這裡略施小計，那尚書雖大，兵卒何知？將來勝負還無定，先要砍倒他坐纛旗！

平原無礙，安營下寨，密匝匝燕雀不飛，齊臻臻天神還賽，把旌旗搖擺，教賊人魂飛天外。繞山三匝，無縫可開，任你走上雲霄外，也要騰雲拿回來。

可見其句長為十句，乃：四、四、七、七、四、四、四、四、七、七的句型。但另有十一句的句長，如〈禳妒咒〉第二十五回：

為兒僥倖，居然得中。半年間滿腹文章，就覺著秋闈必然勝。果得成名，果得成名，看起來再休談命。但在窗下，莫負青燈，若還讀得功夫到，萬里青雲自有程。

休說無數，聽我告訴：若是你命裡該成，就遭著家中悍婦。坷坎全無，坷坎全無，怎能夠高登雲路？鬼神撥弄，心眼迷糊，好歹都是前生定，白黑打襟盡成虛。

爹將兒教，教兒知道，前世裡結下怨仇，怎能免今生惡報？數定難逃，數定難逃，情難堪只該一笑。愁也不必，怨也何消，只該念佛千千遍，禱告天公把俺饒。

又如〈禳妒咒〉第三十一回：

> 滿滿斟上，親手奉讓，為官人洗洗風塵，說一說都中景況。再賀親新郎，再賀親新郎，勸郎把胸懷開放。隔半年不見，訴訴衷腸。還有喜事向君報，叫君喜歡到天亮。

> 自蒙青盼，全無他念，況且是母親的總管，又說是夫人的箋片。是恁大官銜，是恁大官銜，怎肯來床頭相見？等到明日，敬寫紅箋，今日夫妻會，何勞清客來幫閒。

再如〈禳妒咒〉第三十三回：

> 媳婦伶俐，針指細密，看了看長短遂心，試了試寬窄如意。教人心歡喜，教人心歡喜，晚來得了兒家濟。江城甚孝，蘭芳出奇，春香有福生貴子，誰似咱家福壽齊！

亦可清楚見其句長為：四、四、七、七、四、四（疊）、七、四、四、七、七之句型。

由上，若單從十一句的句長來看，是和〔南仙呂宮過曲〕極為雷同，且第六句為疊句式亦相同，又若再依曲之格式本可加襯字的觀念來看，那麼我們幾乎可以斷定此〔桂枝香〕便為南曲之〔桂枝香〕。但前面十句式的〔桂枝香〕又如何解釋呢？筆者以為，或許我們在第五句之後，再重複一次第五句的文字，如〈磨難曲〉第三十一回：

尚書部院，領兵十萬，趙總兵足智多謀，劉副將驍勇敢戰，平踩三山，平踩三山，叫張逵渾身是汗！寶刀出鞘，雕弓上弦，破上兩個拿一個，管取鞭敲金鐙還。

尚書毛義，全憑聲勢，聽說他依仗威靈，見了人好喘粗氣，把三山會齊，把三山會齊。俺這裡略施小計，那尚書雖大，兵卒何知？將來勝負還無定，先要砍倒他坐纛旗！

平原無礙，安營下寨，密匝匝燕雀不飛，齊臻臻天神還賽，把旌旗搖擺，把旌旗搖擺，教賊人魂飛天外。繞山三匝，無縫可開，任你走上雲霄外，也要騰雲拿回來。

因為在傳抄的過程中，疊句常會不小心漏寫；如中國書法中亦常會在相同文字的情形下，以「＝」這樣的符號來表示其同上面文字，後人若稍不注意，便易錯失此處，造成文字脫落。而筆者認為十句式的〔桂枝香〕便是發生了如此的情況，若補足此缺，則必能符十一句的南曲〔桂枝香〕句格，故筆者以為此〔桂枝香〕應即為南曲之曲牌。

（十）四朝元

屬南曲雙調正曲，此曲今見於《九宮大成南北詞曲譜》中，其每套必用四闋，故名〔四朝元〕，今存四體，其句長如下：

1. 四、五、四、四、五、四、四、五、六、五、四、四、四、四、四、四、四、四。

2. 四、五、四、四、五、四、四、四、五、四、四、四、四、四、四、四、四、四。

3. 四、五、四、四、五、五、五、五、五、四、四、四、四、四、四、四、四、四。

4. 四、五、四、四、五、四、四、四、四、四、四、四、四、四、四、四、四、四。

其最大不同在第六句到第十句之間，但差異不大，事實上這只是襯字的變化而已，四體其實為一體。而《聊齋俚曲》只在〈禳妒咒〉第三十三回出現，並恰巧亦是四闋，這一點乃符合南曲之模式。另外，其內容句長呢？茲將臚列於下以觀之：

深深下拜，滿斟酒一杯。祝爹娘壽比南山，福如東海；也無病也無災，到百年開外。離是春夏秋冬，暑去寒來，見黃河雖乾，朱顏未改，春色年年。嗏！武陵花日日開，好似晉家桃園，並不知什麼朝代。為兒平步天街，官到了宰相，榮華萬載，那子子孫孫，滿堂金帶！

壽星下照，壽星萬丈高。俺這裡殺烹鮮鯉，酒暖葡萄，撲翻身又拜倒，奉爹娘歡笑。見那海水乾，成了萬頃田苗，也不必海上三山，說什麼蓬萊十島，去把天門叫。嗏！那神仙也非逍遙，只是旺相百年，又早見五花官誥，封贈數十遭。長生更不老，忽然白頭黑了，齊齊整整變成年少！

爹娘在上，滿斟酒一觴。望髮還黑，牙落還長，似蓬壺日月長，又年年旺相。俺也常常少年，事奉我的爹娘。

見兒登金榜，又見孫上玉堂，俺一家都在人頭上。嗏！那牙笏擺滿床，且喜白髮雙親，那時節全然無恙，到百歲還安康，如神仙下降。你看那雪蓮花放，枝枝朵朵一開千丈。

錦堂佳宴，壽酒獻高前。俺這裡深深下身，盡了這誠心一點。祝大壽比南山，又年年康健！俺那有福的嬌兒，連中三元，欲把那夢裡尚書，真真是八抬黃傘，從頭兒擺爹娘看。嗏！笑彭祖一少年，何曾見王母桃花開過兩三遍？且喜滿門貴顯，雙親得親見。奴家心願，望安安穩穩，春秋千萬！

雖字數上和南曲四體不盡相同，但這主要是由現存文本中（盛偉《聊齋俚曲集》）無法看出正字與襯字，而其句長上卻同樣是十八句。所以我們從其一次使用四闋，及句長為十八句這兩處看來，筆者以為將之列歸於南曲部分應是頗為恰當。

（十一）皂羅袍

《康熙曲譜》南仙呂宮過曲，句長十句：六、五、四、七、七、四、四、四、四、七。

俚曲中之句長與此則完全不同，大致都以八句為其句格，如〈翻魘殃〉第八回：

一般的你也來到，俺每日絮絮叨叨，一日就說你幾千遭，或者你乜眼也跳。從今以後，想念全消。聽的你那聲音，就著人喜笑。

想當初咱倆說笑，扎掛屋望你勤勞，你還說是我胡叨，此時才知我慮的到。自從那日，就有今朝。情的現成，難把恩情報。

又如〈快曲〉第二聯：

有本領夾馬就上，闖過去算你命長。我有刀來你有槍，前前搐搐不成像。待要不戰，下馬投降。孔明若喜，未必不把你放。

俺當年曾領大教，你待俺情意也高。顏良、文醜把頭梟，那時已報恩情報。今日相遇，決難輕饒！不敢徇私，我實相告。

又如〈禳妒咒〉第二十一回：

劉智遠一生放蕩，去投軍撇下三娘。哥嫂叫他受苦磨房，一推一個東放亮。天色明了，奔走慌忙，擔筲打水，才把磨棍放。

目蓮母良心盡喪，墮下孽去見閻王。刀山劍樹受災殃，地獄才把人磨障。目蓮到獄，去救親娘，用手一指，方把門開放。

王昭君眉清目秀，模樣兒異樣風流。窈窕風韻百花羞，朝廷怒殺毛延壽。自背琵琶，兩淚交流，獨向荒庭，去把孤單受。

凡此都可見到其句長應為：七、七、七、七、四、四、四、五，共計八句。和南曲不同，故筆者以為應列之為俚俗小曲才是。

（十二）園林好

《康熙曲譜》南仙宮入雙調過曲，句長五句：七、七、七、六、六。

但俚曲中，〔園林好〕目前雖尚存兩首，分別在〈富貴神仙〉和〈磨難曲〉中，但〈磨難曲〉承〈富貴神仙〉而來，故實應為一曲，只是文字稍有差異。而這一曲之句式和南曲的似乎並不相同，其內容分別為〈磨難曲〉第三十六回：

俺今日已證金丹，斷不能久戀塵寰。但願他跨鶴腰纏千萬貫，不必問相會在何年。

及〈富貴神仙〉第十四回裡寫道：

俺今日已證金丹，斷不能久戀塵寰。但願你跨黃鶴腰纏十萬，不必問再相會是何年。

儘管文字稍有差池，但四句式之格式卻是無庸置疑，故筆者以為依此「唯一」證據觀之，應非南曲曲調，而實屬民間小調。

（十三）羅江怨

《康熙曲譜》南南呂宮過曲有二體，句式分別是：

1. 九句：五、四、七、七、也、四、五、五、五、五、六。

2. 十三句：五、四、七、七、也、四、四、七、四、五、五、五、五、六。

但《聊齋俚曲》中之〔羅江怨〕並不同此二式，舉例而言，如〈姑婦曲〉第二回：

> 他媳婦賽霸王，好不好罵爺娘，終朝只在刀尖上。老媽媽心裡痛傷，病懨懨倒在繩床。姐姐總像從天降，對著他訴訴衷腸，對著他出這淒惶，一宵暫把愁眉放。借重他看看菜湯，借重他摸摸身上，十樣愁去了七八樣。

又如〈慈悲曲〉第三回：

> 做後娘沒仁心，好不好剝皮抽了筋，打了還要罵一陣，這樣苦楚好不難禁！五更支使到日昏，飽飯何曾經一頓？吃畢了才把碗敦，叫他來刮那飯盒，你把天理全傷盡！你來叫他也不是相親，想必要給他個斷根，你那黑心還不可問！

又如〈禳妒咒〉第五回：

> 在春坊大號洪君，合尊宅上輩有親，四十里隔著也相

近。有小姐不曾許人，他意思要作婚姻，行輩不差情理順。小年兄已到黌門，十三四年正青春，現如今還又不曾聘，依我看絕妙無倫。俺如今專候台鈞，他那裡專等著晚生的信。

再如〈磨難曲〉第二十一回：

正獨坐在房中，忽看見報條紅，只當又是糊塗夢。我那兒小小玩童，怎麼能折桂蟾宮？還疑錯把報條送。他二舅說他也通，只怕他還得三冬，今日誰敢望他中？看了看府縣皆同，這個信卻非空，不覺叫人心酸痛！

可見得俚曲中之〔羅江怨〕應為十二句長，而非南曲之〔羅江怨〕；更且，俚曲也無在第四句後有一「也」字之句型，凡此皆可知此〔羅江怨〕為民間小曲。

（十四）山坡羊

《康熙曲譜》北曲中呂宮，句長十一句：四、四、七、三、三、七、七、一、三、一、三。

同書南商調過曲，句長十一句：六、六、七、三、五、七、七、二、五、二、五。

另南商調過曲又一體：九、九、九、十、三、五、七、七、六、二、六。

但俚曲中之〔山坡羊〕句式皆不同於此，如〈醜俊巴〉中第一回裡，依盛偉《聊齋俚曲集》之斷句，計有一百七十三句，第二回有二十四句，而其中並無規則可循；又如〈富貴神仙〉第一回同樣依盛偉之斷句有八十九句，第十一回裡有三十六句，卻也是句式凌亂、毫無章法，故可見此〔山坡羊〕應是一民間俗曲，只循一曲調之演唱旋律，而不論句數之多寡長短。

（十五）雁兒落帶得勝令

《九宮大成南北詞曲譜》北雙角隻曲，句長有兩種：

1. 十三句：五、五、五、五、呀、五、五、五、五、二、五、二、六、六。
2. 十二句：六、六、六、六、五、五、六、六、二、六、二、六。

但〈磨難曲〉中的句長卻是與此兩種皆不同，其在第三十一回（也是俚曲中僅有的一曲）中寫道：

> 一刀刀俱砍著硬頭顱，一槍槍俱攮著揎泛肉，腥登登只殺的血成渠，亂穰穰只死的屍滿路。那將軍心也服，那官兵骨也酥。賊徒這一回卻難放，分勝負幾也麼乎，山上窩巢一旦無！

其句長僅九句，和前面所述兩種北曲形式全然不同，故筆者以為此曲亦應屬民間小曲才是。

（十六）蓮花落

《九宮大成南北詞曲譜》北曲雙角隻曲中亦有〔蓮花落〕此一曲牌，且有多體，但其句長卻均和《聊齋俚曲》中的不同。事實上，如《中國曲學大辭典》中記載[36]，〔蓮花落〕一般以為始於唐代之佛曲「落花」，五代時亦稱「散花樂」。而在《敦煌雜錄》中則輯有三篇曲詞，內容均為宣揚佛教之用。到了南宋，僧人普濟的〈五燈會元〉裡有「聞貧子唱蓮花樂」語，乃知已為貧人乞食之歌也。且據〈五燈會元〉所引，其唱詞為七言之韻文，這個部分似和蒲公〈磨難曲〉中之〔蓮花落〕一般。而後朱有燉〈曲江池〉雜劇及明傳奇〈繡襦記〉也都有〔四季蓮花落〕的曲子，為乞兒所唱。其後晚明凌濛初《南音三籟．譚曲雜剳》將〔蓮花落〕歸在「文詞說唱」一類，可知最遲到明朝中葉，〔蓮花落〕已成為說唱故事情節的曲藝形式了。

爾後〔蓮花落〕在流傳過程中，不斷地與各地民間之音樂、藝術及方言相結合，是而有許多不同的發展。如北京的〔蓮花落〕在清代和〔十不閑〕結合而為〔十不閑蓮花落〕；紹興〔蓮花落〕為坐唱形式；姚安〔蓮花落〕乃為一人領唱，多人和聲、幫腔等等，而這民間化的〔蓮花落〕，筆者以為也必是蒲公俚曲中之〔蓮花落〕，故應將之列屬於民間小曲。

（十七）刮地風

《康熙曲譜》南黃鍾宮過曲，句長十句：七、六、七、七、五、四、三、七、七、五。

《康熙曲譜》北黃鍾宮，句長九句：八、七、八、七、三、三、七、六、七。

但俚曲中共有十六曲，全部在〈禳妒咒〉中，其句長為五句，如第十四回裡寫道：

> 不上機不拿針，只將唇舌騙黃金。全憑孫衍張儀口，說

的嫦娥動了心，人哪哎喲動了心。

他那娘子好發威，終期好似躲強賊。今日忽然來找我，不能替他捱棒槌，人哪哎喲捱棒槌！

或第二十回中寫道：

彼此相愛都有情，口雖不語兩心明。欲待不留難割捨，住下還愁禍不清，人哪哎喲禍不清！

起來坐下又沈吟，左右想來難殺人。只為佳人一個字，魂兒已不在當身，人哪哎喲在當身！

由此看來，乃皆不同於南、北曲，故亦應列屬於民間小曲。

（十八）哭皇天

《康熙曲譜》北南呂宮，又名〔元鶴鳴〕，句長八句：六、七、九、九、七、八、四、四。

但《聊齋俚曲》中的〔哭皇天〕句長卻有多樣，首先如〈快曲〉第二聯：

哩溜子喇，喇哩子溜，百萬雄兵一旦休，一旦休！哪裡投？教人傷慟淚交流！才自江東逃出命，又遇趙雲要老頭。罵諸葛，老賊頭，平地掘成萬丈溝。一行殺人又放火，合你前世裡甚冤仇？我的哥哥喲，咳，咳，我的皇天！

其次又有句長如：

趙子龍用火攻，何不早早往下傾？這雨單留著折掇俺，大罵龍王太不通。順臉流水濕馬鬃，山水呼呼往下衝。今日真是活倒運，踩著蠍子按著蜂！我的哥哥喲，咳，咳，我的皇天！

雨又大，水又深，渾身上下水淋淋。西北風來好不冷，凍的我幾乎近了心！打寒森，好難禁，忍寒挨凍到如今。給我把衣服擰一擰，補撒補撒前後襟。我的哥哥喲，咳，咳，我的皇天！

另外尚有句長如：

沒處走，沒處行，一條路兒讓分明。誰想有個夜叉坐，險些兒一命送殘生！我的哥哥喲，咳，咳，我的皇天哥哥喲！（〈禳妒咒〉第十八回）

鍋著腰，勒著頭，只有絲絲氣兒抽。只怕江城問一句，無言答對更堪羞。我的哥哥喲，咳，咳，我的皇天哥哥喲！（〈禳妒咒〉第十八回）

二月裡柳樹青，百草萌芽向日生。蟄蟲都有還魂日，不知何日再回程？咳！我的哥哥喲！咳咳！我的皇天哥哥喲！（〈富貴神仙〉第十一聯）

> 三月裡上墳墓，家家戶戶麥飯過清明。誰家寡婦墳頭哭？唯有愁人不忍聽。咳！我的哥哥喲！咳咳！我的皇天哥哥喲！（〈富貴神仙〉第十一聯）

而從以上三種類型來看，似乎我們可歸納出其最基本之句長應為四句，爾後再加上一呼告皇天的祈求話，即七、七、七、七，再加上「我的哥哥喲！咳咳！我的皇天哥哥喲！」如此之曲式。那麼，這樣的句長乃全然不同於北曲南呂宮，故筆者以為蒲公所用之〔哭皇天〕應亦列屬民間俗曲才是。

（十九）楚江秋

《康熙曲譜》北南呂宮，又名〔採茶歌〕，句長五句：六、六、九、七、七。

但《聊齋俚曲》中，屬〔楚江秋〕曲牌名之句長卻亦有兩種，一則九句，為：六、五、七、六、七、五、五、五、五。如〈富貴神仙〉第九回：

> 三更裡鼓亂催，想你淚雙垂。你那裡獨展紅綾被。此時孤孤淒淒，吹滅燈兒更難為。翻來也是悲，覆去也是悲；覆去也是悲，必定不能睡。

> 四更裡鼓鼕鼕，想你繡房中，乏困不覺枕邊空。此時合眼朦朧，必定合我正相逢。夢裡也是空，醒來也是空；醒來也是空，勞你南柯夢。

> 五更裡夜兒殘，枕上夢初還。繡房想把行人盼。此時孤

> 孤單單，臨明偏覺繡衾寒。左也是難安，右也是難安；右也是難安，已是雞鳴亂。

另一種同樣是九句，但字數則為：五、五、七、六、七、五、五、二、五，如〈磨難曲〉第二十七回裡寫道：

> 門內喜重重，彩旗一片紅，人人欣喜來承奉。今日才得相逢，袍帶一身耀眼明。哭時也相同，笑時也相同；相同，總像南柯夢。

> 我兒性溫存，紅妝一片新，好處不止容顏俊。我也看透三分，知你將來不受貧。前邊看是美人，後邊看是美人；美人，做的也相趁！

> 年紀比兒差，容顏愈光華，從頭直到凌波襪。為兒無甚堪誇，只因有福到咱家。爺做了探花，兒插了宮花；宮花，才信那先生卦。

由上觀之，這兩種句型本極相似，只在第一句及第八句不盡相同，但第一句的部分，第一種之六字實可視為加了一襯字罷了，故應為五字句才是；而第八句亦同為疊句，雖一疊五字，一疊二字，但筆者以為這只是作者寫作曲詞的字數多寡而已，對整曲之旋律應無影響。換言之，若本應為二字句，那麼五字句只是多加了三個襯字而已；而若是五字句，則蒲公之二字部分只需將音律多加「轉折」即可（即「一音多轉」唱法），故由此看來，這兩種句長之〔楚江秋〕實為一種，乃無庸置疑也。而此〔楚江秋〕無論如何絕不似北曲之〔楚江秋〕，故筆者以為應列屬民間俗曲才是。

（二十）乾荷葉

《康熙曲譜》北南呂宮，又名〔翠盤秋〕，亦入中呂宮及雙調，其句長七句：三、三、五、四、三、七、六。

但俚曲中的句長與此完全不同，其句長雖亦是七句，但字數顯然較多於北曲，若言乃襯字之故，則筆者以為其差異或許過大，故須有更明確的證據，方可視之為北曲，否則仍應將之列屬於民間俗曲。其出現於俚曲裡共六曲，全數在〈磨難曲〉第二十九回之中，舉例如下：

> 憑著俺一桿槍生鐵攮透；一騎馬跑將去直取人頭。誰忍煩，弄機關，退前擦後？殺人如切菜，半個不存留。會跳的乖子，看你哪裡走！

> 朝廷家發了兵將到山下，要把咱一干人盡數擒拿。咱如今可也該犯個招架，趁他才來到，人困馬也乏，略使一點小計，生擒了金二傻。

> 朝廷家發了兵足有十萬，這一回不尋常勝敗關天。大家要抖精神出馬大戰：一個往西闖，一個往東鑽，我衝他的中營，殺他個細布卷！

可見其和北曲〔乾荷葉〕乃有顯然不同。

綜上觀之，在這二十一種（含前所述〔耍孩兒〕）和南北曲同名的曲牌中，應僅有〔僥僥令〕、〔西江月〕、〔浪淘沙〕、〔一剪梅〕、〔香柳娘〕、〔黃鶯兒〕、〔清江引〕、〔沽美酒帶太平令〕、〔桂枝香〕及〔四朝元〕十種為南北曲之曲牌，其餘則皆屬之於民間俚曲，其南北曲比例為19.23%，故言「聊齋俚曲」，乃恰如其分也。但筆者仍再次強調，這是就現有資料可及所推定，是否果真如此，一切則靜待新文獻之出土，在未有新資料出現前，就暫且依此推論之結果吧！

三、《俚曲》曲牌之應用

蒲公十五種的俚曲中，其曲牌的應用，一直是俚曲研究者研究的重心所在，而也因歷來多位學者的傾力研究，致使研究成果也趨向了一個統一的結果，即其運用上大致有四種方式：一曲到底式、十樣錦式、主賓相聯式及南北合套式等。但在討論上，若更精確一點的說法，則須再加上「雜綴」一式，如此方為完備[37]。又縱使如此，其中筆者卻也有一點點「疑義」的地方始終無法釋懷，以下則將此五種應用方式依序描述，並提出個人之疑義處。

（一）一曲到底式

《聊齋俚曲》中有許多是〔西江月〕開始，而〔清江引〕煞尾，所以如果除卻了這前後兩部分的話，其餘全用一曲的部分，即言其乃「一曲到底式」。這樣的情形，蒲公使用在相當多的俚曲中，或許「一曲到底」是最為簡潔有力而讓聽眾能捉住這簡要的旋律，聆聽著作者曲詞中所表現的曲意吧！如〈牆頭記〉、〈寒森曲〉、〈俊夜叉〉及〈增補幸雲曲〉均用〔耍孩兒〕曲牌貫串全場，且在〈俊夜叉〉中甚至寫道：「這個曲兒，是用時興的〔耍孩兒〕調兒編成，能開君子的笑口，也能發俗人的志氣。」[38] 可見此〔耍孩兒〕在當時受歡迎的程度，也無怪乎在本節第一點「俚曲之曲牌」中歸納得蒲公在二九九二段唱詞中，共用〔耍孩兒〕有一三八四次之多。而俚曲本為投眾人之所好，為眾人所喜聽，故全曲用此一曲調，亦不足怪。

另外如〈琴瑟樂〉全曲用〔陝西調〕，〈窮漢詞〉全曲用〔西江月〕，〈醜俊巴〉雖為殘曲，但卻均用〔山坡羊〕，可見一曲到底的曲牌運用是蒲公俚曲主要方式之一。

（二）十樣錦式

在〈姑婦曲〉第一回裡，作者曾於介紹此曲時自云：「這有個故事，也是說婆婆，也是說媳婦，編了一套十樣錦的曲兒，名為姑婦曲。」[39] 在這裡作者提到了「十樣錦」這個專有名詞，可見蒲公是聽過這個詞語，並以之編唱其《聊齋俚曲》。但「十樣錦」之原意如何？是否即為蒲公所編之曲牌順序呢？這是我們必須先瞭解的。

在王沛綸所編《戲曲辭典》一書中，其對「十樣錦」之解釋乃：

> （一）雜劇名。正題「十樣錦諸葛論功」。元明間無名氏撰。演宋初李昉與張齊賢奉朝命建立武成廟故事。……
> （二）集曲名。入仙呂宮。原名「一片錦」。因其係集十個有錦字之曲牌名而成。如疊字錦、窣地錦、晝錦糖、錦上花之類。故名。[40]

第一乃一雜劇名，共有四折，曲牌應用首折七種，二折七種，三折十二種，四折六種，無有一合十之數；但第二則說明此「十樣錦」原為一集曲名稱，乃集合了十種帶有「錦」字之曲牌，入仙呂宮以成一套曲。事實上，在《九宮大成南北詞曲譜》中即有一「十樣錦」之例，而其內容有〔疊字錦〕、〔窣地錦〕、〔錦法經〕、〔錦衣香〕、〔句畫錦〕、〔字字錦〕、〔錦上花〕、〔一機錦〕、〔攤破地錦花〕及〔錦腰兒〕等[41]。而蒲公之「十樣錦」乃全然不同於此定義之「十樣錦」，如前所述，〈姑婦曲〉和〈慈悲曲〉都是「十樣錦」的曲牌方式，但它只是用了十種不同曲牌名的曲牌以編演之，並非如前所說帶有「錦」字的十支曲子，如〈姑婦曲〉三段之曲牌大致乃：

> 劈破玉——倒板槳——跌落金錢——銀紐絲——呀呀油——羅江怨——疊斷橋——房四娘——耍孩兒——對玉環帶清江引。[42]

而〈慈悲曲〉六段之曲牌則大致為：

> 耍孩兒——呀呀油——倒板槳——銀紐絲——懷鄉韻——跌落金錢——羅江怨——疊斷橋——劈破玉——清江引。[43]

而從這裡我們觀察到，蒲公的「十樣錦」又「不甚嚴格」，其不嚴格處我們可歸納出如下幾點：

1. 所有的曲牌無一帶有「錦」字。
2. 在曲牌應用上並非每段都依固定模式，如〈姑婦曲〉之第三段不用〔對玉環帶清江引〕，而是用〔羅江怨帶清江引〕。

3. 在各段中並非僅有十種曲牌，如在〈慈悲曲〉第一段中有十一種曲牌，在第六段中也有十一種的曲牌。

4. 二曲之曲牌應用並不完全相同，如在〈姑婦曲〉中用了〔房四娘〕，而在〈慈悲曲〉中用了〔懷鄉韻〕。

事實上，「十樣錦」最先或許就如「十樣錦諸葛論功」中的不必要一定十個帶有「錦」字的曲牌方可稱之，而是能諧其音律即可。而蒲公之編「十樣錦」也應該就是這樣的意義，並非隨意東拉西扯湊成十曲，主要顧及的是曲律的和諧與否。但曲譜之喪失，卻是讓我們在這部分有所缺憾，現存僅知的只是他用十種不同曲牌以集合成一套曲，而從熟諳曲律的蒲公來看，我們可以推測，此套曲必是其精心設計編製而成，而絕不只是十個帶有「錦」字曲牌之集合而已。

（三）主賓相聯式（主聯套式）

這個名詞乃見於秦吟在其〈蒲松齡與音樂〉所使用，而陳玉琛則稱此為「主聯套」[44]，筆者以為均為恰當，故並錄之。

此種曲牌特色乃在以一曲牌為主調（或稱「基調」），或全回皆用此曲牌；或前後用此曲牌，在中間夾用其他曲牌，其代表則首推〈翻魘殃〉（也是唯一）[45]，而其曲式應用乃如下：

第一回：〔西江月〕、〔耍孩兒〕。

第二回：〔耍孩兒〕、〔劈破玉〕、〔呀呀油〕、〔耍孩兒〕。

第三回：〔耍孩兒〕、〔西調〕、〔還鄉韻〕、〔耍孩兒〕。

第四回：〔耍孩兒〕、〔劈破玉〕、〔疊斷橋〕、〔耍孩兒〕。

第五回：〔耍孩兒〕、〔銀紐絲〕、〔跌落金錢〕、〔耍孩兒〕。

第六回：〔耍孩兒〕、〔呀呀油〕、〔疊斷橋〕、〔耍孩兒〕。

第七回：〔耍孩兒〕、〔劈破玉〕、〔疊斷橋〕、〔耍孩兒〕。

第八回：〔耍孩兒〕、〔跌落金錢〕、〔皂羅袍〕、〔呀呀油〕、〔憨頭郎〕、〔耍孩兒〕。

第九回：〔耍孩兒〕、〔疊斷橋〕、〔銀紐絲〕、〔耍孩兒〕。

第十回：〔耍孩兒〕、〔憨頭郎〕、〔還鄉韻〕、〔耍孩兒〕。

第十一回：〔耍孩兒〕。

第十二回：〔耍孩兒〕、〔清江引〕。

可以想見的是，這是在「同中求異」，也就是在一種旋律的圍繞下，運用不同的曲牌穿插其間，以讓曲調不致因僅有一種旋律而顯得枯燥乏味。但從這樣的運用，也讓我們深刻瞭解到蒲公對曲律之嫻熟，畢竟要如此穿插曲牌，首先仍是要注意到宮調的融洽，如此，在演唱的過程中，才不致有音樂不諧的情況發生，這是繼「十樣錦」後，再度讓我們見識到蒲公高超的編曲功力。

（四）南北合套式

南北合套最早記載於元鍾嗣成《錄鬼簿》中，其云：「以南北詞調和孤，自和甫始，如〈瀟湘八景〉、〈歡喜冤家〉等，極為工巧。」[46] 而現存最早之戲曲，則為南戲〈小孫屠〉，明清以後南北合套的使用尤其廣泛。

南北合套的方法，如《中國曲學大辭典》的說明便極為簡要清晰，其云：

> 構成合套中的南曲與北曲必須同一宮調，又多以兩個調式為主。……合套的形式由各不相重的南曲和北曲交替出現，可先北後南，也可先南後北。通常是一北一南間用，但也有加疊前面後再一北一南，也可南、北曲各自加疊，也可間入帶過曲。然亦有特殊的用法，在一套北曲裡反覆間入同一南曲，如北〔新水令〕套，反覆間入南〔風入松〕；也可在一套北曲裡插入幾支不同的南曲曲牌，如北〔醉花陰〕套插入南曲〔懶畫眉〕、〔滴溜子〕、〔鮑老催〕等五支。在南北合套裡，北曲始終佔主要部分。又有合套外南北間用的例子，如北越調〔鬥鵪鶉〕套曲，可加用南仙呂入雙調〔六么令〕及〔前腔〕二支。[47]

可見其宮調上雖有限制，但應用上卻頗多變化。但《聊齋俚曲》中的是否就是南北合套呢？首先我們看到，《俚曲》中應用南北合套的地方，只有〈富貴神仙〉第十四回、〈磨難曲〉第三十六回（但這二曲內容其實完全一樣）及〈磨難曲〉第三十一回等三處，而其曲牌順序分別是：

〈富貴神仙〉第十四回——

耍孩兒——桂枝香——僥僥令——收江南——園林好——沽美酒帶太平令——清江引

〈磨難曲〉第三十一回——

桂枝香——雁兒落帶得勝令——僥僥令——收江南——香柳娘——清江引

而從這樣的組合中，許多俚曲研究學者也都論說蒲松齡運用了南北合套的形式[48]。且如高明閣先生在〈論蒲松齡的俗曲創作〉文中更引證說道：

如果從作者使用南北曲的幾部短劇中找更完整的例子，是前述的〈鍾妹慶壽〉和〈鬧窨〉，它們在同於〈富貴神仙〉十四回中所用的四種曲牌之前，還有五種，它們是〔新水令〕(北)、〔步步嬌〕(南)、〔折桂令〕(北)、〔江兒水〕(南)、〔雁兒落帶得勝令〕(北)。這說明了什麼呢？說明了作者只有熟悉了這類南北曲的如此聯套的規律，才有可能部分地吸收入俗曲的撰寫之中。[49]

在這裡筆者也「部分」同意高明閣的話，即蒲松齡絕對是相當明瞭南北合套的規律，這一點，筆者從未置疑過。但筆者卻也有一些疑義希望藉此提出而得以澄清，如：

1.〈鬧窨〉和〈鍾妹慶壽〉是列為蒲公文學創作之「戲三齣」，而非「俚曲」，若它都和俚曲相同的話，那麼《聊齋俚曲》我想就該會有十八種，而非今僅見之十五種了。

2. 在〈富貴神仙〉和〈磨難曲〉的曲式編排中，都有北曲〔清江引〕煞尾，但〈富貴神仙〉多了個開頭〔耍孩兒〕，而〔耍孩兒〕屬民間俚曲，而這樣的情形又是如何處理呢？難道就說它是個開場，不理它也就算了，這樣的說法好嗎？又為何〈磨難曲〉第三十一回無此開場呢？

3.〈鬧窨〉和〈鍾妹慶壽〉中的曲牌安置，筆者以為確如高明閣所言為南北合套式，但是否這就表示俚曲中雷同這樣編排的便均是南北合套（因為只有一半的曲牌如此編排而已）？〈鬧窨〉二篇的創作時間和〈富貴神仙〉的創作時間同時嗎？若同時，或許證明其同為南北合套的曲牌形式理由也就較為充分；但若非同時，曲牌有無可能已經經過重新編製，而非原南北曲之曲調呢？如關德棟即曾在其《聊齋俚曲選・前言》中說道：「聊齋俚曲每回（或是『聯』）中歌唱的樂曲組成並不是套曲，……而所採用的曲調，多數為明清以來的民間時調歌曲，少數來自南北曲的，也往往是突破了定格經過通俗化的。」[50] 故我們能說「戲三齣」是這樣，所以「俚曲」也必然是這樣嗎？

4. 雖都以南北曲曲牌名編排的，但內容卻未必便是南北曲。舉例而言，如〔園林好〕一曲，《聊齋俚曲》的〔園林好〕我們在之前已有討論，南曲〔園林好〕句長五句，為：七、七、七、六、六。但俚曲中僅有四句，可見其已受更易而為民間俚曲[51]。但〈鬧窨〉中的〔園林好〕呢？我們試摘錄以觀之：

> 《感應篇》念上幾遭，准提咒再休憚勞，許下文昌大醮。人都說宋朝老宋渡了幾個螻蟻，中了一個狀元，我此後魚鱉蝦蟹，大放十斤，我這樣功德，就給我個閣老尚書，還欠著我的本錢，應找零給才是哩！放魚蝦勝宋郊，放魚蝦勝宋郊。古怪古怪，神奇神奇，原來鬼神感應這樣快，你看一霎時間滿號裡都是文章來了。[52]

乃符合南〔園林好〕之句式。可見「戲三齣」和《聊齋俚曲》牌名雖同，內容卻未必相同。同樣的，〈磨難曲〉中的〔雁兒落帶得勝令〕如前考證，亦非南北曲之曲牌內容[53]。故而《俚曲》中的南北合套應是已所更動，即蒲公取用了部分修正後之雖名為南北曲之曲牌名，但內容卻已為民間俗曲的曲調了。而由此我們亦可看到蒲公是懂得迎合時代流行，去創作人民所喜聽的曲調內容，以達成藉俚曲端正視聽、勸善教化的目的；而從另一角度而言，也再次顯見其同中求異之創作意念，乃別於固有「南北合套」之形式。

（五）雜綴式

除了以上四種在蒲公《聊齋俚曲》裡所「規律」應用的曲牌形式外，蒲公也隨心所欲地雜用一些當時百姓所喜聽而流行於民間之「時調」，它呈現的是一種「雜綴」的狀態，而曲調和曲調間必定諧律亦乃無庸置疑。這類情形在《聊齋俚曲》中多所出現，如〈蓬萊宴〉全曲即是：

> 第一回西江月——耍孩兒——黃鶯兒

第二回銀紐絲——跌落金錢——劈破玉

第三回劈破玉——呀呀油

第四回呀呀油——西調——疊斷橋

第五回疊斷橋——采茶兒——憨頭郎

第六回耍孩兒

第七回耍孩兒——清江引

又如〈快曲〉亦是如此：

第一聯黃鶯兒——耍孩兒

第二聯耍孩兒——倒板槳——耍孩兒——皂羅袍——哭皇天——呀呀油——皂羅袍——呀呀油——皂羅袍

第三聯銀紐絲——耍孩兒——倒板槳——清江引

第四聯黃泥調——梆子腔——清江引

另外又如〈禳妒咒〉，也是「雜綴式」的曲牌應用，但因其內容繁多，請參見本節第一點「聊齋俚曲之曲牌」所製之表格即可得知，由此可見這是蒲公寫作俚曲所常用之手法。

綜上所列之曲牌運用，無疑地，都讓蒲公作品的音樂性益加豐富，也展現其能追隨上時代的脈動，不致同庸才般創造出數十曲如一曲的枯燥內涵，這種求新求變的創作態度，更是唯有第一流的文學家才能為此，蒲公旺盛的創作力，筆者以為，若言其為第一流之文學家，實當之而無愧。

四、現存曲譜之質疑

如本節前面所言，陳霖曾云，在現存的十支曲譜中有半數乃屬贗品，可見曲譜的正確性是為人所質疑的。但陳氏所據為何？且哪些是其所謂「半數之贗品」？很遺憾，他卻始終未曾提及。而筆者在進一步觀察這十支曲譜後，也認同其中應有因時代之遷移，部分錄自淄川耆老之口傳曲譜已有「失真」的情況，其中最顯明的例子，如筆者以為〔哭皇天〕和〔房四娘〕應是同一曲才是，於此茲將〔哭皇天〕和〔房四娘〕兩支曲譜錄下以供比較：

哭皇天

（《富貴神仙》第十一回〈凶信訛傳〉）

1=A 4/4

淄博
漢族

(6 5 6 | 1 — | 3 5 2 1 | 6 5 1 6 | 5 —) |

3 5 3 2 | 3 2 1 | 1 3 2 1 | 1 6 5 | 5 5 0 6 | 1 0 |
哩 溜子 喇， 哩 溜子 喇， 看看 來
人家都 把， 元 宵 鬧， 俺家 開

3 2 1 | 6 5 1 6 | 5 — | 5 6 1 | 1 3 2 1 | 6 5 |
到 新 年 齊。 新年齊，正月 裡 正 慘
戶 淚 恓 恓。 嗨 嗨，我的 哥 哥

6 5 3 | 5 6 6 5 | 1 0 | 3 2 1 | 5 6 1 | 1 6 5 |
淒！ 千 里 存 亡 未可 知。
呀！ 嗨 我的 皇 天 哥哥

1 6 5 |
呀！

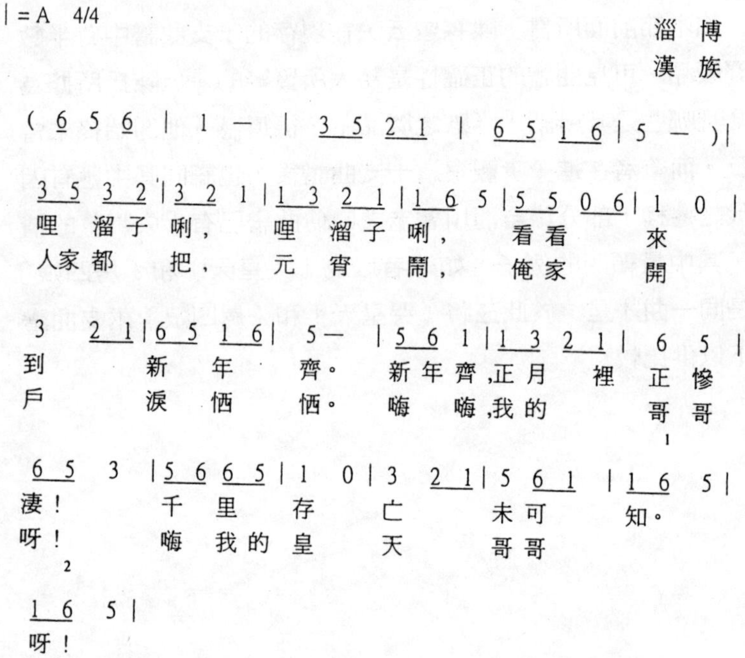

蒲英瑞 唱
牟仁均 記

房四娘

（《富貴神仙》第五回《文唱思家》）

1 = B 2/4

淄博
漢族

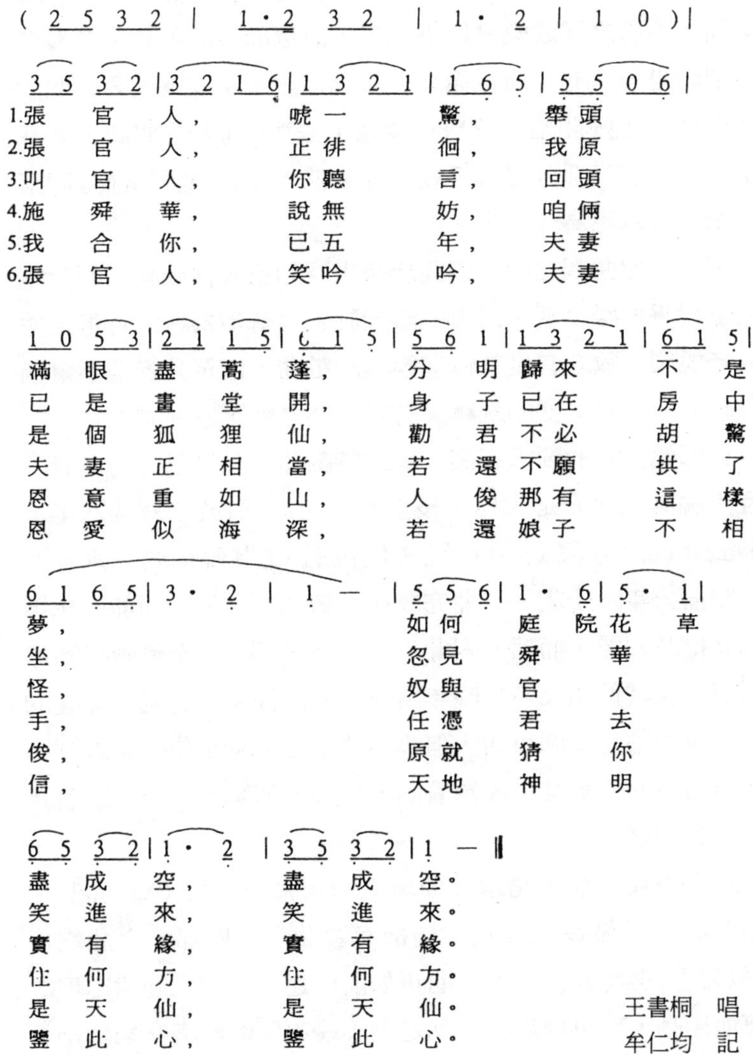

(2 5 3 2 | 1·2 3 2 | 1· 2 | 1 0)|

3 5 3 2 | 3 2 1 6 | 1 3 2 1 | 1 6 5 | 5 5 0 6 |

1.張 官 人， 唬一 驚， 舉頭
2.張 官 人， 正徘 徊， 我原
3.叫 官 人， 你聽 言， 回頭
4.施 舜 華， 說無 妨， 咱倆
5.我 合 你， 已五 年， 夫妻
6.張 官 人， 笑吟 吟， 夫妻

1 0 5 3 | 2 1 1 5 | 6 1 5 | 5 6 1 | 1 3 2 1 | 6 1 5 |

滿 眼 盡 蒿 蓬， 分 明 歸來 不 是
已 是 畫 堂 開， 身 子 已在 房 中
是 個 狐 狸 仙， 勸 君 不必 胡 驚
夫 妻 正 相 當， 若 還 不願 拱 了
恩 意 重 如 山， 人 俊 那有 這 樣
恩 愛 似 海 深， 若 還 娘子 不 相

6 1 6 5 | 3· 2 | 1 — | 5 5 6 | 1· 6 | 5· 1 |

夢， 如何 庭 院花 草
坐， 忽見 舜 華
怪， 奴與 官 人
手， 任憑 君 去
俊， 原就 猜 你
信， 天地 神 明

6 5 3 2 | 1· 2 | 3 5 3 2 | 1 — ‖

盡 成 空， 盡 成 空。
笑 進 來， 笑 進 來。
實 有 緣， 實 有 緣。
住 何 方， 住 何 方。
是 天 仙， 是 天 仙。
鑒 此 心， 鑒 此 心。

王書桐 唱
牟仁均 記

可以看到二者除了前奏不同外，其餘部分幾近相同，或可言根本就是同一曲。而又可知這十支曲譜的收錄是在一九六〇年代之時，向地方耆老以口傳錄音方式錄製後，由山東淄博市文化局收藏，直至一九八〇年左右，由於文化局欲將山東民歌曲編纂成冊，方將之記成樂譜以供傳唱，所以前奏的部分，在耆老們演唱時是沒有的，而是後來記譜者在記譜時以為總要有個前奏（引子）才好開始，故自行增益上去[54]。而若是如此，則我們當然可將前奏部分略去不理，那麼就二曲有曲詞的部分觀察之，筆者以為應為一曲也。

另外又如曲調之中，相同旋律出現的重複性極高，而使整支曲子似乎稍嫌單調，但這一點或許也可解釋為在當時百姓並無太多娛樂，故若有足資休閒娛樂的戲曲，觀眾其實是不會過分計較的。可是這樣的解釋又有其牽強之處，原因如：

1. 即使百姓的要求不高，但當時戲曲文化早已蓬勃發展，姑且不論其他，光是洪昇〈長生殿〉(其修訂於一六八八年，時蒲公年四十九歲)、孔尚任〈桃花扇〉(其脫稿於一六九九年，時蒲公年六十歲)二曲完成後，皆立刻在世人面前引起極大的震撼及回響，而蒲公對此也該有所耳聞，甚至親眼目睹過才對啊！且其俚曲又多是晚年所作，並計採用多達五十二種的曲牌，雖大都是民間小曲，但小曲的旋律上竟是如此單調嗎？尤其所留下的又是其中較為著名、較多人傳唱的部分，這著實令人十分懷疑。

2. 俚曲中有多部是以一曲調從頭到底的，如〈牆頭記〉、〈寒森曲〉、〈俊夜叉〉及〈增補幸雲曲〉等四部，全曲均用〔耍孩兒〕。但〔耍孩兒〕一曲正如前所述，它相同旋律出現的重複性極高，或可說它根本就是兩小段不同的節奏交插貫串全場而成的曲調罷了！此用於短製的〈俊夜叉〉自然無礙，而用於四回之〈牆頭記〉、八回的〈寒森曲〉已是勉強，但若用於〈增補幸雲曲〉共計二十八回的長篇大作中，是否真是變化太小、過分單調了呢？而這，實亦讓人對其質疑吧！

〔哭皇天〕和〔房四娘〕之應為同一曲，及現存十支曲譜中，各自曲調旋律的重複性極高而應有訛誤等兩點，是筆者認為現存這十支曲譜中值得深思的地方。且個人相信，現今資料雖仍難以完全「確認」此二處之有誤，但他日新資料出土後，這兩點必然是須修正的地方才是。

底下附錄另八支曲牌以供參酌：

耍孩兒

（《磨難曲》第一回〈百姓逃難〉）

1＝B　4/4　　　　　　　　　　淄博

稍慢、悲傷地　　　　　　　　　漢族

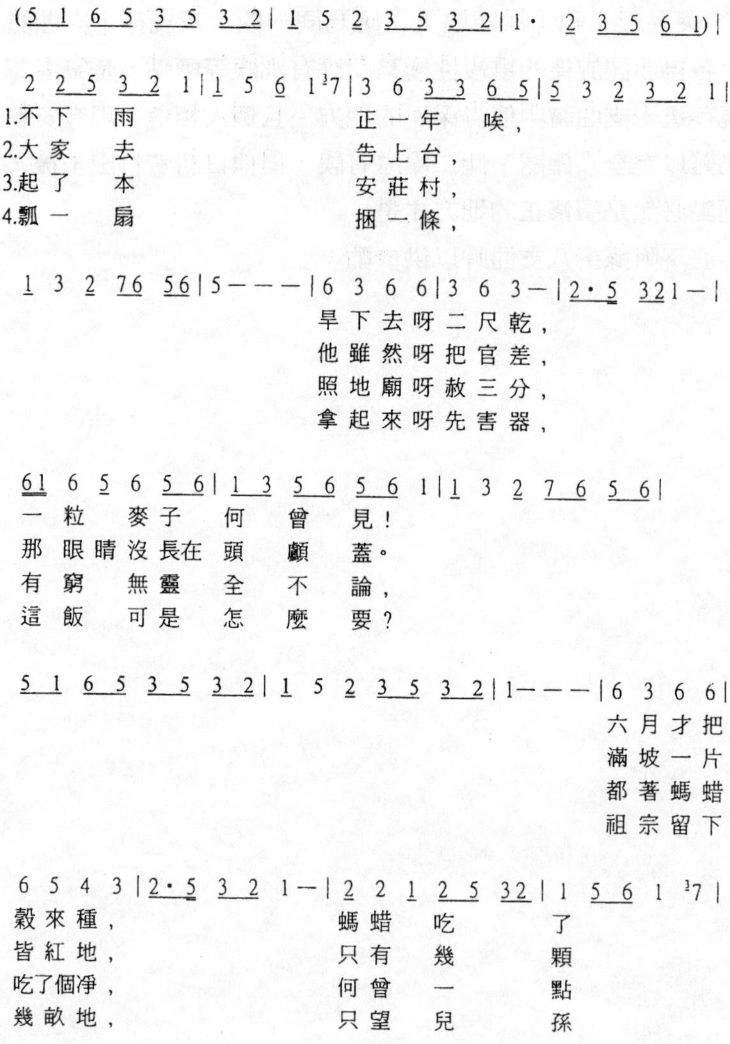

(5 1 6 5 3 5 3 2 | 1 5 2 3 5 3 2 | 1· 2 3 5 6 1) |

2 2 5 3 2 1 | 1 5 6 1 ³7 | 3 6 3 3 6 5 | 5 3 2 3 2 1 |

1.不 下 雨　　正 一 年 唉，
2.大 家 去　　告 上 台，
3.起 了 本　　安 莊 村，
4.瓢 一 扇　　捆 一 條，

1 3 2 76 56 | 5 — — — | 6 3 6 6 | 3 6 3 — | 2·5 321 — |

旱 下 去 呀 二 尺 乾，
他 雖 然 呀 把 官 差，
照 地 廟 呀 赦 三 分，
拿 起 來 呀 先 害 器，

61 6 5 6 5 6 | 1 3 5 6 5 6 1 | 1 3 2 7 6 5 6 |

一 粒 麥 子 何 曾 見！
那 眼 睛 沒 長 在 頭 顱 蓋。
有 窮 無 靈 全 不 論，
這 飯 可 是 怎 麼 要？

5 1 6 5 3 5 3 2 | 1 5 2 3 5 3 2 | 1 — — — | 6 3 6 6 |

六 月 才 把
滿 坡 一 片
都 著 螞 蜡
祖 宗 留 下

6 5 4 3 | 2·5 3 2 1 — | 2 2 1 2 5 32 | 1 5 6 1 ³7 |

穀 來 種，　　螞 蜡 吃 了
皆 紅 地，　　只 有 幾 顆
吃了個淨，　　何 曾 一 點
幾 畝 地，　　只 望 兒 孫

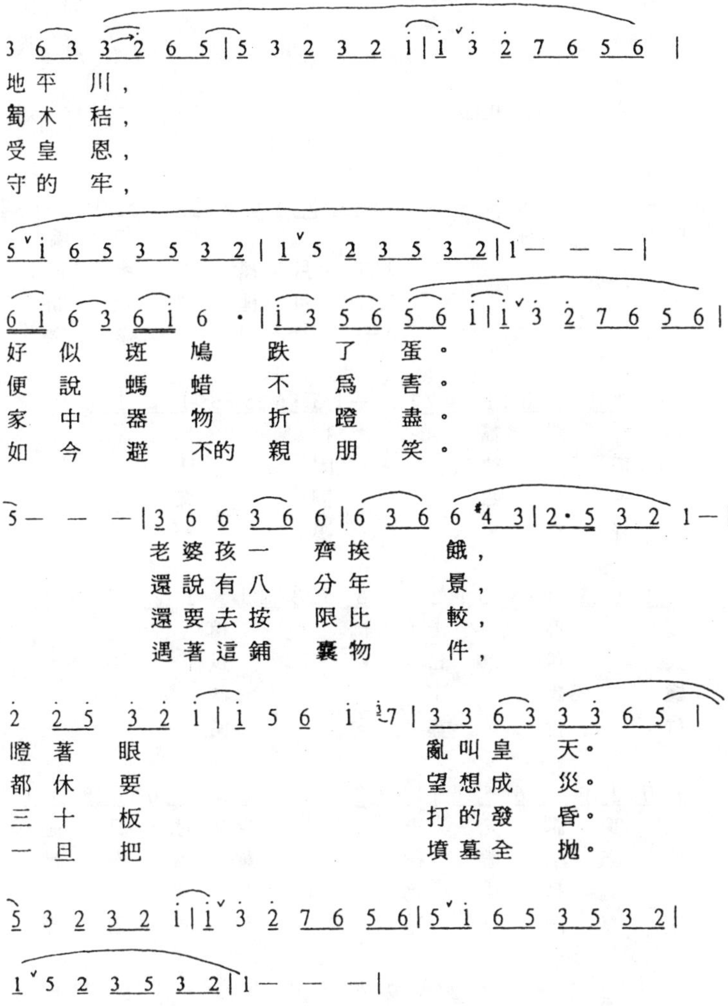

3 6 3 3 2 6 5 | 5 3 2 3 2 1̇ | 1̇ 3 2 7 6 5 6 |

地平 川，
蜀术 秸，
受皇 恩，
守的 牢，

5 1̇ 6 5 3 5 3 2 | 1 5 2 3 5 3 2 | 1— — — |

6 1̇ 6 3 6 1̇ 6 · | 1̇ 3 5 6 5 6 1̇ | 1̇ 3 2 7 6 5 6 |

好 似 斑 鳩 跌 了 蛋。
便 說 螞 蜡 不 爲 害。
家 中 器 物 折 蹬 盡。
如 今 避 不的 親 朋 笑。

5— — — | 3 6 6 3 6 6 | 6 3 6 6 ♯4 3 | 2·5 3 2 1— |

老婆孩一 齊挨 餓，
還說有八 分年 景，
還要去按 限比 較，
遇著這鋪 囊物 件，

2 2 5 3 2 1̇ | 1̇ 5 6 1̇ 3 7 | 3 3 6 3 3 3 6 5 |

瞪 著 眼 亂叫皇 天。
都 休 要 望想成 災。
三 十 板 打的發 昏。
一 旦 把 墳墓全 抛。

5 3 2 3 2 1̇ | 1̇ 3 2 7 6 5 6 | 5 1̇ 6 5 3 5 3 2 |

1 5 2 3 5 3 2 | 1— — — |

蒲英瑞 唱
牟仁均 記錄整理

玉娥郎

（《磨難曲》第十二回〈聞唱思家〉）

1=G 4/4

淄博
漢族

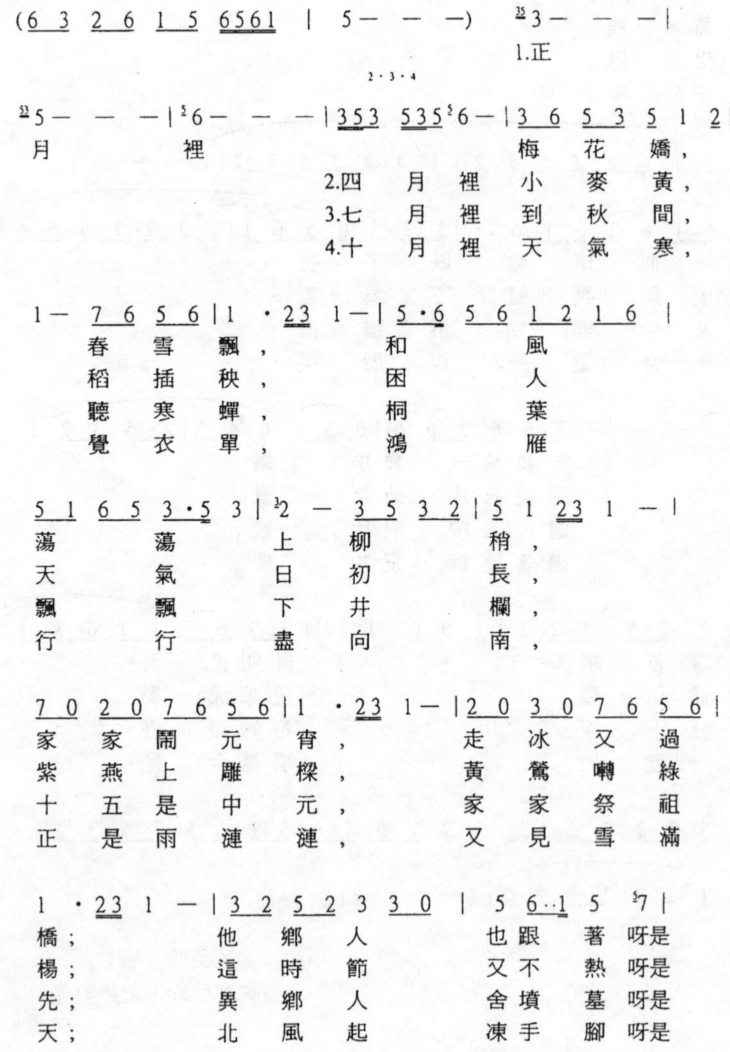

(6 3 2 6 1 5 6561 | 5— — —) 35 3— — —|
1.正

53 5— — —| 5 6— — —| 353 535 5 6—| 3 6 5 3 5 1 2|
月 裡 梅 花 嬌，
2.四 月 裡 小 麥 黃，
3.七 月 裡 到 秋 間，
4.十 月 裡 天 氣 寒，

1— 7 6 5 6| 1 ·23 1—| 5·6 5 6 1 2 1 6|
春 雪 飄， 和 風
稻 插 秧， 困 人
聽 寒 蟬， 桐 葉
覺 衣 單， 鴻 雁

5 1 6 5 3·5 3| 32 — 3 5 3 2| 5 1 23 1 —|
蕩 蕩 上 柳 梢，
天 氣 日 初 長，
飄 飄 下 井 欄，
行 行 盡 向 南，

7 0 2 0 7 6 5 6| 1 ·23 1—| 2 0 3 0 7 6 5 6|
家 家 鬧 元 宵， 走 冰 又 過
紫 燕 上 雕 樑， 黃 鶯 囀 綠
十 五 是 中 元， 家 家 祭 祖
正 是 雨 漣 漣， 又 見 雪 滿

1 ·23 1 —| 3 2 5 2 3 3 0 | 5 6·1 5 57|
橋； 他 鄉 人 也 跟 著 呀是
楊； 這 時 節 又 不 熱 呀是
先； 異 鄉 人 舍 墳 墓 呀是
天； 北 風 起 凍 手 腳 呀是

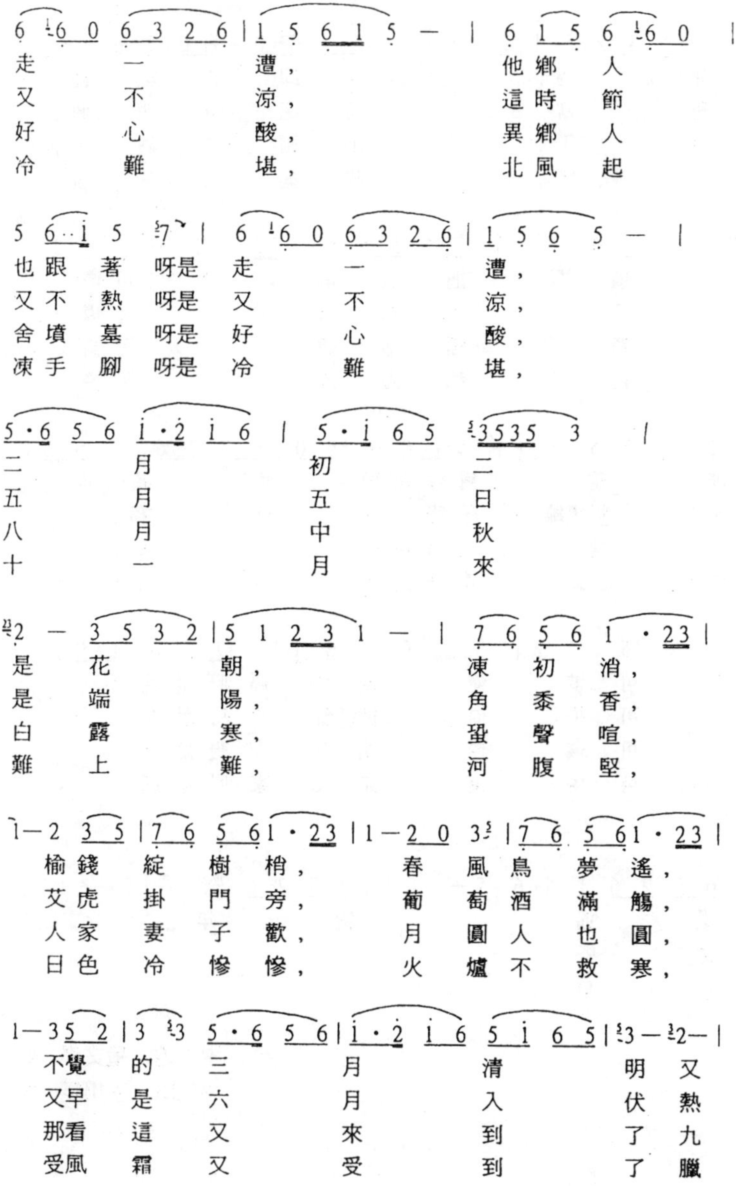

6 6 0 6 3 2 6 | 1 5 6 1 5 — | 6 1 5 6 6 0 |

走 一 遭， 他鄉人
又 不 涼， 這時節
好 心 酸， 異鄉人
冷 難 堪， 北風起

5 6··1 5 7 | 6 6 0 6 3 2 6 | 1 5 6 5 — |

也跟著呀是走 一 遭，
又不熱呀是又 不 涼，
舍墳墓呀是好 心 酸，
凍手腳呀是冷 難 堪，

5·6 5 6 1·2 1 6 | 5·1 6 5 3535 3 |

二 月 初 二
五 月 五 日
八 月 中 秋
十 一 月 來

2 — 3 5 3 2 | 5 1 2 3 1 — | 7 6 5 6 1 ·23 |

是 花 朝， 凍 初 消，
是 端 陽， 角 黍 香，
白 露 寒， 蛩 聲 喧，
難 上 難， 河 腹 堅，

1—2 3 5 | 7 6 5 6 1·23 | 1—2 0 3 | 7 6 5 6 1·23 |

榆錢 綻 樹 梢， 春 風 鳥 夢 遙，
艾虎 掛 門 旁， 葡 萄 酒 滿 觴，
人家 妻 子 歡， 月 圓 人 也 圓，
日色 冷 慘 慘， 火 爐 不 救 寒，

1—3 5 2 | 3 3 5·6 5 6 | 1·2 1 6 5 1 6 5 | 3 — 2— |

不覺 的 三 月 清 明 又
又早 是 六 月 入 伏 熱
那看 這 又 來 到 了 九
受風 霜 又 受 到 了 臘

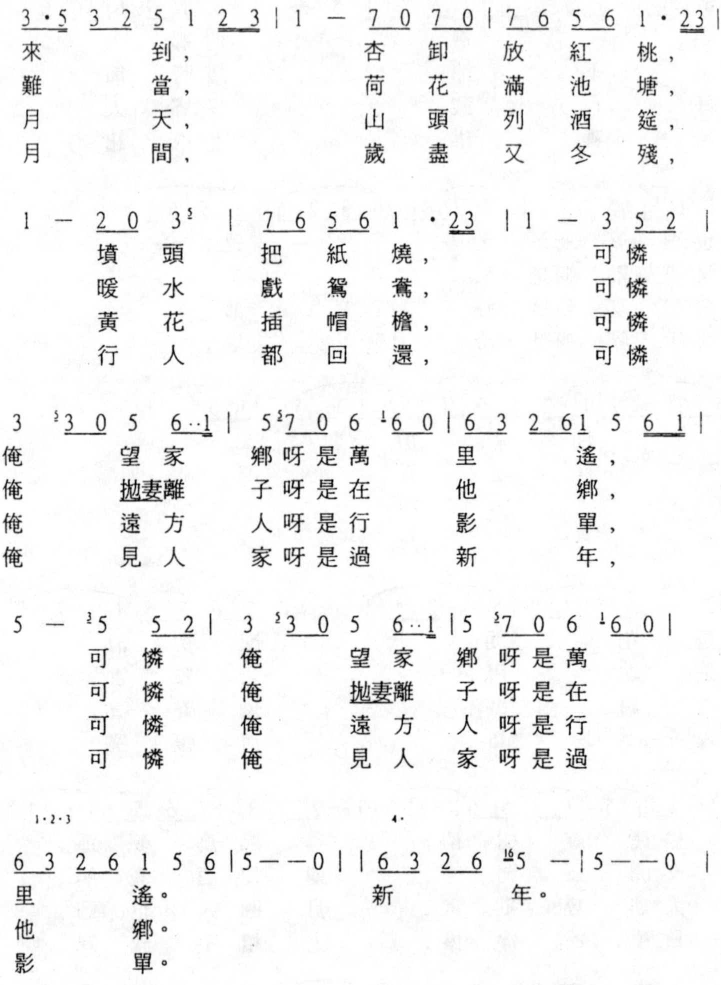

3·5 3 2 5 1 2 3 | 1 — 7 0 7 0 | 7 6 5 6 1·23 |
來　到，　杏　卸　放　紅　桃，
難　當，　荷　花　滿　池　塘，
月　天，　山　頭　列　酒　筵，
月　間，　歲　盡　又　冬　殘，

1 — 2 0 3 5 | 7 6 5 6 1·23 | 1 — 3 5 2 |
墳　頭　把　紙　燒，　可憐
暖　水　戲　鴛　鴦，　可憐
黃　花　插　帽　檐，　可憐
行　人　都　回　還，　可憐

3 3 0 5 6··1 | 5 7 0 6 6 0 | 6 3 2 6 1 5 6 1 |
俺　望家　鄉呀是萬　里　遙，
俺　拋妻離　子呀是在　他　鄉，
俺　遠方　人呀是行　影　單，
俺　見人　家呀是過　新　年，

5 — 5 5 2 | 3 3 0 5 6··1 | 5 7 0 6 6 0 |
可　憐　俺　望　家　鄉呀是萬
可　憐　俺　拋妻離　子呀是在
可　憐　俺　遠　方　人呀是行
可　憐　俺　見　人　家呀是過

1·2·3　　4·
6 3 2 6 1 5 6 | 5 — — 0 || 6 3 2 6 5 — | 5 — — 0 |
里　遙。　新　年。
他　鄉。
影　單。

騰立遠　蒲文琪　唱
牟仁均　王川昆　記

疊斷橋

（《磨難曲》第十三回〈憤殺惡徒〉）

淄　博
漢　族

1 = D 2/4
中速　憂傷地

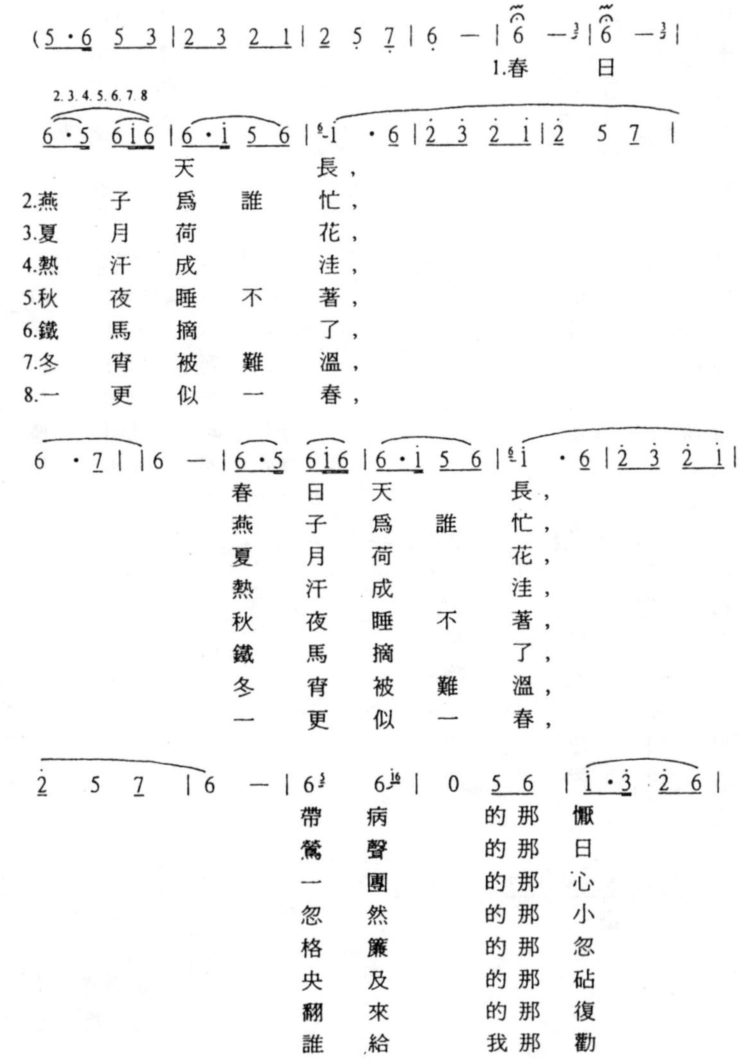

(5·6 5 3 | 2 3 2 1 | 2 5 7 | 6 — | 6 — | 6 — |
1.春 日

2. 3. 4. 5. 6. 7. 8
6·5 6 i 6 | 6·i 5 6 | i ·6 | 2 3 2 i | 2 5 7 |
天 長，
2.燕 子 爲 誰 忙，
3.夏 月 荷 花，
4.熱 汗 成 洼，
5.秋 夜 睡 不 著，
6.鐵 馬 摘 了，
7.冬 宵 被 難 溫，
8.一 更 似 一 春，

6 ·7 | 6 — | 6·5 6 i 6 | 6·i 5 6 | i ·6 | 2 3 2 i |
春 日 天 長，
燕 子 爲 誰 忙，
夏 月 荷 花，
熱 汗 成 洼，
秋 夜 睡 不 著，
鐵 馬 摘 了，
冬 宵 被 難 溫，
一 更 似 一 春，

2 5 7 | 6 — | 6 6 | 0 5 6 | i·3 2 6 |
帶 病 的 那 懨
驚 聲 的 那 日
一 團 的 那 心
忽 然 的 那 小
格 簾 的 那 忽
央 及 的 那 砧
翻 來 的 那 復
誰 給 我 那 勸

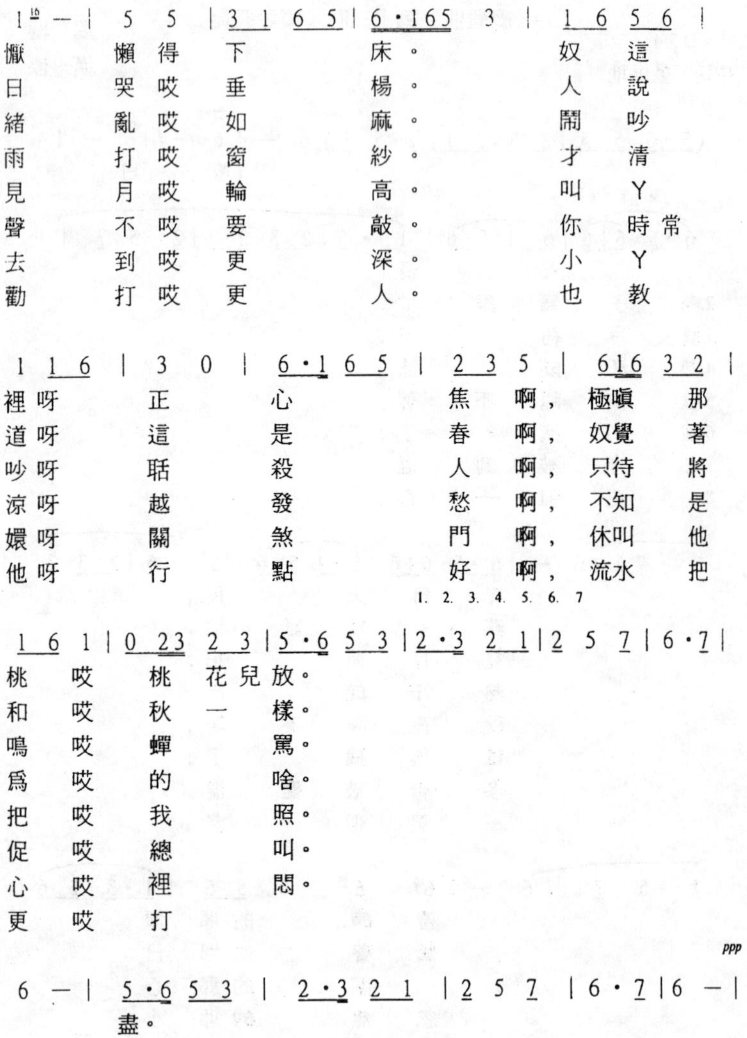

1 — | 5 5 | 3 1 6 5 | 6·165 3 | 1 6 5 6 |
慵 懶得下床。奴這
日 哭哎垂楊。人說
緒 亂哎如麻。鬧吵
雨 打哎窗紗。才清
見 月哎輪高。叫丫
聲 不哎要敲。你時常
去 到哎更深。小丫
勸 打哎更人。也教

1 1 6 | 3 0 | 6·1 6 5 | 2 3 5 | 616 3 2 |
裡呀 正 心 焦 啊，極嗔 那
道呀 這 是 春 啊，奴覺 著
吵呀 聒 殺 人 啊，只待 將
涼呀 越 發 愁 啊，不知 是
嚷呀 關 煞 門 啊，休叫 他
他呀 行 點 好 啊，流水 把

1. 2. 3. 4. 5. 6. 7

1 6 1 | 0 23 2 3 | 5·6 5 3 | 2·3 2 1 | 2 5 7 | 6·7 |
桃 哎 桃 花兒放。
和 哎 秋 一 樣。
鳴 哎 蟬 罵。
為 哎 的 啥。
把 哎 我 照。
促 哎 總 叫。
心 哎 裡 悶。
更 哎 打

ppp

6 — | 5·6 5 3 | 2·3 2 1 | 2 5 7 | 6·7 | 6 — |
盡。

韓秉祥　唱
牟仁均　記

逛逛油

（《磨難曲》第三回〈喜成佳偶〉）

淄 博
漢 族

1 = C 2/4
稍慢 抒情地

(5·6 1 3 | 3 6 5 | 1612 6552 | 5232 1) |

1·3 3765 | 6163 5 53 | 1·3 3765 | 61 5· |
1.問 奴 家， 問 奴 家，
2.有 緣 法， 有 緣 法，
3.聽 我 言， 聽 我 言，
4.美 人 難， 美 人 難，

32 1 2 | 3 5 3532 | 163 76 | 165 061 |
現 住 廣 寒 王 母 家，
就 做 夫 妻 也 不 差，
小 生 有 言 已 在 前，
今 庚 十 七 尚 孤 單，

3532 5 | 5 6 1 3 | 2 37 6 15 | 6165 3 |
因 奴 哎 動 了 思 凡 心，
已 是 哎 惹 得 娘 娘 嗔，
必 得 哎 一 個 俊 佳 人，
若 要 哎 不 是 命 裡 該，

5·6 1 3 | 76 5 | 1612 6552 | 5232 1 | 5·6 1 3
摘 了 我 的吧嗨 雲 頭 駕， 摘 了
到 了 如 今吧嗨 還 說 嗄， 到 了
方 才 合 她吧嗨 成 姻 眷， 方 才
怎 麼 得 見吧嗨 娘 子 面， 怎 麼

76 5 | 1612 6552 | 1. 2. 3. 5232 1 :‖ 4. 5 2 3532 | 1 — ‖
我 的吧嗨 雲 頭 駕。 面?
如 今吧嗨 還 說 嗄。
合 她吧嗨 成 姻 眷。
得 見吧嗨 娘 子

蒲人潤 唱
牟仁均 記

銀紐絲

（《蓬萊宴》第二回〈兩地相思〉）

1 = ♭B 2/4

淄博
漢族

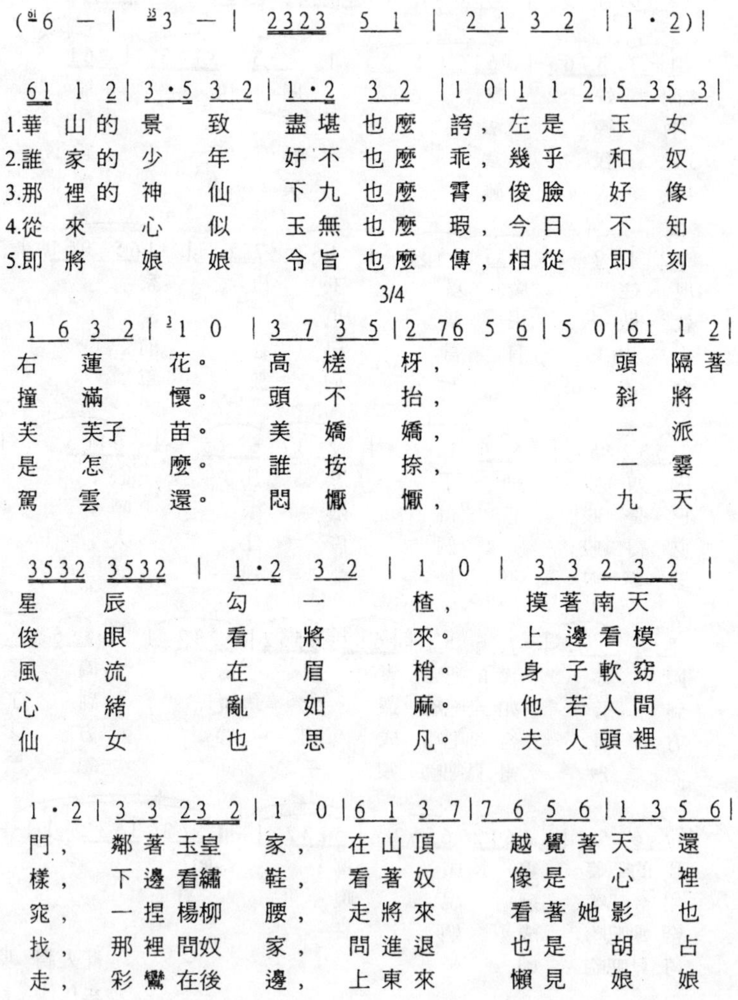

(⁶¹6 — | ³⁵3 — | 2323 5 1 | 2 1 3 2 | 1·2) |

61 1 2 | 3·5 3 2 | 1·2 3 2 | 1 0 | 1 1 2 | 5 35 3 |
1.華山的景 致 盡堪也麼 誇，左是 玉 女
2.誰家的少 年 好不也麼 乖，幾乎 和 奴
3.那裡的神 仙 下九也麼 霄，俊臉 好 像
4.從來 心 似 玉無也麼 瑕，今日 不 知
5.即將 娘 娘 令旨也麼 傳，相從 即 刻

3/4
1 6 3 2 | ³1 0 | 3 7 3 5 | 2 76 5 6 | 5 0 | 61 1 2 |
右 蓮 花。 高 槎 枒， 頭 隔著
撞 滿 懷。 頭 不 抬， 斜 將
芙 芙子 苗。 美 嬌 嬌， 一 派
是 怎 麼。 誰 按 捺， 一 霎
駕 雲 還。 悶 懨 懨， 九 天

3532 3532 | 1·2 3 2 | 1 0 | 3 3 2 3 2 |
星 辰 勾 一 楂， 摸著南天
俊 眼 看 將 來。 上邊看模
風 流 在 眉 梢。 身子軟窈
心 緒 亂 如 麻。 他若人間
仙 女 也 思 凡。 夫人頭裡

1·2 | 3 3 23 2 | 1 0 | 6 1 3 7 | 7 6 5 6 | 1 3 5 6 |
門， 鄰著玉皇 家， 在山頂 越覺著天 還
樣， 下邊看繡 鞋， 看著奴 像是 心 裡
窕， 一捏楊柳 腰， 走將來 看著她影 也
找， 那裡問奴 家， 問進退 也是 胡 占
走， 彩鸞在後 邊， 上東來 懶見 娘 娘

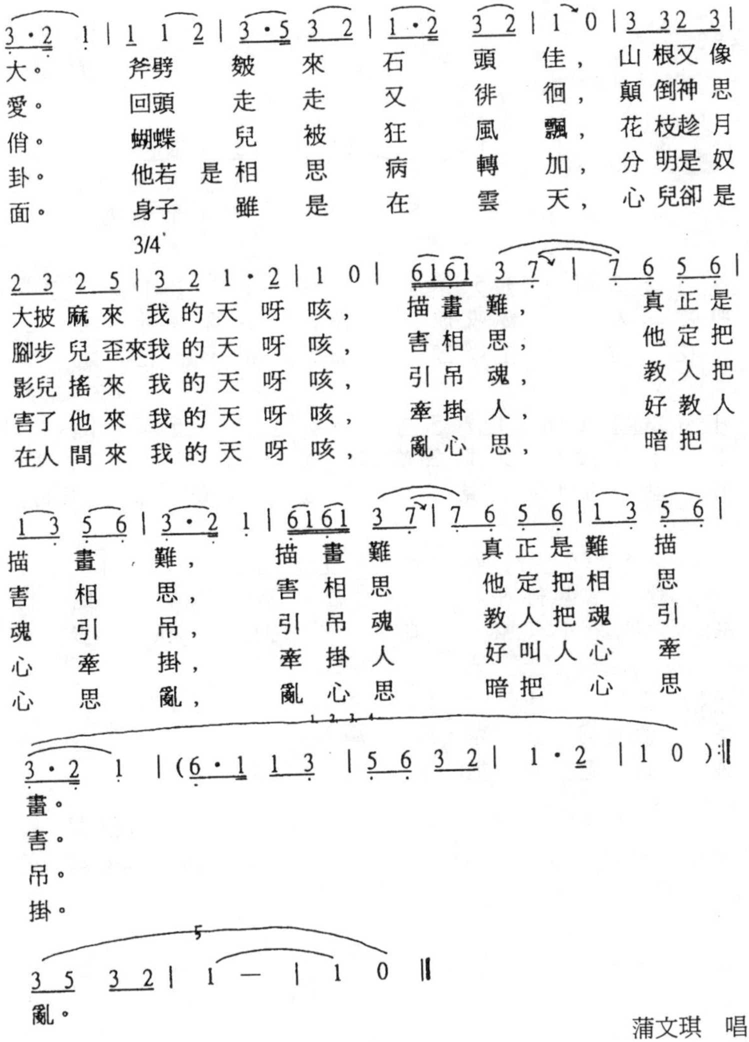

3·2 1 | 1 1 2 | 3·5 3 2 | 1·2 3 2 | 1 0 | 3 32 3 |

大。 斧劈 皴 來 石 頭 佳， 山根又像

愛。 回頭 走 走 又 徘 徊， 顛倒神思

俏。 蝴蝶 兒 被 狂 風 飄， 花枝趁月

卦。 他若 是相 思 病 轉 加， 分明是奴

面。 身子 雖 是 在 雲 天， 心兒卻是

3/4

2 3 2 5 | 3 2 1·2 | 1 0 | 6161 3 7 | 7 6 5 6 |

大披麻來我的天呀咳， 描畫難， 真正是

腳步兒歪來我的天呀咳， 害相思， 他定把

影兒搖來我的天呀咳， 引吊魂， 教人把

害了他來我的天呀咳， 牽掛人， 好教人

在人間來我的天呀咳， 亂心思， 暗把

1 3 5 6 | 3·2 1 | 6161 3 7 | 7 6 5 6 | 1 3 5 6 |

描 畫 難， 描 畫 難 真正是難 描

害 相 思， 害 相 思 他定把相 思

魂 引 吊， 引 吊 魂 教人把魂 引

心 牽 掛， 牽 掛 人 好叫人心 牽

心 思 亂， 亂 心 思 暗把 心 思

1. 2. 3. 4.

3·2 1 | (6·1 1 3 | 5 6 3 2 | 1·2 | 1 0):‖

畫。

害。

吊。

掛。

5

3 5 3 2 | 1 — | 1 0 ‖

亂。

蒲文琪 唱

牟仁均 記

黃鶯兒

（《磨難曲》第十七回〈純刀斬妻〉）

1 = E 2/4

淄博
漢族

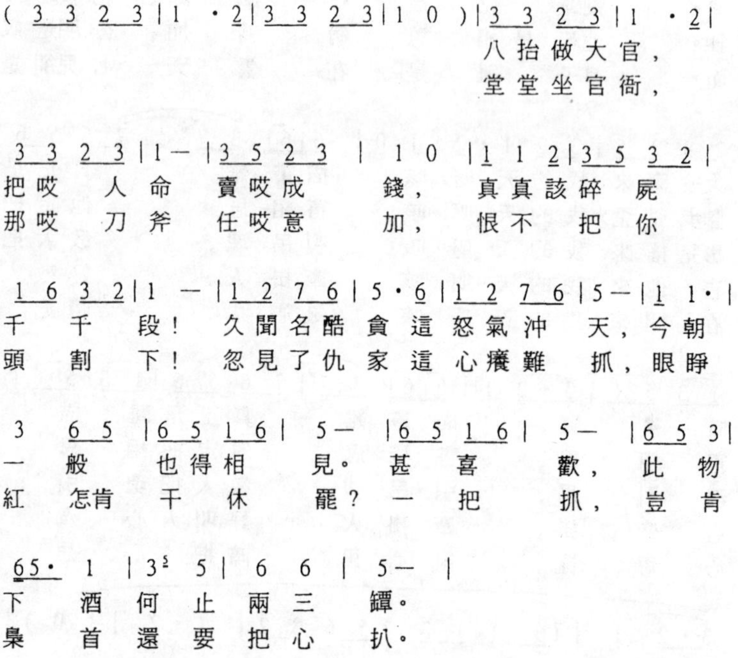

(3 3 2 3 | 1 ·2 | 3 3 2 3 | 1 0) | 3 3 2 3 | 1 ·2 |
八抬做大官，
堂堂坐官衙，

3 3 2 3 | 1 — | 3 5 2 3 | 1 0 | 1 1 2 | 3 5 3 2 |
把哎 人命 賣哎成 錢， 真真該碎 屍
那哎 刀斧 任哎意 加， 恨不把 你

1 6 3 2 | 1 — | 1 2 7 6 | 5 · 6 | 1 2 7 6 | 5 — | 1 1 · |
千 千 段！ 久聞名酷貪這怒氣沖 天，今朝
頭 割 下！ 忽見了仇家這心癢難 抓，眼睁

3 6 5 | 6 5 1 6 | 5 — | 6 5 1 6 | 5 — | 6 5 3 |
一 般 也得相 見。甚 喜 歡， 此 物
紅 怎肯 干 休 罷？一 把 抓， 豈 肯

65 · 1 | 3² 5 | 6 6 | 5 — |
下 酒 何 止 兩 三 罈。
梟 首 還 要 把 心 扒。

蒲人潤 唱
牟仁均 記

跌落金錢

(《蓬萊宴》第二回〈兩地相思〉)

1 = D 2/4

淄博
漢族

(6161 3 5 | 676 5) | 3 5 561 | 123 261 |
呂祖軒昂 膽氣粗，
人人真把 名利圖，

1323 6 65 | 656 321 | 6161 6 2 |
朝由 北海 暮蒼梧， 他心要人人
誰肯 拋家 泛五湖？ 倒是這柳樹精

6 3 3 6165 | 6 5 3 0 | 6 7 6 5 | 6 6 7 6 |
都把那神仙 做哎。 娘娘 呀，找個升仙
入的 神仙 數哎。 娘娘 呀，誰說天上

6 1 5 6 | 6 1 6 3 7 | 6 5 6 5 | 5 6 5 3 |
了道徒？遊遍天下 一個無，娘娘 呀，
不清孤？仙女也要 想丈夫，呂祖 呀，

1 6 1 3 3 6 1 | 6 1 6 6 3 5 5 | 6 7 6 5 ‖
就是那四大部州都 是他常行的路。
何況 凡 人 誰受 神仙 度。

蒲人潤 唱
牟仁均 記錄整理

憨頭郎

（《蓬萊宴》第五回〈純陽度脫〉）

1 = D 2/4

淄 博
漢 族

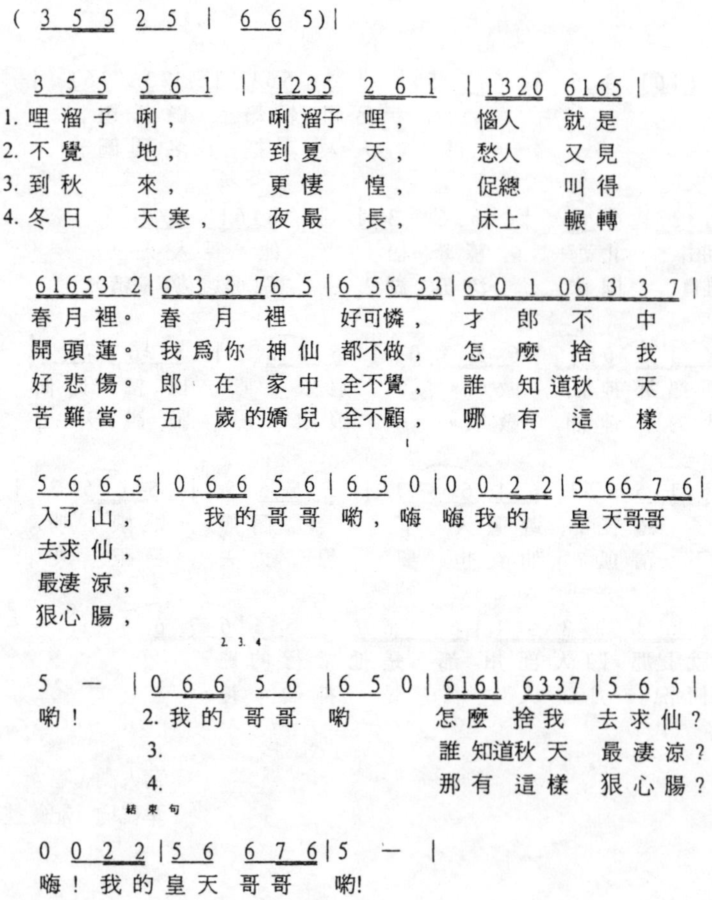

(3 5 5 2 5 | 6 6 5) |

3 5 5 5 6 1 | 1235 2 6 1 | 1320 6165 |
1. 哩溜子 喇， 喇溜子 哩， 惱人 就是
2. 不覺 地， 到夏 天， 愁人 又見
3. 到秋 來， 更悽 惶， 促總 叫得
4. 冬日 天寒， 夜最 長， 床上 輾轉

61653 2 | 6 3 3 76 5 | 6 56 53 | 6 0 1 06 3 3 7 |
春月裡。 春 月 裡 好可憐， 才 郎 不 中
開頭蓮。 我爲你 神仙 都不做， 怎 麼 捨 我
好悲傷。 郎 在 家中 全不覺， 誰 知 道秋 天
苦難當。 五 歲的嬌兒 全不顧， 哪 有 這 樣

5 6 6 5 | 0 6 6 5 6 | 6 5 0 | 0 0 2 2 | 5 66 7 6 |
入了山， 我的哥哥 喲， 嗨 嗨我的 皇天哥哥
去求 仙，
最淒 涼，
狠心 腸，

2. 3. 4

5 — | 0 6 6 5 6 | 6 5 0 | 6161 6337 | 5 6 5 |
喲！ 2. 我的 哥哥 喲 怎麼 捨我 去求仙？
3. 誰 知道秋天 最 淒 涼？
4. 那 有 這樣 狠心 腸？

結束句

0 0 2 2 | 5 6 6 7 6 | 5 — |
嗨！我的皇天 哥哥 喲!

蒲人潤 唱
牟仁均 記

五、《俚曲》曲牌之情態

或許每支曲牌在原先為人所創作出來的時候，都有其或歡愉、或悲痛、或抒情、或激動等初始旋律，但在歷經時間流傳，及與他種節奏的交融羼和後，許多曲牌的原始節奏已然不見，當然，它原來所欲表達的情感，也早已有了改變。而這種情形在民間小曲中的表現，則更為明顯，因它本來就不為「正統」戲曲所用，故形成「制式化」的可能也就自然降低（因正統戲曲流傳廣泛，為眾人所熟知，故其演出的形式、曲調的應用……等各方面自然不易更動）；相對地，民間小曲則由人隨意哼唱，節奏欲快、欲慢，乃端視哼唱者所喜，又因為是地方小曲，故而並無特別記錄，或者即便記錄了，也無人刻意傳抄或保存，故變化上反倒極其多端。

又我們知道，曲詞乃可決定曲調之情感表現，試想，若慷慨激昂的曲詞，會是放在緩慢悲傷的旋律中嗎？而哀慟親人之曲詞，又豈能置於歡愉快樂之節奏裡呢？雖然如此，但若想由曲詞來決定《聊齋俚曲》中某一曲牌情態時，卻又有其窒礙難行之處。原因即雖是同一曲牌，但其曲詞卻呈現大相逕庭的內容來，如共計一千三百八十四曲的〔耍孩兒〕，其曲詞便有各種情態的表現。

（一）〔耍孩兒〕的情態表現

1. 表抒情

萬歲爺仔細觀，亞楊妃賽貂蟬，輕盈好似趙飛燕。一雙

杏眼秋波動，兩道蛾眉新月彎，朱唇紅似胭脂瓣。若不是前生福分，哪能勾沾他一沾？（〈增補幸雲曲〉第十三回）

吳彩鸞甚害忉，娘娘叫他接文簫，一群仙女嗤嗤的笑。呂祖吹了一口氣，不覺已將繡裙飄。前行一見丈夫到，兩口兒頂頭相逢，都喜得心癢難撓。（〈蓬萊宴〉第七回）

2. 表歡愉

金榜上把名標，我兒平步上青雲，亂烘烘報馬門前鬧。常時文章還平等，今日才學分外高，也虧娘子那無情教。若任他東西放蕩，怎能夠長進分毫？（〈禳妒咒〉第二十三回）

正德爺上樓來，老鴇兒笑顏開，歡天喜地忙接待。茶才吃罷斟上酒，十個丫頭排列開，席前跪下將爺拜。一個個吹彈歌舞，門外頭唱將起來。（〈增補幸雲曲〉第十六回）

3. 表哀傷

不下雨正一年，旱下去二尺乾，一粒麥子何曾見！六月才把穀來種，螞蝗吃了地平川，好似斑鳩跌了蛋。老婆孩一齊捱餓，瞪著眼亂叫皇天。（〈磨難曲〉第一回）

一個母一個公，不怕雨不避風，為兒為女死活的掙。給他治下宅子地，還愁他後日過得窮。掙錢來自己何曾用？到老來無人奉養，就合那牛馬相同。（〈牆頭記〉第一回）

4. 表憤怒

罵一聲王八雜，你過來咱跪下，殺了人怎麼還裝大？老王見他倔得狠，把那塊木頭亂拍打，怎麼對著本縣罵？我老爺自有公斷，怎麼該鬧動官衙？（〈寒森曲〉第二回）

罵奴才老賊奸，又害民又欺官，被你把持著扶風縣。堂上喝了一聲裂，嗤嗤一陣響連天，條條都是八絲緞，合衙門偷著搶去，都縫個荷包裝煙。（〈翻魘殃〉第四回）

可見同樣一曲〔耍孩兒〕，但曲詞差異竟有如此之大，而我們可知，樂曲演奏的速度又必然是與歌詞內容成正比，故〔耍孩兒〕的情感表現究竟為何？由此卻已無從知曉了！可是民間小曲的非制式化而極其靈活性亦展露無遺。

其他如〔疊斷橋〕之情態同樣有如下表現。

（二）〔疊斷橋〕的情態表現

1. 表抒情

仔細端詳，仔細端詳，耳大頭圓好聲嗓，雪白的個玉人

兒，就有個福態像。好個兒郎，好個兒郎，模子又好桿又強，強個坯來就不和人一樣。（〈蓬萊宴〉第四回）

斜眼偷瞧，斜眼偷瞧，風流一滴在眉梢。見俺似有情，低下頭微微笑。心癢難撓，心癢難撓，魂兒飛上重霄。撇下了汗巾兒，我看他要不要。（〈禳妒咒〉第六回）

2. 表歡愉

忽開笑顏，忽開笑顏，回頭想想十年前，只待作奶奶，作太太不情願。今日不然，今日不然，不指望老虎更爬山。這一個探花郎，只該合保兒換。（〈磨難曲〉第二十六回）

喜氣洋洋，喜氣洋洋，我說保兒不尋常，每日看著他，有個翰林像。滿斗焚香，滿斗焚香，拜了天地拜家堂，此時那仇家，放不在心頭上。（〈磨難曲〉第二十六回）

3. 表哀傷

暗淚長拋，暗淚長拋，西望家鄉萬里遙。哀哀一片心，開口向誰告？馬上錦袍，馬上錦袍，偶爾出門玉鑾搖。哥哥在眼前，夢想何時到。（〈慈悲曲〉第六回）

自從兒舉了，自從兒舉了，要往山西走一遭，又聽說那裡有盜賊。凶信好蹊蹺，凶信好蹊蹺，老母每日哭嚎

喻，出了場先往家中報。（〈富貴神仙〉第十二回）

4. 表憤怒

罵了聲淫娼，罵了聲淫娼，留下孩子不商量，他休要裝人弄他那科子樣。偏要拗強，偏要拗強，誰家的孩子你承當？終久少不了我去走一趟。（〈慈悲曲〉第二回）

大罵賊砍脖，大罵賊砍脖，送我監中三年多。只當砍脖賊，叫我常常坐。今日如何？今日如何？請我出來待怎麼？我心裡出監門，只等把賊頭剁！（〈富貴神仙〉第四回）

（三）〔呀呀油〕的情態表現

1. 表抒情

來到家，來到家，也不飯來也不茶。想著他那淚悽悽，怎麼教人放得下！呀呀兒油。想冤家，想冤家，知疼知熱誰似他？人說婊子沒良心，他還有點良心查。呀呀兒油。（〈翻魘殃〉第二回）

天黑了，天黑了，手拉手兒暗坐著。雖然說是點燈來，卻又只顧拿不到。呀呀兒油。靜悄悄，靜悄悄，密密的滿天星亂搖，總像屋裡沒有人，並不聽的說合笑。呀呀兒油。（〈翻魘殃〉第二回）

2. 表歡愉

熱鬧呵，熱鬧呵，天上的仙子會嫦娥；朝朝每日受孤單，今宵才曉得夫婦樂。好快活，好快活，日出三竿戀被窩；早知人間這樣歡，要作神仙真是錯，要作神仙真是錯！（〈蓬萊宴〉第三回）

三更多，三更多，數個人兒鬧呵呵。不說是咱是玩，敢說指著賭博過。呀呀而油。我說如何？我說如何？裡頭又有仇大哥。敢說幫他來賭錢，這倒成了我的錯。呀呀兒油。（〈翻魘殃〉第二回）

3. 表哀傷

淚如梭，兄弟死了我不活，能換了我兄弟來，我情願把骨頭磋。要告閻羅，我自是不能活，縱然是能活，我也是活不過。（〈慈悲曲〉第五回）

我的姑，我來跟你一身孤；我今才略成人，怎麼就撇了我去？我絲毫的報答尚全無，想想你那養育恩，淚珠兒流不住。（〈慈悲曲〉第四回）

4. 表憤怒

忘八羔，忘八羔，就使石頭把腿敲。掐著脖子往下拉，打篤磨子苦哀告，死聲子嚎，死聲子嚎。娘子說到也罷

了，論起來你欺心，就該把腿砸掉！（〈富貴神仙〉第九回）

我的娘，我的娘，說您婆婆好裝腔。你若是好奉承他，愈發弄他那像。不識臭香，不識臭香，索性照著掘他娘！他不過也是人，我看有什麼賬！（〈姑婦曲〉第二回）

（四）〔銀紐絲〕的情態表現

1. 表抒情

天喜相逢在一也麼窩，夫妻恩愛似山河。我合哥，從此百年琴瑟和。家有百頃田，雜糧萬石多，就住上幾年也不錯。咱倆無媒自撮合，怕的是旁人耳目多。我的天喲，瞧破人，休被人瞧破。（〈富貴神仙〉第三回）

誰家的少年好不也麼乖，幾乎和奴撞滿懷。頭不抬，斜將俊眼看將來：上邊看模樣，下邊看繡鞋，看著奴像是心裡愛，回頭走走又徘徊，顛倒神思腳步兒歪。我的天，害相思，他定把相思害。（〈蓬萊宴〉第二回）

2. 表歡愉

方太太把書仔細也麼觀，微綻櫻桃開笑顏；孟娟娟，娘倆喜地又歡天。名姓是宮升，字是宮子遷，哪裡去問張鴻漸？難得他鄉姓名全，不必宮花插帽檐，我的天喲，

獻豬羊，就把豬羊獻。（〈富貴神仙〉第十三回）

我著冤家唬碎也麼心，不想你依然性命存。有鬼神，指望引爺倆號緊鄰，父子在一堆，場中論論文。我那兒進士也有分。道路訛言認不真，罵那山西行路人，我的天喲，凶信傳，怎麼就傳凶信？（〈富貴神仙〉第十三回）

3. 表哀傷

姜娘子淚珠往下也麼澆。咱娘待我沒差了，口難學，又打上姐姐情意高。每日打聽著，他死在荒郊，我還去把親娘孝。他今沒死還在著，要見面時再不消。我的天，依靠誰，卻把誰依靠？（〈翻魘殃〉第九回）

叫一聲蒼天好傷也麼悲，夫妻相對淚雙垂。把心捶，我生作了什麼非？不曾殺了人，不曾害了誰，怎教老來苦受罪？向來不聽的鬧成堆，我兒都吃了昧心虧。我的天，碎人心，倒把人心碎。（〈禳妒咒〉第十三回）

4. 表憤怒

罵了聲張訥忘八也麼羔，怎麼去找那老獾叨？死囚牢徒白著兩眼老賊毛，擠眉扬撥眼，要把孩子嘮，他又會弄那小老婆調。李氏自己不害囂，只怨孩子開了交，我的天來咳，笑煞人來，人可笑。（〈慈悲曲〉第二回）

姜娘子指定仇大也麼官，柳眉直豎眼睛圓，怒沖天。你可說我嗄罪愆？你就好沒氣，我也不回言，從無一點把你犯。你把恩情一旦捐，真是狼心狗肺肝！我的天，磨難遭，你教俺遭磨難。（〈翻魘殃〉第九回）

（五）〔劈破玉〕的情態表現

1. 表抒情

運氣低，就合那冤家相見，魂靈兒飛上半天。恨不能把身子變上一變：愛你的鬅頭，好變一對鳳頭簪；變一塊螺黛，畫你的春山；變一瓶胭脂，近你的舌尖；變一根銀絲，穿你的耳環；變一個菱花，照你的嬌顏；變一個荷葉，遮你的香肩；變一條腰帶，纏你的腰間；變一幅羅裙，罩你的金蓮；又情願變上一雙凌波，隨著你那腳步兒轉。（〈蓬萊宴〉第二回）

迎上前和那人頂頭子撞見，就是那華山上題詩的那少年。又是怕又是羞渾身出汗，情人兩相遇，低頭無一言，氣也不喘，進退兩難。方知道娘娘是個神仙，各人心裡有事，他已參透機關。呀，待要不回去，只怕有罪愆；待要轉回去，怎麼著回還？路上別無一人，我和他四眼相看，才知道娘娘有了意思，故意才把奴來遣。（〈蓬萊宴〉第三回）

2. 表歡愉

甚喜你就和我一般忠厚，天地間唯有這好人難求。咱相好敢對天發咒，分不得你合我，只多著一個頭。你悶了就來找我，咱兩個說說心腹吃盅酒。（〈翻魘殃〉第二回）

我和你已將近七十之數，到如今那孫子一個還無。乜丫頭居然是代把夫人作，他給了俺兒圓了房，如今又產麟兒落了肚。若能再見孩兒的成人，賢妻呀，我合你準有好日過。（〈禳妒咒〉第三十一回）

3. 表哀傷

大官人放倒磕頭幾個，拜爹娘要登程兩淚如梭，這也是天教我人離家破。兄弟若要尋不見，休要指望我還活。從今後三年五載，定不得歸期了，爹爹呀，你只當是沒有我。（〈慈悲曲〉第五回）

每日只在那納悶。我那兒中不中倒不關心，只望他上山西打聽個真實信。酒飯全不想，沒了人時淚紛紛。虧了那兩個丫頭，一鬧一個三更盡，才敧下骨碌膙子，打了一個盹。（〈磨難曲〉第二十六回）

4. 表憤怒

> 烏龜頭你比那囊包的還賽，自家乜小廝還叫不了來，每日家裡裝漢子，你還要出外！我合你打下賭，定要去找那殺才；我若是拉不了您小達來，張炳之，我就把這李字來改！（〈慈悲曲〉第二回）

> 罵狠賊我合你何仇何怨？任拘嗓我能受就是無錢，完了事我定然殺你個稀糊爛！挺挺的待了一夜，手腳的沒曾動彈。雖然是勉強說話，張官人既至到了天明，就窩摳了眼。（〈富貴神仙〉第六回）

凡以上所舉，皆是《聊齋俚曲》中出現百次以上的曲牌，而我們可從中循得一個規律，即不論何種曲牌，都有表達或抒情、或歡愉、或哀傷、或憤怒等各種情態之曲詞。若在南、北曲中，其節奏旋律鮮明嚴格，是絕對不會發生類似這樣的情況。所以這說明什麼？這說明在蒲公所用的曲牌裡，它的節奏並非「單一」表現，而是隨蒲公所喜，在相同的旋律中，配合著劇情演變而出現或快或慢的節奏，如此，則曲調便不致呆板，更不會「制式」，其呈現的反而是節奏的新奇與多樣，而這就是民間小曲的最大特色。那麼其他四十七種的曲牌情態又當如何看待呢？筆者以為從蒲公的創作手法與創作意念來看，無疑的，這四十七種也該會是一種「開放」的表現才是。

注 釋

1 盛偉編：《蒲松齡全集》(上海學林出版社，西元一九九八年十二月)，冊三，總頁二五〇六～二五〇七。
2 同注1，冊三，總頁二六二六～二六二七。
3 同注1，冊三，總頁二四七六。
4 同注1，冊三，總頁二五四七。
5 同注1，冊三，總頁二六九〇。
6 同注1，冊三，總頁二七二三。
7 同注1，冊三，總頁二七二六。
8 同注1，冊三，總頁二七四一。
9 同注1，冊三，總頁二八九四。
10 同注1，冊三，總頁三一五五。
11 同注1，冊三，總頁二七四六。
12 按：在中國戲曲劇種的藝術形式上，一般分有小戲、大戲及偶戲三種，前二者以真人演出，偶戲則操作偶人以表演。
13 曾永義：《中國古典戲劇的認識與欣賞》(台灣正中書局，民國八十年十一月)，頁二。
14 按：但這九種並無須全然具備，其中「雜技」一項便可有可無。
15 同注1，冊三，總頁二八五六。
16 同注1，冊三，總頁三一三三。
17 同注1，冊三，總頁三一三三。
18 陳玉琛：〈走近〔呀呀油〕〉(山東《蒲松齡研究》，西元一九九七年十二月，第二十六期)，頁七一。
19 陳霖：〈姑婦曲曲牌辯證〉(山東《蒲松齡研究》，西元二〇〇一年六月，第三十九期)，頁一〇四。
20 王川昆：〈對蒲氏俚曲的思考發微〉(山東《蒲松齡研究》，西元一九九八年六月，第二十八期)，頁一一四。
21 同注18，頁七六。
22 按：筆者曾在博士班二年級的暑假（西元二〇〇一年九月）去了一趟淄博，並與陳玉琛先生作過一番交談，對於曲牌及唱詞的段數這個問題，由於資料的不足，我們所得到的答案僅能是相視苦笑，因為這著實非我們所能控制的。

23 苗晶：〈蒲松齡聊齋俚曲與柳子戲曲牌〉（山東《聊齋學研究論集》，西元二〇〇一年三月），頁三九一。

24 秦吟：〈蒲松齡與音樂〉（山東《蒲松齡研究》，西元一九九一年六月，第四期），頁二二八。

25 呂東萊：〈聊齋俚曲曲牌淺談〉（山東《蒲松齡研究》，西元一九九二年九月，第八期），頁九四。

26 同注20，頁一一四。

27 沈德符：《萬曆野獲編》（北京文化藝術出版社，西元一九九八年六月），頁六九二。

28 顧起元：《客座贅語》，收於《百部叢書集成》第一百部《金陵叢刻》第一函（台北藝文出版社，民國五十八年），卷九，頁二十五。

29 沈寵綏：《度曲須知》，收於《中國古典戲曲論著集成》（北京中國戲劇出版社，西元一九八二年十一月），冊五，頁一九八。

30 齊森華等著：《中國曲學大辭典》（浙江教育出版社，西元一九九七年十二月），頁七五一。

31 同注30，頁七九〇。

32 同注30，頁八一〇。

33 同注1，冊三，總頁三一五七。

34 同注1，冊三，總頁三一五五。

35 按：共計俚曲有五十二種，而此若佔二十一種，則比例為40.38%。

36 同注30，頁七九。

37 按：此式為曾永義老師所創，並在口試本論文時所惠予之建議。

38 同注1，冊三，總頁二七二六。

39 同注1，冊三，總頁二四七六。

40 王沛綸：《戲曲辭典》（台灣中華書局，民國五十八年九月），頁七。

41 按：王沛綸《戲曲辭典》中有「窣地錦」，但此例中卻無，可見此「十樣錦」並非是固定不變。

42 按：第一段、第二段均是〔對玉環帶清江引〕，僅在第三段是〔羅江怨帶清江引〕。

43 按：在第一段〔耍孩兒〕前加了〔一剪梅〕，而在第六段〔清江

引〕後又加了一〔西江月〕煞尾。

44 陳玉琛：〈從聊齋俚曲看蒲松齡的藝術創新精神〉（山東《蒲松齡研究》，西元一九九七年三月，總二十三期），頁九四。

45 按：〈翻魘殃〉是整部俚曲均呈此主賓相聯式的表現。另外較為零散的則有如〈禳妒咒〉第二回，〈富貴神仙〉第三、九、十一回，〈磨難曲〉第一、二、五、十四、十六、十七、三十二回等，其詳細情形，請參見本節第一點「聊齋俚曲之曲牌」〈表格一〉。

46 鍾嗣成著、楊家駱主編：《錄鬼簿新校注》（臺北世界書局，民國四十九年十一月），頁一一一。

47 同注30，頁七〇一。

48 按：如王川昆〈對蒲氏俚曲的思考發微〉（山東《蒲松齡研究》，總二十三期）；秦吟〈蒲松齡與音樂〉（山東《蒲松齡研究》，總二十三期）；高明閣〈論蒲松齡的俗曲創作〉（山東《蒲松齡研究集刊》，第三輯）……等等。

49 高明閣：〈論蒲松齡的俗曲創作〉（山東《蒲松齡研究集刊》，西元一九八二年七月，第三輯），頁一七〇。

50 轉引山東《蒲松齡研究》總二十六期（一九九七年十二月），頁一一。

51 請參見本書頁一四一。

52 同注1，冊三，總頁二四〇三～二四〇四。

53 請參見本書頁一四三～一四四。

54 按：現存曲譜的前奏是記譜者所增益，而大致可從其增益方法看出：有將尾聲的曲調部分置於前面為前奏，如〔耍孩兒〕、〔疊斷橋〕、〔呀呀油〕、〔跌落金錢〕；也有將唱詞的第一句重複一次作為前奏，如〔黃鶯兒〕；當然也有記譜者所自行增加的。但主要從第一種及第二種都可看出自行增益的痕跡所在。請參閱本書頁一六六～一七八所錄之曲譜。

第 4 章

《聊齋俚曲》之內容思想

明太祖朱元璋曾就高明〈琵琶記〉而謂：「五經四書，布帛菽粟也，家家皆有；高明〈琵琶記〉，如山珍海錯，貴富家不可無，既而日惜哉！」[1] 此乃就戲曲「風教」功用發之。而「勸善教化」無疑是蒲松齡寫作這十五部《聊齋俚曲》的最大動機與目的，重點就在於欲教這十五部俚曲成為「晨鐘暮鼓」，使之「可參破村庸之迷而大醒市媼之夢也，又演為通俗雜曲，使街衢里巷之中，見者歌，而聞者亦泣，其救世婆心，直將使男之雅者、俗者，女之悍者、妒者，盡舉而匋於一編之中」[2]，這端正社會風氣、教養人民行善的態度，全然是無庸置疑。但他如何勸善教化呢？以及他除了勸善教化這思想主旨之外，還有無其他的思想主題？如馬瑞芳即言：「（俚曲）作者的筆觸轉向廣闊的社會生活，或者揭露黑暗的統治，或者抨擊腐朽的科舉，或者嘲笑封建道德的虛偽，思想內容是豐富而深刻的。」[3] 換言之，文學作品在相當程度上是反映作者的內心本質，這其中包括人生觀、生命觀、政治觀、社會觀等等，而這些蒲松齡又是何以待之並反映在俚曲中？本章則就《聊齋俚曲》之內文，深層地探討蒲公所欲表達之思想主題，以探求其俚曲之價值。

第一節 勸善教化，重孝講悌

「勸善教化」的第一課題，即要求人民能孝養雙親、友悌兄弟，如《孝經》之〈廣要道章第十二〉即言：「教民親民，莫善於孝；教民禮順，莫善於悌。」[4] 若能如此，則戶戶家齊，而國焉有不治、民焉能不禮？故如古人教育稚子之《三字經》中即言：「香九齡，能溫席，孝於親，所當執。融四歲，能讓梨，弟於長，宜先知。」[5] 講的同樣是這個道理。而在蒲松齡之俚曲中，談到奉勸世人該要父慈子孝、兄友弟恭的部分相當多，如〈牆頭記〉、〈姑婦曲〉、〈慈悲曲〉、〈翻魘殃〉、〈寒森曲〉、〈禳妒咒〉、〈富貴神仙〉及〈磨難曲〉等篇，皆有這方面相關的思想表現，故重孝講悌可謂蒲公俚曲中之思想主軸。

一、重 孝

「百善孝為先」，中國自古以孝立本，以孝為所有一切行為規範之根基，如《孝經》之云：「天地之性，人為貴；人之行，莫大於孝。」[6] 又云：「夫孝，天之經也，地之義也，民之行也。」[7] 均言孝乃天經地義而再自然不過之天性。而如何行孝？如何方是大孝？則孟子之語可為吾輩之借鏡。其云：

> 天下大悅而將歸己，視天下悅而歸己，猶草芥也，惟舜為然。不得乎親，不可以為人；不順乎親，不可以為

> 子。舜盡事親之道，而瞽瞍厎豫；瞽瞍厎豫而天下化，瞽瞍厎豫而天下之為父子者定。此之謂大孝。[8]

舜之父瞽瞍乃為冥頑不靈之人，且嘗欲殺舜，但舜卻能讓父歡心，而終致父慈子孝，這豈不「大孝」？雖則吾輩鮮能如虞舜一般，但以之為典範，則或不能成大孝，但必可近之才是。

而蒲公至孝，這一點可由其子蒲箬所撰之〈清故顯考歲進士、候選，儒學訓導柳泉公行述〉中得知，其載道：

> 庚申，我祖母病篤，氣促逆不得眠，無晝夜皆疊枕瞑坐，轉側便溺，事事需人。我父扶持保抱，獨任其勞，四十餘日，衣不一解，目不一瞑；兩伯一叔，惟晨昏定省而已。我祖母亦以獨勞憐我父。一夕至午漏，燈光瑩瑩，啟眸見我父獨侍榻前，淚眼婆娑，凝神諦聽，輒噸呻曰：「累煞爾矣！」自是不起。我父自市巴絹作殉衣，並不令我伯叔知也。[9]

能「扶持保抱，獨任其勞，四十餘日，衣不一解，目不一瞑」，蒲公之孝心乃距大孝不遠矣！而其孝親之心，又並未因其母喪而略有所減，這一點我們可從隔年蒲公之作〈降辰哭母〉一詩清楚見得：

> 此身何役役？年年客他方。去歲當此日，旋裡拜高堂。老母緣新歸，歡喜話農桑。閨人介我壽，凌晨炊餅湯。老母呼我坐，大小繞身旁。開顏顧兒女，時復惠余觴。團圞聚飲啖，絮語悉家常。因言「庚辰年，歲事似飢

> 荒。兒年於此日，誕汝在北房。洗兒抱榻上，月斜過南廂。逡巡復爾許，曉雞始鳴窗。念兒曾幾時，兒女已成行？」言竟顧我笑，耿耿猶未忘。今日復何日？依然羈客鄉。草似去年綠，麥似去年黃。猶疑我母在，不信我母亡。翹首白雲下，靈幃正高張。轉身一相憶，哽慟催肝腸！10

這真情流露之悲戚，是令人讀後亦不禁有所感觸而淚濕沾襟的啊！

且蒲公俚曲中教化人民重視孝道時，蒲公並非只正面告誡我們孝順父母的重要性為何而已；更重要的，他亦深一層地讓我們知道何以子女不孝，及不孝的報應如何。並在其中以潛移默化的方式推崇孝行，使觀眾在欣賞一齣一齣的戲劇後，對父母生育、養育和教育之恩，深植於心，謹守對父母的報答之情，這亦是蒲公作此俚曲之最大心願！而其內容茲由下分述之：

（一）子女不孝之由

中國以孝行傳家，而子女不孝，其緣由如何，蒲公其實在其〈牆頭記〉、〈姑婦曲〉、〈禳妒咒〉、〈慈悲曲〉及〈寒森曲〉中，皆述出了箇中道理，主要原因有四：

首先是父母過分溺愛。中國自古以來男尊女卑，若生下兒子，原是受家中所特別珍愛，尤其老來得子，那歡喜之情更是不可言喻，稍一不慎，便寵了個天之驕子。如蒲公之〈牆頭記〉即云：「五十多抱娃娃，冬裡棗夏裡瓜，費了錢還怕他吃不下。惹的惱了掘墳頂，還抱當街對人誇，說他巧嘴極會罵。慣搭的不通人性，到如今待說什麼！」[11] 這說的就是父母過分溺愛，而養成子女的「不通人性」，亦即是父母對子女只有疼寵，卻沒有善盡教育之責，是故造成子女的不孝。其中蒲公所強調的應是：子女固然不對，但父母更要因溺愛而自行負責。

其次乃父母拖累子女。如〈牆頭記〉之張老，開頭即云：「養兒養女苦經營，亂叫爺娘似有情；老後衰殘難掙養，無人復念老蒼生。」[12] 講的便是張老自苦養育兒女之艱辛，但年紀老大，卻因所存積蓄、田地，均早已給其二子，自己徒然成為一身無分文、僅吃閒飯的老頭兒，故子女久而久之覺其甚為煩人、累贅，也就如餵養畜生一般地餵養他了。這一點蒲公則是譏諷地以「消極」的方式，告知世人，若不欲子女不孝，或許就該「積極」的為自己多存點錢以養老，否則是極易成為子女的負累，招致不孝的下場，說來豈不令人欷歔！

其三則子女本即不孝。如〈禳妒咒〉中潑辣的江城，不僅是對其夫高蕃拳打腳踢，且是一次高蕃因躲江城之毆，藏在其父高公背後，結果江城竟不顧高公顏面，硬將高蕃拉出，棍棒齊飛，其中還不慎誤打了高公。高公氣不過，乃將江城之父請來，沒想到江城竟也對其父說出「該你嗄事的！」「你管什麼閒事？」如此的話來，這子女的不孝，則或許如蒲公在此曲最後所安排，乃因果輪迴，為人父母的，只有忍受其罪罰，而俟其自覺啊！

其四為父母狠心刁難。中國俗語言：「虎毒不食子」，而蒲公似乎也注意到這一點，故而其俚曲中，父母對自己親生子女，並無荼毒或狠心之處，這一方面多出現於公婆對媳婦或後母對前妻之子之間，如公婆對媳婦的苛求刁難，在〈姑婦曲〉中便充分表現無遺，文中陳珊瑚雖是個百中難尋其一的賢慧媳婦，但其婆婆卻身在福中不知福，又加以百般刁難，如陳珊瑚一早起床在梳整完畢後，即克盡媳婦之職，幫婆婆倒了尿盆子回來，又欲幫其梳頭時，婆婆卻沒好氣的罵她打扮得妖精似的不讓她梳，所以珊瑚趕緊回房「脫了衣裳，落了鬅頭、洗了粉，去了裙子掩掩懷；掩掩懷，插金釵，未照菱花鬏髻兒歪」[13]後，才又趕去幫婆婆梳頭；待梳完頭、洗完臉後，婆婆卻又嫌珊瑚一副「髒樣」，直是令珊瑚不知如何是好，只好不出聲，逕自低頭挨罵。但一會兒，婆婆又罵她是否賭氣不說話啊？若是遇著這般蠻橫無理的父母，我想便是天下最賢慧的兒女想孝順也孝順不來。又如〈慈悲曲〉中之後母李氏，只為張訥非其親生，乃為前妻之子，故時常加以打罵，乃使張訥「每日清晨起來天兒也麼烏，兩眼還是眵兒糊。孩子雛，一身營生作不熟，新學著紀帶子，才學著穿衣服，兩頓打的會穿褲。一日吃了兩碗冷糊突，沒人問聲夠了沒。我的天來咳，數應該來，應該數」[14]。如其「數應該來，應該數」說得好，也就只能說是命該如此啊！最後還是其父命之逃往其姑姑處，方才暫免了挨餓受凍、百般荼毒。但其姑姑死後，張訥回家，依然受盡其後母對之凌辱、折磨，而這般情景也是子女想盡孝心，也盡不來的呀！

凡此，皆是蒲公刻意所提子女不孝之故，說明了固然有子女生性不孝，但卻亦有父母過分溺愛子女，而導致子女之無法無天；或父母經濟無力自足而拖累子女生活；及父母過分蠻橫刁難而致子女盡孝不得等種種情形。這不僅勸為人兒女之行孝，蒲公何嘗不亦參透世情，而欲以之俚曲教化天下父母呢？恐怕雙管齊下，也才是蒲公之原意吧！

（二）不孝所遭報應

儒家言孝，只言如何行孝，如《論語》中所記載「孟武伯問孝。子曰：『父母唯其疾之憂。』」[15] 或「子遊問孝。子曰：『今之孝者，是謂能養。至於犬馬，皆能有養；不敬，何以別乎！』」[16] 及何謂不孝，孟子之云：「世俗所謂不孝者五：惰其四肢，不顧父母之養，一不孝也；博弈，好飲酒，不顧父母之養，二不孝也；好貨財，私妻子，不顧父母之養，三不孝也；從耳目之欲，以為父母戮，四不孝也；好勇鬥很（狠），以危父母，五不孝也。」[17] 而未若佛家對不孝之人，乃嚴厲說其必墮阿鼻無間地獄，受盡種種酷刑：

> 佛告阿難：「不孝之人，身壞命終，墮於阿鼻無間地獄。此大地獄縱橫八萬由旬，四面鐵城，周圍羅網。其地亦鐵，盛火洞然，猛烈火燒，雷奔電爍。烊銅鐵汁，澆灌罪人，銅狗鐵蛇，恆吐煙火，焚燒煮炙，脂膏焦燃，苦痛哀哉，難堪難忍。鉤竿鎗槊，鐵鏘鐵串，鐵槌鐵戟，劍樹刀輪，如雨如雲，空中而下，或斬或刺，苦罰罪人，歷劫受殃，無時暫歇，又令更入餘諸地獄，頭戴火盆，鐵車輾身，縱橫馳過，腸肚分裂，骨肉焦爛，一日之中，千生萬死。受如是苦，皆因前身五逆不孝，故獲斯罪。」[18]

如此的峻言駭人。但世代交替，思想融合，慢慢地，不孝子女定遭報應，也就幾乎成為後來所有中國小說戲曲中必然會發生的結局了。

〈牆頭記〉中，大怪、二怪的不孝，最後不但被縣官罰打了三十大板，皮開肉綻，而且大怪在叫其子小瓦瓿子幫他擦擦腿上被打所流出的血時，沒想到小瓦瓿子竟回答：「俺不，怪髒的」，氣得大怪直呼回家必好好打他一頓，可小瓦瓿子卻又理直氣壯的說：「俺爺爺長瘡霎，叫你給他看看，你就嫌髒，正眼不理麼，怎麼這個就待打人？」也才叫張大怪感嘆的說：「我作下樣子了。」這便是蒲公所欲表達不孝的報應，不僅挨了一頓打，且又讓兒子有樣學樣的對待他了。

又如〈姑婦曲〉中于氏有二子，名安大成及安二成，二子皆頗為孝順，而安大成之妻陳珊瑚極為賢慧孝順，但卻不得于氏喜歡，最終將其休掉。但家中頓時中饋乏人，甚不趁便。故于氏又替安二成娶了個媳婦名叫臧姑，沒想到臧姑乃一悍婦，不僅不侍奉婆婆，還打辱丈夫、訾罵婆婆，真個是無法無天、潑辣異常。而在〈姑婦曲〉末，雖臧姑已大徹大悟、有心悔改，然因之前罪業過於深重，故連生十胎均早夭不存，直到五十多歲才生一子，方得享有子承歡膝下之樂。按蒲公原意，則若臧姑不知悔改，必將斷絕後代、永無子嗣，這便是蒲公之用俚曲傳述，不孝必遭報應天譴，而不可不深思之處啊！

（三）推崇孝行於世

蒲公推崇孝行，並希冀藉此而達移風易俗，使人人知孝、行孝，在《聊齋俚曲》中即藉由行孝者終得善報的故事情節，教導著家家戶戶、黎民百姓。

〈姑婦曲〉中的陳珊瑚，縱使婆婆百般羞辱她，甚至最後以「莫須有」的罪名命兒子休掉她，但她卻始終默默承受，等待丈夫及婆婆的回心轉意，這種精神在我們現在看來，或許頗覺「迂腐」；可是換一個角度看，虞舜的「大孝」不就是陳珊瑚所展現的一切嗎？這是蒲松齡所刻意寫出，為要表現中國傳統為人媳婦應具賢淑美德的表徵。而其婆婆後來終於知錯，還自己抽打了好幾下耳光以罰己罪，急得珊瑚趕緊拉住婆婆的手，這樣的舉動又再次表現了珊瑚當人媳婦，對婆婆該有的雍容大度，也將孝順定義推到了極致，同時告訴世間為人子女者，孝順是本分，且最後必得善報。

又如〈牆頭記〉的王銀匠，這個角色相當特別，王銀匠是主人公張老的好朋友，並非為其兒子，但在張老被二子拋棄，置於牆頭不理時，卻是被這位多年老友所搭救，且多方為之設計，騙得其二子孝順於張老。這其中固然表現的是朋友之間的情義，但更深一層，蒲公乃意在言外，言就連朋友都肯如此搭救，並為之費盡思量，但身為張老所辛苦撫育成人的二子，卻怎可如此不通人性，棄其父於不顧呢？王銀匠在此之地位，即仿若一教導者，教導著世人孝順該有如何重要！是蒲公欲將孝順父母之事推於天下，所刻意安排的顯明角色，而如此談孝，當更令人深思。

二、講 悌

《易經繫辭傳》云：「二人同心，其利斷金，同心之言，其臭如蘭。」[19] 即言若二人同心，則其產生的力量是足以切斷任何堅硬的金屬；兩人同心所說的話，則其氣味乃如同蘭蕙之芬芳，著實令人眷戀不已的。此即言團結則無堅不摧、無往不利。而兄弟之間若能友悌團結，則由於血緣的關係，其產生的力量必更令人莫之能禦，故孔子乃時常將「孝」與「悌」齊而談之，以為世人行為之準則，如其云：「孝弟也者，其為仁之本與？」[20]又言：「弟子入則孝，出則弟，謹而信，泛愛眾，而親仁。」[21]凡此，皆可見孝悌之重要。

蒲松齡兄弟五人，長兄兆箕早夭，其排行四，雖則其妯娌間頗有嫌隙誤會，如蒲公自撰之〈述劉氏行實〉中即云：「（劉氏）入門最溫謹，樸訥寡言，不及諸宛若慧黠，亦不似他者與姑悖謑也。姑董謂其有赤子之心，頗加憐愛，到處逢人稱道之。冢婦益恚，率娣姒若為黨，疑姑有偏私，頻偵察之；而姑素坦白，即庶子亦撫愛如一，無瑕可蹈也。然時以虛舟之觸為姑罪，呶呶者競長舌無已時。處士公曰：『此烏可久居哉！』乃析箸授田二十畝。時歲歉，莜五斗，粟三斗。雜器具，皆棄朽敗，爭完好，而劉氏默若癡。兄弟皆得夏屋，爨舍閒房皆具；松齡獨異：居惟農場老屋三間，曠無四壁，小樹叢叢，蓬蒿滿之。」[22]言蒲公乃僅分得「農場老屋三間」，且「曠無四壁，小樹叢叢，蓬蒿滿之」，遠遠比不上其兄弟們之「皆得夏屋，爨舍閒房皆具」，然而劉夫人之個性質樸，及蒲公之不願為此分家之事傷了昆仲情誼，皆可見得其「悌」之實行。

又我們見其詩作裡述及與兄弟們之情義，即可更加明瞭蒲公重悌之何如！其長兄兆專過世時，蒲松齡五十三歲，其哀痛悲傷之至，乃作有〈哭兄〉七律二首：

除夕殷殷話語長，誰知回首變滄桑！
謦欬不聞真似夢，酸辛頻嚥已沾裳。
繫念從來惟手足，傷心寧復過存亡！
歸來獨向齋頭坐，彷彿履聲到草堂。（其一）[23]

猶記得除夕團圓之時，還促膝長談呢！沒想到一回首，卻早已天人永隔，不復聚首！而獨自坐於齋中時，仍恍若聽到大哥的腳步聲尋他來呢！悲傷之情，溢於言表。又：

> 長別人生終須有，雁行生折最傷神！
> 忽看里社餘雙淚，每值團圞少一人。
> 惡業慘酷惟後死，悲心感切在終貧。
> 年年聚首無多日，悔向天涯寄此身！（其二）[24]

蒲公長年舌耕度日，故多年寄居他鄉，難得有機會與其兄聚首，雖說人生總有長別之時，但如同王維「遙知兄弟登高處，遍插茱萸少一人」[25] 的感傷，蒲公言「忽看里社餘雙淚，每值團圞少一人」，卻亦是深寄惆悵啊！

再如其二兄柏齡死時，蒲公年已七旬，晚年喪親，則哀慟亦更驟矣！試見其〈二兄新甫病甚，彌留自言：適至一處，門額一匾，大書「黃桑驛」。或謂余當居此。入視之，一望無際，止寥寥數屋耳。作此焚之〉七絕二首：

> 兄弟年來鬢髮蒼，不曾三夜語連床。
> 黃桑驛裡能相見，別日無多聚日長。（其一）
>
> 百畝廣庭院不分，索居應復念離群。
> 驛中如許閒田地，煩搆三楹待卯君。（其二）[26]

由詩末之云「煩搆三楹待卯君」乃蒲公之寄望來世再為兄弟，故欲其二哥先替之購好屋室，以待相聚也。這兄弟情誼之深，不亦昭然若揭？

而對其弟鶴齡，因其嬌情疏懶、不求營生，蒲公則恐若濟之生計，怕其不知悔改，故乃以教誨口吻，勸戒其弟，勿以貪玩為念，而應求上進、營生之道，其於〈示弟〉一詩中云：

> 六月不雨農人憂，驕花健草盡白頭。我方書空心如剉，聞爾蕭條愁不臥。數年禾麥微登收，家中百口猶啼餓。爾兄一女三男兒，大者爭食小叫飢。筆耘舌耨易斗粟，凶年行藏安可知？伯兄衣不具，仲兄飯不足；躊躇兄弟間，傾覆何能顧？吾家家道之落寞，如登危山懸高索：手不敢移，足不敢蹻，稍稍不矜持，下隕無底壑！況爾嬌惰懶耕耘，一遇凶荒何忍云！[27]

所謂「愛之深，責之切」，說的就是這個道理。

又蒲公尚有一妹，然可惜所託非人，乃嫁與一「蒱博遊蕩子」，是而顛沛流離、居無定所，為蒲公所擔憂，因此寫下〈憐妹〉五古一首：

> 汝生何不辰，坎坷遭沛顛！少小嫁夫婿，無異豺與鳶！
> 蒱博遊蕩子，數日無炊煙。朝南暮以北，一歲恆三遷。
> 兄弟皆貧乏，緩急照顧難。因之任飄蓬，數載絕往還。
> 蕩子舊年去，音問久已愆。忽歸自陳說，投旗在幽燕。
> 邑帖呼妻孥，累累相株連。兩女皆幼弱，蚩蚩無愁顏。
> 大婦惟啼罵，誓必歸黃泉！兒樸無所策，垂首在娘前。
> 力難脫爾厄，空對心憂煎。堂上神明宰，慈惻如二天。
> 為汝一搖尾，或者得其憐；不然亦爾數，聽爾墜重淵。

誰能以人力，移此造化偏？兄妹皆淪落，相對一潸然！[28]

詩中花了相當多的篇幅，指責其妹婿之不肖，足見蒲松齡對他的憤怒。而看著其妹獨力撫養兩個女兒，朝南暮北、日夜奔波，蒲公乃何其不忍卻又莫可奈何啊！

蒲公對兄弟姐妹之間的情感，從這些詩作中可清楚看出，固然妯娌之間或有摩擦、不滿，但兄弟之情，血濃於水，這是任何人都無法改變的。而蒲公俚曲中，尤其以〈慈悲曲〉和〈寒森曲〉二篇，將故事重心擺在講求兄弟重悌的精神上來教化世人。但二者同中有異，並分從兩個角度表現出友悌的真諦。

（一）〈慈悲曲〉——血濃於水，相互關懷

兄弟之間，如前所言，本因血緣關係，故情分上自然與他人不同；然或因天災人禍，或因家產爭執，兄弟之間形同水火者，亦時有所聞，是而勸化世人，珍惜昆仲之情，也就成為蒲公俚曲裡的一大課題。如〈慈悲曲〉即描述著張訥、張誠這兩位同父異母兄弟之間相互關懷的可貴情誼。

故事主角張訥、張誠兄弟，由於張訥之生母早逝，其父張炳之乃為照顧張訥及家事之故，是而續弦李氏，生一子張誠。不料後母李氏為人潑悍殘忍，對張訥極盡折磨之能事，其父無奈，只得暗將張訥送往姑姑家避難。李氏知悉後，乃前往欲要回張訥，但卻被張訥姑姑罵回，從此兩邊結怨，而李氏也愈加痛恨張訥。不幸，十年後張訥姑姑過世，故張訥只好再回張家，而李氏也更加以荼毒辱罵之。但沒想到，從未謀面的異母弟張誠一見到張訥，竟如拾異寶，並與之極是親暱，幾無你我

之分，如曲中之言：

> 張訥那裡穿衣服，張誠從書房裡來，端相了端相，一把摟住說：「你是俺哥哥呀！」張訥老大的歡喜，便一把拉住說：「你怎麼認的我來呢？」張誠說：「定是見慢慢認的麼？」張炳之說：「好奇呀，怎麼他就認的？」張訥見他兄弟來，哥哥長哥哥短的那樣親熱，不覺的酸上心來，眼中落淚。[29]

即可見張誠對其兄弟之思念與關懷。爾後吃飯時也幫張訥先盛，睡覺時也想和張訥同榻，連念書也想要求其母李氏讓張訥與之同去等等，實是對這哥哥疼惜有加、關懷之至。其關懷之情甚至某日因張訥不小心把家中打掃的鍁給弄壞，氣得李氏當場就拿起棍子責打張訥，張誠見狀乃跪下替張訥求情，但李氏不理，後來張誠心疼哥哥，索性就俯在張訥身上，李氏才就此作罷。又一次因張訥上山砍柴遇雨，柴才砍了半擔回家，李氏嫌少而不給其飯吃，張誠適巧放學回家見狀，乃：

> 張誠聽說，沒作聲去了。不一時，跑回來說：「哥哥，給你這個。」那天已黑了，他哥摸了摸，是滾熱的一個油餅。慌的說：「這是哪裡的？」張誠說：「我偷了點麵，著咱那鄰舍家給趕的。」他哥說：「你可不也再呀！一半頓飯不吃，也餓不煞，著咱娘知道了，敢說是我嘮著你，偷麵趕餅我吃哩。」[30]

這裡看見的是張誠對哥哥的同情與憐惜，但從另一個角度來看，張訥對身為子女對父母應有的孝，及怕兄弟為此而挨母親罵，所展現的悌，不亦惻人肺腑嗎？

隔日，張誠因擔心張訥又砍不到足夠的柴，回來挨母親罰，竟逃學偷偷帶著斧頭上山，欲幫其哥哥的忙，急得張訥直勸其勿再如此。然而，翌日張誠依舊再度上山，且不幸，於砍柴之際，忽有一猛虎出現，銜走張誠，而張訥在無法搭救之下，一時情急，竟拿斧頭往自己脖子一砍，便欲自盡相陪其弟於黃泉之路了。然僥倖不死，且在九泉之下得知其弟未死，於是還魂後，乃發下宏願，勢必尋其弟而還，便開始其千里尋弟的旅程。終於皇天不負苦心人，在張訥歷經三年九個月一面乞食、一面找尋的日子後，最後找到了張誠，也讓故事有個美好的結局。這樣兄弟友悌的故事，是足為世人所效法學習，無怪乎蒲公曾在其《聊齋志異．張誠》篇中的異史氏曰裡說道：「余聽此事至終，涕凡數墮。十餘歲童子，斧薪助兄，慨然曰：『王覽固再見乎！』於是一墮。至虎銜誠去，不禁狂呼曰：『天道憒憒如此！』於是一墮。及兄弟猝遇，則喜而亦墮。」[31] 而吾人見此又何嘗不為之鼻酸、涕凡數墮呢？

（二）〈寒森曲〉——兄弟同心，其利斷金

〈慈悲曲〉中說的是兄弟之間的血濃於水，故應彼此關懷、互相照顧。而〈寒森曲〉則從另一角度述說著若兄弟同心，則其利斷金，天下蓋無不成之事。

善人商員外育有二子一女，乃商臣、商禮及商三官。鄉鄰惡霸趙惡虎為霸佔商家田產，打死了商員外，於是商家兄弟乃狀告於官府，誰料，趙惡虎竟賄賂了縣、府、司、院等上下各轄官吏，遂使商家兄弟投訴無門；而其妹商三官見此，乃扮作

一清唱藝人，在趙惡虎聽唱並求宿之際，趁機將其殺死，隨後三官也立即自戕。故事至此本應結束，不料，死後到了陰間，趙惡虎依舊行賄於閻王、判官、城隍等人，遂使商員外及三官飽受其欺侮，三官乃託夢求救於兩位兄長，商議如何對付趙惡虎。商臣乃對其兄言：「陽間官司你打，陰間官司我打」，於是即閉眼魂離，直至九泉閻王殿前打官司去了。最後在歷經千辛萬苦後，終於求得二郎神為之主持公道，將一干惡吏併趙惡虎等人處以轉世畜生，為人所宰殺；或將之剝腿抽筋，投於餓鬼籍。而商家亦沈冤昭雪，且商員外、商禮復生，並晉爵厚祿，終養天年；商三官升格為神，為世人所崇敬祭祀。

終篇雖是以搭救商員外為目的，但其過程中，商三官捨己除惡，商臣於陽世打官司，商禮於陰曹打官司，充分表現出兄弟分工合作的友悌之情，也清楚告訴世人，若兄弟同心，則其利斷金。

其實昆仲情誼，正是要互相關懷與同心協力，凡能如此，則天下必無不克之事。蒲公深明此理，乃特作〈慈悲曲〉和〈寒森曲〉二篇教化芸芸眾生，其意著實良苦！

第二節 民生窮困，官吏貪瀆

羅師敬之在其《聊齋詩詞集說》一書裡，提到蒲松齡創作了許多有關農民詩歌時，曾如此說道：

> 出生於農村又生活於農村的蒲松齡，最瞭解農民，也最同情農民。當豐收之年，則「鄰翁相對話桑麻，村舍豐

> 年景物佳。臘盡家家黃蔓酒，春初處處白梅花」。若遇荒歲，則「故人驚憔悴，此況難共說。麥收無顆粒，婦子采薇蕨……」。在《聊齋詩集》現存九十餘首有關農民的詩歌中，絕大部分都在記述農民災情。這些災情固多水旱蟲害的自然災情，也有比自然災害更為可怕的人禍：「青苗徧野麥輸芒，南北流人道路殭！為問播遷何自苦？月中傳說要徵糧」，「青苗滿野麥連阡，何事相逢盡黯然？路上行人多問訊，傳說夏稅要徵錢。」[32]

而俚曲的創作是更貼近社會的中下階層，尤其是純樸憨厚而地位卻低下的農民們。事實上，蒲公之創作俚曲，其中一大主因就是為給具如此身分的平民百姓所觀看，故描繪出這些辛苦而善良老百姓所面對的真實生活，當然是更能反映社會，也打動所有當時的觀賞者，且為後世之借鏡。而民生之窮困，產生的主因則不外乎天災及人禍。「天災」乃屬自然現象，人民是無法抵抗的，所以只能默默承受；但「人禍」卻是更令百姓痛不欲生的有形枷鎖，且其中尤以那些具權力的貪官污吏們，其魚肉百姓的行為更是令人髮指與不齒，而如此演變到最後，「官逼民反」的情形自然而然也就出現了。以下茲從天災不斷、官吏貪瀆及官逼民反三方面分別論述之。

一、天災不斷

民生窮困的第一個主因即天災不斷。而關於天災，蒲公是極有其親身體驗，這部分筆者在第一章第二節蒲松齡的「生平事蹟」中，已作介紹，這計凡有十六次的乾旱、水災、蝗害等天災，每一次所代表的，無非是至少有數以百計以上的人民因之喪失生命；且有更多是處在飢餓之中，啃樹皮、吃草根，勉強苟活下來。而這一切，是在蒲松齡七十六年歲月中所發生的災難，而為蒲公所真真實實經歷過，所以其作品裡，很多是述及此等苦難情景，當然，俚曲亦不例外。

〈磨難曲〉可說乃將天災不斷而致百姓生活陷入困頓窘境之事表露無遺，如文章第一回起首即云：

> 眾流民上云孩子餓的吱喲吱喲，老婆待中心焦，還為錢糧大板敲；寧死他鄉不受大板敲！老天呀老天，怎麼給真個年景，還給真麼個官兒！
>
> 〔耍孩兒〕不下雨正一年，旱下去二尺乾，一粒麥子何曾見！六月才把穀來種，螞蝗吃了地平川，好似斑鳩跌了蛋。老婆孩一齊捱餓，瞪著眼亂叫皇天。[33]

乃述說無糧充飢的眾流民們，不僅上天給了個壞光景，乾旱、蝗害齊來，且又給了個交不出錢糧納稅就以大板侍候、不能恤民的惡官，著實苦不堪言。但即使是壞光景，日子仍然得過，只是賺食的方法已不是耕種，而是改唱起「蓮花落」到處乞食了，其詞寫道：

> 萬民造孽年景荒，田地焦乾麥枯黃。共總種了十畝麥，連根拔了勾一筐！蓮花落哩溜蓮花。[34]

又寫道：

> 六月半頭下大雨，晚穀種的甚相當；長來長去極茂盛，眼看就有尺多高。實指望秋禾接接口，誰想天爺不在行！遮天影日螞蜡過，朝朝每日唬飛蝗。把穀吃了個罄溜淨，莊稼何曾上上場！大家沒法乾瞪眼，餓的口乾牙又黃。一窩孩子吱吱叫，老婆子拖菜插粗糠；老頭子不濟瘟著了，出不下恭來絕氣亡。……[35]

這蓮花落的詞寫來是令人何其不忍啊！述及的全是天災逼人入絕境啊！

而描寫民生窮困部分，蒲公另寫有〈窮漢詞〉一曲。此曲風格獨特，全篇乃以一窮漢用說唱方式向財神自述其苦，並希求財神能將財運降臨他家，使他不致如此貧寒不堪，試見其自言家境乃：

> 孩子絕不探業，老婆更不通情，攮他娘的養漢精，狗腿常來逼命。止有一身破衲，夜間蓋蓋蒼生。綽號名為「大起靈」，一起滿床光腚。[36]

可知這窮漢已然窮至極點。而他又是如何向財神祈求的呢？其言：

> 爺爺，爺爺！你是個什麼意思？我亟待揚譽揚譽你，怎麼再不肯和我見面？
>
> 掂量著你沉沉的，端相著你俊俊的，撈著你親親的，撈不著你窨窨的，望著你影兒般般的，想殺我了暈暈的，盼殺我了昏昏的。好，俺哥哥狠狠的，窮殺我了可是真

真的。[37]

又如：

> 我那親親的爺爺！你到幾時合夥你那些眾兄弟們，一當踏凶，二來散悶，光降光降來舍下走走？
>
> 元寶哥，黃邊沿，象象怕，顛顛塊，看看底，認認面，是幾兩，是幾件，或是字，或是幕，進進包，上上串，合俺作上兩日伴。紅纓帽子胭脂瓣，滿州襪子扣絲線，紗羅穿上渾身涼，皮襖穿上一身汗；獅子碗，象牙筷，脂油餅，蘸辣蒜，大米乾飯雞黃麵；黑叫驢，紅鞍韂，打一鞭，風霜快。鄰舍百家看一看，也是俺陽世三間為場人，熬沒兒馬騸了蛋。[38]

這樣「企盼」財神的俚曲，觀來豈不令人發噱？但這其中意涵，卻極令人深思。如鄒宗良對這〈窮漢詞〉就如此評論：「這篇〈窮漢詞〉看似遊戲文字，實則道盡了那個時代的窮人在窮困中生出的刻骨辛酸。從某種意義上說，〈窮漢詞〉所表露的正是蒲松齡對窮困生活的人生體驗。」[39]若凡太平盛世、明君在位，百姓只要努力，生活欲得溫飽大概無礙。唯有天災不斷，禍害橫生之際，人民才雖是辛勞工作，卻仍無法求生。清初，康熙可謂明君！而康熙盛世亦在歷史上留下極佳之稱譽，但蒲公仍有此〈窮漢詞〉之作，並通篇真實地反映出人民生活貧困的一面來，而為何如此之苦呢？主因之一，實是天災不斷所直接造成的啊！

二、官吏貪瀆

如〈磨難曲〉中所言：「不幸盧龍遇儉年，城中又復坐貪官。男兒不遂沖天志，要得安生難上難！」[40] 受天災所折磨的人民本已身處水深火熱之中，但官吏們的苛扣稅糧、欺上瞞下，卻更是令苦難的芸芸眾生毫無生機。其向上貪瀆朝廷所撥之賑糧、並謊報災情，賄賂前來勘災之欽差；向下欺凌百姓而強逼其繳稅納糧，其用心之歹毒，如蒲公所言：「堂上有坐著的知縣，堂下有站著的知縣，還有走著的知縣」，是令其所極度不齒的。遂而亦將此等貪官污吏的醜陋臉孔，翔實敘於俚曲中，以為一快。

蒲松齡曾在〈蓬萊宴〉中說出了自己對當時官吏們的看法，其言：「就中狀元，就中狀元，上下都是些好奸貪；若是作了官，才吃不的安穩飯。」[41] 可見蒲公是多麼厭惡這些猶如豺狼的黑心官啊！而〈寒森曲〉中，則言趙惡虎因爭地打死了商員外，因此和商家打起了官司，但趙惡虎卻輕而易舉地買通官府，可商家卻還似傻子般地欲與之對抗，著實「愚笨」至極。其寫道：「趙惡虎憑著錢，東一千西二千，都買的蜜溜轉。休說清官沒半個，就有一個不大貪，被銀錢也耀的眼光亂。大相公不識顛倒，還只要報仇報冤。」[42] 又言：「作官的貪似賊，見了錢魂也飛，世間哪有抵償罪？因著人命事重大，三批三檢照舊規，不過空把紙筆費。哪裡從公審斷，怎論那是是非非？」[43] 甚至不僅如此，趙惡虎被商家女兒商三官用計殺死之後，雙方官司也就接續著打到陰間去，不料，「有錢能使鬼推磨」，趙惡虎依舊賄賂買通了閻王、判官、城隍……等，行文至此，蒲公實是將貪官嘴臉以嘲諷手法，全然不留情面地刻畫而出。再如〈禳妒咒〉一曲裡，蒲公描寫科考之主試官（宗師）取士乃多看在「錢分」上，而試場原是個遊戲場罷了！其寫道：「學棚裡原是傀儡也麼場，撮猴子全然在後堂。最可傷，瞎子也鑽研著看文章。雇著名下士，眼明又心強，本宗師也作得有名望。若遇著那混帳行，肉吃著腥氣屎吃著香。我的天，喪良心，真把良心喪！」[44] 而如何中舉最為妥當呢？其言：「宗師的主意甚精也麼明，只要實壓著戳上星。求人情，好歹將來未可憑。不如包打上二百冰凌，上公堂照他皮臉擲，要進童生是童生，要進幾名是幾名。我的天，靈應真，可有真靈應！」[45] 凡此，皆見蒲公對清朝官吏的不滿。而其諸俚曲裡，對於天災不斷，官吏貪取極甚，並對人民加以橫施酷刑等的種種描寫，則首推〈磨難曲〉一部。

〈磨難曲〉首回裡，人民因天災，農作已毫無收成，有人往朝廷呈上奏摺，沒想到當地縣公老馬，竟送了銀兩賄賂朝廷派來勘災的大臣，讓他不要向朝廷報成災，否則朝廷必免除此地賦稅，如此他便無法從百姓繳來的賦稅中抽取回扣，而這豈不對老馬的「收入」大大有害？並且貪官老馬為求得錢，對人民嚴刑拷打，視其性命如草芥，如蒲松齡即寫道：

> 起了本按莊村，照地畝赦三分，有災無災全不論；都著螞蝗吃了個淨，何曾一點受皇恩！家中器物折蹬盡，還要去按限比較，三十板打的發昏！
>
> 「昨日比較，打了我二十五板，及乎死了！俺一堆捱打的，一霎死了兩個，發昏的還有。不早些拿腿，只等的走不的就晚了！」作哭介。[46]

又如一老秀才，其家尚有一半石陳糧，可是不僅米糧遭人搶劫，老秀才被人打死，且其兒媳婦還被盜匪所賣，其遭遇可謂慘不忍睹，但卻又不去報官。何以如此呢？蒲公在〈磨難曲〉裡寫道：

> 一個說道：他不該報官麼？又一個說：雖報官待怎麼！俺那鄰莊，燎死了楊善人，姦了他的令愛，他那兒子還小。那地方鄰右都替他不平，大家給他報了官。官府看了狀，摔下呈子來，大怒說道：他自己不告，與你們何干！[47]

有此惡吏，則民何須告之！

而又有勉強告之者，主因乃一范秀才，早已是衣服典盡牛馬賣，賦稅錢糧已繳了七分，只剩三分未納，不料老馬仍是大板伺候，故而一命嗚呼。眾秀才氣憤難耐，乃一同寫了個狀子往上奏，不日，軍門大人到來，可卻也是個貪官，而其為官之道是：

> 我想人生在世，冷桌熱凳，鑽東闖西，巴不能作個大大官兒。若是像那古人，要赤心報國，愛養百姓，這就是從苦上去求苦，豈不是個呆瓜？到底是掙些銀子，蓋些樓閣亭台，買些舞女歌兒，落得終身快活。[48]

就如此，軍門大人收了老馬一萬兩銀子，而官官相護，助其脫罪。其餘一干秀才反而因涉「誣告」，又對軍門大人無禮，乃招致每人賞了一百嘴摑，且落了個「為首的該殺，縱黨的該絞，別的充軍」的下場。百姓已是因天災而飢腸轆轆、性命不保，卻又雪上加霜的遇上貪官，這種苦楚情境，恰正如蒲公在該回之下場詩中所云：「帶枷披鎖氣難伸，俱是鬼門關上人；想是天爺正打盹，不知何時始翻身？」[49]語氣是多麼無奈啊！

事實上，在清康熙三十七年，就有山東巡撫李煒，因不顧民災、乏食，亦步上奏於君，故而被康熙所褫革。而蒲松齡也因之寫有〈齊民嘆〉一詩以誌之，其云：

聖明省春耕，水衡供珍膳。
當路何所營？耗金百十萬。
金非雨自天，兩稅增民羨。
羨金問幾何？略抵稅之半。
願竭我膏脂，共資爾巧宦。
穀盡難取盈，涕泣零如霰。[50]

緣此，乃知蒲公對清朝官吏多半是呈現蔑視與不滿的。

三、官逼民反

天災不斷、官吏貪瀆，進而所衍生的問題，便是弱者、善良者流落他鄉、到處行乞；而強者、具叛逆性者，則逼上梁山、淪為盜匪，這些均非百姓所願，實時勢所趨，不得不然。

事實上，在蒲松齡之俚曲中，有許多部分均表現出其不畏強權之堅強性格，如〈寒森曲〉中商禮、商臣及商三官兄妹三人，即被蒲公塑造成為求公理正義，大膽挑戰代表權威的趙惡虎、王知縣，甚至地獄主宰，閻王、城隍、判官等，而知其不可為而為之的態度，亦即蒲公的真實情性。而這裡我們首先要知道，盜匪歷代都有，亂世尤多，但筆者於此所言之「官逼民反」，卻並不指那燒殺擄掠、十惡不赦之大惡徒，而是比喻或適逢天災致無以維生，或逞一時豪氣卻致人於死，進而為官吏所逼，故為求生存，不得不佔山為王、自立門戶以與官府相對抗。所以基本上，這類「盜匪」仍具一定程度之善性，並非暴民。蒲松齡在〈磨難曲〉第五回「大王打圍」中，即清楚地傳遞了有些時候「官逼」是可以「民反」的。

三山大王任義，在〈磨難曲〉裡一上場即說道：「如何四海不清寧？只為奸臣日日生。對眾發下洪誓願，要將海河盡填平。」[51] 即點出天下為何呈現亂世景象，全是因為奸臣日生遍野啊！乃可知此三山大王為奸臣所逼，故不得不據山為王。但其心則欲行俠仗義，為天下百姓殺盡奸臣貪官以填海河，如其後又言：「俺只愛雄兵百萬，遍天下尋殺貪官，開刀先誅了嚴世蕃。一匹馬掃清那金鑾殿，奸臣殺盡，解甲歸山。若能夠如此，方遂人心願。」[52] 則又可見其善性處。且其打家劫舍亦有一定原則，其說道：

> 俺今日雖然打獵，看山下有什麼行人，拿來見我。如有官兵解糧，以鳴鑼為號，上前殺去。若有買賣商人，十分之中取他三分，放他過去。[53]

又云：

> 俺不是自己托大，那官兵直些什麼！長槍一刺仰不踏，齊逃生還要夢裡怕。若是商客不要殺他，休像貪官惹的

人人罵。54

見官兵押糧，則殺兵奪糧；但遇商家經過，則僅取其三分，放他生路。且在其後云：「休像貪官惹的人人罵」，這不是又譏諷著為官者之巧取豪奪，以致罵名滿天下嗎？

如前所述，蒲公對於民生貧困的親身經歷，及官吏們的貪瀆剝削，使他對社會低下階層產生無限的同情，同時也對官吏政府充滿憤恨與失落，故而或依想像、或依實事地刻畫出「官逼民反」的情節來。無庸置疑的，這是蒲公心裡最深層的「渴望」，他渴望殺盡天下奸臣以填海河，也渴望救濟千萬貧民以臻安康，甚至蒲公更渴望自己就如同那三山大王任義，能仗義而出、據山為王，以與朝廷對抗。這些，蒲公全然披露在其俚曲之中。

第三節　壯志未酬，戮力功名

蒲公對於科舉考試的態度相當矛盾，一方面我們由他的作品及其實際參與科考的次數裡，可看出他是極為「渴望」能金榜題名，即使在大部分作品均成就於晚年的《聊齋俚曲》，我們仍可輕易地從其文字裡，看到蒲公的「企盼」，而更遑論其《聊齋志異》及其年輕時之詩作了。但蒲公在另一方面卻又似乎極為厭惡那些通過科舉考試成為進士而任職於政府的官吏們，並在作品中對其諸多批評及諷刺，這中間衝突性極大，也極令人玩味。如〈磨難曲〉中，甚至蒲公亦曾透露出一種不想阿附權貴，卻又因迫於現實，而不得不屈身迎合朝權佞臣之無奈。當然，這更是蒲公作品中一個極為重要的思想主軸，而為蒲學研究者不可或缺之課題。以下即大致由其俚曲為範疇，試見其科舉過程、態度及其何以不第之故。

一、戮力功名

蒲公一生戮力功名，自十九歲時以縣、府、道三第一的資格入泮之後，即又陸續多次參加科舉考試，但卻始終名落孫山，無緣登科進第。而他何以如此奮力不懈，自二十歲至六十餘歲期間，雖屢戰屢敗，卻又屢敗屢戰，其中緣由，很值得我們好好深入探究，而經筆者分析後，其因大致歸納如下三點：

（一）求取功名利祿

不可否認，希冀一第，而從此飛黃騰達，必是蒲公努力不懈、積極應試的主因之一，尤其是年輕時代，這絕對是其最大抱負，如其嘗於《聊齋志異》之〈白于玉〉中，託言小說中人物吳青庵云：「富貴所固有，不可知者遲早耳。」[55] 不僅見其自負，也見其抱負。

而俚曲中，蒲公更是時常將角色為善良之人或其後代，每每以中舉人、進士，而位至尚書、翰林等報以善有善報的結局，茲將其列表如下：

曲名	善報事蹟
慈悲曲	張訥——會進士 張誠——中舉人
翻魘殃	仇祿——先中會魁（會試中的「五經魁」，即取五經中每經之第一名，合為前五名稱之），後中探花
寒森曲	商臣——中進士，入翰苑 商禮——登甲榜，選為刑廳，後為御史，累官至尚書
禳妒咒	高蕃——中進士，選翰林
磨難曲、富貴神仙	張鴻漸——中探花，後累官至吏部尚書 張鴻漸長子張得聚——選翰林 張鴻漸二子——中進士 張鴻漸三子——中舉人 張鴻漸五個孫子——一個刑廳，一個翰林，其餘皆名士

這其中所傳達，固寓好人必有善報，亦何嘗不就是蒲公的殷殷期盼！且蒲公亦嘗想像若其高中之際，該是有如何的得意非凡啊！如〈翻魘殃〉中仇福叫其弟仇祿進京赴考時寫道：

> 我去了道（倒）不妨，你在家好進場，進大場才有個舉人望。咱的人家原不大，重新蓋了幾間房，安上吻獸才展樣。得著人叫聲爺爺，好打襯這衣馬廳堂。[56]

又如〈蓬萊宴〉中文蕭面對著彩鸞問其何以維生之時，文蕭乃笑言：

> 不用商量，不用商量，我有滿腹好文章。呀，一舉成名，直上玉堂，烏紗玉帶，去伴君王；萬金俸祿，百處田莊，百群騾馬，千隻牛羊；金銀滿庫，米麥滿倉，小廝沒數，管家成行；道府州縣，看俺的鼻梁，兩司撫院，送禮百筐，白的白，黃的黃，珠成串，緞成箱，無數東西往家抬，還得兩人來上賬。[57]

凡此種種，皆寄託了蒲公對科考的憧憬，學優而仕乃人之常情，蒲公亦自不例外。

（二）亟欲撥亂反正

如在前節所言，蒲公所處時代乃一天災人禍相繼不絕之時代。天災上，乾旱、水災、蝗害接踵而至，致人民成為「窮漢」，而「磨難」不斷，如其〈飯肆〉詩中所言：「旅食何曾傍肆帘，滿城白骨盡災黔！市中鼎炙真難問，人較犬羊十倍廉！」[58] 是何等無奈啊！又人禍上，當權官吏只知斂財自肥，絲毫不知民間疾苦，人民著實生不如死，如其〈道殣〉一詩即云：「道上仍多殣，僵橫盡瘦男！回翔鳴鷙鳥，狼藉走驚驂。業作飛鳶葬，不愁酷吏貪。慘心惟策馬，十里涕猶含。」[59] 這「不愁酷吏貪」一句，是可看出人民深受貪官欺凌所受之苦楚。又如〈重陽前一日〉一詩，更陳述出「官害」之甚，其云：「節近重陽葉漸紅，客窗又一聽飛鴻。愁添小雨新寒後，被擁秋聲漏滴中。既為傷農憂穀賤，尤緣多累祝年豐。苦逢斂薄加官稅，民隱誰將達帝聽。」[60] 這些情景，看在蒲公眼裡，是常有「心有餘而力不足」之感嘆啊！

蒲公個性乃如其子蒲箬於〈柳泉公行述〉中所云：「唯是天性伉直，引嫌不避怨，不阿貴顯。即平素交情如飴，而苟其情乖骨肉，勢逼里黨，輒面折而廷爭之，甚至累幅直陳，不復恤受者之難堪，而我父意氣灑如，以為此吾所無愧良朋也者。」[61] 故若一朝為官，則樸實耿介之蒲公，必然以人民福祉為依歸，殺盡貪官，富裕百姓，其雄心壯志乃欲使人民盡登「富貴神仙」之境的，這一點我們由其對人民的關懷，及俚曲中描寫貪官污吏的嘴臉，亦可再得一證。而為此，蒲公乃孜孜不倦，戮力功名呀！

（三）徒想了此書債

蒲公對科舉考試，實能以「愈挫愈勇」稱呼之。縱使在其年過五十，征戰闈場已歷三十餘年，而其妻劉氏亦對其言：「君勿須復爾！倘命應通顯，今已台閣矣。山林自有樂地，何必以肉鼓吹為快哉！」[62] 勸其勿再應試，但蒲公仍對科考念念不忘，直到六十三歲（西元一七〇二年）亦仍可尋得其應試之詩作，其奮戰決心，令我們相當佩服。但不解的是，以蒲公如此之高齡，縱使金榜題名，又能有幾載光陰服務國家社會呢？故推論此時的心情應只是欲在晚年博得一第而了此書債罷了！

而如〈禳妒咒〉中更有一段對話，似乎可作為蒲公自況之論也。其寫道：

> 仲鴻說童生有多大年紀的？高季說咱這臨縣中有一個劉太和，今年六十五了。一夥小童生見了他每日考，便都戲他說：劉大爺，你好作詩，何不作一首？劉太和說：

> 什麼為題？眾人說：就指著自家罷。劉太和順口念道——從那來了個春風鼓，童考考到六十五。沒錢奉上大宗師，熬成天下童生祖！仲鴻大笑說這也可笑可笑！[63]

這「可笑」二字，若視為蒲公之自評，不亦極是恰當？此外，在其七十一歲之際，與張歷友、李希梅擔任鄉飲賓介時，其作〈張歷友、李希梅為鄉飲賓介，僕以老生參與末座，歸作口號〉詩云：「憶昔狂歌共夕晨，相期矯首躍雲津。誰知一事無成就，共作白頭會上人。」[64] 所指必其終生不第，倘若能名列金榜，必無此憾。而此嘆不亦間接說明晚近之應試，只為了此書債而已啊！

二、壯志未酬

蒲公參試科考次數，說法不一，而筆者於第一章之「生平事蹟」一節中，討論其前後應有八次的應試，但我們難以置信的是，蒲公在十九歲應童試之時，即以縣、府、道三第一的殊榮，得入泮宮（亦即為秀才），不可謂不聰穎矣！且其一生以教書為業，對四書五經用功極深，並親撰教材，以為課蒙之用，這對其學業之精進，更有莫大助力。且其才華卓然，若其《聊齋志異》至今被譯為數十種文字，流傳到世界各國去，可說是中國文學在世界文藝的舞台上，最耀眼的明珠之一。有如此種種不凡之條件，卻是每試必敗，這便更令我們亟欲思尋其由了。而據筆者研析後，其落敗之因，大致歸納有四：

（一）得意疾書，越幅被黜

蒲松齡在四十八歲（康熙二十六年）時，參加了這次的科舉考試，結果竟落榜不第，主因就是其應試時「越幅」。他在所作詞〈大聖樂〉的注中，即感傷寫著：「闈中越幅被黜，蒙畢八兄關情慰藉，感而有作。」而其詞云：

> 得意疾書，回頭大錯，此況何如！覺千瓢冷汗沾衣，一縷魂飛出舍，痛癢全無。癡坐經時總是夢，念當局從來不諱輸。所堪恨者：鶯花漸去，燈火仍辜。嗒然垂首歸去，何以見江東父老乎？問前身何孽，人已徹骨，天尚含糊。悶裡傾樽，愁中對月，欲擊碎王家玉唾壺。無聊處，感關情良友，為我欷歔。[65]

在一陣行雲流水「得意疾書」後，突然驚覺自己竟已「越幅」，頓時只讓蒲松齡「覺千瓢冷汗沾衣，一縷魂飛出舍，痛癢全無」。想自己多年寒窗，希冀求得一第，如今卻又再度幻為泡影，直令其悔恨不已，且又有何顏面回鄉見江東父老呢？

而這裡所談「越幅」究竟為何？如馬瑞芳在其《聊齋居士：蒲松齡評傳》一書中即言：「康熙二十六年（一六八七），四十八歲的蒲松齡赴洛南參加考試。因為『闈中越幅』，名落孫山。……本以為憑下筆千言的才華，肯定會闖過此次鄉試。不料，恰好敗在臨考文思如注上！八股文考試明確規定：不可以超過七百字。他卻不知不覺地超過了字數（一旦超過字數，就要取消資格）。待發現時已經晚了，不禁嚇出一身冷汗！魂也飛了，呆作半晌，只疑是在作夢！」[66]其以為「越幅」

乃超過規定之字數。又如殷夢倫、袁世碩同樣於其所撰《聊齋詩詞選》中的注釋云：「《大聖樂》：詞牌名。康熙二十六年（一六八七），作者參加山東鄉試，由於作文超過八股文所限定的字數，被取消繼續參加這科考試的資格，即題中所謂『闈中越幅被黜……』，『得意』二句：是說在科場裡文思如注，下筆不能自已，到頭來才發現超過了限定的篇幅。」[67] 亦言其超過考試所限定之字數。但此說是否為確？在筆者閱及楊海儒〈關於蒲松齡的『闈中越幅被黜』商榷〉[68] 一文後，以為楊氏說法應較為可信，其分三點論述：

1.「貼出」不等同於「不及格」

在《清史稿》中記載：「試卷題字錯落，真草不全，越幅、曳白、塗抹、污染太甚，及首場七藝起迄虛字相同，二場表失年號，三場策題訛寫，暨行文不避廟諱、御名、至聖諱，以違式論，貼出。」[69] 乃云「越幅」即會被「以違式論」，並將之貼出。但明清兩代科舉考試的八股文，體例如字數是皆有嚴格之規定的。康熙時規定五百五十字，後又改為六百，若超過此數，即被判定為「不及格」而取消資格。簡而言之，越幅是「以違式論」，而超過規定字數則為「不及格」，二者是不相同的。

2.蒲公久歷闈場，不可能會超過字數而「不及格」也

楊海儒云蒲公八股水平絕非低劣，如張元〈柳泉蒲先生墓表〉記載：「……先生初應童子試，即以縣、府、道三第一補博士弟子員，文名藉藉諸生間……。」又如其於十九歲應試之際即受山東學政施愚山（閏章）的賞識，並對其〈早起〉一文批之云：「首聞空中聞異香，下筆如有神，將一時富貴醜態，畢露於二字之上，直足亦維風移俗。」又在次篇〈一勺之多〉

中批之：「觀書如月，運筆如風，有掉臂游行之樂。」皆言其八股寫作能力絕非低下。且其長年擔任教職，又多次應試，答卷自知分寸，而絕不致有超過字數之情形發生，「不及格」之說似可拋棄。

3.「越幅」乃「誤隔一幅」之意也

在《清代六部成語辭典．禮部．越幅》中寫道：

> 越幅　中國封建社會科舉考試中士子應試之禁違。考生誊寫答案時空頁而過謂之越幅。清代定制，試卷空白越幅，本生照不諳禁例例罰停三科。[70]

則可清晰解釋開來，蒲公在試場裡，應一時文思泉湧、得意疾書，故乃大意疏忽，竟使試卷誤隔一幅，遂鑄成大錯！而寫後蒲公複閱己文發現此誤後，乃不自「覺千瓢冷汗沾衣，一縷魂飛出舍，痛癢全無」，悔不當初。

綜觀楊氏之說，其論述井然有理，越幅應即是誤隔一幅之意，亦即應是蒲公此次不第之緣由而無庸置疑。

（二）時不我與，二場再黜

這次事件，發生在其五十一歲（康熙二十九年）之際，蒲公參加科舉幾經挫折，此時其自意似已領略及第之要，無奈，在二場時，蒲公卻因病未能終試，竟而痛失功名。其於〈醉太平〉一詞之注中即述「庚午秋闈，二場再黜」，其自傷云：

> 風檐寒燈，譙樓短更，呻吟直到天明。伴倔強老兵，蕭條無成，熬場半生。回首自笑濛騰，將孩兒倒繃。[71]

而這件事在王敬鑄[72]手抄《聊齋制藝》之附注中乃云：「前三藝[73]，傳為康熙十三年甲子科先生秋闈之作，時主司已擬元矣。公二場抱病不獲終試，主司深為惋惜，而自此公亦不復闈戰矣。始知功名之事亦命矣夫。」[74]這裡在時間上雖有訛誤（應是康熙二十九年，而非十三年；且康熙十三年亦非「甲子」年，而應是「甲寅」年才是），但指的應為同一件事，亦即是「庚午秋闈」蒲松齡二場抱病，而無法終試，以致主司原已欲取之為解元，最終卻是功敗垂成。時不我與，天道不酬，蒲松齡回首半生，至此也僅能徒呼負負！

（三）小說筆法，不利科考

眾所皆知，蒲松齡的短篇小說，不論在質或量上，均可說乃古往今來第一能手，無能出其右者。但殊不知，這樣的才氣卻恰恰亦是蒲松齡屢試不第的最大致命傷。

小說講究天馬行空，雖情節須緊湊，用詞亦須斟酌，但無拘束的神遊思想，與超脫世俗的想像空間，才是讓小說閱讀者入迷的最主要原因。而八股科舉卻是個與小說截然不同的題材，其行文制式、思想規範，文分破題、承題、起講、提比、虛比、中比、後比及大結等八段，缺一不可。又字數限制嚴謹，其束縛個人思想之弊極深，乃致顧炎武即曾痛心疾首說道：「愚以為八股之害等於焚書。」[75]而蒲松齡雖滿腹經綸，卻又是個卓越的小說大家，但似乎他也會把小說的寫法帶進科舉考試中，而這種作法，實際上就是蒲松齡屢戰屢敗的原因之一了。如孫蕙即曾勸之曰：「吾兄為親老憂富貴遲，縱使非遲，亦無奈親日老也。惟期砥礪進修，祈寬過以報春暉，於願足矣。兄台絕頂聰明，稍一斂才攻苦，自是第一流人物，不知肯以鄙言作瑱否！」[76] 孫蕙為科舉制度的過來人，而他曾聘蒲公為之幕僚，或許也就由其中看出了蒲公始終不第，其作文上的「缺失」應是主因。因為那些迂腐無知的考官們，基本上是無法接受這種如小說般之行文，卻應用於八股考試中。在他們認為，這樣的文章不夠嚴正，與出格違規是沒兩樣的。

蒲松齡以撰寫小說的方式應考，最明顯的例子是，其偶用人物對話的方法行文，而這正是小說的最大特色，如其〈早起〉一文寫道：

> ……使良人而果富貴，則起之時少，而不起之時多也。故切切焉猶冀其真也。有所冀焉而起，則雖早猶不覺其勞。此起也，齊人疑焉，未可知也。不早於前而獨早於今，其喜我富貴乎！將必曰：「我行逝矣，子胡為者？」而婦不應也。此起也，齊人幸焉，未可知也。未起不敢先，既起不敢後，其敬我富貴乎！將必曰：「子姑休矣，無相勞也。」而婦亦不顧也。無何，良人出，婦隱告妾曰：「姑掩關以相待矣，我去矣！」[77]

豈不將齊人及其妻妾之形容，描繪得生動活潑，而有小說的韻味呢！然而這應亦是其不第諸因之一。

（四）考官取士，怠慢輕率

科舉乃為國家拔擢經世濟民之才，但在歷史的記載與蒲松齡的親身體驗中，使蒲松齡瞭解到，落榜，縱然有相當大的原因是應試者本身的學識不夠，以致名落孫山。然事實上亦不乏有雄才大略、飽讀經書之士，卻在考試時遇上昏官，遂致不第之例。故在蒲松齡的《聊齋志異》、《聊齋俚曲》及其詩文裡，屢屢有揭露官吏貪污、考試舞弊或考官取士輕率之記述。如其在組詩〈歷下吟〉之第三首中，即清楚揭露主試官草率取士的態度，其云：「黜卷久束閣，憑取任所抽。顛倒青白眼，事奇真殊尤。賢守為寬譬，拗怒無夷瘳。良士亦何辜？陷此壑谷幽！芹微亦名器，擲握如投骰！翻覆隨喜怒，呼吸為棄收。」[78] 說明考官取士猶如擲骰賭博一樣，不論文章高低，只憑運氣好壞，然茫茫諸多考生，感慨卻是要向誰傾訴啊！

而《俚曲》中亦多次提及縱使文才高超，但若遇瞎官卻也是無可奈何，如〈翻魘殃〉中仇祿應試後，其妻慧娘問之曰：「有點指望麼？」仇祿回之曰：「在不的人，哪指望哩？」又云：

> 去科舉完了場，就聽著命主張，功名原不由人望。命好撞著試官喜，篇篇都是好文章，兩點下不在咱頭上；怕遇著試官瞎眼，辜負了我那慧娘。[79]

而在〈蓬萊宴〉中又述試官取士之貪污，乃云：

> 試官糊塗，試官糊塗，銀子成色認的熟；縱有好文章，也未必念開句。指望傳臚，指望傳臚，命乖才好不如無；盼的放了榜，還是一瓶醋。[80]

又在〈禳妒咒〉中更大篇幅批評考官以錢取士之鬻官行為，其寫道：

使銀錢也把好缺也麼挑，當日的文章未必高。甚操淖，敲門磚把進士嘮。再做十年官，滿眼盡蓬蒿，破題兒也忘了怎麼造。酒色養的那脾胃嬌，那厭氣時文也不待瞧。我的天，學道瞎，真是瞎學道！

學棚裡原是傀儡也麼場，撮猴子全然在後堂。最可傷，瞎子也鑽研著看文章。雇著名下士，眼明又心強，本宗師也做的有名望。若遇著那混帳行，肉吃著腥氣屎吃著香。我的天，喪良心，真把良心喪！

宗師的主意甚精也麼明，只要實壓著戥上星。求人情，好歹將來未可憑。不如包打上二百好冰凌，上公堂照他皮臉擲，要進童生是童生，要進幾名是幾名。我的天，靈應真，可有真靈應！

怨不的宗師大稱也麼稱，他下的本錢也不輕。好營生，至少也弄個本利平。既然作生意，只望交易成，下上本誰不望利錢重？大縣進學十五名，其實三停只一停。我的天，僥幸難，真是難僥幸！

點著名學道笑顏也麼開，喜的原不是求真才。心暗猜，必定是大包封進來。只求成色正，不嫌文字歪，把天理丟靠九霄外。哪管老童苦死捱，到老鬍鬚白滿腮。我的天，壞良心，真把良心壞！[81]

凡此等等，皆可見蒲公對世風日下，道德淪喪，致使飽讀詩書、真有才學之士，卻未能高中金榜；而走後門，送上成色銀子的庸才，卻能大加錄取的不公平試官取士態度，是深寄不滿與憤恨的。而當時貪官充斥，但蒲公一生耿介，絕不可能循買官途徑，故屢試不第，此亦其諸因之一。

若非上述之因，則我們很難理解，以蒲公如此之才學，並其一生又以課蒙為業，為何會屢戰屢敗？又我們見其〈作文管見〉一文，更會為蒲公思路之縝密及行文之流暢所折服，其云：

> 文章之法，開合、流水、順逆、虛實、淺深、橫豎、離合而已。開謂前股飏開，合謂次股籠合到題，多半前用反筆，後用正筆。流水為二股如一股。順是前二股從題首作到題尾，逆是次二股從題尾卷到題首。虛實是前二股虛寫題意，後二股實發題理。淺深俱是實作，特後二股更精進一層。橫豎如天地間、古今來即是。餘意可以類推。離合乃虛籠起全題，忽就題中字孤講一段或二股，然後拍合到題位。凡譬喻題多用此法。嘗見「出門如見大賓」文，先言出門為時雖暫，亦不敢因其暫而忽之；即用「今夫」二字陡出「見大賓」孤講：不敢不敬，不能不敬，且不自覺即自然而敬；然後落到「出門亦是如此」。正所謂離合法也。
>
> 文貴反，反得要透；文貴轉，轉得要圓；文貴落，落得要醒；文貴宕，宕得要靈；文貴起，起得要警策；文貴煞，煞得要穩合。
>
> 文有四面，反面、正面、對面、側面是也。反面、正面姑勿論。對面乃就異人同事者襯托、對照。如「見賢思齊焉」，他說他亦必定思齊，乃為今日之賢。是即所謂對面。至於謂之正面不可，謂之反面不可，是即所謂側面。文中多批，出示人所宜留心。
>
> 凡有一題，即有一題之法。識得作法，便如庖丁解牛，

恢恢乎游刃有餘。若於各項題不曾融會於心，動輒棘手，反咎題難。非題之難我，我自難也。

凡題有單題，有長題，有截上題、截下題、截上下題，有二扇題、三扇題、二扇分輕重題、二句滾作題，又有虛縮題、枯窘題、援引題、比興題、上偏下全、上全下偏題，更有倒綱題、順綱題、段落題、立綱發明題、橫擔題、淺深相應題。以上作法當於明文商舉業筌蹄內求之。至於神而明之，任意馳騁不逾乎距，則又存乎其人矣。搭題，近時所尚，其法莫備於今文。蓋明時不尚割裂，間有一、二篇，亦不似時賢之空靈醒快也。[82]

試想，作文之理不即在此！從文章之作法，開合、流水、順逆、虛實、淺深、橫豎、離合，到文章寫作之反、轉、落、宕、起、煞，再到論述角度之反面、正面、對面、側面，終而解題於心，以求應合各題之主旨並加以闡論，體制脈絡詳實而富瞻。然能云此者，卻終生一第不得，若非上述之故，實令人費解。

第四節　改編史事，嫉惡如仇

蒲公為改編之能手。就其十五部《聊齋俚曲》觀之，凡改編自其《志異》者即有：〈慈悲曲〉（《志異》中之〈張誠〉）；〈姑婦曲〉（《志異》中之〈珊瑚〉）；〈富貴神仙〉、〈磨難曲〉（《志異》中之〈張鴻漸〉）；〈寒森曲〉（《志異》中之〈商三官〉、〈席方平〉）；〈翻魘殃〉（《志異》中之〈仇大娘〉）；〈禳妒咒〉(《志異》中之〈江城〉）等七部。又有〈快曲〉一部乃改編三國故事中火燒赤壁後，關羽放曹操於華容道之故事；及未完成稿〈醜俊巴〉乃取材脫生於《西遊記》及《金瓶梅》、《水滸傳》之人物，而擬想遐思豬八戒與潘金蓮這「醜」、「俊」之結合。若凡此等，在第五章「《聊齋俚曲》改編自《聊齋志異》之篇章探析」中會有詳論，此處暫不贅述。但於此蒲公思想主題之呈現中，其〈快曲〉一部，是尤深具其獨特地位，而有不得不論之必要性。

〈快曲〉，顧名思義即「快意之曲」，全曲四聯，分別為「遣將」、「快境」、「慶功」、「燒耳」等。而其中乃蒲公改編《三國演義》之第五十回，其回目原乃「諸葛亮智算華容，關雲長義釋曹操」，可知曹操因關羽一時之仁，而得以逃脫，避過此一大難。但蒲公卻改寫道：曹操兵敗於赤壁之際，狼狽逃竄，先後受趙雲、糜竺、糜芳、張飛等之追擊，而最終至華容道時，關羽因念故舊之情，乃放曹操。但卻早被諸葛亮算定，而伏下張飛，待操至，縱馬奔操，一矛刺之於馬下，而大快人心。

在蒲公眼裡，曹操乃一奸詐無恥之徒，雖萬死而不足惜。若除卻如《志異．續黃粱》中所云：「內外駭訛，人情洶洶，若不急加斧鑕之誅，勢必釀成操、莽之禍」[83] 等隻字片語對曹操之憤恨外，在《志異》中專論曹操惡行，並進行批判的就有〈閻羅〉、〈曹操冢〉及〈甄后〉等三篇，且蒲公均在其自評之「異史氏曰」中加之口誅筆伐，其分別為：

> 異史氏曰：「阿瞞一案，想更數十閻羅矣。畜道劍山，種種俱在，宜得何罪，不勞挹取，乃數千年不決，何

耶？豈以臨刑之囚，快於速割，故使之求死不得耶？異已！」(〈閻羅〉)[84]

異史氏曰：「後賢詩云：『盡掘七十二疑冢，必有一冢葬君屍。』寧知竟在七十二冢之外乎？奸哉瞞也！然千餘年而朽骨不保，變詐亦復何益？嗚呼，瞞之智，正瞞之愚耳！」(〈曹操冢〉)[85]

異史氏曰：「始於袁，終於曹，而後注意於公幹，仙人不應若是。然平心而論，奸瞞之篡子，何必有貞婦哉？犬睹故妓，應大悟分香賣履之癡，固猶然妒之耶？嗚呼！奸雄不暇自哀，而後人哀之已！」(〈甄后〉)[86]

其言「奸雄」、「瞞之智，正瞞之愚耳」……等等，適足以見對曹操之厭惡。另外，又如蒲公之詩〈三義行〉，亦備極頌讚劉備等三兄弟，而鄙視曹操，其寫道：

黃巾揚塵天欲傾，炎火一線等秋螢。大耳君王真龍子，朱旗卓地拔刀起。蒲東赤馬髯將軍，英雄並驅獨逸群。忠肝義膽照白日，催斬猛將如縛豚。桓侯橫牙眼睛碧，叱廢千人聲霹靂。眼底原自無中原，曹瞞就擒況孫策！樓桑刑馬血盈樽，陽為君臣實弟昆。性耐刀槊志不易，義氣耿耿光乾坤。二心臣子胞兄弟，應過廟堂羞欲死！[87]

可知曹操在蒲公心中之卑賤程度！但何以如此？蒲公為何在眾多歷史人物中，在其《聊齋志異》及詩作中均提及此「奸瞞」，並又特意在俚曲中改編為〈快曲〉，其緣由為何，這些均是值得我們去注意的地方。而經筆者研析後，究其因大致有三：

一、曹操生平本為一極佳之小說題材

中國歷史上的三國時代，無疑是中國權力鬥爭史上最輝煌的一頁，其人物之鮮明豐富，其計謀之高深莫測，其攻防之壯闊慘烈，其情勢之詭譎多變，均足令人嘆為觀止、瞠目結舌。而後三國事蹟屢有傳述，其中《三國演義》更可言影響為最者，且將許多人物形象深植於民心，如曹操形象即因之而「遺臭」萬年，為小說之絕佳題材。

但曹操的形象，在許多文獻的記載中，卻是極為正面，如陳壽《三國志》原始的記述中，本乃一蓋世豪傑，其於〈武帝紀〉後之評，說道：

> 漢末，天下大亂，雄豪並起，而袁紹虎眎四州，彊盛莫敵。太祖運籌演謀，鞭撻宇內，擥申、商之法術，該韓、白之奇策，官方授材，各因其器，矯情任算，不含舊惡，終能總御皇機，克成洪業者，惟其明略最優也。抑可謂非常之人，超世之傑矣。[88]

甚至言其乃「非常之人，超世之傑矣」，可見曹操在陳壽心中的地位。而《三國志》者，同樣陳壽也對劉備有所評語，其云：

> 先生之弘毅寬厚，知人待士，蓋有高祖之風，英雄之器焉。及其舉國託孤於諸葛亮，而心神無貳，誠君臣之至公，古今之盛軌也。機權幹略，不逮魏武，是以基宇亦狹。然折而不撓，終不為下者，抑揆彼之量必不容己，非惟競利，且以避害云爾。[89]

此中評價雖高，然「機權幹略，不逮魏武，是以基宇亦狹」，這顯然即言劉備之遜於曹操，故其作為，亦僅能是「非惟競利，且以避害云爾」罷了。

又如〈弔魏武帝文〉亦云：

> 接皇漢之末緒，值王途之多違，佇重淵以育鱗，撫慶雲而遐飛。運神道以載德，乘靈風而扇威。催群雄而電擊，舉勍敵其如遺。指八極以遠略，心翦焉而後綏。釐三才之闕典，啟天地之禁闈。舉脩網之絕紀，紐大音之解徽。埽雲霧以貞觀，要萬途而來歸。丕大德以宏覆，援日月而齊暉。濟元功於九有，固舉世之所推。……威先天而蓋世，力盪海而拔山。厄奚險而弗濟，敵何彊而不殘。每因禍以禔福，亦踐危而必安。……[90]

其言「運神道以載德，乘靈風而扇威。催群雄而電擊，舉勍敵其如遺」、「丕大德以宏覆，援日月而齊暉。濟元功於九有，固舉世之所推」，這是何等之崇敬與景仰啊！而唐朝大詩人杜甫亦在其〈丹青引贈曹將軍霸〉一詩中載道：

> 將軍魏武之子孫，於今為庶為清門。

英雄割據雖已矣，文采風流今尚存。[91]

亦直指曹操為「英雄」。若凡此者實極多，乃不勝枚舉。

而蒲公學貫古今、博學多聞，於曹操之事，豈能漏過此《三國志》之記載，而獨取《三國演義》之奸雄曹操？蒲公之用意實明。如蘇軾之借景抒情、暢述己懷，而於真正湖北嘉魚縣境內的「武赤壁」外，又於湖北黃岡縣的赤鼻磯另立一「文赤壁」之心境一般。蒲公為一小說大家，而小說講究情節緊湊、動人心弦，自然亦深受其小說創作之影響，乃寧可在「豪傑曹操」之外，而另信一「奸雄曹操」。且明代以降，包括《三國演義》等之四大小說風行草偃，席捲全中國，蒲公亦必深受其影響，而堅守其小說家氣質，將曹操推至惡貫滿盈之一方，以利於小說家們之創作。

二、將之編演以為勸善教化之用

既然曹操為一奸雄象徵，而其寧可錯殺一百，不可放過一個之殘忍手段亦深植民心，且傳之已久，如遠在北宋蘇軾時，即嘗於其《東坡志林》中有如此之記載：

王彭嘗云：「塗巷中小兒薄劣，其家所厭苦，輒與錢，令聚坐聽說古語。至說三國事，聞劉玄德敗，顰蹙有出涕者；聞曹操敗，即喜唱快。以是知君子小人之澤，百世不斬。」[92]

曹操於此時即為教化頑劣小子之「教科書」。同樣地，在蘇軾去世五百三十九年後，蒲松齡誕生了，而其創作諸多俚曲的首要目的，亦即在勸善教化，故曹操的「奸」即又再度成為教育人民行善的極佳反派角色，且蒲公更將之改編劇情與結局，而突破藩籬，使其因更具獨特性，而亦更具吸引力。

在〈快曲〉裡，蒲公走出曹操脫逃於把守華容道關羽的劇情，而令之遇上猛將張飛，一矛刺死，這是令厭惡這歷史奸賊曹操之人所「快意」的。且後來蒲公又安排將曹操之首級掛於百尺之高竿上，而輪番由張飛、趙子龍、糜竺、糜芳、關羽等取箭射之以取樂的慶功宴劇情，著實大快人心；又在最末一聯裡，描述幾位軍士們取著曹操之斷耳以燒之，並嚼之洩恨，其寫道：

> 「好恨人，好恨人，罵他不盡，嚼他兩口才好。一個全頭，不敢動著；有糜二爺射吊了的那個賊耳，拿來燒燒，每人嚼他一口，出出惡氣。」都拍手說：「妙，妙！」即時從箭上�下來，爭著燒。
>
> 爭著去燒，到了火上甚腥臊。上前聞一聞，都說不大妙。原來錯了，燒豬也要用薑椒，即忙拿來加上點材料。
>
> 「快拿來加上些花椒、茴香，去去那賊的惡氣。」加上又燒，說：「好了，不大臭了，可也中了。這是個異味，大家都嘗嘗，休要偏了。都吃大盅。」一個說：「都坐下細嚼嚼，才有滋味。」[93]

蒲公對曹操這奸賊之深惡痛絕於此乃一目了然。

又〈快曲〉中，除曹操為張飛所殺之外，曹操陣前第一大將許褚，亦由蒲公編寫在此戰役中，為救曹操，被張飛一矛刺穿，並梟其首級。這說明的是助紂為虐者，在蒲公眼裡，一樣死不足惜，意味其多行不義必自斃的道理。

三、蒲公乃中國儒家思想之傳承者

儒家思想固為中國道統之中流砥柱，且士人讀書，亦凡從四書五經此儒家之仁義道德思想而試於闈場。蒲公自幼詩書傳家，是故敬忠、談孝、重仁、講義，自是其立身處世之行為準則，而堅守奉行之圭臬。

然《三國演義》中的曹操形象，正如書中有「知人」之名的許劭所言，其乃「治世之能臣，亂世之奸雄也」[94]。而三國正當亂世，故曹操之「奸雄」形象乃恰合其時。

曹操的「奸雄」個性，在《三國演義》一書中極為清晰，如第四回中，因誤解而殺了呂伯奢一家後，雖明白自己犯錯，但其卻言「寧教我負天下人，休教天下人負我」，其手段毒辣，於此則顯露無遺。又如在第十回中，其為報父仇，進軍徐州，凡「大軍所到之處，殺戮人民，發掘墳墓」。其行為不仁不義，是足以令人恨之入骨。而其機詐乃如十七回中，明明是自己下令苛扣軍糧，引起眾人不滿，但卻詭詐地用倉官王垕的人頭，平息了這場變亂，其雖智，但其行為卻讓人不寒而慄。而最讓人憤恨不平的是，其固雄才大略，善用人才，但若其違反了他的信念，或與他的意志、利益相衝突時，則曹操對之必毫不留情，如楊修、荀彧、崔琰等即因之而喪生。凡此種種，在篤信儒家思想、並終生奉行仁義道德的儒家者流看來，是該嚴厲譴責且大加撻伐的。故蒲公之〈快曲〉亦是應此而生，曹操這亂世奸雄，挾天子以令諸侯，此絕非為人臣者所該「盡忠」之事；且擅殺人才、草菅人命，致使賢臣良士頓然而逝，此更為後人所憤怒處，如〈快曲〉中即云：

> 漢天子何人打救，一任你殺斬存留；禰衡死在鸚鵡洲，又因何杖殺伏皇后？殺了文若，又殺楊修，那董、馬兩家都吃你的肉！[95]

事君而忠君，交友而信友，此乃為人之基，亦為儒家思想之根本。然《三國演義》中的曹操卻是個反此道而行的卑鄙小人，蒲公站在一個中國儒家思想傳承者角色觀之，將之改編為〈快曲〉，實乃嫉惡如仇之體現。

第五節　借彼喻此，批判皇權

作為一個知識分子，若不能在作品中提出對時代社會，尤其是皇帝所頒行之措施的批判時，則其終究無法成為一個偉大且具思想的知識分子、社會中堅。也因為如此，所以韓愈對唐憲宗的迎佛骨，為人所不敢為，提出最大的批判而寫了〈論佛骨表〉，最終雖招致貶謫，但卻成就其為一代大師的風範。又蘇軾亦緣其遇事則「如蠅在口，不吐不快」的正直個性，是而得罪了皇帝，得罪了王安石、司馬光等當權者，但亦成就其人格之清高、偉大，也不愧為一受人景仰的「知識分子」。那麼蒲松齡呢？他在對皇權的批判上是否盡此知識分子的本分，還是受制於時代的羈絆，而不敢妄為呢？這是我們在此節裡所要深刻討論的部分。

大陸學者李博生在其〈試述聊齋俚曲的思想成就〉一文中，雖提出蒲公作品的四大優點乃：一、揭露社會黑暗，抨擊貪官污吏；二、揭露科舉制的弊端；三、同情人民疾苦，歌頌人民鬥爭；四、提出社會問題，進行道德說教。將蒲公俚曲的某些特點，要略式的加以說明，且言之有物。但其文章的結論處有一段話，卻很值得商榷，其言：

> ……當然俚曲也有不足之處，其中流露了只反貪官污吏，不反朝廷的思想，進行因果報應和宿命論的說教，至於那些濃厚的色情描寫和遇到挫折後玩世不恭的感情流露，更是作者的敗筆之處。作者的倫理道德是具有一定的進步意義，但沒有跳出正統的封建思想的窠臼。這種思想局限性的表現，固然與作者舊的傳統觀念有關，但主要是由於社會原因造成的。[96]

這裡李博生提到了他以為蒲松齡俚曲的三處「敗筆」，乃：一、只反貪官污吏，不反朝廷思想。二、俚曲中進行了因果報應和宿命論的說教。三、作品中有濃厚的色情描寫及遇到挫折後玩世不恭的感情流露。並言其跳不出封建思想的窠臼，主要乃和社會原因有著極重大的關係。在此，第二點及第三點的部分，恰好是本論文此章第六節及第七節的討論主題，故暫不贅述，留待後文再進行商討。這裡筆者僅針對其第一點，「只反貪官污吏，不反朝廷思想」這一部分，進行一些討論並舉例引證，來說明蒲公並非如李氏所說，只反貪官污吏，而不反朝廷思想。以下茲從三方面，分別論述之。

一、反貪官污吏即反朝廷

蒲公對貪官污吏的批判撻伐是毫不留情的，這一點在本章第二節「民生窮困，官吏貪瀆」中已有詳細交代；又在本章第三節「壯志未酬，戮力功名」中，亦提及蒲公批評主考官科舉取士之輕忽及其鬻官之不當行為，其態度乃顯而易見。但筆者要說的是，這何嘗不就是一種反朝廷。試問，科舉考試選拔試子之主考官是由誰所挑選的？而任命後之各層官吏的考核，雖是層層由其上司所評議，但歸根究柢到官員中最上位之宰輔或一、二品的王公大臣，又是由誰所任命審核的？很清楚，都是由皇帝所欽點。而所謂上梁不正下梁歪，若皇帝所任命之王公大臣為一群貪官污吏，而自己又無法察覺，任由其上下其手、中飽私囊時，固然人民口中罵的是那些貪官，但「總為浮雲能蔽日，不見長安使人愁」之嘆「昏君」，卻也始終是縈繞在百姓心裡。如宋高宗時之秦檜，明神宗時之魏忠賢，清乾隆時之和珅……等等，均如是也。百姓固然聲嘶力竭要「清君側」，但一方面罵的不就是怎麼皇帝就無法進用賢臣能士，當個明君；而卻寵信那些個奸佞小人，頓成昏君呢？而就此乃知，反貪官污吏即為反朝廷之論述，且此亦為批判皇權最根本之基調。

二、駁斥前朝皇帝之非，以借古鑑今

事實上蒲公乃生於明末清初之際，雖可說亦身歷亡國之恨，但畢竟時年尚微，故感受不深[97]。是而若有云蒲公乃認明朝為正統朝代者，則筆者以為亦實有商榷之必要。且蒲公去世乃西元一七一五年，即清康熙五十四年，而康熙實可謂中國歷朝國君中之明君。其康熙盛世更是開啟康雍乾這一百多年中國清平治世之端。相較於明朝末年昏君神宗萬曆皇帝而言，實為天壤之別。神宗朱翊鈞在位四十八年，親政三十八年，但竟有二十五年的時間不曾上朝治事，宰相大臣們誰也見不著他的面，徒然使國政敗壞，而終至於滅亡，如《明史》裡即如此評價明神宗：

> 贊曰：神宗沖齡踐阼，江陵秉政，綜核名實，國勢幾於富強。繼而因循牽制，晏處深宮，綱紀廢弛，君臣否隔。於是小人好權趨利者馳騖追逐，與名節之士為仇讎，門戶紛然角立。馴至愁、愍，邪黨滋蔓。在廷正類無深識遠慮以折其機牙，而不勝忿激，交相攻訐。以致人主蓄疑，賢姦雜用，潰敗決裂，不可振救。故論者謂明之亡，實亡於神宗，豈不諒歟！[98]

其言神宗初執政時極為用心，將明朝帶於幾近富強之地，但隨後「因循牽制，晏處深宮，綱紀廢弛，君臣否隔」，造成忠臣賢士與之隔離，而此時又「小人好權趨利者馳騖追逐，與名節之士為仇讎，門戶紛然角立」，才因彼此的鬥爭、攻訐，明朝國勢遂一瀉千里！而「謂明之亡，實亡於神宗」，此語也就自然為眾人所認同了。蒲公博學多聞，對明朝末年如此紛亂之國政豈能不知？又將之相較於清初之承平安樂，若再言蒲公必心念明朝，誓以明朝為正統，以屈於清政府為辱的話，筆者以為是要三思的。

而我們該如何評斷呢？正確一點的說法是，蒲公乃以「事實」論是非。若明君，則蒲公並不諱言對之稱讚；但若昏君，則蒲公亦必力斥以借古鑑今。如其〈快曲〉及〈增補幸雲曲〉則分別是對魏文帝曹操及明武宗正德皇帝二人之不是處而加以批駁。

(一)〈快曲〉——對魏文帝不仁之批駁

曹操雖不曾篡位，未有「皇帝之名」，但其「挾天子以令諸侯」之舉，加上後來三國成鼎立之勢，曹操實已具有「皇帝之實」。〈快曲〉最後將曹操梟首，為的便是曹操的奸與不仁。其機關算盡，到處設計陷人，充分表現出他的奸；而其「寧教我負天下人，休教天下人負我」，則說明了他的不仁。這些相較於宅心仁厚，以仁德愛戴於天下人民的劉備而言，自是不殺則難以洩其心頭之恨的。且後來又將其首級讓眾將們射之以取樂，又使其斷耳被兵士們燒烤以嚼之。蒲公除使其不得善終外，又在死後加以百般侮辱等等，所要凸顯的只有一個——若國君不行仁義，則下場必橫死而不得善終。這是對曹操的不滿，也是個借古鑑今的比喻。

(二)〈增補幸雲曲〉——對明武宗缺德之譴責

〈增補幸雲曲〉是對明武宗（朱厚照，年號正德）的行為，有著相當程度之批判，如鄒宗良在其《聊齋俚曲集》一書中即言：

> 〈增補幸雲曲〉對正德皇帝置國事於不顧，一味胡行的誤國行徑和流氓本性提出了較為有力的譴責，對封建皇

權的揭露也有一定深度。[99]

這樣的批評筆者以為非常正確。事實上，在《明史》中的記載，亦可見武宗乃一無道昏君，其文末贊云：

> 明自正統（明英宗，朱祁鎮）以來，國勢寖弱。毅皇手除逆瑾，躬禦邊寇，奮然欲以武功自雄。然耽樂嬉遊，暱近群小，至自署官號，冠履之分蕩然矣。猶幸用人之柄躬自操持，而秉鈞諸臣補苴匡救，是以朝綱紊亂，而不底於危亡。假使承孝宗之遺澤，制節謹度，有中主之操，則國泰而名完，豈至重後人之訾議哉。[100]

雖不致亡國，但其受後人訾議而為一「不德」之君，乃昭然若揭。而蒲公亦見此，乃改編〈正德嫖院〉而為〈增補幸雲曲〉，以譏諷武宗而抒發其憤懣不平之心。那麼蒲公如何諷之呢？在此〈增補幸雲曲〉第一回開頭時即寫道：

> 武宗爺正德年，嘴火猴來臨凡，性情只像個猴兒變。無心料理朝綱事，只想天下去遊玩，生來坐不住金鑾殿。自即位北京三出，一遭遭四海哄傳。[101]

其次則述正德由奸臣江彬處探知山西大同里乃有宣武院三千粉黛，個個風流出奇，出色標致，而竟急著隔日便欲出宮，一探究竟。國母得知後，乃一來為怕國政無人治理，二來也擔心奸臣江彬會伏下刺客刺殺正德，故深勸之，沒想到卻招惹皇帝的龍顏大怒，其寫道：

國母雙垂淚，再三苦叮嚀，莫要出朝去，恐防有災星。
天子龍眉豎，御面赤通紅，拔出龍泉劍，亮開雪練鋒，
拿過黃金箸，一剁兩分平，誰人敢擋我，依律定不輕！[102]

可見其荒唐如是，竟欲為此而殺國母。且當夜正德思及宣武院之三千粉黛時，竟乃在床上翻來覆去，輾轉難眠，蒲公形容寫道：

一更裡心緒焦，想山西睡不著，大同幾時才能到？怎麼樣的一座宣武院，好歹私行瞧一瞧，人人說好想是妙。
看一看果然齊整，住些時嫖上一嫖。
二更裡睡不濃，龍樓上鼓鼕鼕，翻來覆去心不定。總有龍床睡不穩，恨不能插翅出北京，一心無二去的盛。想山西連夢顛倒，眼前裡就是大同。
那萬歲翻來覆去，睡臥不安。強捱到三更，果然夢境隨邪，合眼就到了山西。牽著馬進的城來，見人煙湊集，男女清秀，景致無窮。到了宣武院，果然妓女出色，人物標致，亞賽仙姬，俊如嫦娥。那萬歲心猿意馬，難鎖難拴，遂共樂一處。
三更裡眊睡迷，夢陽台到山西。果然院中好景致，三千姐妹都齊整，一似仙姬下瑤池，溫柔典雅多和氣。誇不盡妖嬈俊美，俊多嬌賽過御妻。
眾姐妹陪君王，觀不盡好風光。龍樓畫鼓催三撞，醒來卻是南柯夢，搗枕搥床恨夜長。天交四鼓雞初唱，萬歲爺抖衣扒起，驚動了掌印的娘娘。
那萬歲強捱了一夜，天交四鼓，抖衣扒起。[103]

這豈不將皇帝的醜態全然展現無遺。

而其生性好色並兼具流氓個性的表現，則可見其在路途中，因天旱口燥，正堪渴死之際，天上玉帝見之，乃令雲魔女假扮村女送水救之。正德在得救之後，竟見雲魔女天仙姿色而起了色心，調戲起雲魔女來，氣得雲魔女直斥其無禮好色。但正德竟還無恥言道：

> 紅了臉氣昂昂，叫村女休裝腔，誰著你來這井邊撞？分明也不是個乾淨貨，看上你眼就拿糖[104]，誰沒見你那喬模樣！自估著容顏俊俏，還不如俺那掃地的梅香。[105]

如此口不擇言的無賴行徑，實令人一看便覺厭惡。爾後竟還欲非禮雲魔女，雲魔女一氣之下，使出仙法，飛在雲端罵道：「你今錯把心兒用。我是上方雲魔女，領了敕旨下天宮，梅嶺山下把水送。吃了水胡思亂想，你是個混帳朝廷！」[106] 才把正德嚇得魂魄齊飛而收起色心急忙賠不是來，這「混帳朝廷」四字不亦是借古鑑今，對皇權的一種批評嗎？

繼而正德到了宣武院，看上了名妓佛動心而與之終日玩耍，全然將國事置之腦後。又在宣武院中，遇見當朝王尚書之放蕩子王龍，二人鬥氣爭勝，終日賭博，從蹴踘、下棋、打雙陸、投壺、抹骨牌到跌六氣[107] 等等，所流露出的就是一種喪盡皇帝顏面的低俗行徑，蒲公之諷刺極深矣！

而另一方面，皇帝的誤國行徑，我們又可由俚曲中正德之用人得見之。如其用奸臣江彬。江彬為人，對外，因位高權重，封平虜伯，乃肆意擄掠婦女、珍寶等；對內，誘引武宗四處巡遊，而心中卻早已存圖謀天下之心。如此之大奸臣，眾人皆知，獨武宗不覺；世人皆曉，獨武宗沉醉其中，並極為寵信。蒲公譏正德這番之用人，亦是可云借彼喻此，望當朝聖君切勿如此！

又如其對客棧小二六哥及相面秀才胡百萬二人之賞賜封爵，乃亦可見得正德對國事官位之隨便。六哥僅因在客棧中對正德奉承多禮，助其尋得名妓佛動心，喜得正德收其為義子，而最終竟得賜金牌一面，並掌管天下酒稅。胡百萬則因曾代正德受一死厄，而得以收天下州縣之稅，一年便收得十餘萬兩。其二人雖皆有功，但實功不至此，可正德卻與之如此豐厚之俸祿爵位，這般用人，又豈不令人非議！

凡上，從正德皇帝之貪玩好色、任用奸臣及隨意封爵等，皆可見正德雖位居天下之尊，然卻不修德行、悖禮忘義之等等放浪行為。而這雖是俚曲，編演以讓普通平凡的老百姓所觀看，但寓意著譴責不德之君的思想，卻也是蒲公批判皇權的實質表現，故誰言蒲公只反貪官污吏，不反朝廷思想呢！

三、讚揚明洪武皇帝對貪官剝皮萱草之手段

在前面筆者已論述過，蒲公乃深知明末皇帝之荒淫無道，故其「反清復明」之立場，或許在相較過滿清康熙與明末如正德、萬曆等昏君後，應該是相當淡薄的。且其十九歲入泮，時已順治十五年（西元一六五八年），距滿清入關（西元一六四四年），已十四年了，故實可說蒲公乃清清楚楚為一「清」人。爾後多次至山東赴考，雖屢試不第，但我們亦可看出一個事實，若蒲公的心態是反清復明，那麼他在反對這樣的政府下，可能去求清朝之官位，而屢次應試嗎？這答案筆者以為則

再顯明不過。

那麼仍有某些學者以為，蒲公在作品中是透露出反清復明的，這一點筆者完全不能認同，如雷群明在其〈蒲松齡的俚曲〉一文中，即如此寫道：

> 〈磨難曲〉還引人注目地把故事背景安排在明代，公開地歌頌明朝皇帝，特別讚揚明太祖對貪官剝皮萱草的嚴厲手段，說那些貪贓害民的官吏，「若遇著洪武皇帝，剝的皮堆積有如山！」任義受了招安之後，也以「不作明朝化外民」自居，並作為明朝將軍北征「蒙古韃子」，明顯表現了以明朝為正統的思想。對所謂的「蒙古韃子」，俚曲中多以「北兵」稱呼，實際指的是清兵，作者也給予了大膽的抨擊，指出「那北兵甚凶頑，擄婦女殺小孩」，「殺人多，賊人到處血成河」。在清初這樣寫，是要有點勇氣的。[108]

〈磨難曲〉是改編〈富貴神仙〉而來，但即使是如此，三山大王任義的故事情節，也是在〈磨難曲〉中才有，而其寫作時間，據筆者第二章第二節之第四點「《聊齋俚曲》之成篇時間」所述，應是成於蒲公六十九歲之時，或更為後。此時已是康熙四十七年，這時的「以明朝為正統」的思想，筆者以為應已不復存在。而讚揚明太祖亦是筆者於前所言，蒲公是以「事實」來論是非。當時社會上天災不斷，故民生凋敝，雖康熙為一明君，在位時謀求濟民救世，但底下貪官卻是藉天災而上下其手，故蒲公乃憤而寫下「若遇著洪武皇帝，剝的皮堆積有如山！」以此來抒發己懷，並冀望當朝能見此「事實」，嚴懲貪吏。故若言其有借彼喻此，批判皇帝之未能確實明察秋毫，則此必然是有。但若說是「以明朝為正統」，把「北兵」喻為「滿清」，則筆者以為實過矣！

綜觀上述，蒲公乃不僅批判貪官污吏，更重要的，他對於封建皇權也是依事實而加以評斷，正猶如蘇軾之云「憂愁不平氣，一寓筆所騁」[109] 的心態一般，以古之是而諷今之非，亦是蒲公創作文學之本心，當然，俚曲亦復如是。

第六節　人之大欲，款述情愛

在中國傳統的禮教束縛下，床第之樂的描寫，往往是令許多文人雅士所望之卻步，原因無他，乃思想封閉、保守，以致不敢言之而已。但殊不知如告子所言：「食色性也」[110]，又如《禮記・禮運》篇中所云：「飲食男女，人之大欲存焉。」[111]「性」本是人生活中再自然不過之事，故實不須視之如猛虎野獸，不敢近之才是。

而在蒲松齡《聊齋俚曲》中，有一部分便是討論到男女之間的情愛描述，其充分表現出創作者原始本性之「真」，而覺其毫無矯揉造作之態；又有別於其他文學家之怯懦，乃大膽寫出夫妻間魚水之歡的歡愉過程，這可說是一種「善」，一種善於開創文體、創新題材的卓越識見；最後透過其文辭之描繪，體現其內容實契合所有覽此文者心靈之「美」。而揉合這真、善、美的情愛表現，便成為蒲公俚曲中題材內容的一大特色，乃值得我們細細品嘗並加以探究。

一、論作者情性之真

為文首重在真，如李贄於〈童心說〉一文之所言：

> 夫既以聞見道理為心矣，則所言者皆聞見道理之言，非童心自出之言也。言雖工，於我何與，豈非以假人言假言，而事假事文假文乎？蓋其人既假，則無所不假矣。由是而以假言與假人言，則假人喜；以假事與假人道，則假人喜；以假文與假人談，則假人喜。無所不假，則無所不喜。滿場是假，矮人何辯也？然則雖有天下之至文，其湮滅於假人而不盡見於後世者，又豈少哉！何也？天下之至文，未有不出於童心焉者也。[112]

則可見為文童心其「真」之要。又如王國維在《人間詞話》中亦說：

> 大家之作，其言情也，必沁人心脾。其寫景也，必豁人耳目。其辭脫口而出，無矯揉妝束之態。以其所見者真，所知者深也。詩詞皆然。持此以衡古今之作者，可無大誤矣。[113]

事實上，凡文學之創作，不亦皆該如此，皆該以其本心出發，而無任何矯揉妝束之態嗎？故《詩經・野有死麕》即寫道：「野有死麕，白茅包之。有女懷之，吉士誘之。林有樸樕，野有死麕。白茅純束，有女如玉。舒而脫脫兮，無感我帨兮，無使尨也吠。」[114] 這懷春之少女與情人約會於林中之事，寫來不亦令人覺其純真而毫無矯飾之情。亦因此，乃儒家雖重禮教，但此文卻未曾被孔子所刪，亦始終未被儒家者流或衛道人士所刪。

又如宋玉之撰〈高唐賦〉，談的不僅是相戀之事，且更甚者，乃言「人神之戀」，其寫道：

> 昔者，楚襄王與宋玉遊於雲夢之台，望高唐之觀。其上獨有雲氣，崪兮直上，忽兮改容，須臾之間，變化無窮。王問玉曰：「此何氣也？」玉對曰：「所謂朝雲者也。」王曰：「何謂朝雲？」玉曰：「昔者先王嘗遊高唐，怠而晝寢。夢見一婦人曰：『妾，巫山之女也，為高唐之客。聞君遊高唐，願薦枕席。』王因幸之。去而辭曰：『妾在巫山之陽，高丘之阻。旦為朝雲，暮為行雨。朝朝暮暮，陽台之下。』旦朝視之，如言，故為立廟，號為朝雲。」王曰：「朝雲始出，狀若何也？」玉對曰：「其始出也，曃兮若松榯；其少進也，晰兮若姣姬，揚袂鄣日而望所思。忽兮改容，偈兮若駕駟馬，建羽旗。湫兮如風，淒兮如雨。風止雨霽，雲無處所。」王曰：「寡人方今可以遊乎？」玉曰：「可。」王曰：「其何如矣？」玉曰：「高矣，顯矣，臨望遠矣；廣矣，普矣，萬物祖矣。上屬於天，下見於淵。珍怪奇偉，不可稱論。」王曰：「視為寡人賦之。」玉曰：「唯唯。」[115]

清楚描寫楚王與巫山之女朝雲人神相戀，並行雲雨之事。全文不見猥褻，而內心所感觸的，乃是其「浪漫」之展現。

繼而南朝樂府中的吳歌西曲，更多是如左松超於其《中國文學史初稿》中所言：「抒寫情愛的戀歌，歌詞纏綿悱惻，吐抒自然，寫兒女相思離別之情，柔情千種。」[116] 如〈子夜歌〉：「宿昔不梳頭，絲髮被兩肩。婉伸郎膝上，何處不可憐？」[117] 又如〈讀曲歌〉：「憐歡敢喚名？念歡不呼字。連喚歡復歡，兩誓不相棄。」[118] 皆軟語呢喃，男女互訴衷情之語。

而抒寫男女間情欲之事最為露骨、最引人注目，也影響最深者，則當屬列名明代四大小說之《金瓶梅》。其以西門慶為主，而和潘金蓮、李瓶兒及春梅等等發生淫色情欲之事。但如同鄭振鐸於其〈談金瓶梅詞話〉一文中所言，亦可切切實實地見得其「真」，其云：

> 表現真實的中國社會的形形色色者，捨《金瓶梅》恐怕找不到更重要的一部小說了。不要怕它是一部「穢書」。《金瓶梅》的重要，並不建築在那些穢褻的描寫上。它是一部很偉大的寫實小說，赤裸裸的毫無忌憚的表現著中國社會的病態，表現著「世紀末」最荒唐的一個墮落社會的景象。而這個充滿了罪惡的畸形的社會，雖經過了好幾次血潮的洗蕩，至今還是像陳年的肺病患者似的，在奄奄一息的掙扎著生存在那裡呢。於不斷記載著拐、騙、姦、淫、擄、殺的日報上的社會新聞裡，誰能不嗅出些《金瓶梅》的氣息來。[119]

正如同鄭振鐸所言，《金瓶梅》是一部很偉大的寫實小說，主要原因乃在於其「赤裸裸的毫無忌憚的表現著中國社會的病態，表現著『世紀末』最荒唐的一個墮落社會的景象」，其價值意義也就在此，而這就是一種「真」，一種動人心弦的真。

那麼〈琴瑟樂〉、〈醜俊巴〉、〈增補幸雲曲〉所述及的男女情愛之事是否是其真性之作呢？筆者以為正如同其〈琴瑟樂〉之曲末所云：

> 信口胡謅，不俗也不雅；寫情描景，不真也不假。男子不遇時，就像閨女沒出嫁。時運不來，誰人不笑他？時運來了，誰人不羨他？編成小令閒玩耍，都淨是些胡話。即且解愁懷，好歹憑他吧。悶來歌一闋，我且快活一霎。
>
> 富貴功名，由命不由俺；雪月風花，無拘又無管。清閒即是仙，莫怨身貧賤。好月初圓，新醅傾幾盞。好花初開，「奇書」讀一卷。打油歌兒將消遣，就裡情無限。留著待知音，不愛俗人看。須知道識貨的，他另是一雙眼。[120]

從其言：「男子不遇時，就像閨女沒出嫁。時運不來，誰人不笑他？時運來了，誰人不羨他？」就可知道蒲公乃不遇而心情愁悶。繼而說道：「即且解愁懷，好歹憑他吧。悶來歌一闋，我且快活一霎。」此言滿腹惆悵，不知何處傾訴，故乃作此〈琴瑟樂〉一曲以為抒憂解懷。而懷憂後所抒，又豈不由心而發，吐露真情呢？又其後語「打油歌兒將消遣，就裡情無限」，這中間所傳述的不全都是他無限的真情至性嗎？蒲公之「真」乃表露無遺。

二、述題材開創之善

蒲松齡實可謂善於開創題材之大文豪。正如汪玢玲在〈琴瑟樂論析〉一文中所云：「以為〈琴瑟樂〉的發展，使蒲學研究進入一個新的時期，應該重新評價蒲松齡世界觀和創作思想的開放性了。」[121] 事實上，在我們翻閱了蒲公的所有文學作品以後，我們會不由得發出和胡適一樣的讚嘆：「我們看了這些著作書目，讀過今日還保存著的各種遺著，不能不承認這一位窮老秀才真是十七世紀的一個很偉大的新舊文學作家了。」[122] 蒲松齡不但能詩、能文、能詞、能曲、能賦，且懂岐黃之術，知農桑之作，鑑往知來，博古通今。尤其更為人所崇敬的，是他不拘一格的創作態度，使其在題材境界的開拓上，更是讓人嘆為觀止。

在題材開創上，除了筆者於本章第四節「改編史事，嫉惡如仇」中，提到蒲松齡乃改曹操之事而為〈快曲〉，並鎔鑄《金瓶梅》、《西遊記》二大名著中之潘金蓮和豬八戒為一對醜俊鸞鳳之〈醜俊巴〉（未竟之作），及將多篇其《聊齋俚曲》的故事改編為俚曲，勸善教化外；又如〈琴瑟樂〉中，蒲公又能在原是描述一少女懷春，繼而經由媒妁之言找到了歸宿，而和夫婿歡好的過程中，清楚地交代古代婚禮進行的各種習俗，從「送插帶」、「查日」、「噴飯」、「著黃道兒鞋」、「睡撥步床」到「住對月」等等，將這些原本生硬的禮俗，融入作品之中，使每個動作都契合上女主角的心緒及情懷，不僅增添了文章的風味，而且也開拓出一條寫作新路，讓人驚覺，原來結婚禮儀也可以這樣融入於作品之中啊！又再從另一角度而言，鄒宗良所云：「大量的婚俗描寫則為後人了解當時的婚姻情況、從事民俗學的研究提供了豐富的材料。從某種意義上說，〈琴瑟樂〉正是一種中國清代前期民間婚姻過程的形象紀錄。」[123] 如上所說，這不就是一種歷史題材的開創表現嗎？

再則古時民風純樸，文人於創作文學之際，亦多因時代背景及社會風氣之故，寫作手法多所保留，而便造成如《金瓶梅》一書，即因「內容淫穢」而被當代列入禁書之列。但無疑的，那是一種寫作筆法及思想題材的絕對性開創，令人耳目一新。

而蒲公本是一天生浪漫之人，我們由其《聊齋志異》裡有極多描述愛情故事的篇章中即可得知。如羅師敬之於其《蒲松齡及其聊齋志異》一書中即歸納統計有：「人與人」戀愛的有二十二篇；「人與狐」戀愛的有二十三篇；「人與鬼」戀愛的有十六篇；「人與神」戀愛的有十五篇，共計七十六篇。此外還有人與花、鳥、蟲、魚，及未曾指明戀愛對象之物類者；還有如〈水莽草〉中之「鬼與鬼」戀愛結婚生子之故事等等，數量相當宏觀 [124]。但這裡令我們更為訝異的是，蒲公在描述浪漫愛情之中，突破了一般的描述境界，進一步地，把男女間魚水之歡的情愛過程，如實詳細地寫了出來，姑且不論讀者的反應為何，光從凡自命為文人雅士者，雖皆自命風流，故作品中亦有才子佳人浪漫情懷之描寫，但敢露骨地寫出床笫之事，而開創出比《金瓶梅》更大膽、更情欲之內容，卻仍敢具其名者，莫過於聊齋先生蒲松齡了。這是一種題材開創的極「善」表現，也給後人在觀看蒲松齡作品時，看到了蒲公思想的先進、開放及多元性，而這種創作精神，正是值得我們好好學習的地方。

三、談情節描述之美

在知悉了蒲公作如〈琴瑟樂〉、〈醜俊巴〉及〈增補幸雲曲〉等，乃均出自於其「真」性；又見得這種真性所闡發的，正是不論對己或對人，都是一種「善」於開創題材的表現後；接下來我們要談論的則是其情節內容的描述上，究竟是不堪入目的色情呢？抑或是一種藝術之美的表現？

對於蒲松齡俚曲色情的與否，若我們以斷章取義的方式觀之，如〈琴瑟樂〉中所述：

> 把俺溫存，把俺溫存，燈下看著十分真。冤家甚風流，與奴真相近。摟定奴身，摟定奴身，低聲不住叫親親。他仔叫一聲，我就麻一陣。
>
> 渾身衣服脫個淨，兩手摟定沒點縫。腿壓腰來手摟脖，就有力氣也難掙。摟一摟，叫一聲，不覺連我也動興。麻抖搜的沒了魂，幾乎錯失就答應。
>
> 不慣交情，不慣交情，心窩裡不住亂撲登。十分受熬煎，仔是強扎掙。汗濕酥胸，汗濕酥胸，相依相抱訴衷情。低聲央及他，你且輕輕動。
>
> 聽不的嫂子瞎攮咒，這樁事兒好難受。熱撩火熱怪生疼，口咬著被頭把眉兒皺。百樣央給他不依，仔說住住就滑溜，早知這樣難為人，誰還搶著把媳婦作。
>
> 又是一遭，又是一遭，漸漸熟滑摟抱著。口裡不說好，其實有些妙。魂散魄消，魂散魄消，杏臉桃腮緊貼著。他款款擺腰肢，不住的微微笑。

> 作了一遭不歇手，就如那餵不飽的個饞牢狗，央告他歇歇再不肯，恨不能把我咬一口。誰知不是那一遭，不覺伸手把他摟，口裡只說影煞人，腰兒輕輕扭一扭。[125]

又如〈醜俊巴〉中所寫：

> 想極了做了一個鴛鴦夢：我合他相逢只在曠野邊，一把拉住不放手，一親一喜口難言。只說到今世不能再相會，一般的撈著我那俏心肝。迭不的訴說相思害得重，一心裡待要倒鳳又顛鸞。他說道看有人來容再會，我說道錯過好時後會難，但只是急切少個陽台所，路旁裡找了一個秫稭攢。他的褲來我的襖，左右遮來蓋不嚴，袍衿略動香肌露，石枕斜欹寶髻偏，土塊高低常轉側，衣裳牽扯錯鑽研，槽合一身全身動，衫隔惟餘半體沾，顛勢動搖身兩就，顫聲齊作口雙甜。[126]

見此內容，若社會風氣傾向保守，而導致我們的思想不夠開放時，或許亦會有如盛偉當初在其〈聊齋佚文輯注〉一書中，對於〈琴瑟樂〉的處理乃：「輯錄時，我又將該俚曲中所夾雜的一些不健康的描寫文字酌情刪去。……全文共刪七百七十餘字。」[127] 如此的情形一樣。但若綜觀細覽其全文後，筆者以為則想法必有所不同。以下則以〈琴瑟樂〉一曲為例加以說明之。

（一）少女懷春

文章一開始即寫一十八妙年的大家閨女，雖已屆婚齡，但卻仍未尋得婆家，是而心裡空自焦急的模樣，其寫道：

〔陝西調〕好個豔陽天，好個豔陽天：桃花似火柳如煙。早向畫梁間，對對舞春燕。女兒淚漣漣，奴家十八正青春，空對好光陰，誰與奴作伴。
對對蝴蝶飛帘下，惹的大姐心裡罵：急仔這回不耐煩，現世的東西你來咋？傷心埋怨老爹娘，仔管留著咱作啥？如今年成沒小人，時興的閨女等不大。[128]

尋思起來添煩惱，沒人之處乾跦腳，養著俺十八不招親，能有幾個年紀小？恨爹娘，把牙咬，把俺的青春耽誤了。從來閨女當不的兒，沒哩待留咱養老。[129]

從文章的「傷心埋怨老爹娘，仔管留著咱作啥？如今年成沒小人，時興的閨女等不大」，到「從來閨女當不的兒，沒哩待留咱養老」，可見蒲公文字之趣意橫生，短短數語，便將少女其懷春思嫁之心，勾勒而出，令人見之而不由自主地發出了會心的微笑。

（二）媒婆提親

此時適巧有媒婆來家中提親，頓時讓這懷春之女喜上眉梢，其寫道：

園裡採花，園裡採花，忽見媒婆到俺家。這場暗歡喜，倒有天來大。爹正在家，娘正在家。若是門戶對的好人家，禱告好爹娘，發了庚帖罷。[130]

見了媒婆來到，滿心歡喜，只求上天保佑，求其爹娘，就趕緊發出訂婚前合算八字的「庚帖」吧！別再讓其苦守空閨了。

果然發出庚帖了，但「帖兒去了，帖兒去了，不覺兩日共三朝。媒人不見面，急得仔雙腳跳。全不來了，全不來了，想必是庚帖合不著。使人對妝台，陣陣心焦躁」[131]。更令人著急的是，這媒婆怎麼兩、三天都沒個回音啊！少女心中七上八下、忐忑不安，此時等待的時日，著實是度日如年，如坐針氈呀！

繼而，「媒人回來，媒人回來，故意裝羞倒躲開。待去聽一聽，又怕爹娘怪。惹得疑猜，惹得疑猜。梅香笑著走進來，叫聲俺姑娘，他來送插戴。」[132] 才將整個的懸心定了下來，既已收到插戴聘禮，那麼這樁美事則必成了！

（三）婆婆相看

在媒婆提親，而雙方送過庚帖，並送插戴後，親事已然成為定局。但未來的婆婆卻是相當鄭重其事，決定親來察看這即將入門的媳婦兒，也順便來親家這走動走動，這亦實屬人之常情。於是少女乃：

> 聽說婆婆來相我，重新梳頭另裹腳，搽胭脂抹粉戴上花，扎掛的好像花一朵，故意裝羞懶動身，怎麼著出去把頭磕？嫂子說道休害羞。嗨！我心裡歡喜你不覺。[133]

而看的結果如何呢？其寫道：

> 丟丟羞羞往外走，婆婆迎門拉住手。想是心裡看中了，

> 怎麼仔管咧著口？頭上腳下細端詳，我也偷眼瞅一瞅。槽頭買馬看母子，婆婆的模樣倒不醜。[134]

可見雙方是均為滿意極了。

（四）嫂子戲謔

婆婆已相看完畢，再來便是舉行婚禮了。但於此，蒲公寫下了一段嫂子的戲謔語，以為後事埋下伏筆。嫂子見親事確定後，便來調侃這小姑了，其寫道：

> 嫂子和俺玩，嫂子和俺玩，見了他姑夫你饞不饞？有樁妙事兒，你還沒經慣。不是虛言，不是虛言，委實那種滋味甜，你若嘗一嘗，準就忘了飯。[135]

而小姑乃嬌嗔罵道：

> 皮臉嫂子好多氣，一戲不罷又一戲，說長道短喊哩咱，看不上那種浪張勢。撒謊東西不害羞，沒人聽你那狗臭屁。說的我心裡胡猜疑，沒哩那就是口蜜？[136]

這樁「妙事兒」，可是讓她百思不得其解，只是猜疑真有那般妙嗎？而蒲公的這些形容，我們只能說實是吸引所有人的目光，令觀者只想見其嘗過之反應了。

（五）新婚之夜

等待之日，恍若遙遙無期，而迎娶之日終於來到，一早起來便急著沐浴、梳頭、更衣、絞臉、開眉……等等，忙得不可開交。而喜轎也應著吉時來到門前，在和家人依依不捨間，依習俗「噴飯」後，轎子抬起，逕自往夫婿家去了。

而古人所謂四大樂事：他鄉遇故知，久旱逢甘霖，洞房花燭夜，金榜題名時。此時正應這人生極樂之事。此曲從「少女懷春」、「媒婆提親」、「婆婆相看」到「嫂子戲謔」等鋪陳描繪後，我們再見其於婚床上的種種描述，如前所述之：

> 把俺溫存，把俺溫存，燈下看著十分真。冤家甚風流，與奴真相近。摟定奴身，摟定奴身，低聲不住叫親親。他仔叫一聲，我就麻一陣。
>
> 渾身衣服脫個淨，兩手摟定沒點縫。腿壓腰來手摟脖，就有力氣也難掙。摟一摟，叫一聲，不覺連我也動興。麻抖摟的沒了魂，幾乎錯失就答應。
>
> 不慣交情，不慣交情，心窩裡不住亂撲登。十分受熬煎，仔是強扎掙。汗濕酥胸，汗濕酥胸，相依相抱訴衷情，低聲央及他，你且輕輕的動。
>
> 聽不的嫂子瞎攮咒，這樁事兒好難受，熱撩火熱怪生疼，口咬著被頭把眉兒皺。百樣央給他不依，仔說住住就滑溜，早知這樣難為人，誰還搶著把媳婦作。
>
> 又是一遭，又是一遭，漸漸熟滑摟抱著。口裡不說好，其實有些妙。魂散魄消，魂散魄消，杏臉桃腮緊貼著。他款款擺腰肢，不住的微微笑。
>
> 作了一遭不歇手，就是餵不飽的個饞牢狗，央告他歇歇再不肯，恨不能把我咬一口。誰知不是那一遭，不覺伸手把他摟，口裡只說影煞人，腰兒輕輕扭一扭。[137]

便不但不覺其淫穢難堪，相反的，更覺其能充分表現出新婚之夜的歡喜愉悅。而新婚夜後，蒲公描述這新嫁娘的體態，亦令人覺其新奇可愛，其寫道：

> 不覺明了天，不覺明了天，待要起去仔是怪懶耽，勉強下牙床，扎掙了好幾番。㦬㦬纏纏，㦬㦬纏纏，冤家不住端詳（相）俺。身子軟迭歇，仔覺著難存站。
>
> 一夜未曾閉閉眼，不覺東方日頭轉，往日仔恨夜裡長，偏它今夜這樣短。勉強扎掙下牙床，渾身無力骨頭軟，丫頭一旁齜著牙，不由我一陣紅了臉。
>
> 打扮穿衣，打扮穿衣，心情撩亂難支持。手兒懶待抬，難畫眉兒細。把掩將息，把掩將息，湯心雞子補心虛，我的手兒痠，仔是拿不住。[138]

一夜的「折騰」，是足讓她「渾身無力骨頭軟」的；且因「手兒懶待抬」，故「難畫眉兒細」。這些幾近露骨的描繪，在依前面情節的接續下，此時的出現是絲毫不令人厭惡或覺其粗俗，反倒乃予人一種親切而又極富趣味的感覺。而又有如：

> 魂靈不知哪去了，怎麼著梳頭並裹腳？強打精神對妝台，左攏右攏再梳不好。忽然想起喜絹來，床裡床外到處找，誰知他正拿著瞧，才待去奪他笑著跑。
>
> 可意俏冤家，可意俏冤家，半步不離的守著咱，一霎不見他，我也放不下。會玩會耍，會玩會耍，怎麼教人不愛他。才知親嫂嫂，說的是實話。[139]

其嫂子所言之「妙事兒」，也於今方才明白。

（六）對月小別

新婚燕爾之際，無奈，古有禮制，在新婚後三十日，須回娘家亦住三十日，此謂「住對月」。而新嫁娘心中之想法為何？其寫道：

> 歡歡喜喜，歡歡喜喜，三朝五日都休提。怎麼變變眼，就是三十日？正好歡娛，正好歡娛，娘家差人來搬取，待要不回家，理上過不去。[140]

縱然心中有千百個不願意，但依禮制，卻不得不回娘家去了。但此刻在臨別之際，夫妻該是有如何的不捨呀！蒲公寫道：

> 夜夜成雙好快活，恨不得併作人一個。不吃茶飯也不飢，仔是巴的日頭落。不覺對月搬回家，急的他是雙腳跺。一夜餞行好幾遭，連接風的酒席都預支過。[141]

這「連接風的酒席都預支過」，讀來不亦讓人在其詼諧幽默的筆觸中，看到那難捨難分的新婚之情嗎？而在娘家中，心中念茲在茲的無非不是其夫婿的倩影，是而：

> 住了幾天，住了幾天，心裡滋味不好言，怕的是到晚來，獨自睡不慣。情緒懨懨，情緒懨懨，說著笑著怪懶耽。母親不通情，仔怪我不吃飯。
>
> 重新來到房中坐，淡寞索的怪冷落。沒好辣氣上了床，

閉眼就作了夢一個。醒來不見俏冤家，稀哩糊塗到處摸。想起那人在家中，冷冷清清的教他怎麼過？[142]

《詩經．關雎》之云「寤寐思服」而「輾轉反側」，所指的大概就是這樣的情景吧！

（七）春嬌無限

終於又滿三十天了，而傳統禮俗「住對月」的日子也終於熬過去了，見夫家派人來搬，新嫁娘望穿秋水的等待，此時終究是苦盡甘來：

聽說來搬喜了個掙，腳趔趄的往外蹭，母親意思還留俺，虧了嫂子來助興：姑娘這兩日淨想家，沒精打彩強扎掙，再住兩日不回家，兩口子準會想成病。[143]

這「腳趔趄的往外蹭」，即可見其歸心似箭。即使母親還待其留下，但如其嫂子所說，再住兩日不回家的話，那麼兩口子肯定是會想成病的，所以還是趕快讓她回家吧！而回夫家後，蒲公寫道：

來到他家，來到他家，那人見了險些喜歡煞。走到人背後，把我捻一下。癢癢刷刷，癢癢刷刷，心裡滋味不知待怎麼？笑著瞅一眼，忙把頭低下。
使不的催著轎夫跑，仔管一走就到了。那人笑著往外迎，好像拾了個大元寶。瞅著空就來捻索人，故意含羞裝著惱，低低罵聲臭東西，進去和你把帳找。[144]

這恍若拾了個大元寶，想必是二人同心，其相思之苦，亦可見一斑。但進了房門後，蒲公並不立刻直述二人久別勝新婚之情景，乃先描述一段這新嫁娘為報適才夫婿的「瞅著空就來捻索人」的帳，故意不脫衣裳不摘頭，又叫丫頭拿著茶來吃的拖延時間，戲弄著猴急的丈夫，著實趣味横生，其寫道：

> 盼的黑了天，盼的黑了天，吃不迭夜飯就來把咱纏，他愈纏的緊，我愈睡的慢。悄語低言，悄語低言，輕輕跪在踏板兒前，我仔笑一聲，他就趴上床兒沿。
>
> 本等知道他心急，故意展致全不理，不脫衣服不摘頭，叫聲丫嬛拿茶吃。急的他仔跳鑽鑽，扭著頭兒我偷眼喜，不由嗤的笑一聲，怎麼就該這樣乞。[145]

最後，蒲公當然讓二人行那天經地義的琴瑟之樂，而春嬌無限。

> 解脫羅衣，解脫羅衣，重新又溫舊規矩，比著那幾天，更覺著有味趣。氣喘噓噓，氣喘噓噓，心裡自在全說不出，待要不聲喚，仔是忍不住。
>
> 上的床來就動手，要找上從前那幾宿，還待說句勉強話，到了好處張不的口。不覺低聲笑吟吟，喘絲絲的身子扭，他問我自在不自在，擺著頭兒扭一扭。
>
> 一段春嬌，一段春嬌，風流夜夜與朝朝，趁著好光陰，休負人年少。有福難消，有福難消，百樣恩情難畫描，明年這時候，準把孩子抱。[146]

這又看似情色，但依前述情節而下，寫此，筆者以為則再適恰不過了；相反的，若刻意略之，則矯揉造作之感，必立即顯於讀者眼前。其實男女情欲，或許即該是如蒲公所云：

> 天生就的人一對，郎才女貌正般配，二十四解不用學，風流人兒天生會。仔巴到夜就成仙，愈作愈覺有滋味，該快活處且快活，人生能有幾千歲。[147]

人生得意須盡歡，莫使金樽空對月，蒲公所言「該快活處且快活，人生能有幾千歲」，不就是一種灑脫快意的人生境界。試問，若不求此，又該以奚為？

綜上言之，蒲公以情性之「真」、開創題材之「善」，而描繪出男女情愛之「美」，這是蒲公俚曲的一大成就，也是值得我們細細品味之處。

第七節　鬼神之觀，因果報應

在《桐蔭清話》一書中曾云：「國朝小說家談鬼說狐之書，以淄川蒲留仙松齡《聊齋志異》為第一。」[148] 而魯迅的《中國小說史略》亦云：「《聊齋志異》雖亦如當時同類之書，不外記神仙狐鬼精魅故事，然描寫委曲，敘次井然，用傳奇法，而以志怪，變幻之狀，如在目前；又或易調改弦，別敘畸人異形，出於幻域，頓入人間；偶述瑣聞，亦多簡潔，故讀者耳目為之一新。」[149] 這裡雖均指《聊齋志異》一書，但蒲公之文學特質不亦於此展露無遺。

綜觀蒲公之十五部俚曲，其中論及神怪鬼狐之篇章即有〈姑婦曲〉、〈寒森曲〉、〈蓬萊宴〉、〈醜俊巴〉、〈禳妒咒〉、〈富貴神仙〉、〈磨難曲〉及〈增補幸雲曲〉等八部之多，足佔二分之一以上，是則這種文學創作的特質，是等同於《志異》一書。但透過這類通俗文體，蒲公究竟要傳達的是如何的精神內涵呢？而其價值又在何處？則是我們在此小節裡所要詳細論述的部分。

在蒲松齡俚曲中，鬼狐神怪等似乎並無固定形象，即如一般咸以為陰間之閻王、城隍等應公平一致地對待所有的受審者，但蒲公卻在俚曲中述其因受賄而顛倒是非；抑或狐精本應是蠱惑人心之妖孽，但俚曲中她卻數度解救善人於困境危難之中。凡此等等，可知蒲公乃將所有的鬼狐神怪均同等看待，均視之為具人性善惡之物類，而何以取之為善，何以取之為惡，則端視作者的創作意念或其取材來源。簡言之，蒲公的各篇作品實際上均有其主題思想，而鬼狐神怪所具的應說是一種輔助的功能，抑或說是一種幫襯效果，但特別的是，在作者的經營下，這些鬼狐神怪反倒為作品注入一種活力，使文章更增新奇，也藉由此讓我們探看到蒲公對此等鬼神所賦予之人生價值和意義。

一、鬼狐人性之展現

羅師敬之曾在其《蒲松齡及其聊齋志異》一書中將鬼狐神怪分為廣義及狹義二者；並論及鬼狐神怪之「人性」時乃言：

> 從廣義言，其為作者的筆下靈魂，以其變化無方，行蹤

> 詭秘，自可憑空想像，任加形象。從狹義言，其為人身的保護色，必要時，作者可藉以隱蔽自己，也可藉以對別人的化裝。當然，作者的最初動機，還是為「廣義」而言；這不僅可藉此而擴大作品的生動及可讀性，實際上也的確可藉這些異類而達到某些政治性諷刺、打擊的目的。作者也似曾意識到，如果這些鬼狐確如其原有的狡黠可怖的本性，未免大殺風景，故特悉賦其人性（其他物類也如此），如此不僅和易可親，且常因其巧慧善言，溫文爾雅，而令人敬愛，不知不覺中與之同化，而產生一種「化外」的意境。[150]

由此觀之，「人性」乃不僅是針對和易可親、巧慧善言或溫文爾雅等人性善的一面而言，同時他也有「藉這些異類而達到某些政治性諷刺、打擊的目的」之故，而賦予其人性之惡的部分。在蒲松齡眼中，神怪鬼狐並非絕對超然，也並非至高無上。事實上，它們乃如人類一般，是有著喜怒哀懼愛惡欲等七情六欲，也因此其形象上是鮮明活潑，而所展現的內容亦善惡交雜。以下則試從「鬼神有情」、「好色之性」及「貪念不斷」等三方面來分別加以論述之。

（一）鬼神有情

蒲松齡筆下的鬼狐神怪，雖形象上善惡交雜，但無疑地，其多半有情，而這種情感大致可分為兩種，一是仗義之情，一是愛戀之情。

在仗義之情部分，蒲松齡的鬼神世界，似乎隨時都在向惡勢力挑戰，秉持其勸善教化理念，而處處表露出重視情意乃處世之根本道理。如在〈寒森曲〉中，商禮為申父冤，乃數度欲往二郎神處狀告閻王、城隍等貪贓受賄以致陷其父入罪，但卻始終被閻王捉回，並處以極刑。某次，閻王大怒，乃命小鬼將商禮鋸解分身，但鋸解的過程中，執行刑罰的兩個小鬼在快鋸到心窩之時，其中一鬼卻言：「這是個好漢子，鋸的斜著一點，休要傷了他的心。」這一點說明的即是——縱使在一黑暗的世道中，仍會有人秉其良心行世，即使他只是個小人物，並其能力亦無法改變現實，但他仍會盡其綿薄之力，對世界提出他的貢獻，這使人看到了黑暗中的一道曙光，而思索著世道乃終非無情。

而在愛戀之情部分，這尤是蒲公所欲表達之處，其中〈富貴神仙〉、〈磨難曲〉及〈蓬萊宴〉三篇則為此題之代表作。

〈磨難曲〉本就〈富貴神仙〉之情節規模加以擴充之，故此乃以〈磨難曲〉為例。在此曲中，主角張鴻漸因憤縣官老馬貪酷，為追比錢糧，而打死了同鄉范秀才，張鴻漸乃同闔縣秀才具狀呈詞上告。不料老馬向上呈上賄銀，於是在官官相護下，一干秀才們全充了軍，而張鴻漸因是主謀，主筆狀詞，故事跡敗露後，乃慌忙逃離家鄉以避禍端。在逃亡的過程中，一日盤纏用盡，又適巧行至荒郊，正心急無措之際，忽見一大宅院出現於眼前，乃上前求請借宿，而此宅主人乃狐仙施舜華，見張鴻漸為一讀書君子又儀態雅致，乃傾心於張生，且與之結為連理，一人一狐，共度四載，可見人會動情，但狐仙何嘗不會呢？而後來張鴻漸因離家甚久，乃請求施舜華送之還家，施舜華不忍見張鴻漸此思親之情，雖己心亦鍾情於張生，但仍讓之還家，這樣的心胸氣度不就是夫妻之真愛表現。爾後張鴻漸因見同鄉李鴨子欲輕薄其妻方氏，是而盛怒之下，乃一刀殺了李鴨子，隨後自首。在被押解的過程中，又得施舜華搭救，直見狐仙對張鴻漸之不能忘情。直到曲末，張鴻漸致仕還鄉，其六十五歲壽誕之際，施舜華忽現拜壽，二人對話則再見狐仙施舜華對張鴻漸之深厚情感，其寫道：

> 不一時，舜華掀帘而入。太公一見喜極，說道：「你想煞我也！」作下揖去，就要屈膝，說：「身受恩情，十死不足以報！」舜華拉著說：「我該給官人拜壽。」太公說：「娘子依然舊娘子，官人已是老官人。」舜華笑說：「想久無人稱你官人了。我看著還是張鴻漸，不曾添減一毫。」[151]

這「想久無人稱你官人了。我看著還是張鴻漸，不曾添減一毫」，不亦道盡狐仙施舜華對張鴻漸的一片真情，非因張鴻漸年華逝去而對其情愛稍有減損。「鬼神有情」於此則得一證。

又如〈蓬萊宴〉乃王母娘娘因設宴款待眾仙，遂命侍女吳彩鸞往華山取玉井蓮藕，途中巧遇書生文蕭，遂動思凡之心，王母娘娘洞察後乃藉口派之向文蕭取《詩韻》一書，順道要再將吳彩鸞磨練一番。吳彩鸞和文蕭見面後，彼此情投意合，遂結成夫妻，並育有一子韻哥。後來文蕭於屢試功名不第下，遇純陽子呂洞賓渡脫，列於仙班，而吳彩鸞也終醒悟，坐化回到王母娘娘身邊，結束了一段仙人相戀的佳話。全篇道教神仙色彩濃厚，但也充分顯露出蒲公對鬼狐神怪的看法，乃描述上將之賦予人性，而心態上則似欲揉合理想與現實，希冀自己幻化為曲中之主角。

（二）好色之性

食、色乃人之本性，抑或可謂之通病。但這裡筆者所要特別強調的是，若此「色」乃為兩情相悅、情投意合，如前小節所述，自然無妨；但若乃超越禮俗、悖禮忘義的話，則此「色」便傾之於惡了。在蒲公眼裡，鬼狐神怪同樣是「食色性也」，其並不因身分的非人類，甚至已貴為神仙，而有所改變，且俚曲中表現出來的是，神仙也有理智駕馭不了色欲的時候，其中最顯明的例子即是〈醜俊巴〉一曲。

〈醜俊巴〉主角豬八戒，隨著唐僧自西方取經回來後，因護送有功，故佛祖如來乃封其為淨壇侍者，回列仙班。但一日閒來無事，往雲下一看，忽見鬼門關前一絕世佳人，乃武松因報長兄之仇所殺之潘金蓮。頓時八戒色欲薰心而醜態畢露，其乃：

> 恨不的搬過頭來作個嘴，恨不的一手搨扶在香肩，恨不的就把細腰雙手抱，恨不的及時脫褲上床眠，又是呆情又是醉，搭上著迷愈發憨。[152]

但潘金蓮為地獄罪犯，罪業甚深，八戒又不敢再犯天條，只得望穿秋水卻又無可奈何。回到家來，心中眼裡全是潘金蓮，竟仍癡心妄想道：

> 放身倒在床兒上，迷迷糊糊不動彈，睡著不醒起來坐，及至起來又不安，反來覆去思又想，魂裡夢裡怪聲歡，不覺金蓮叫出口，活現美人在眼前：頭上一朵烏雲亂，

> 我的姐姐呀潘金蓮；一雙俊眼如秋水，我的親親呀潘金蓮；兩道蛾眉彎又細，我的嬌嬌呀潘金蓮；有紅似白芙蓉面，我的妹妹呀潘金蓮；兩行牙齒白如玉，我的肉肉潘金蓮；腰兒一掐風情軟，我的親人潘金蓮；花鞋瘦小剛三寸，我的心肝潘金蓮。又想起臨去秋波那一轉，怎教人一刻去心間，我想金蓮想的重，還不說烏斯高翠蘭。[153]

此後又作夢，夢中所想自然是與潘金蓮一番雲雨之事。而由此可知，神仙乃亦具人性之惡，即使豬八戒曾隨唐三藏往西方取經，深受三藏訓勉並佛經啟示，但江山易改，本性難移，淨壇侍者依舊是那好色成性的豬八戒。從這一點其實亦可顯明看出蒲公是融一般人性於鬼狐神怪的形象之中，而凸顯出其鬼神觀中鬼神世界是貼近於人類世界，有善有惡，殊無軒輊。

（三）貪念不斷

佛家所云：貪、嗔、癡。貪為首惡、為迷障、為人最大的心魔，故歷來多所警語「無欲則剛」、「知足常樂」，即皆緣此而發。而誠如郭沫若對蒲松齡之評價：

> 寫鬼寫妖高人一等，
> 刺貪刺虐入骨三分。

蒲公是既為寫鬼寫妖之聖手，而其作又極能針砭時代、嘲諷貪虐，尤其〈寒森曲〉中，蒲公更是別出心裁地將「神」與「貪」結合為一體，而編寫出一齣發人省思的諷世之作。

〈寒森曲〉中商員外因被同鄉趙惡虎為霸佔田產打死，商家兄妹又因陽間官府已被趙惡虎行賄打通上下，商三官為報父仇，於是乃捨身刺殺趙惡虎。無奈到陰間後，趙惡虎依舊買通閻王、城隍、判官等一干獄吏，於是商家二相公商禮乃憤而自殺，到陰間打起了另一場官司。結果城隍見商禮欲興告訴，乃先使人送與商禮五百兩銀子，希望能了結此事，但商禮極其憤怒地將之罵了回去；城隍見其執意欲告，又與趙惡虎合送黃金一萬兩買通了閻王，以為打點此事。從這裡我們可見到，城隍為陰間之神，但也具人性之貪，收了趙惡虎的賄銀，而使黑心之事；待見商禮來到陰間要提告訴之時，又欲買通商禮，見其不允後，立刻又尋求自保生機，乃向閻王行賄，這等等的處理手法，不就是陽世這些奸人們最常使用的手段嗎？

而閻王收受賄賂後，乃責罵商禮刁民，並云已是一命抵一命，竟還如此不知足，於是罰打商禮二十大板，逐其出境。商禮冤氣不得出，便尋思找二郎神作主，結果消息被閻王知悉，乃派眾鬼將之緝捕而回，威脅恐嚇其不得告狀，商禮不從，閻王即將之下油鍋並鋸解分身後始又放逐。商禮不甘，又尋二郎神告狀，但依舊再度被閻王捉回，此時閻王知威之以武不成，便行誘之以利之計，詐商禮允其父其妹皆升天為仙，而請商禮此事便就此作罷，這樣的手段不亦人世所常為？威脅利誘，實是寫盡奸人嘴臉。

由上述可知，蒲公的鬼神是極具人性，不論是人性之善，如鬼神有情；抑或是人性之惡，如鬼神同樣是具色性、有貪念，在在都表現出其文學寫作的特色，即是鬼狐神怪在蒲公文學的塑造上，並非單一的善與惡如此極端的形象，而是時而形上、時而形下地相融互羼，隨順故事情節起伏，賦予其適當位置，以使劇情多變而迸發出令讀者意料不到的效果，讓人為之而喜、怒、哀、樂，這就是蒲公筆法的一種人性化、生活化鬼神形象的表現，更是他文學最重要的特質之一。

二、生死藩籬之超越

蒲公作品寫鬼寫妖，寫今生寫來世，其文中人物乃穿梭於三千世界，來回於生死之間，變幻莫測，無一而行。那麼他對人的價值究竟如何看待，並對生命又賦予何等之意義，這是我們在見其創作了如此多的鬼狐神怪的故事後，所須研究探析的，以下則由「神由人造」、「因果循環」及「超越生命」三步驟，分層敘述他對生命觀的看法。

（一）神由人造

縱然蒲公寫了相當多有關鬼狐神怪的作品，如《聊齋志異》計五百篇左右的作品中，有近三分之一均有因果報應的故事；又如十五部《聊齋俚曲》中亦有八部作品是有鬼狐神怪參與其中的，數量甚多。但或許蒲公終究以為這一切實是過於超乎現實，而難能親眼目睹吧！故其對此現象，仍有存疑態度，如其嘗於〈關帝廟碑記〉中云：「今夫至靈之謂神。誰神之？人神之也。」[154] 這樣堅定的口吻云「神由人造」，似乎應是無神論者所發之，但出乎意料的，卻是自鬼狐聖手蒲松齡口中所言，這豈不令人感到愕然！又如其〈為覺斯募修白衣殿疏〉亦說道：「佛固不靈於神，而靈於人。」[155] 亦再次強調「神由人造」而「人使佛靈」的個人思想。顯見這樣的想法並非偶然，而是其對鬼神的態度之一。但為何他又創作了那麼多的果報故事呢？筆者以為一方面應是他的生命觀中對鬼神並不是全然不信，他也有某種程度的信服，如其在《聊齋志異》的〈自敘〉中亦云己乃一「病瘠瞿曇」轉世，其言：「……松懸弧時，先大人夢一病瘠瞿曇，偏袒入室，藥膏如錢，圓黏乳際。寤而松生，果符墨誌。」這一點我們在稍後「因果循環」及「超越生命」會有詳細的論述；另一方面則就文學創作的現實層面上，鬼狐神怪乃有其便利之處，因它既可對故事情節的發展提供一適恰的解決之道，又可增益筆法之懸疑，達到娛樂的效果，一舉兩得，故蒲公何樂而不為呢？以下即以〈寒森曲〉舉例說明之。

1. 不知如何解決

此乃言故事的發展到了一種瓶頸，而或者蒲公也正在找尋一個好的解決方法，但卻在情節的發展上無法尋找到合理的方式，於是便假託鬼狐神怪之助，以此超脫現實的描述，而使劇情得以延伸。〈寒森曲〉中，商員外被惡霸趙惡虎打死後，趙惡虎又買通了官府，故商家屢告屢敗，最後趙惡虎雖被商三官假扮清唱藝人伺機殺害，但商三官卻也知躲不過世間貪官污吏的脅迫，因此自殺。故事發展至此，雖惡人終究命喪黃泉，但商家卻更賠上商員外及商三官兩條人命，這樣的劇情發展著實令人憤恨難消。但在現實情況下，商員外又早已被趙惡虎打死，所以即使蒲公在最後安排趙惡虎被商三官所殺，而商三官又得免於一死，筆者以為讀者（或觀眾）或許仍難接受這樣的結局。而蒲公自然也知此理，是故在現實世界中不知如何解決，只好求之於鬼狐神怪此等超現實的想法，為故事發展開拓出一條新路，這一點筆者以為是蒲公寫作時所不得不然之處。

2. 增益娛樂效果

事實上，在故事無法於現實世界合理發展的情形下，將解決方法寄託於鬼狐神怪，是既可加強文章之神秘性，也能增加其娛樂效果，如〈寒森曲〉的表現即是。

我們知道「生」與「死」是凡名為生物者都絕對會經歷的兩個過程，這兩者是極端不同的世界，且彼此不知，如孔子云：「不知生，焉知死。」固然是云孝順禮義之事，但也說明了生、死是兩種境地，而我們雖終日談論著二者，但顯然地，現實生活中，二者並不會有所交集。

既然現實世界中生死無法同時並行，且人（當然也包括任何生物）的生命歷程乃從「無」至「生」，最後卻終究難免於一「死」，而一旦到達「死」的境地後，也就絕對無法再回到「生」的景象。明乎此，那麼假如故事是能由「無」到「生」至「死」後，最後又回到「生」之現象的話，則必然會有其獨特性與吸引力。〈寒森曲〉即捉住此一獨特性與吸引力，在生死之間特意鋪陳著墨，使商禮兩度往返於生死之境；而商員外更是在沈冤得雪後，雖早已入棺數月，但軀體未腐，亦能復生為人，且最終活至九十三之高齡，如此豈不極具娛樂效果？

（二）因果循環

縱然蒲公的鬼神觀中，有一部分的思考是「神由人造」，但他對生死的看法，其實更大部分是相信人生業果乃飲啄必報，如其在〈王村募修地藏王殿序〉中即云：

> 蓋以齋薰諷唄，是謂善根；建剎修橋，厥名福業。三生種福，沾逮兒孫；一佛升天，拔及父母；所謂無有際岸

功德，具慧性者所不疑也。[156]

強調的便是一己種福，親族得蔭的道理。又如在〈代王丕哉募修文昌閣疏〉文中則云：「好善在人心，冥佑在神明。」[157] 這其實也是說明了「善有善報」的道理。在〈禳妒咒〉中，秀才高蕃受盡妻子江城之凌虐，如在被懷疑和丫嬛有私的情形下，江城竟硬生生地把二人的奶頭剪下予以調換，以示懲罰。而高蕃和好友召妓飲酒為江城知悉後，更將高蕃監禁房中不准外出，甚至連學道來考察生員學業時，江城仍不讓其應試；另外江城還因不服管教，作出辱罵其父、打罵公婆等等大逆不道之事，而這一切惡業皆在遇到靜業和尚這位高僧點化後，才得以解決。原來二人之所以如此，乃是前世所種下之因果，在前世高蕃亦為一秀才，而江城則是一靜業和尚所養通人性且修道已久之長生鼠，但一日，高蕃來到寺中，卻一腳踏死了此長生鼠，故才積下果報，遂造成這可怕的咒語——〈禳妒咒〉。

又如〈姑婦曲〉中安大成妻子陳珊瑚美麗賢淑，對婆婆極盡孝心，安二成妻子謝臧姑潑悍異常，對婆婆忤逆凌辱。而在一次臧姑因虐待家中丫嬛致死吃上官司，最後只得將土地典當一空才了結此事，但這時生活也陷入了困境。大成的亡父託夢說家中埋有銀子，臧姑聽聞，心生貪念，便搶先刨了出來，但卻只是一些瓦礫磚頭，而陳珊瑚去看時，這些瓦礫磚頭又變成了雪花冰凌的銀子，可知冥冥之中，自有天意。曲末，因臧姑作惡甚多，生了十子皆死，才知因果報應，從此改過向善，到了五十多歲，才得一子。而陳珊瑚因積善報，生了二子皆應試中舉，安享天年。這不亦是因果循環、善有善報的神蹟表現？可見其言「好善在人心，冥佑在神明」乃果不其然。

因果報應可謂乃蒲公鬼神觀之中心思想，而其對鬼神的崇敬景仰，我們亦可從其多篇為已落成之寺廟或募修寺廟所作的碑記，還有代人捉刀募修廟宇之碑記序疏等見得，如：

1. 個人募修之碑記

團山頂募修塑佛像序，王村三官閣募鑄鐘序，聖水溝募修大殿序，王村重修炳靈廟募緣序，三皇廟建藥王殿序，募修龍王廟序，王村募修地藏王殿序，募請水陸神像序，募修炳靈廟序，募修姜家廟疏，顏神鎮報恩寺募修白衣殿疏，團山頂募修三教堂疏，后土廟募緣疏，北沈馬庄募修白衣閣、關帝廟疏，和尚起禪募神供疏，募修三教堂疏。

2. 為已落成所作之碑記

重修三聖祠碑，重修玉谿庵碑記，重修普雲寺碑記，關帝祠，創修五聖祠碑記，清雲寺重修二殿記，新建龍王廟碑記，文昌碑記，關帝廟碑記，木城隍碑記。

3. 代人捉刀募修之碑記

代李千總募修北寺序，代葛千總募修關帝廟序，代王西橋募修藥王殿序，代沈燕及募修洞子溝疏，代王丕哉募修文昌閣疏，代韓縣公募修鄭公書院疏。

而這些碑記序疏文章用意雖在修建寺廟，但其思想中不亦正因相信鬼神能予善人善報、能懲惡人惡果，而希冀百姓皆能因此心存善念嗎？且此亦正應其所言因果本是循環之理。

（三）超越死生

李豐楙曾在其〈憂與遊〉[158]一文中提到，「憂」與「遊」是遊仙文學的兩大核心主題，人生之「憂」，乃因空間的迫阨與時間的短促所造成；而「解我憂」之法即是「遊」，乃以

「神遊、想像之遊所形成的奇幻之遊」，來解脫對現實世界或生命有限的不滿，而我們在以此觀點來看蒲松齡的鬼神觀時，不亦恰然不已！

在「憂」方面，蒲公在俚曲中處處顯露出其對現實世界不滿，或對貪官污吏感到憤怒，如〈富貴神仙〉及〈磨難曲〉言縣官為追比錢糧，中飽私囊，竟打死人民；〈寒森曲〉寫閻王、城隍等陰間官吏被賄之事；〈禳妒咒〉、〈蓬萊宴〉談到考官索錢給功名等等。或對災荒飢民深感同情，如〈窮漢詞〉全篇述一窮漢因天災窮困，而向財神泣訴，祈求財運到來；〈磨難曲〉寫道：「不下雨正一年，旱下去二尺乾，一粒麥子何曾見？六月才把穀來種，螞蝗吃了地平川，好似斑鳩跌了蛋。老婆孩一齊挨餓，瞪著眼亂叫皇天。」[159] 這番天災又幾人能挨得過啊？或對家庭倫理表示憂心，如〈牆頭記〉談子女不孝，棄養老父於牆頭之事；〈姑婦曲〉論及媳婦臧姑不敬婆婆；〈禳妒咒〉中之江城更是辱罵雙親、忤逆公婆、毆打夫婿等毫無倫理綱常之序。凡此種種，皆實令蒲公之感至憂，而不得不抒之於勸善教化之俚曲矣！

有上述之「至憂」，故可知蒲公於「遊」之企盼。而何以「遊」？即前之所述乃「解其憂」。其希望解脫這一切之困厄，「超越死生」，而至於一永遠祥和寧靜的神仙世界，這樣的想法我們可由其〈寒森曲〉和〈蓬萊宴〉二曲中看出。

〈寒森曲〉中商家兄妹在歷經陽世及陰間的官司訴訟後，終於上天還其公道，將一干惡人繩之以法。但在這裡我們特別要注意的是商三官這個角色，在陽世當趙惡虎殺死了商三官之父商員外後，商家兄弟立刻提起告訴，但貪官當道，希求「公道」二字，卻也只是一場春秋大夢罷了！商三官明此世道污濁，故乃對其兄弟說道：「哥們好糊塗！告了一遭子，不過是如此，也就知這世道了。老天爺待為咱敬生出一個包文正來哩麼？」[160] 又知趙惡虎酒色財氣，樣樣皆愛，乃化名吳孝，又喬裝清唱藝人，到一清唱班子學唱，經過一個月，果被邀請而去。趙惡虎一見吳孝，果然色欲薰心，當晚便留其夜宿，而商三官也就趁此良機，將其一刀刺死，並開膛剖肚，咬其獸心，隨後便自刎而死。這裡可以看到，商三官以一介女流，知世道不公，若依常法訴訟，則必屢告屢敗，是而一則為孝，父母之仇，不共戴天；一則為悌，或不欲兄弟費盡心力卻徒勞無功，也為保護兄弟，不受貪官污辱，故行此荊軻之刺，這樣的氣節又豈不令人景仰敬佩呢？故蒲公於曲末乃述其升天為神，玉帝封其孝義夫人，兼管總督水路神祇，這「孝義」二字不亦應其對父之孝、對兄弟之義嗎？而其化名「吳孝」，亦該是「吾孝」之義。

〈蓬萊宴〉中西王母身邊侍女吳彩鸞，因下凡為西王母取玉井蓮藕，遇書生文蕭，二人相見乃情投意合，西王母洞察，乃命吳彩鸞下凡度此塵劫，二人遂結成連理。二人生活本藉抄書為業，收入頗豐，又育有一子，一家和樂融融。但文蕭熱中功名，吳彩鸞屢勸不聽，後遂讓其進京赴考，但卻名落孫山，正思無顏回鄉面對嬌妻之際，忽遇八仙中之呂純陽，乃以看破紅塵渡化之，文蕭頓悟，遂隨之修道。而吳彩鸞在家，久候不得文蕭，一日亦恍然大悟，思及紅塵俗事，不過即如水中之泡、鏡中之影，而己卻倒果為因，捨神仙之逍遙，求人世之忙碌，這豈不愚笨至極？遂亦坐化重返仙道。待回西王母身邊時，在人間雖已六、七年，但天上之筵席卻尚未結束呢！可知神仙之道，方是世間樂土。

在中國傳統觀念裡，神是至高無上，祂超越生死、脫離苦難，祂是一種極樂的身分，亦即祂的一切是自在的、是逍遙的、是無拘無束的。而蒲公在俚曲中對於生命的態度，或許表現出有理性的「神由人造」觀念，及前世善因故得今世善報，今世惡業即為後世苦果等等形下因果循環態度。但無疑的，「超越死生」，解除一切肉體之苦痛，希冀得到精神之永生，這才是蒲公的最大渴望，亦即其心目中的柏拉圖世界。只有如此，才有足夠誘因，教化芸芸眾生、勸其改過遷善，也才能令其捨棄貪婪、明白分享，因為這「超越死生」正是蒲公以為所有能成就理想世界的原動力啊！

注釋

1 徐渭：《南詞敘錄》（台北新文豐出版公司，西元一九九七年三月），收錄於《叢書集成新編》，冊三十二，頁二〇七。

2 盛偉編：《蒲松齡全集・清故顯考歲進士、候選，儒學訓導柳泉公行述》（上海學林出版社，西元一九九八年十二月），冊三，總頁三四三九。

3 馬瑞芳：〈蒲松齡俚曲的思想成就和語言特色〉（山東《蒲松齡研究集刊》，西元一九八〇年八月，第一輯），頁二〇二～二〇三。

4 阮元：《十三經注疏・孝經・廣要道章第十二》（台北藝文印書館，民國六十八年三月），頁四三。

5 沈蓉裕：《三字經》（台北天龍出版社，民國七十五年十月），頁六～七。

6 阮元：《十三經注疏・孝經・聖治章第九》（台北藝文印書館，民國六十八年三月），頁三六。

7 阮元：《十三經注疏・孝經・三才章第七》（台北藝文印書館，民國六十八年三月），頁二八。

8 謝冰瑩等著：《新譯四書讀本・孟子・離婁上》（台北三民書

局，民國七十八年三月），頁四八九。
9 同注2，冊三，總頁三四三八。
10 同注2，冊二，總頁一六九五。
11 同注2，冊三，總頁二四五五～二四五六。
12 同注2，冊三，總頁二四四四。
13 同注2，冊三，總頁二四七七。
14 同注2，冊三，總頁二五一〇。
15 謝冰瑩等著：《新譯四書讀本‧論語‧為政》（台北三民書局，民國七十八年三月），頁七六。
16 同注15。
17 謝冰瑩等著：《新譯四書讀本‧孟子‧離婁下》（台北三民書局，民國七十八年三月），頁五一四。
18 蓮魁：《佛說父母恩重難報經白話句解》（台灣蓮魁出版社，西元一九九八年十一月），頁二一～二二。
19 吳怡：《易經繫辭傳解義》（台北三民書局，民國八十二年八月），〈繫辭上傳〉，八章，頁七六。
20 謝冰瑩等著：《新譯四書讀本‧論語‧學而》（台北三民書局，民國七十八年三月），頁六六。
21 同注20。
22 同注2，冊二，總頁一三〇八。
23 同注2，冊二，總頁一七五〇。
24 同注2，冊二，總頁一七五〇。
25 王維撰、陳鐵民校注：《王維集校注》（北京中華書局，西元一九九七年八月），冊一，〈九月九日憶山東兄弟〉，頁三。
26 同注2，冊二，總頁一八九四。
27 同注2，冊二，總頁一六三六。
28 同注2，冊二，總頁一六九六。
29 同注2，冊三，總頁二五二六。
30 同注2，冊三，總頁二五二九～二五三〇。
31 同注2，冊一，總頁二〇四。
32 羅師敬之：《聊齋詩詞集說》（國立編譯館，民國八十七年十一月），頁三四九。
33 同注2，冊三，總頁二九八一。
34 同注2，冊三，總頁二九八四。

35 同注2，冊三，總頁二九八四。
36 同注2，冊三，總頁二七三七。
37 同注2，冊三，總頁二七三七。
38 同注2，冊三，總頁二七三八～二七三九。
39 蒲先明整理、鄒宗良校注：《聊齋俚曲集》（北京國際文化出版公司，西元一九九九年十月），頁四一六。
40 同注2，冊三，總頁二九九一。
41 同注2，冊三，總頁二七〇八。
42 同注2，冊三，總頁二六三四。
43 同注2，冊三，總頁二六三五。
44 同注2，冊三，總頁二七七九。
45 同注2，冊三，總頁二七七九。
46 同注2，冊三，總頁二九八一。
47 同注2，冊三，總頁二九八二。
48 同注2，冊三，總頁二九九三。
49 同注2，冊三，總頁二九九七。
50 同注2，冊二，總頁一八七二～一八七三。
51 同注2，冊三，總頁二九九八。
52 同注2，冊三，總頁三〇〇〇。
53 同注2，冊三，總頁二九九八。
54 同注2，冊三，總頁二九九八～二九九九。
55 同注2，冊一，總頁二四六。
56 同注2，冊三，總頁二六一四。
57 同注2，冊三，總頁二七〇五。
58 同注2，冊二，總頁一八三三～一八三四。
59 同注2，冊二，總頁一八五二。
60 同注2，冊二，總頁一八七六。
61 同注2，冊三，總頁三四三九～三四四〇。
62 同注2，冊二，總頁一三〇九。
63 同注2，冊三，總頁二七七九。
64 同注2，冊二，總頁一九〇六～一九〇七。
65 同注2，冊二，總頁二〇三二。
66 馬瑞芳：《聊齋居士：蒲松齡評傳》（台灣雲龍出版社，西元一九九一年二月），頁二五一～二五二。

67 轉引自楊海儒：《蒲松齡生平著述考辨》（中國書籍出版社，西元一九九四年四月），頁一。
68 楊海儒：《蒲松齡生平著述考辨》（中國書籍出版社，西元一九九四年四月），頁一～三。
69 趙爾巽等著：《清史稿・卷一百八・志八十三・選舉三》（北京中華書局，西元一九九八年一月），頁三一四八。
70 李鵬年：《清代六部成語辭典》（天津人民出版社，西元一九九〇年八月），頁二三五。
71 同注2，冊二，總頁二〇三二。
72 按：王敬鑄，淄川人，清咸豐戊午科舉人，曾參與纂修《淄川縣志》。
73 按：前三藝乃〈子貢曰譬之宮牆百官之富〉、〈是故君子先慎乎德一節〉及〈孔子登東山而小魯登泰山而小天下〉。
74 同注2，冊二，總頁一四〇九。
75 顧炎武：《日知錄》（台北明倫出版社，民國五十九年十月），卷十九，〈擬題〉，頁四七七。
76 見羅師敬之：《蒲松齡年譜》（國立編譯館，民國八十九年九月），頁五五。
77 同注2，冊二，總頁一四〇四。
78 同注2，冊二，總頁一八八二。
79 同注2，冊三，總頁二六一五。
80 同注2，冊三，總頁二七一〇。
81 同注2，冊三，總頁二七七九。
82 同注2，冊二，總頁一三九八～一三九九。
83 同注2，冊一，總頁一六八。
84 同注2，冊一，總頁二四一。
85 同注2，冊一，總頁三三六。
86 同注2，冊一，總頁六七〇～六七一。
87 同注2，冊二，總頁一七五四。
88 陳壽：《三國志》（北京中華書局，西元一九九七年十一月），卷一，〈魏書一・武帝紀第一〉，總頁二四。
89 同注88，卷三十二，〈蜀書三・先主傳第二〉，總頁二三四。
90 嚴可均：《全上古三代秦漢三國六朝文》（北京中華書局，西元一九九五年十一月），冊三，〈全晉文・陸機〉，卷九十九，頁二〇三〇。

91 杜甫著，韓成武、張志民譯釋：《杜甫詩全譯》(河北人民出版社，西元一九九七年十月)，頁六一一。

92 蘇軾：《東坡志林·塗巷小兒聽說三國語》(北京中華書局，西元一九八一年九月)，頁七。

93 同注2，總頁二七六〇。

94 羅貫中著、吳小林校注：《三國演義校注》(台北里仁書局，民國八十三年九月)，頁七。

95 同注2，冊三，總頁二七五五。

96 李博生：〈試述聊齋俚曲的思想成就〉(山東《蒲松齡研究》，西元一九九八年六月，總二十八期)，頁一二八。

97 按：崇禎十七年(西元一六四四年)五月，吳三桂引清兵入關，據有中國，蒲松齡時年五歲。

98 張廷玉等著：《明史》(北京中華書局，西元一九九七年十一月)，卷二十一，〈本紀第二十一·神宗二〉，總頁一一〇～一一一。

99 蒲先明整理、鄒宗良校注：《聊齋俚曲集》(北京國際文化出版公司，西元一九九九年十月)，頁八九九。

100 同注98，卷十六，〈本紀第十六·神宗〉，總頁九〇。

101 同注2，冊三，總頁三一五五。

102 同注2，冊三，總頁三一五九。

103 同注2，冊三，總頁三一五九～三一六〇。

104 按：拿糖，扭捏、裝模作樣之意。

105 同注2，冊三，總頁三一六八。

106 同注2，冊三，總頁三一六九。

107 按：「跌六氣」，即「跌成」，古代的一種博戲。以錢為賭具，擲錢為戲，以字幕定輸贏。

108 雷群明：〈蒲松齡的俚曲〉(山東《蒲松齡研究》，西元一九九四年九月，總十四期)，頁一一〇。

109 蘇軾：《蘇軾詩集》(北京中華書局，西元一九八二年二月)，冊三，卷十七，〈送參寥師〉，頁九〇六。

110 謝冰瑩等編譯：《新譯四書讀本·孟子·告子上》(台北三民書局，民國七十八年三月)，頁五六八。

111 王夢鷗：《禮記今註今譯》(台灣商務印書館，民國八十一年十月），冊上，〈禮運第九〉，頁三七六。

112 李贄：《焚書／續焚書》（台北漢京文化事業有限公司，民國七十三年五月），〈童心說〉，頁九九。

113 王國維：《人間詞話》（台灣大夏出版社，民國六十七年三月），頁二六。

114 余培林：《詩經正詁》（台北三民書局，民國八十二年十月），冊上，頁六三。

115 周起成等注譯：《昭明文選》（台北三民書局，民國八十六年四月），頁七六二～七六三。

116 王忠林、左松超等著：《中國文學史初稿》（台灣福記文化圖書有限公司，民國七十四年五月），頁三六八。

117 郭茂倩編撰：《樂府詩集》（上海古籍出版社，西元一九九八年十一月），卷第四十四，頁五〇一。

118 同注117，卷第四十六，頁五二三。

119 鄭振鐸等著：《論金瓶梅・談金瓶梅詞話》（北京文化藝術出版社，西元一九八四年十二月），頁五〇。

120 同注2，冊三，總頁二六九〇。

121 汪玢玲：〈琴瑟樂論析〉（收錄於《聊齋學研究論集》，中國文聯出版社，西元二〇〇一年三月），頁三七一。

122 胡適：〈跋張元的柳泉蒲先生墓表〉（收錄於《聊齋全集》〈蒲柳泉先生年譜〉附錄二，台北進學書局，民國五十九年八月），頁五四。

123 同注39，頁三四四。

124 羅師敬之：《蒲松齡及其聊齋志異》（國立編譯館，民國七十五年二月），頁二一六～二一八。

125 同注2，冊三，總頁二六八六～二六八七。

126 同注2，冊三，總頁二七四三。

127 盛偉：《聊齋佚文輯注》（山東齊魯書社，西元一九八六年一月），頁六六。

128 同注2，冊三，總頁二六八一。

129 同注2，冊三，總頁二六八二。

130 同注2，冊三，總頁二六八二。

131 同注2，冊三，總頁二六八二。

132 同注2，冊三，總頁二六八二～二六八三。

133 同注2，冊三，總頁二六八三。
134 同注2，冊三，總頁二六八三。
135 同注2，冊三，總頁二六八四。
136 同注2，冊三，總頁二六八四。
137 同注2，冊三，總頁二六八六～二六八七。
138 同注2，冊三，總頁二六八七。
139 同注2，冊三，總頁二六八七。
140 同注2，冊三，總頁二六八八。
141 同注2，冊三，總頁二六八八。
142 同注2，冊三，總頁二六八八。
143 同注2，冊三，總頁二六八九。
144 同注2，冊三，總頁二六八九。
145 同注2，冊三，總頁二六八九～二六九〇。
146 同注2，冊三，總頁二六九〇。
147 同注2，冊三，總頁二六九〇。
148 同注124，頁三四五～三四六。
149 魯迅：《魯迅全集·中國小說史略》(台北谷風出版社，民國七十八年十二月)，頁二一一。
150 同注124，頁三四七。
151 同注2，冊三，總頁三一四五。
152 同注2，冊三，總頁二七四二。
153 同注2，冊三，總頁二七四二。
154 同注2，冊二，總頁一〇二〇。
155 同注2，冊二，總頁一〇九七。
156 同注2，冊二，總頁一〇五六。
157 同注2，冊二，總頁一一〇二。
158 李豐楙：《憂與遊》(台灣學生書局，民國八十五年三月)，頁八。
159 同注2，冊三，總頁二九八一。
160 同注2，冊三，總頁二六三七～二六三八。

第 5 章

《聊齋俚曲》改編自《聊齋志異》之篇章探析

明末清初黃宗羲曾云：「使臺閣者而與山林之事，萬石之鐘不為細響，與韋布里閭憔悴專一之事，較其毫釐分寸，必有不合者矣；使山林者而與臺閣之事，蚓竅蠅鳴，豈諧《韶》、《頀》，脫粟寒漿，不登鼎鼐。蓋典章文物，禮樂刑政，小致不能殫，孤懷不能述也。」[1] 這說的便是鍾鼎山林，各有所好，難以取而代之。而文章之道亦復如此，於鍾鼎者難為俚俗之作，於山林者不喜端肅之文，若各執所好，從一而終，亦能馳騁文壇，留與後人無限景仰；但若能兼容並蓄，縱橫於雅俗之間，則必成一代之宗師，而為後人所津津樂道。淄川蒲松齡便是如此兼蓄雅俗之人，他有著即使士大夫也望其項背，難以睥睨的文學才情；但同時也因久處江湖，貼近百姓，是而能淺出於雅致之文，為俚俗之作，而這正是一代宗師之特質。鄒宗良先生曾以「刀」、「劍」恰當的比擬了蒲公之《聊齋志異》與《聊齋俚曲》，其言：

武俠小說家古龍對刀有一種偏愛。他筆下的俠客，用的兵器多是各種各樣的刀。古龍對此有自己的解釋，他說：「劍是優雅的，是屬於貴族的；刀卻是普遍化的、平民化的。」「劍有時候是一種華麗的裝飾，有時候是一種身分和地位的象徵。在某一種時候，劍甚至是權力和威嚴的象徵。刀不是。」

打一個比喻，《聊齋志異》和聊齋俚曲，那便是文學大師蒲松齡的劍與刀。我們知道，《聊齋志異》用的是極考究的文言，它是一種典雅的面向「學士大夫」的文學。對於平民大眾來說，它是貴族化的，文人化的。對於封建時代的正統文學而言，正是《聊齋志異》使蒲松齡名聞海內，由它建構而成的文學大廈使蒲松齡躋身中國古代最優秀的小說家之列。《聊齋志異》，多少年來一直是蒲松齡的作家身分和文學地位的象徵。

然而聊齋俚曲不是。聊齋俚曲是蒲松齡立意為俗、面向大眾的作品，它也是「普遍化的、平民化的」。因為它俚俗，過去時代的文人們恐怕從這裡沾染了「俗氣」，對它視而不見，或根本就不把它當成「文學」。多少年來，聊齋俚曲一直是屬於平民百姓的，它是平民百姓的文學。

如前所述，聊齋俚曲中的優秀作品，都完成於《聊齋志異》基本寫成之後。對蒲松齡來說，他是先鑄劍而後打刀。作為同一創作主體，從典雅的《聊齋志異》到通俗的聊齋俚曲，蒲松齡經歷了一個由雅而俗、逐漸過渡的過程。[2]

「先鑄劍而後打刀」、「從典雅的《聊齋志異》到通俗的《聊齋俚曲》」，都說明了蒲公的文學創作是鎔鑄了優雅之劍與狂放之刀，乃典雅與俚俗兼而並存。

如上所述，我們知道蒲公的十五種俚曲，有許多是改編自其《聊齋志異》的文章，使它通向平民化。那麼在情節上有無因觀賞對象的不同，進而簡略或擴張了《志異》之原著呢？其用意何在？這是筆者在此章中所要論述探析之處，以下乃一一探究之。

第一節　《聊齋俚曲》之改編方式

《聊齋俚曲》作品許多乃承襲《志異》而來，乃蒲公晚年精選其《志異》中極佳題材，而進行一「再創作」之工程。何以言其「再創作」呢？因蒲公所據雖是《志異》內容，但他卻「因材施用」，揀擇其中精善部分，再予以故事重整，或略動其結局果報，或增益其情節刻畫，或結合二篇《志異》故事以為一部俚曲等等方式，實非固守窠臼、墨守成規，故筆者乃言其為「進行一再創作之工程」。而將內容相較後，其承襲自《志異》之俚曲有〈姑婦曲〉、〈翻魘殃〉、〈慈悲曲〉、〈禳妒咒〉、〈富貴神仙〉、〈磨難曲〉及〈寒森曲〉等七部，而其改編方式，大致有以下三種。

一、《志異》故事之輪廓

在《聊齋俚曲》中，有一部分乃大致依《志異》之情節而寫，或在開端加一楔子以作引言，或在劇中更改配角之身分或人名，或在結局稍事異動，但90%以上是完全和《志異》內容相同，如〈慈悲曲〉、〈姑婦曲〉及〈翻魘殃〉三曲。

(一)〈慈悲曲〉

《聊齋志異·張誠》	《聊齋俚曲·慈悲曲》
×	楔子〔西江月〕
×	舉閔子騫、帝舜、王祥等人，言後娘之不是
張誠之父娶妻經過	✓
僅寫後母私積供己子張誠上學，而命張訥砍柴、打雜之事，並無因受凌辱逃往姑姑家之事	1. 張訥受後母凌辱，逃往其姑姑處 2. 後母李氏上門欲要回張訥，反遭羞辱而回 3. 經過十年，張訥之姑姑過世，張訥又回到了張家 4. 後母私積供己子張誠上學，卻叫張訥砍柴、打雜等
張誠見張訥飢餓，偷麵請鄰家作餅與張訥	✓
張誠私自上山助張訥砍柴，卻被虎銜走，張訥自責，情急之下，以斧自砍	✓
張訥於陰間得知張誠未死，又遇菩薩甘露，遂再返人間，尋找張誠，歷一年餘，終於尋得張誠	歷三年零九個月方尋得張誠

又遇其父因亂失散的第一任夫人及其所生之子張復，一家團圓	✓
張復延師教導二弟	不僅寫張復延師教導二弟，且最終張訥中進士，張誠中舉人
異史氏曰……	×

（二）〈姑婦曲〉

《聊齋志異・珊瑚》	《聊齋俚曲・姑婦曲》
×	楔子——寫婆婆之難伺候
珊瑚盡心服侍，但婆婆處處刁難	✓
珊瑚為婆婆(于氏)所休，羞愧自刎，獲救後，為人送往善人王大娘處	「王大娘」改為「何大娘」
婆婆登王氏門大罵，但為王氏所羞辱而返，珊瑚自覺過意不去，又前往另一沈大娘處	✓
安二成娶悍婦臧姑	✓
于氏與安大成不堪臧姑蠻悍，要求分家	✓
于氏經沈大娘曉以大義後，迎得珊瑚回來	✓
臧姑虐婢致死，二成散盡家財救之	✓
安父顯靈，言家中紫藤樹下藏有錢財，但臧姑掘之為廢石，珊瑚取之則為銀兩	✓
臧姑生十子皆死，以兄子為子，珊瑚生三子中，有兩進士	✓
異史氏曰……	×

（三）〈翻魘殃〉

《聊齋志異・仇大娘》	《聊齋俚曲・翻魘殃》
仇仲之娶妻繼室	元配陳氏——生仇大娘，繼室徐氏——生仇福、仇祿兄弟
仇仲之因亂被擄，其叔仇尚廉歹心欲賣徐氏，恰奸人魏名不明就裡以為是樁美事，故意毀壞徐氏名節，遂翻了魘殃，救了徐氏	✓
仇福娶姜秀才之女為妻，姜女甚為良善	✓
魏名又引仇福賭博，以致令兄弟二人分家，而仇福為償賭債，甚至賣妻，最後遠走他鄉	✓
姜女被賣與趙閻王，幸仇大娘相救，縣官通情，才得以名節保身	✓
仇大娘向縣官告狀，討回仇福賭輸之田產	✓
魏名又設計仇祿誤入鄉紳范公子庭園，想讓其為范公子杖打，卻反應了范公子夢讖，妻之以女，再翻了魘殃	✓
仇祿與其妻兄不合，遂攜妻子返回仇家	俚曲中為其妻弟，而非妻兄
仇祿又為魏名設計因而充軍，卻於半路巧遇仇福，在邊塞又與其父仇仲之父子重逢	✓
仇大娘帶仇福向姜娘子賠罪，姜娘子怒責後，夫婦破鏡重圓	✓

魏名奸計火焚仇家，又翻了魘殃，卻使仇家反而找到地下埋藏多年的金銀，再次翻了魘殃	✓
仇福、仇祿迎得父歸，一家團圓	✓
魏名見仇家富裕，欲攀交情，致送雞、酒，但雞卻踢翻灶火，燒了仇家房舍，仇家見狀，又因魏名歹心，仇家遂不與之往來，而魏名終貧為丐	魏名賂賊欲燒仇家，但仇家防禦得當，盜賊轉怒於魏名，而將魏名殺了

在〈慈悲曲〉中僅於開頭增加了戲曲的特色，又加上一小段舉歷代閔子騫等孝子之事，以言後娘之不是，並在結尾加上觀眾最喜之圓滿結局，讓張訥、張誠二人得第中舉以滿足觀眾外，其餘內容乃皆同《志異・張誠》；而在〈姑婦曲〉裡僅將配角「王大娘」改為「何大娘」而已；在〈翻魘殃〉中改為仇祿與其「妻弟」不合，而非「妻兄」，並於結尾時將串演整齣之小人魏名處以極刑。總言之，這三部俚曲大體而言是依《志異》情節而寫。

二、《志異》故事之擴寫

《俚曲》裡有部分是依《志異》之內容再「擴而寫之」，這「擴而寫之」的意義不僅是將文言之文字改為白話之戲曲而已，更重要的是蒲公在改寫後，又增益了許多原來《志異》所沒有的內容，讓整齣俚曲確實具有其一定的「分量」，並促使情節進而扣人心弦，如〈富貴神仙〉、〈磨難曲〉及〈禳妒咒〉三曲。

(一)〈富貴神仙〉、〈磨難曲〉

《聊齋志異·張鴻漸》	《聊齋俚曲·富貴神仙》	《聊齋俚曲·磨難曲》
×	楔子——講對富貴的奢望	談百姓生活之窮困、貧苦
同鄉范秀才被貪官杖死，張鴻漸代之捉刀具狀上告，然被貪官陷害而逃離家鄉	同鄉范秀才被貪官杖死，張鴻漸代之捉刀具狀上告，然被貪官陷害而逃離家鄉，且一同滋事之眾秀才們被判充軍	(同〈富貴神仙〉)，又幸遇據山為王之三山大王任義搭救，而眾秀才們乃獲重生
×	張鴻漸之妻方娘子，為貪官老馬捉入大牢，後其兄方二相公考中進士，並結交宰相之子，藉機殺了貪官，為百姓除害	(同〈富貴神仙〉)
×	張鴻漸逃亡期間病危，幸遇所住之旅館主人搭救，才得重生	(同〈富貴神仙〉)
張鴻漸中途逢狐仙施舜華，並與之結為連理	✓	✓
張鴻漸思鄉，施舜華遂送其還家，卻遇同鄉惡少正欲調戲其妻，憤而殺之。後自行投案，乃押解進京，欲行審判，但再次為狐仙所救	清楚標出惡少之名乃李鴨子，從此張、李兩家結怨	(同〈富貴神仙〉)
×	方氏謹守婦道、獨立教子	(同〈富貴神仙〉)
張鴻漸再次潛逃回家，而恰巧其子中	張鴻漸再次潛逃回家，而李鴨子家人帶	(同〈富貴神仙〉)

第，探子登門報喜，但張鴻漸誤以為乃官府捉拿，驚嚇之餘再次逃亡	人欲捉拿之，張鴻漸遂再逃亡	
×	張鴻漸與其子於京城應試而巧遇，父子團圓	（同〈富貴神仙〉）
×	×	穿插二瞽作笑、二姬歌舞
×	父子皆中進士，衣錦還鄉	（同〈富貴神仙〉）
×	×	張鴻漸懲罰當初押解他，而對其百般無禮的兩名官吏，諷其不可狗眼看人低，而無故作踐他人
×	×	朝廷征討三山大王敗亡，而後張鴻漸代表朝廷招安，並立下大功，御封三伯
惡少之父見張家富貴，又事之起源，本自家不對，也就不再生事了	李鴨子家見張家富貴，又事之起源，本自家不對，也就不再生事了	（同〈富貴神仙〉）
×	八仙及福壽二仙並施舜華，齊來向張鴻漸祝壽，而其子孫乃富貴滿堂	（同〈富貴神仙〉）

（二）〈禳妒咒〉

《聊齋志異・江城》	《聊齋俚曲・禳妒咒》
×	開場，丑笑說大丈夫懼妻之事
高蕃、江城青梅竹馬、兩小無猜，但後來江城搬離	×
×	高蕃入泮
長大後，高蕃一次路上邂逅了江城，乃為之傾心，並締結姻緣	✓
江城潑悍，遭高家退婚	✓
江城之父遇高蕃，希望念及夫妻之情，能破鏡重圓，高蕃一則難以推卻，一則本愛江城，兩人遂再成婚	✓
江城依舊潑悍，竟在高父面前垂打高蕃，高父遂與其子分箸	不僅在高父面前垂打高蕃，且還錯打了高父
高蕃召妓，被江城知悉後，乃將其毆打並予禁閉，不得外出	✓
言江城有二姐，大姐平善，但二姐潑悍，一次還教訓了高蕃	僅言有一姐，名滿城，亦極潑悍
高蕃好友，偕高蕃召妓，為江城知道後，乃計誘其友來家宴會，但在酒席之中，竟置巴豆，使其諸友個個絞腸腹痛	✓
×	江城蠻橫，學道來試童生學業之進展，但江城卻仍緊閉

	其門，不讓高蕃往試
×	江城撻廚
疑高蕃與婢女春香有染，竟將二人乳頭剪下互調，而二人乳頭竟都黏在對方身上	✓
遇高僧點化，原來是二人前世因果，而今生報應，江城遂為一賢婦	✓
高蕃往京城赴試之際，江城為高蕃納春香及蘭芳（高蕃所喜之妓）為妾	✓
只言赴試，未說結果	春香生子，高蕃錦歸
×	仙人上門賜福
×	高蕃等眾人向高父祝壽，一家福壽雙全

從「分量」上來看，在《聊齋志異》的〈張鴻漸〉中，整個故事內容有二千三百字左右，但在〈富貴神仙〉裡便有四萬五千字，而在「後變」〈磨難曲〉後，字數更高達近十萬字，這便可以看得出來《俚曲》之內容是如何的「擴而寫之」了！且情節增益由前面之表格即可得見。〈禳妒咒〉亦是如此，在《志異》中約近三千字，但《俚曲》裡則有六萬字左右，這擴充的分量乃可見一斑，而其增添的部分，蒲公當然有其用意所在，這在稍後的第二節、第三節中，筆者將有詳論。

三、結合《志異》故事二篇以成一部俚曲

蒲公亦有一部俚曲是結合兩篇《志異》文章以成者，這又確確實實地符合了筆者前面所言「再創造」之義，此曲即〈寒森曲〉，其情節之比較乃如下：

《聊齋志異・商三官》	《聊齋志異・席方平》	《聊齋俚曲・寒森曲》
商士禹以醉謔忤邑豪，遭豪族家奴亂撞之，舁歸而薨	×	商父與鄉中惡霸趙惡虎為爭地之事，為惡霸無故毆死
其子商臣、商禮爭訟於縣官，但縣官早為豪族所買通，故訟敗	×	（同〈商三官〉）
商三官乃假扮清唱藝人，伺機殺了豪族，隨後上吊自盡	×	（同〈商三官〉）
×	席方平父與一富人羊氏有隙，富人先死，至陰間買通閻王謗席父，而席方平離魂至陰間訴訟	商禮離魂至陰間訴訟
×	城隍、郡司、閻王皆受賄而欺凌席方平，罰之鐵床、鋸身等酷刑，後得遇二郎神為其主持正義，將閻王等，處以極刑	（同〈席方平〉）
×	席方平及其父復返陽間，原羊氏之家產，後盡歸席家所有	商員外、商禮復生，而商三官孝行感天，遂升格為神，趙家破敗，其地盡歸商家所有，且商臣、商禮二人皆中進士

取〈商三官〉內容為前半部，接續〈席方平〉情節而結束，清楚將貪官嘴臉極具諷刺而詳實地刻畫而出，其中，又是隱含了多少社會現實的無奈啊！

第二節 《志異》、《俚曲》之風格差異

從上面「改編方式」之整理，我們可以見得《志異》、《俚曲》二者實有極大差異，道理頗為簡單，一則為案頭文章之《聊齋志異》，一則為勸善教化之《聊齋俚曲》，故風格不同，實屬自然。但筆者在此所要強調的即如本章前言所云，此二者乃南轅北轍、大相逕庭之兩種文體，《志異》為前，《俚曲》為後，然蒲公竟能脫通俗之《俚曲》於典雅之《志異》中，另自成一格，除加入戲曲所必備之曲詞以別於《志異》外，其關鍵、訣竅為何？這是值得我們深思的地方，於此茲從三處加以探究。

一、文字雅俗之異

《志異》文字之雅，誠如清朝胡泉所云：「留仙公生擅仙才，錦在心而不竭；異史氏文參史筆，繡出口而遂多。當其倒醱醽而散墨，倚花木以揮毫，陋志怪於三齋，追新聞於南楚，豆棚瓜架，雨夕風晨，固已邀鑑賞於漁洋，不啻策衙官於屈、宋。……斯其雅趣詼奇，能啟文心於虀臼；豈第清詞俶詭，堪發妙想於子虛？聽彼散亡，不唯嘆幽光之晦；任其淹沒，更恐招靈鬼之啼。」[3] 可見其文字錦繡，實已得王漁洋所激賞，而

覺其足資衙官屈、宋，倘若任其散失而不善加保存的話，則恐又招鬼魅神靈之嘆泣。於此，其文字之典雅及文學之價值乃清楚見得。

而《俚曲》乃面向大眾之作，故其文辭自須淺顯易懂，那麼顯然地，自《志異》至《俚曲》之第一要件，即要轉文雅於通俗。此理說來簡單，但實際卻難，因無形之中，必會受原文所箝制，而致雅俗不辨，故此等更易，若非有極深之文字造詣根基，勢必難為。蒲公創作《俚曲》，大抵晚年，尤其改編《志異》者，據前考證，則均為晚年，其運筆作文實已達隨心所欲之臻妙境界，故能輕易改寫之。以致雖同一故事，但卻能有供文人雅士所覽之案頭雅文，又有與大半目不識丁所觀之俚俗戲曲兩種。而其差異如何？於此乃略舉數例以明之，如《聊齋志異・珊瑚》中寫道：

> 每早旦，靚妝往朝。值生疾，母謂其誨淫，詬責之。珊瑚退，毀妝以進，母益怒，投顙自撾。[4]

計為三十二字，極為簡雅。而在《聊齋俚曲・姑婦曲》中，連說帶唱則足約有五百字之多，可見二者差異之大，其寫道：

> 一日，安大成有病，不曾起來，珊瑚還照尋常的規矩，早早起來，梳的光頭面淨，去伺候婆婆。到了門外，于氏不曾起來，等㗅子，二成才開了門。于氏才起來，一眼看見珊瑚，那臉上就有些怒色。
>
> 〔倒板槳〕早兒新妝下鏡台，停停久候寢門開，進門先看婆婆面，惡氣沖沖怒滿腮；怒滿腮，自疑猜，不知又

是為何來。

珊瑚看出他怒來，卻不知其故。到了房裡，給他端了尿盆子來，又上床待去給他梳頭。于氏推了一把，沒好氣說：「我不希罕你！」珊瑚在旁裡站著，看他那臉。于氏說：「你扎掛的合妖精似的，你去給那病人看的，只顧在這裡站嗄哩？」珊瑚才知道是嗔他扎掛，就出去了。

〔倒板槳〕珊瑚隨即進房來，脫了衣裳換了鞋，落了鬏頭洗了粉，去了裙子掩掩懷；掩掩懷，插金釵，未照菱花鬏髻兒歪。

珊瑚換了衣妝，又來到婆婆房裡。于氏方才洗臉，流水找著手巾，拿在手裡伺候著。于氏洗完，從珊瑚手裡一把奪過來，甚不自在。

〔倒板槳〕手巾一把奪過來，容顏老大不自在，珊瑚在旁不敢去，低頭無語暗徘徊；暗徘徊，好難猜，單等著婆婆說出來。

珊瑚不敢去了，只顧站著。于氏拭了臉，劈珊瑚瓜的聲一耳根子，說：「我看不上你乜髒樣！」珊瑚又不敢問是為什麼，待了一會說：「你說罷，就要賭氣了麼？」

〔跌落金錢〕珊瑚兩眼淚撒撒，說娘方才怒氣加，親娘呀，我還不知是為嗄。娘道不是該這麼，我就回房換了他，親娘呀，誰敢在你身上詐？這身衣服不堪誇，穿著作飯紡棉花，親娘呀，不是因著那句話，剛才算計一時差。我的不是說什麼，親娘呀，望你寬宏擔待罷。

于氏不待看也不待聽，黃天黑地的繃起頭來了。[5]

二者文字雅俗之別乃不言可喻。又如《聊齋志異·席方平》中，席方平求得二郎神為之主持公道，把冥界貪官閻王、郡司、城隍等嚴懲判罰，大快人心。而其判詞讀來乃覺鏗鏘迭宕，實為雅致之極，其寫道：

> 判云：「勘得冥王者：職膺王爵，身受帝恩。自應貞潔以率臣僚，不當貪墨以速官謗。而乃繁纓棨戟，徒誇品秩之尊；羊狠狼吞，竟玷人臣之節。斧敲斫，斫入木，婦子之皮骨皆空；鯨吞魚，魚食蝦，螻蟻之微生可憫。當掬西江之水，為爾湔腸；即燒東壁之床，請君入甕。城隍、郡司，為小民父母之官，司上帝牛羊之牧。雖則職居下列，而盡瘁者不辭折腰；即或勢逼大僚，而有志者亦應強項。乃上下其鷹鷙之手，既罔念夫民貧；且飛揚其狙獪之奸，更不嫌乎鬼瘦。惟受贓而枉法，真人面而獸心。是宜剔髓伐毛，暫罰冥死；所當脫皮換革，仍令胎生。隸役者既在鬼曹，便非人類，衹宜公門修行，庶還落蓐之身；何得苦海生波，益造彌天之孽。飛揚跋扈，狗臉生六月之霜；隳突叫號，虎威斷九衢之路。肆淫威於冥界，咸知獄吏為尊；助酷虐於昏君，共以屠伯是懼。當於法場之內，剁其四肢；更向湯鑊之中，撈其筋骨。羊某富而不仁，狡而多詐。金光蓋地，因使閻摩殿上盡是陰霾；銅臭薰天，遂教枉死城中全無日月。餘腥猶能役鬼，大力直可通神。宜籍羊氏之家，以償席生之孝。即押赴東岳施行。」[6]

而有關判決之情節部分，在盛偉所編《聊齋俚曲·寒森曲》

中，更足有六頁之多，計約二千五百字左右，因篇幅不少，我們僅舉例如判決貪吏判官至「磨研地獄」受刑一段加以證明：

> 又有一位神將押過那判官來，上邊吩咐：「這樣潑官害民的賊，上磨研了罷！」
>
> 二郎神罵判官，把報應顛倒顛，溷的沒有惡合善。善人受窘於世上，惡人享福在人間，全是你把王章亂。快把衣服剝去，上了磨慢慢細研。
>
> 大眾跟著到了磨研地獄裡，只見几盤大磨，都血淋淋的，兩個鬼挑了盤淨磨，將判官倒插在磨眼裡就推開了。
>
> 推起來呼籠籠，起初時還害疼，研到腰不見腿兒動。血肉推成磨糊子，染成磨盤一片紅，因他曾把鬼來弄。公門裡極好行善，傷天理王法難容。[7]

如此口語通俗之文字，試想，再搭配上演員之肢體動作，則台下觀眾在見此判官下場時，必是暴喝擊掌、欣喜激動的。

由此即可見得，若以《志異》和《俚曲》之相較，尤其是改編部分來看，大致而言，前者乃修辭而典雅，後者則口語而通俗，而這無疑是兩者之間的最大差異。

二、內容簡繁之別

在前面「文字雅俗之異」一節中，筆者論述了《志異》、《俚曲》中，雖為同一情節，但文字的表現上卻有雅俗的不同。而在這個部分，筆者所談的則是《志異》中或許只是以幾個字或幾句話帶過一個事件或過程，但《俚曲》卻在戲台表演的條件下，為求觀賞者對劇情的前後貫通，必須得將中間過程委曲款述、詳細說明，而這正亦是《俚曲》改寫《志異》一個極重要的特點。如在張鴻漸的故事中，說明張鴻漸家鄉為一惡吏所治，惡吏貪暴，視人命如草芥，此時有一范秀才被杖斃，故同儕們請張鴻漸捉刀具狀告之，爾後卻引發一干秀才盡被捉赴監牢，並張鴻漸逃亡他鄉之事。此故事在《志異》中，蒲公僅寫：「張鴻漸，永平人，年十八，為郡名士。時盧龍令趙某貪暴，人民共苦之。有范生被杖斃，同學忿其冤，將鳴部院，求張為刀筆之詞，約其共事，張許之。」[8] 但這裡，范生何以被杖斃，蒲公並無交代，只寫「有范生被杖斃」等六字以述縣令貪暴，而這樣的文辭在《志異》中可以成立，因乃案頭文章，只須述說貪官殘暴即是，文人雅士亦可透過想像深領其意。但在《俚曲》中，因其演出、演唱的表演方式下，台下觀眾的思緒隨著一幕一幕的緊湊情節，其呈現的是直線接收的情況，並無法像閱讀書籍能予人掩卷沉思，所以其情節必得合情合理、逐一述來，否則霎時間，觀眾意會不來，而演出成效也必大打折扣。反過來說，情節交代清楚，觀眾看起戲來，簡單明瞭，則較易引起共鳴，所以在〈富貴神仙〉、〈磨難曲〉中，蒲公便將這部分描述得更詳細了。有關「有范生被杖斃」的情節，在〈富貴神仙〉中即寫道：

> 那錢糧是加三火耗，十分數要七月裡全完。有個范秀才，只封了七分數，便去告寬。
>
> 端端帽整整衫，望公座行堂參，開口就把父師念：衣服典盡牛驢賣，未到秋成小麥完，錢糧目下實難辦。老父

> 師開恩格外，望遲遲打下秋天。
>
> 老馬聽說大怒，便說：「你這奴才，要梗老爺的公令麼！」一行罵著，就丟下六支籤。
>
> 罵一聲狗生員，欠錢糧不待完，一人就要霸住堰！梗令的狗才真該死！一行罵著就丟下籤。皂隸就往地下按，把秀才三十大板，一霎時命喪黃泉。
>
> 不說把范秀才登時打死。且說那合學秀才甚是不平，便撒了帖子，動起公忿來了。[9]

所種的穀物要在秋天後才能收成，但貪酷的知縣卻要人在七月時便均繳稅完畢，而且還要加三分火耗[10]，范秀才已是「衣服典盡牛驢賣」仍只籌了七分數的稅額，想去告告寬貸、延緩幾月，沒想到知縣老馬二話不說，立時三十大板伺候，就把范秀才當場打死，所以眾秀才們也才為此憤憤不平，具詞上告，希冀嚴懲惡吏老馬。而經過這樣詳細的情節描繪，在劇場上演出後，則底下的觀眾自然便易心生同情，且憤怒於知縣的貪酷了。

又如《志異》中〈仇大娘〉一篇，其弟仇祿因遭奸人陷害，誤入一富室家，原以為會是一頓痛打，不料因禍得福，不僅毫髮無傷，且因緣際會地娶了富豪之女，並得生活所需之供給。但其妻弟卻對其不敬[11]，是而仇祿乃憤而帶著妻子回到自己家中。這段故事在《志異》中，其妻弟部分只寫有「妻弟長成，敬少弛，祿怒，攜婦而歸」[12]二十三字而已，但其妻弟如何「敬少弛」呢？《志異》中卻是隻字未提。而若將之搬演為戲曲，其「敬少弛」部分卻是無論如何都得交代出情節，否則爾後也就無須有仇祿「攜婦而歸」並再下之故事了。故《聊齋俚曲》的〈翻魘殃〉為此乃寫道：

> 卻說范公子的大郎，名為范栝，十八上納了監，還請著師傅念書。二相公回去就在書房伴讀。
>
> ［耍孩兒］第二日上了學，三更回上暖雲窩。早起就上書房裡坐，待了回子不回宅，就在書房自揣摩，五日一次兩篇課。他師傅極相敬愛，就許他定要登科。
>
> 且說范栝一字不通，見他師傅不稱讚他，那范栝心裡生氣。他師傅不在家，就百樣的方法作瑣二相公，不依他念書。
>
> 那范栝全不通，聽著常誇二相公，打這裡就把雠來中。諸樣方法來瑣碎，全不依他把書攻。待要坐坐沒點空，拿書本暖雲窩裡去，對著娘子咕噥。
>
> ……
>
> 卻說那二相公考了個二等，到了初秋，師徒三個同去進了大場。范栝作不上來，不敢纏磨他師傅，光來纏磨二相公。
>
> 出下題沒奈何，急得兩眼清瞪著，在家原自不成貨。出來進去走幾趟，也學人家去吟哦，晌午何曾有字一個？二相公才待作作，跑了來只顧瑣摩。
>
> 二相公說：「你怎麼這樣？咱求功名，中與不中，還要完場。」
>
> 叫大哥把你央，這時誰不在號房，你卻如何這麼樣？你還比我大兩歲，我也不過來觀場，你混得連我作不上。你等我擺畫停當，我給你作篇文章。
>
> 范栝說：「你乜個給我寫上罷。」二相公說：「雷同了

> 怎麼了？」范栝說：「你真果不給我？」二相公說：「你怪些也罷。」范栝就惱了說：「狗攮的！你每日吃俺的飯，這點事就求不動你？」
> 大舅子怒沖沖，罵一聲二相公，弄像你也不能中。每日在家吃俺飯，請著師傅課學功，怎麼這點央不動？你就合癡驢木馬，看起來一樣相同！
> 二相公也惱了，說：「你不止管我飯，還貼了個老婆哩，你知道麼？」
> 二相公氣咋咋，罵范栝太詐煞，不知讓你是為嗄？狗攮的你可自家想，豈止吃你飯合茶，貼上個閨女把我嫁。我出上連門不上，你嗄法治你老達？
> 范栝大怒，就待行粗，二相公也出了號房。虧了朋友們勸開，二人才散了。[13]

原來是其妻弟性好貪玩，見其師傅總是稱讚二相公，故心裡老大不高興，便百般作祟二相公，不讓他安心讀書。更甚者，竟在考場上要求二相公替其答卷，且言語極盡侮辱，所謂「斯可忍，孰不可忍」，二相公才帶著妻子回仇家去，而不回其岳父家。在這一番故事描述後，「敬少弛」所為何來，也才清楚。而這般「以繁代簡」的寫作方法，便是筆者於前所言蒲公進行故事改編之關鍵要點處。

三、情節增益之趣

十五部俚曲中或有遊戲之作，但我們若仔細觀察即可得知，凡改編自《志異》者，乃皆具對社會現實提出其不滿之意念，並進而有呼籲改善之企圖，這說明一點，這些篇章是經過蒲公所精心挑選。甚至他不僅是將這些作品由典雅走向通俗，由簡潔走向詳述而已，他還在其中增添了許多情節，更深層地強化許多社會背景及生活情況，而使作品增趣不已，這一部分，我們大概可從其情節增益的位置來加以探討。

情節既然有所增益，那麼其增益的位置如何？而不同位置的情節增益，可以帶出如何的文學效果？這是很值得我們去探討分析的，因一方面既可見得蒲公之獨具用心處，另一方面吾人亦可加以學習，如此，於個人之寫作能力亦不無有增補之效。茲從下列三方面觀之。

（一）俚曲之起，有吸引目光之效

這一部分筆者以為可謂是蒲公最重視的地方了，改編之作中，除〈寒森曲〉外，其餘六曲皆在整部俚曲開場時，短則酌加隻字數語，多則引述幾樁故事以作「引子」，或亦可稱之為「押座」吧！其中或引人發噱，以炒熱全場氣氛；或款述背景，以感染環境悲苦；或援引歷史，以喻人鑑古知今，其用意乃在於使全場之目光能開始聚焦於戲台上所上演的故事中，並欣賞接下來作者所真正想要闡述之主題情節。

在引人發噱，以炒熱全場氣氛中，最具代表性者當屬〈禳妒咒〉。〈禳妒咒〉大半篇章乃寫悍婦江城對其夫高蕃凌辱之事，而說明在男尊女卑的中國傳統社會中，卻未必每個男人都是「大丈夫」，亦有那少數娶得河東獅吼而吃盡苦頭之人。故事開始，蒲公先以一〔西江月〕說明大丈夫見其悍婦亦有「氣短」之時，其云：

丑笑上〔西江月〕諸樣事有法可治，唯獨一樣難堪：畫簾以裡繡床邊，使不的威靈勢焰。任憑你王侯公子，動不動怒氣沖天；他若到了繡房前，咦，漢子就矮了一半。[14]

爾後蒲公接著寫道：

家家房中有個人一堆，戴著鬏髻穿著裙裾根；仰起巴掌照著臉瓜得，內問云是你打他麼？哭云那裡，是他打我。作介我只雄赳赳的闖進門撲忒。內問云這是怎麼？笑云撲忒一聲，我就跪下了。內問云你就這麼怕老婆麼？丑云列位休笑，天下哪一個不是怕老婆的呢？你說先父是怎麼死了來？敝莊南裡有個八家店。這八家子被老婆降極了，大家約了一道怕老婆會。都不敢作會頭。有一個人就提著先父的名字說：「北莊裡王喘氣，聽說他極大膽，何不去請他作會頭？」都說：「極好，極好！」大家一齊到門，把先父請去，說了來意。先父當年還是條漢子，慨然作了會頭。這一日吃著那血酒，說下若一個有難，大家一齊上前。誰想那眾娘子們，已是都知道了，都各人拿了棒槌，來合和了家母一齊跑去。這裡大家正吃著血酒，看見女兵到了慌極，都爬牆顛了；獨有先父坐在上席，穩然不動。內云好哇！還是令尊是條漢子！丑哭云好麼！到了近前看了看，那王喘氣已是不喘氣了！內云咳！令尊是這麼死的來麼？丑云你道是咱著來呀？[15]

描述誇張，但卻引人入勝，也可見有些漢子在外雖是耀武揚威、不可一世，但回到家見了老婆時，卻是卑躬屈膝，連大氣也不敢多喘一個，其模樣著實可憐。而在第一回結束之際，蒲公又穿鑿附會了歷史名將戚繼光懼內之事，寫道：

> 當初明朝有一位戚繼光戚老爺，是個掛印的總兵。他生的身長八尺，腰闊十圍，就有百萬賊兵，他一馬當先，就殺他個片甲不回。你看這是個什麼漢子！豈不知他到了家裡，那漢子就合你我是一樣，那奶奶說跪著，他還不敢站著哩，真正是降的至極至極的。手下那些參將，副將，游擊，千、把總，都替他不平。大家都來商議說：「老爺領著百萬兵馬，怎麼怕一個婦人？咱不如反了罷！」戚老爺說：「怎麼反呢？」眾人說：「請老爺頂盔貫甲，亮出刀來，聲聲叫殺，往宅裡竟跑，大家具吶喊助威，愁他不服麼？」戚老爺聽罷大喜，即時披掛整齊，明盔亮甲，拿著一口刀耀眼爭光，就在廳前大喊了一聲殺呀。走進了宅門，又喊了一聲殺呀，那聲就矮上來了；進了家門子，再喊了一聲殺，那殺呀之聲又矮了些；進了房門，只落了游游一口氣兒，那喉嚨眼裡插語著說殺呀。那奶奶正在床上睡覺，睜開眼說：「殺什麼？」戚老爺丟了刀，一波落蓋跪下，捏起那嗓根頭子來，哏哏了一聲說：「我殺乜雞你吃。」這位戚將軍不是上人麼？[16]

在這樣的「引子」開端之下，試想，觀眾能不哄堂大笑而期待下面所欲欣賞之〈禳妒咒〉嗎？

而在款述背景，以感染環境悲苦者，則以〈富貴神仙〉及〈磨難曲〉最為顯明，而因〈磨難曲〉又是站在〈富貴神仙〉的基礎而來，故此處乃以〈磨難曲〉為例說明之。

〈磨難曲〉乃寫因天災不斷，故收成不佳；再加上人禍，遇貪官之強逼索要，而打死同儕范秀才後，故乃有張鴻漸草擬訴狀，一干秀才冒險犯上的行為。在原先《志異》之〈張鴻漸〉裡，乃直寫張鴻漸等人見范秀才被打死，故憤而上告之事。但〈磨難曲〉中，則先在第一回時便以兩千多字描述了災荒不斷、民不聊生之情景，接下來，於第二回後才寫張鴻漸、范秀才之事。其用意如何？乃先款述時代背景之悲戚，百姓生活之困苦，而引致觀眾再見到第二回那貪酷之吏的不通人性，便有一種「官不恤民」的憤慨。如其第一回故事開始便寫道：

> 眾流民上云孩子餓的吱喲吱喲，老婆待中心焦，還為錢糧大板敲；寧死他鄉不受大板敲！老天呀老天，怎麼給真個年景，還給真麼個官兒！
>
> 〔耍孩兒〕不下雨正一年，旱下去兩尺乾，一粒麥子何曾見！六月才把穀來種，螞蜡吃了地平川，好似斑鳩跌了蛋。老婆孩一齊捱餓，瞪著眼亂叫皇天。[17]

爾後便寫時遇飢荒，朝廷早已頒下錢糧全免之赦書，只是貪官老馬為中飽私囊，先將赦書壓下，並強逼百姓交稅，待收完稅糧後，再將赦書公布，如此，對上他可不繳納稅糧；對下則云赦書來得太晚，而他所收均已上繳，故實莫可奈何，行為乃何等卑劣。百姓中餓死者豈止千千萬，但知縣卻絲毫不為所動，簡直毫無人性，最後眾人為求生存，只得充作流民，到處乞食了。而蒲公更編有乞食之〔蓮花落〕一曲，讀來不禁令人鼻酸，其寫道：

> 六月半頭下大雨，晚穀種的甚相當；長來長去極茂盛，眼看就有尺多高。實指望秋禾接接口，誰想天爺不在行！遮天影日螞蜡過，朝朝每日唬飛蝗，把穀吃了個罄溜淨，莊稼何曾上上場！大家沒法乾瞪眼，餓的口乾牙又黃。一窩孩子吱吱叫，老婆子拖菜插粗糠；老頭子不濟瘟著了，出不下恭來絕氣亡。大家告災到了縣，知縣不肯報災傷；眾人又望上司告，差下鹽正道老黃。知縣怕他實落報，送上厚禮哀哀央；他轎裡底頭麻瞪眼，合縣報了幾個莊。百姓跟著嚎啕痛，搖恬怒喝臉郎當；一溜飛顛揚長去，罵聲空在耳邊廂。軍門照著起了本，按莊赦了三分糧；哭的哭來笑的笑，人人祝讚那公道娘。路上行人多淒涼，暫時不知死合亡；鄉裡人民都散盡，城裡大板大比糧。近日相傳有大赦，愈發狠打苦難當！一限抬出好幾個，莊莊疃疃出新喪。與其臨死臀稀爛，不如囫圇死道旁；今日還能沿地走，運氣極低算命長。俺也不指望逢大赦，指望出門逢善良；一路無災又無難，安安穩穩到汴梁。天爺睜眼不殺死，他日還能返故鄉；貪官拿去年成好，正紙大錁又燒香。蓮花落哩溜蓮花。[18]

同樣地，在前面如此之形容後，底下主人翁張鴻漸為替屈死之范秀才申冤，卻反遭貪官誣陷，以致妻離子散，倉皇逃離故鄉的情形，則必然引起觀眾同仇敵愾的悲憤之情。

又如援引故事，以喻人鑑古知今部分，則可以〈慈悲曲〉為例。〈慈悲曲〉乃寫一同父異母兄弟彼此相知相惜的故事，雖後母對前妻之子極度刻薄，但後母所生之子卻待其兄長極好，兩兄弟有福同享、有難同當，彼此都把對方的生命看成比自己的還重要，和後母的態度成一截然對比。而〈慈悲曲〉故事開始即刻畫後母虐子以吸引觀眾的目光，並舉一燕子故事，來描繪後母的狠心，其寫道：

> 古時有一家人家，屋裡有一窩燕子。那小燕子方才抱出，那母燕子被貓咬去。待了二日，那公燕子又合了一個來，依舊打食餵他。那小燕子隔了一日，就一個一個的掉在地下死了。都知不道（應為「都不知道」，盛本有誤）是什麼緣故，扒開那小燕子嘴，看了看，個個都銜著蒺藜，才知道是後娘使的狡猾。鳥且如此，何況是人。[19]

連動物亦都有如此後母之狠心事蹟，而這豈不是給所有凡娶繼室者或身為繼室者的當頭棒喝嗎？但蒲公也強調，縱使有如此千般不是之後母，但其畢竟為長輩，為人子女者應當盡一切孝心去化解這中間的仇恨。而父母為尊，故子女應當禮讓，否則試想，若雙方都充滿怨恨，那麼造成的不就是破碎家庭嗎？所以蒲公乃有詩云：

> 後娘雖不好，子孝理當然；
> 不過盧花變，焉知閔子賢。[20]

又舉臥冰求鯉的孝子王祥，雖受盡後母荼毒，但其弟王覽與之昆仲情深，百般迴護王祥，後來終讓其後母回頭，並懊悔自己的不慈行為。而蒲公乃將之編成一套俚歌，用意即在教導世人「子孝母自慈」的道理，其寫道：

> 孝子王祥自古傳，後娘待他甚難堪：夏天跪在毒日裡，隆冬差著下深灣。雖然支使的極暴虐，王祥就作不辭難。他兄弟王覽是後娘子，有仁有義的好心田，就是上山打猛虎，也不肯叫他哥哥獨當先。家有園中一樹李，原是他娘心所歡，就著王祥去看著，風雨損壞打一千。忽然狂風又大雨，王祥抱樹哭漣漣。王覽來合他同相抱，雨淋風打不敢還。他娘看見疼了個死，才連王祥都叫還。又罰王祥整夜跪，直橛跪在畫簾前。王覽跑來一處跪，一陪陪到二更天。母親睡醒才知道，心中惱恨又哀憐。思量折掇別人子，就是折掇親生男，從此少把心腸改，王祥以後得安然。當年不遇後娘哆，後世哪知兄弟賢。[21]

而在這樣的前提下，則底下〈慈悲曲〉所要表達的孝順父母及昆仲情誼也才更感動人心。

凡上所述，皆是蒲公在其俚曲開演前所欲吸引觀眾目光所為，或喜劇登場，或悲劇開始，蒲公並不拘泥任一形式。而這樣的情形從另一角度來看，或許亦可云其乃展現創作方向的無限性吧！

（二）俚曲中間，有曲折故事之用

七部改編的俚曲，蒲公乃分別在〈慈悲曲〉、〈富貴神仙〉、〈磨難曲〉及〈禳妒咒〉四曲中間，都增益了至少數回以上《志異》一書所沒有的情節，而其用意筆者以為極其顯而易見，乃為曲折故事之用，以下乃列舉數例說明。

如〈慈悲曲〉，我們依本章第一節（頁二九二～二九三）所整理的表格可知，在《聊齋志異．張誠》篇中，於敘述完張誠之父娶妻經過後（計三次婚姻），蒲公接著寫道：「繼室牛氏悍，每嫉訥，奴畜之，啖以惡草具，使樵，日責柴一肩，無則撻楚詬詛不可堪。隱蓄甘脆餌誠，使從塾師讀。」[22] 寫後母荼毒前妻之子，而卻私藏積蓄，供己兒上私塾之事。但在《俚曲》裡，蒲公除寫張訥被後母凌辱、刮打、吃冷飯，及穿著沒底的鞋，而腳底早已因扎著半指多長的針而潰膿，但後母卻毫不關心外，還用二回多的內容寫張父因不忍見其兒受虐，而把他送到其妹趙大姑處，並在趙大姑家受到極妥善的照顧，起居飲食不虞匱乏，而且還供他上學讀書。可見連自己姑姑都如此細心照顧，視如己出，怎麼身為母親者，雖是後母，卻如此刻薄自己的孩子呢？這當真是於心何忍啊！

而曲中第三回整回乃後母想去趙大姑處要回張訥，但卻遭趙大姑羞辱而還，罵來酣暢淋漓頗為精彩，如：

> 作後娘，沒仁心，好不好剝皮抽了筋，打了還要罵一陣，這樣苦楚好不難禁！五更支使到日昏，飽飯何曾經一頓？吃畢了才把碗敦，叫他來刮那飯盒，你把天理全傷盡！你來叫他也不是相親，想必要給他個斷根，你那

黑心還不可問！[23]

這番罵語，聽來豈不令人大感痛快！

但劇情至此又一轉折，乃蒲公增補了最疼張訥的趙大姑過世了，而雖趙家子嗣皆歡迎張訥繼續住下，可是張訥以為自己已無再住下的理由，是而又再次地回到原來家中。回到張家後，後母的臉色自不待言，但後母之子張誠，雖從未與張訥謀面，卻在第一次見面時，便立即認出張訥來，且歡喜地抱住了這同父異母的哥哥，又吃飯時幫其添飯，掃地時幫其打掃，心裡頭無時無刻不想著這位哥哥。這顯現的是什麼？顯現即使是趙大姑子嗣這樣的「外人」，及年方十餘、「曉事不多」的異母弟，都知道要疼惜親人，扶助弱小，但身為「母親」者，卻為何連「外人」、連「曉事不多」的兒子都還不如呢？這些是蒲公改編《聊齋志異》作〈慈悲曲〉時所增補，而透過這樣的情節，使故事更加曲折，反射出後母荼毒子女的不是，也更深一層地挑起觀眾對劇中後母角色的不滿，達到戲劇引人入勝的目的。

又如〈富貴神仙〉及〈磨難曲〉乃增益《聊齋志異・張鴻漸》而有。在〈富貴神仙〉部分，蒲公在曲中主要增加了四個部分：第一是第二回中，方娘子之夫張鴻漸因主筆狀詞，狀告知縣老馬後逃逸，而知縣老馬一氣之下，便將方娘子擒捉入獄，這一部分乃蒲公再次著墨描繪知縣老馬的惡吏形象，而挑動觀眾情緒，讓其對惡吏更加反感。第二則寫方娘子被捉入獄後，其兄方二相公不甘，乃發憤圖強，一年後赴京考中會試，並「刻意」因緣際會地救了危在旦夕的當朝奸臣嚴嵩之子嚴世蕃，二人遂成好朋友，因而借助嚴世蕃之力，殺了知縣老馬，救了方娘子。這裡說的又是什麼？說的便是人生中，有時為求達到某些目的，即使目的是正面的，但卻不得不阿附權貴顯要，這是時勢所逼，卻也是現實的無奈呀！第三乃寫張鴻漸避禍逃離家鄉後，在一旅館中重病幾死，幸而貴人相助，旅館主人仗義相救，才救回一條垂死之命。增補此處，乃是讓故事主角多歷磨練，而千鈞一髮之際，卻又絕處逢生，這樣的情節乃純為曲折故事之用，並無其他特別用意，而一般戲曲故事也多有此曲折情節。第四則寫方娘子因丈夫離鄉避禍，而獨自擔負起教養稚子，以成一知書達禮之人。這說的又是中國傳統婦女美德之事，蒲公於此在曲折故事之餘，又多了一層教育世人的目的。綜觀〈富貴神仙〉所增補的四處內容，雖其中某處隱含有教化意義，但無疑的，曲折故事，讓故事更加豐富，才是他增補的最大意義。

而在〈磨難曲〉其曲中情節部分，我們依第一節之表格（頁二九六～二九七）可以看到，無論是第二十三回、二十四回的「二瞽作笑」、「二姬歌舞」，或者在第二十八回張鴻漸懲罰當初押解他而對其極盡刻薄的兩個官吏，都是為曲折、豐富故事而有，若減之，則對通篇故事亦無影響。但其中較可一觀的是，在第五回及第二十九到三十五回中，共計有八回內容討論到三山大王任義一事，這裡除曲折故事外，筆者以為，蒲公特別要強調「官逼民反」的意識。在蒲公筆下，據山為王的強盜是比許多噬人的「父母官」可愛的，如知縣老馬會隱瞞聖上免稅的諭旨、強索稅糧，但「草寇」們呢？其云：

> 俺今日雖然打獵，看山下有什麼行人，拿來見我。如有官兵解糧，以鳴鑼為號，上前殺去。若有買賣商人，十

分之中取他三分，放他過去。眾人吶喊一聲。

俺不是自己托大，那官兵直些什麼？長槍一刺仰不踏，齊逃生還要夢裡怕。若是商客不要殺他，休像貪官惹的人人罵。……[24]

對待商人是「十分之中取他三分，放他過去」，又云「若是商客不要殺他，休像貪官惹的人人罵」，而若以此相較那知縣老馬罔顧人命的逼繳糧稅、中飽私囊，這群強盜們則顯然可愛許多。

綜觀上述，蒲公在俚曲中間部分增加了許多《聊齋志異》故事裡所沒有的情節，其中固然可見得蒲公某些意念的闡述，這是他所刻意有所為的；但絕大部分則是其用來曲折故事，純粹為使內容延長、連續，以滿足觀眾的欣賞，事實上若摘除掉這些延長的內容，甚至是摘除掉為意念而鋪陳之內容（如〈磨難曲〉中三山大王竟佔八回之多的篇章），於故事整體之架構而言，亦不會有任何影響。換言之，若將這些增補情節相較其主題部分，則筆者以為十之八九實為權充篇幅之用。

（三）俚曲結尾，以凸顯教化之功

在改編過程中，蒲公最常於結尾處給予曲中善人享以高壽，或其子孫得第中舉之結果，原因無他，乃俚曲之作本為低下階層而為，而給予一圓滿結局，則可讓一般窮苦百姓寄予生命的希望與信仰的滿足。何以言之？清苦、辛勞是大多數平民百姓的生活體驗，故人之本性總希望能見到人生的光明面；又「善有善報，惡有惡報」，更是所有百姓的認知需求，因為唯有如此，則人民也才甘心於現狀的惡劣，而懷抱著只要心存善念、腳踏實地，則終有一天必將苦盡甘來。所以歷來許多作家（尤其戲劇作家），都願意給所有人希望，而創作大團圓結局，這中間自然隱含不少如此憐憫百姓的情緒於內，否則現實世界的殘酷，豈能都像戲曲中美好的結局一般？

改編的俚曲裡，除〈姑婦曲〉及〈翻魘殃〉二部，在原《聊齋志異》〈珊瑚〉及〈仇大娘〉中即給予中舉善報外，其餘五部蒲公均刻意在曲末結束時，又鋪敘了劇中主角或其家人中舉或高壽的善報情節，這顯然就是筆者先前所言，乃作者寄予廣大窮苦的百姓們其「生命的希望與信仰的滿足」。如〈慈悲曲〉中張訥、張誠兩兄弟分別登進士及中舉人；〈富貴神仙〉及〈磨難曲〉結局相同，乃張鴻漸中進士後，累官至吏部尚書，且長子官至祭酒，次子亦中進士，三子中了舉人，又五個孫子，一個刑廳，一個翰林，其餘都是名士，極其富貴顯耀；〈禳妒咒〉故事，在原《聊齋志異・江城》裡僅言其「會以應舉入都，數月乃返」[25]，並未言其中舉與否，但〈禳妒咒〉裡則寫主人翁高蕃不僅中了進士，且還選了翰林呢！而在〈寒森曲〉中，則寫商員外活至高壽九十三，並得誥贈尚書，且二子亦皆中進士，長子商臣後官至尚書，次子商禮選了揚州刑廳，而商家女兒商三官，更因孝感動天乃升格為神，一家榮顯富貴。凡此，皆可見其勸善教化的意味濃厚，同時也讓低下階層的平民百姓們充滿希望，這是蒲公增補此番情節之最大用意。

改編故事之價值與真意，筆者以為誠如大陸研究蒲學之專家關德棟於其〈讀聊齋俚曲札記〉中所說：「其實，膾炙人口的成功作品，並不完全在於寫什麼樣的題材，取材於何處，有著怎樣的故事情節，重要的是在於作者究竟如何追求信念，並以何種態度對待現實和以什麼思想指導寫作。所以作者『依仿古事』有所衍設，僅是在採擷中汲取靈感進行再創作，這不僅無損於其藝術成就的光輝，而往往卻使之以嶄新面貌出現更放異彩。」[26] 而《聊齋俚曲》許多的篇章即乃脫胎換骨於《聊齋志異》故事中，或有依其劇情，而用俚曲白話呈現；或有就《聊齋志異》內容再擴充描寫；或有結合二篇《聊齋志異》之故事以成一俚曲等三種方式改寫。並其風格上有文字雅俗之異、內容簡繁之別及情節增益之趣不同，但一「刀」一「劍」，卻是各擅勝場，無分高下。又筆者更以為，從《聊齋志異》或許見其雅奇之趣，但從《聊齋俚曲》卻可見到一滿懷濟世匡俗、悲憫百姓的「蒲大善人」，他的俚曲振奮人們拾起信心，他的俚曲勸戒世人消除惡念，他的俚曲呼籲百姓拿出良知，終極目標，他的俚曲期盼家齊、國治、天下平，而引領人民走向真、善、美之美麗境界，這一部分的影響所及，在某些角度而言，乃《聊齋志異》所遠比不上的！

注　釋

1　黃宗義：《南雷文案·辭張郡侯請修郡志書》（商務印書館四部叢刊影印孫氏小綠天藏原刊本），卷二。

2　蒲先明整理、鄒宗良校注：《聊齋俚曲集·前言》（北京國際文化出版公司，西元一九九九年十月），頁二九～三〇。

3　張友鶴輯校：《聊齋志異》（台北里仁書局，民國八十年九月），冊一，〈各本序跋題辭〉，頁二三。

4　盛偉編：《蒲松齡全集》（上海學林出版社，西元一九九八年十二月），冊一，總頁六三六。

5　同注4，冊三，總頁二四七七～二四七八。

6　同注4，冊一，總頁一八一～一八二。

7　同注4，冊三，總頁二六七一。

8　同注4，冊一，總頁八七九。

9 同注4，冊三，總頁二八九四～二八九五。

10 按：古時在將碎錠之銀鎔鑄時，必會有所損耗，故在政府徵取時，通常每兩會再加徵二至三分以抵其損，名之「火耗」。

11 按：在《聊齋志異》中蒲公安排范栝為仇祿之妻弟，而在《聊齋俚曲》中則為其妻兄，於此則因《志異》先作，故即以「妻弟」稱之。

12 同注4，冊一，總頁九一五。

13 同注4，冊三，總頁二五八七～二五八八。

14 同注4，冊三，總頁二七六七。

15 同注4，冊三，總頁二七六七。

16 同注4，冊三，總頁二七七〇～二七七一。

17 同注4，冊三，總頁二九八一。

18 同注4，冊三，總頁二九八四～二九八五。

19 同注4，冊三，總頁二五〇七。

20 同注4，冊三，總頁二五〇七。

21 同注4，冊三，總頁二五〇八。

22 同注4，冊一，總頁二〇一。

23 同注4，冊三，總頁二五二一。

24 同注4，冊三，總頁二九九八～二九九九。

25 同注4，冊一，總頁七五一。

26 關德棟：〈讀聊齋俚曲札記〉（山東《蒲松齡研究》，西元一九九七年十二月，總二十六期），頁一。

第 6 章 ▶▶▶

《聊齋俚曲》之語言藝術

宋人王正德曾在其《餘師錄》中引李芳叔語：「常言俗語文章所忌，要在蹔句清新，令高妙出群。須眾中拈出時，使人人讀之特然奇絕者，方見功夫也。又不可使言語有塵埃氣，唯輕快玲瓏，使文采如月之光華。」[1] 此乃言文章貴雅而忌俗。但這樣的說法是否正確呢？殊不知蘇東坡亦曾在寫與其侄的一封書信中說道：「大凡為文，當使氣象崢嶸，五色絢爛，漸老漸熟，乃造平淡。」[2] 可知年輕氣盛，文章講究華麗絢爛，但歷事愈多，則方知平淡適足以顯其大。而吳曾更說道：

> 前輩未嘗敢自誇大，宋景文公嘗謂：「予於為文，似蘧瑗。瑗年五十，知四十九年非；余年六十，始知五十九年非。其庶幾至道乎？」又曰：「予每見舊所作文章，憎之，必欲燒棄。」梅堯臣曰：「公之文進矣，僕之為詩亦然。」故公晚年修《唐書》，始悟文章之難，且嘆曰：「若天假吾年，猶冀老而後成。」南城李泰伯敘其文，亦曰：「天將壽我乎，所為固未足也。」類皆不自滿如此，故其文卓然自成一家。善乎歐陽公之言曰：「著述須待老，積勤宜少時。」豈公亦有所悔耶？[3]

可見積少之勤學，而老時方可著述，否則必時有所「悔」。而文學乃語言雕塑的藝術之作，該雅、該俗，乃端視文體、時代、人物、場景等各類因素，非一味「雅」乃謂之佳作，否則《詩經．國風》中〈摽有梅〉之言：「舒而脫脫兮，無感我帨兮，無使尨也吠。」[4]於先秦時不亦極「俗」之描寫，然孔子何以取之為教材呢？而文章已是如此，更何況小說所寫更多是市井小民的生活經驗，故豈能全然以「雅」行文，若果是如此，則「失真」恐怕會是歷代小說的通病才是。

蒲公文章，我們見其《聊齋志異》乃大致寫成於不惑之年以前，即可曉其衙官屈宋之筆力；更遑論俚曲乃大都成於其晚年之際（除〈窮漢詞〉、〈琴瑟樂〉、〈俊夜叉〉、〈醜俊巴〉四曲據本論文第二章考證，應寫於五十歲以前以外），為文已至一收放自如、隨心所欲的境界，這時他作品的最大特色是什麼？是否仍是花團錦簇的運用各種修辭技巧或千變萬化的語言風格？很意外的，答案並非如此。他文字仍然有修辭，但趨於「平淡」，只是運用幾種最深得民心的技巧罷了；他語言仍然有風格，但走向「群眾」，只是選擇和大多數低下階層更接近的方言土語而已。這些在士大夫、在所謂的雅士，所不敢為、不屑為或不能為的風格中，蒲公卻超乎常人之上，傾盡全力創作《聊齋俚曲》，其內容並深深打動人心，影響所及，筆者甚以為乃千百倍於所謂「雅文」。換言之，修辭是雅，語言有俗，而「雅中有俗」無疑便是他俚曲的最大特色。故本章乃對之「趨於平淡，走向群眾」的修辭技巧與語言風格作一探討與瞭解。

第一節　修辭技巧

修辭技巧的運用，是舉凡稱之為「文學」者所皆具，並且依文體形式的不同，而取用不同的修辭方法。由於這是一種引起閱讀者視覺上的美感或音韻上的和諧而有，故乃可見其「雅」之處。而如前所述，蒲公俚曲由於是給一般低下階層的平民百姓所觀看，故並不炫耀地使用多種的修辭技巧。相對的，他只著重在最引人注目、且最能引起平民興味的部分，即是對偶、排比及歇後語等三種，雖是看似簡易的修辭法，但由於應用得當，觀眾易於接受，故往往能有驚人之效，以下乃分別舉例說明之。

一、運用對偶，匠意巧心

劉勰《文心雕龍・麗辭》中云：「造化賦形，支體必雙，神理為用，事不孤立。夫心生文辭，運裁百慮，高下相須，自然成對。」[5] 乃指運裁文辭，而使字數相等、句法亦大致相同或相擬的修辭技巧。暫且不提其內容是否典雅或粗俗，因那是「語言風格」的範疇。但若單就形式而言，這無疑便是一種「雅」的表現。在蒲公《聊齋俚曲》中，光是寫於各俚曲之各回上、下場詩者，便計有一百二十一首（但並非每部俚曲、每一分回都有上、下場詩），而這也是蒲公應用對偶修辭最顯明的地方，如〈富貴神仙〉第六回下場詩云：

書齋冷落無音信，閨閣喧嚷有是非。

「書齋」相對「閨閣」，「冷落」相對「喧嚷」，「無音信」相對「有是非」，豈不形式對偶而顯得雅致呢？又〈富貴神仙〉第十回之下場詩亦寫道：

若無孟子三遷教，哪得燕山五桂芳？

其對偶之修辭乃顯而易見。而其他我們再隨意列舉數例以觀之：

我叫他兒我不安，他稱我老亦徒然；
願情彼此相交換，只怕那經紀評評要找錢。（〈牆頭記〉第一回下場詩）

年少嬌癡女，提刀報父仇；
偷生男子愧，畏死婦人羞。
自古稱英雄，多死婦人手；
一死不足惜，扒心又斬首。（〈寒森曲〉第三回下場詩）

陽間不能皆聖朝，陰間哪得盡神堯？
吉凶顛倒真難比，只要油鍋煠不焦。（〈寒森曲〉第五回下場詩）

顏淵夭死意如何！曹操奸臣福壽多；
伯道無兒千古恨，英雄幾個告閻羅？（〈寒森曲〉第六

回下場詩）

終南山裡見紅妝，忽到廣寒近玉皇。
他日蟠桃會上見，應將笑臉接純陽。（〈蓬萊宴〉第六回下場詩）

年歲周花甲，鬢邊白髮生；
有子萬事足，無妾一身輕。（〈禳妒咒〉第二回上場詩）

織女含情久，牽牛欲渡河；
人生得意事，莫如小登科。（〈禳妒咒〉第八回上場詩）

堂上煉磨如戒僧，一朝鬆手去如繩；
恨他日日眠花柳，敞你從今悶氣蒸。（〈禳妒咒〉第二十回下場詩）

「對偶」乃屬於修辭學上，最易為讀者所觀察、並所理解的修辭法之一，在兩個句子之中，如同整齊畫一的兩列衛兵，使我們看到文字對仗的和諧，而形成一種平衡的美。而凡上之所列，實可見得蒲公在此「對偶」形式之用心。

二、巧用排比，語勢緊湊

排比的用法，同樣是「雅」形式的表現，而其用途有使結構緊湊、語勢加強、周全語意並突出重點等作用，這種手法在戲曲中尤其普遍，因為在唱的過程中，乃易用同一曲牌、同一節奏，反覆地唱出曲中角色的心聲，如此娓娓道來、細細款述，則必易牽動欣賞者的心緒。《聊齋俚曲》裡，這種修辭法的使用亦相當普遍，如〈醜俊巴〉中豬八戒冥想著與潘金蓮翻雲覆雨時，乃有一長串排比手法云：

> 頭上一朵烏雲亂，我的姐姐呀潘金蓮；一雙俊眼如秋水，我的親親呀潘金蓮；兩道蛾眉彎又細，我的嬌嬌呀潘金蓮；有紅似白芙蓉面，我的妹妹呀潘金蓮；兩行牙齒白如玉，我的肉肉呀潘金蓮；腰兒一掐風情軟，我的親人呀潘金蓮；花鞋瘦小剛三寸，我的心肝呀潘金蓮。[6]

讀來不亦有使結構緊湊、語勢加強、周全語意並突出重點之感嗎？而〈磨難曲〉中，張鴻漸與其子二人同進闈場，一段兩人挑燈夜戰、應試考題的情景，蒲公便寫道：

> 一更鼓兒敲，一更鼓兒敲，場裡行人靜悄悄，處處掛青簾，都把銀燈照。卷子展開色，卷子展開色，磨墨聲聞百步遙，個個都吟哦，好似蛐蟮叫。
>
> 二更鼓兒輕，二更鼓兒輕，場裡火光一片明，處處啀哼哼，好像是誰有病。號裡少人行，號裡少人行，雖是無聲卻有聲，好似一集人，隔著十里聽。
>
> 三更鼓兒乒，三更鼓兒乒，頭眼昏沈漸困乏，時聽的問點話，聲兒也不大。手兒緊抓抓，手兒緊抓抓，低頭忽如身在家，好像坐繡房中，別屋裡人說話。
>
> 四更鼓兒真，四更鼓兒真，此時筆管重千斤，才寫了四五篇，覺著手疲困。恨那打更人，恨那打更人，打的更

點未必真，交四鼓多大霎，又咱五更盡？

五更鼓兒天，五更鼓兒天，滿臉皆薰燭蠟煙，常拭那眼角弦，只覺燈光暗。手腕疼又痠，手腕疼又痠，剩了勾十行愈發難，只聽的號兒吹，一聲裡快交卷。[7]

由一更、二更……至五更，層層寫來，每一時刻有每一時刻的心緒，從其結構、語勢上來看，大體緊湊而密實。其他在《聊齋俚曲》各部中使用排比的情形還有如〈禳妒咒〉在第二十回寫道：

春色溶溶，春色溶溶，杏花良宵雨聲中。黃鶯兒枝上啼，驚醒了團圓夢。暖雨和風，暖雨和風，此宵難得一伴同。獨坐悶懨懨，只將裙帶兒弄。

夏熱難當，夏熱難當，明珠劈黃小荷香。細腰兒瘦伶仃，只覺著沒處放。夜晚汗如漿，夜晚汗如漿，小閣清風枕簟涼。孤零零一個人，懶進那輕紗帳。

秋夜淒涼，秋夜淒涼，知時蟋蟀解親床。砧聲和雁聲，都叫人聽不上。鐵馬兒叮當，鐵馬兒叮當，風雨蕭蕭夜打窗。若一年兩個秋，便把殘生喪！

冬雪霏霏，冬雪霏霏，江頭吹落豆稭灰。此時夜如年，溫不暖紅綾被。獨守孤幃，獨守孤幃，病起烏雲正作堆。也合那歡樂人，照樣添一歲。[8]

又如〈禳妒咒〉第三十一回中有：

一和解，坐臥思量頭不抬。哎喲！想殺奴了麼呀，我的乖乖！

二和解，帶病不曾上床來。哎喲！害殺奴了麼呀，我的乖乖！

三和解，忽見燈光一夜開。哎喲！喜殺奴了麼呀，我的乖乖！

四和解，洞裡躲賊賊不來。哎喲！你上來罷麼呀，我的乖乖！

五和解，春裡風箏抱在懷。哎喲！你放放罷麼呀，我的乖乖！

六和解，馬鈍途長日又歪。哎喲！快著些罷麼呀，我的乖乖！

七和解，脂油熬菜油吃齋。哎喲！葷了奴了麼呀，我的乖乖！

八和解，丫頭買貨到當街。哎喲！叫一聲罷麼呀，我的乖乖！

九和解，急待著烹茶水未開。哎喲！聽聽聲罷麼呀，我的乖乖！

十和解，打破的碗兒對上來。哎喲！休要動了麼呀，我的乖乖！[9]

〈磨難曲〉第二十二回裡則有排比如：

正月裡[10]，千里存亡未可知。人家都把元宵鬧，俺家嘆苦愁別離。我的哥哥咳！我的皇天哥哥！

二月裡，柳條青，百草萌芽向日生。百草尚有還魂日，行人何日轉回程？

三月裡，上墳墓，家裡麥飯過清明。誰家寡婦墳頭哭？唯有愁人不肯聽。
四月裡，日初長，大麥青青小麥黃。閒著繡戶門兒坐，不知燕子都成雙。
五月裡，端陽來，榴花如火向人開。空將艾虎門前掛，誰共菖蒲酒一杯？
六月裡，見荷花，行人遠去不歸家。昔日花開合他看，今日花開不見他！
七月裡，是秋天，牛郎織女會河邊。人人都有悲秋恨，何況天涯人未還！
八月裡，月正圓，過了十五少半邊。奴家就似半邊月，夜來孤影照床前！
九月裡，樹葉黃，人人沽酒過重陽。菊花開放人何在？又見南飛雁一行。
十月裡，更傷懷，人人祭掃苦哀哀。遊魂遠隔天涯外，望想南柯夢裡來！
十一月，夜正長，滴水成冰在異鄉。又想又愁又是恨，又逢長夜苦難當！
十二月，辦年忙，處處行人返故鄉。但得他鄉人兒在，縱然離別也無妨。[11]

而〈增補幸雲曲〉第十一回裡則有：

第一怨怨爹娘，只顧你早先亡，撇的孩兒沒頭向。七歲落在姑娘手，賣在煙花去為娼，朝打暮罵無指望。你死在黃泉之下，怎知兒苦處難當！

> 第二怨怨姑娘，罵潑賤太不良，心如蛇蠍一般樣。爹娘死去託了你，圖財就把天理傷，老天只在頭直上。我和你哪輩子冤恨，害的我進悽惶！
>
> 第三怨怨賤人，罵虔婆忒狠心，我死在黃泉把你恨。好人家養的兒和女，打著合人家漢子親，良心天理順不順？眼望著家鄉遙遠，誰是我六眷的親人？
>
> 第四怨怨青天，生下奴苦難言，俺又沒把天條犯。既在空中為神聖，這樣苦人在世間，也該睜眼看一看。若不是前生造孽，現放著劍樹刀山。
>
> 第五怨怨自家，想前身作事差，今生落在他人下。照照菱花看看影，叫聲薄命的小冤家，幾時捱夠打合罵？倒不如懸梁高吊，一條繩命染黃沙！[12]

凡如此例，不勝枚舉，其乃分別運用不同的時間、景致、情緒等加以鋪陳排比，欲使文氣看來更有力道亦更具氣勢，這是蒲公在《聊齋俚曲》修辭技巧上之相當著墨用心處。

三、妙用歇後，意在言外

歇後語大致由前後兩部分所組成：前半部乃以生動活潑的方式，對事物或行為加以描述或形容，主要欲勾起閱讀者的聯想；後半部則是依從前半部之形容，合理的揭示其潛藏之真意。這在某種程度上，就恍若謎題與謎底一般，前半截為之提出謎題，後半截則揭曉謎底。但較不同的是，謎題大致較難，要人猜不出答案為何；但歇後語則大致要人心領神會，望之而心有戚戚焉，引會心之一笑。故「歇後」乃有言在此而意在彼

──「意在言外」之趣味。

而歇後語之應用方式有二，一是喻意，一是諧音。「喻意」乃指就前半部之描述，合理推出其意義所在；「諧音」則透過後半部關鍵詞語之音同或音近關係，形成一語雙關，自然巧妙地導出結果，二者手法不同，卻各具巧意。蒲公《聊齋俚曲》由於是給鄉俚百姓所看，而歇後語之使用，在低下階層中更屬平凡，故在劇中應用歇後語，實可充分顯出劇中所描繪一般百姓之言語方式，拉近觀眾和演出者的距離，而這即是蒲公在俚曲中大量應用歇後語的原因。以下即依「喻意歇後語」及「諧音歇後語」列舉數例以觀之。

（一）喻意歇後語（文字標楷體處，為歇後語）

何大娘說：「我已待著他去；你降著我攆他，我就只是不著他去！莊家老得罪著老龍王，只怕怪下來，不上俺那地裡下雨的。」（〈姑婦曲〉第一段）

安大成種著幾畝薄田，日子難窘，惟有二成寬容。自從遭了官司，弄的少擋沒系，又搭上人來索債，叫花子躲亂，──窮的討飯還帶著不安穩。（〈姑婦曲〉第三段）

張炳之正打著盹，忽然抬頭，見轎馬人夫，來了一大些。內中兩匹馬飛奔而來，下了馬，卻是大兒張訥。張炳之喜極了，還沒問出話來，看了看後頭就是張誠，愈發喜極了，眼中落淚，竟問不出了。不多一時，張老爺也到了。張訥稟了來歷。張炳之這一時裡，八十的老頭轉磨磨，幾乎暈煞了！（〈慈悲曲〉第六段）

秋桂見他只顧尋思，便說：「張天師閉了眼——你出什麼神哩？」行說著，端了菜碟來，又燙了酒來。（〈翻魘殃〉第二回）

不要燒，耍把戲的開了箱，只怕還弄出故事來哩。我正愁著老頭子問我，我沒嗄答應哩。（〈禳妒咒〉第十三回）

騎大馬，走長街，小大姐笑掉了褲子，喜起來顧不得難看。（〈富貴神仙〉第十一回）

玉座說：「你好出醜！你就是豬八戒家生的那孩子，弄出那些醜樣子來了。」（〈增補幸雲曲〉第十二回）

（二）諧音歇後語（文字標楷體處，為歇後語）

張大把眼一瞪說嗤，我當是待說什麼呢！拿著筷子敲菜碗，——我知道你是飯飽了弄筷（弄款，即生事之義）。（〈牆頭記〉第一回）

趙大姑聽說，那氣就粗了，說：「耶耶！誰賴您那孩子來麼？麵盆裡加引子——你這不發（將「發麵」作「發作」義）起來了麼？」（〈慈悲曲〉第三段）

誰想漸漸的舊病發了，這兩日夢蔔窨子被了盜，掘開了（即罵起來了）。（〈慈悲曲〉第三段）

方二爺說的話，俱是關著屋門燒濕柴火，有意存煙（存

掩，即掩藏義也），時時談論那盧龍知縣的「好處」。（〈富貴神仙〉第四回）

胡生說放著錢不給，張龍拾起錢來，說我倒有錢，只是不給你！胡生拾起卦盒，說天那天！這卦也算不得了，不如去他媽的罷！阿彌陀佛！還要見貴人；禪和子念經沒撞鐘，只怕吊著不打，就是擊磬（吉慶）。（〈磨難曲〉第二十八回）

若見了他時，就像那二月二的煎餅。皇帝道：怎麼講？六哥道：就攤（癱）了呢！（〈增補幸雲曲〉第八回）

那王龍鼓掌大笑道：「莊家不識木梨，好一個香瓜（鄉瓜）！」萬歲自思：「作死的王龍，真是拿著我當個憨瓜。」（〈增補幸雲曲〉第八回）

事實上，歇後語是否可用以認為是修辭的一種，歷來多所爭議，但筆者以為如陳師道《後山詩話》中論及黃山谷運用歇後時說道：「黃詞云：『斷送一生唯有，破除萬事無過。』蓋韓詩有云：『斷送一生唯有酒，破除萬事無過酒。』才去一字，遂為切對，而語益峻。」[13] 乃更使語氣峻潔，省去重複「酒」字之繁複。可知歇後語自然可屬修辭之一種，至於其文辭雅或不雅，那是內容問題，非關形式。而另一方面，我們知道小說、俚曲題材中，並非全然僅有才子佳人；相對的，搭配才子佳人的三姑六婆、僕役女婢等低下階層者相當多，故其對話若一味舞文弄墨、追求文雅，則必然失真以致不符本性，更何況其中尚有頗多是以「粗俗」的綠林好漢或鄉野村夫為主角的呢！所以筆者以為蒲公大量使用歇後語乃是真正的切合現實、反映社會，在與觀眾相同「語言」的方式下，達到他俚曲勸善教化的真正目的，且技巧乃引人發噱，而成效亦更卓著才是。

綜觀上述三種修辭法，雖是再平易不過，但呈現於觀眾面前時，其簡單明瞭、俗而有力的特色，卻是最能深入群眾內心而為其所接受，這是我們在創作時，所應特加思索並予以學習的地方。

第二節　語言風格

誠如魯迅之云：「自己放出眼光看過較多的作品，就知道歷來的偉大作者，是沒有一個『渾身是靜穆』的。陶潛正因為並非『渾身』是『靜穆』，所以他偉大。」[14] 可知「靜穆」的作家是有所局限、被拘束的。而《聊齋俚曲》別出心裁的語言風格，無疑便是其最大特色，其計四十餘萬字之內容，行文普遍採用淄川方言，絲毫不以作品將受語言局限而引以為意，只求依本心創作，祈教育鄉鄰；又語近百姓，不避粗俗，全然呈現社會寫實之一面；再加上用語幽默，雖是「教化」，但卻擺脫傳統教條式之枯燥內容，力求潛移默化人民之心性。常言道，舞台為人生之縮影，蒲公深領其意，故語言風格上，匠心獨具，實足為吾輩所應探索並加以學習。

一、方言土語，如鄉鄰語

淄川地區之方言土語，早在西元一九九四年時，便由大陸學者孟慶泰及羅福騰二人編了《淄川方言志》[15]，將之完整收錄，共分緒言、語音、詞彙、語法及語料記音等五章、二十餘萬言，翔實完備。而其最重要之取材來源，即為蒲松齡所作之十五部《聊齋俚曲》，故可知《聊齋俚曲》一書，除應用方言土語之繁多外，更大價值乃在於語料之保存。

由於《淄川方言志》乃用《聊齋俚曲》為底本，已將其語彙、語法等詳盡介紹，於此筆者即不再贅述，僅列舉數例以證明其應用方言土語之普遍，而觀眾於觀戲時，則有如鄉鄰之語的親切感即可。如〈牆頭記〉第一回中，張老想把地要回，卻遭兒子辱罵一段寫道：

> 不免叫他一聲大漢子，大漢子。張大說吃的飽飽的，叫喚什麼？張老笑著說我一件事合你商議。張大說是什麼事？張老說我思量著，每日情飯吃，也勞苦你，不如還給我那地罷。
>
> ……
>
> 老頭子忒也差，當日分地為什麼？今日又說糊塗話。一個口唱兩個曲，放屁又要著把拿，是別人我就失口罵。我勸你依老本等，還便宜你一個疙瘩。[16]

在這裡張老稱其兒為「大漢子」，這便是山東方言裡的叫法，乃稱自己的大兒子，而語氣上則較直呼自己兒子的乳名來得客氣之意。而張大在回話時說，「我勸你依老本等，還便宜你一個疙瘩。」其中的「老本等」及「一個疙瘩」亦皆是山東方言，「老本等」乃指老老實實、固守本分之意，而「一個疙瘩」乃山東方言表貶損老人的稱呼，其為「一個老疙瘩」的省稱，而意即為一個老東西。所以這樣的說法在外地人聽來是有隔閡，但對淄川人而言，卻是再口語、親切不過了。

又如〈姑婦曲〉第二段中，珊瑚被丈夫休掉後，寄住於何大娘家，但珊瑚的婆婆卻又來逼何大娘不准收留珊瑚，其中寫道：

> 不說于氏受氣而去。且說珊瑚聽的吵鬧，索性藏了，只等于氏家去了才出來，便說：「不可為我又著大娘生氣。看生出事來了，我去罷。」何大娘說：「象呀！老母豬銜著象牙筷子，——他就裝煞，也是殺才。怕他怎的！」[17]

其中「象呀！」一語，若不明瞭其乃山東方言的話，可能還以為是「好呀！」之類的話語，但事實上其意乃「不必」、「沒這個必要」，而這和「好呀！」的解釋，豈不有天壤之別！

又如在〈慈悲曲〉第四段裡，收養張訥的姑姑去世後，其表哥們留他繼續住，但張訥思考後認為終究還是得回自家去，表哥們也認為他說的有理，就不留了時寫道：

> 他哥們見他說的有理，他老子看看他成了塊了，也禁的揉搓了。張訥從新給他哥們磕頭。[18]

這「成了塊」即言身材長成、結實之意，而「禁得揉搓」則說能耐得了折磨。這些全是山東淄川之方言，若不加以解釋，恐怕他地之人是不易瞭解的。

而十五部俚曲，全數都是用如此之山東方言所構成，如「不得地」表處境艱難，「沿地裡」表到處，「白黑的」指不分晝夜，「怪想飽」指極飽，「拾了他去」表領養他去，「老拘遠裡」指離得老遠，「作什麼精」指作什麼怪，「打瓜」指居間說人閒話，「烏溫」指溫和，「迂囊」指沒本事，「剛查子」指沒人敢惹的人，「定醒」指定心分辨，「撒了撒」表望了一望、看了幾眼，「拿發」指使人就範，「揭巴」指困窘等，多不勝數，但所幸《淄川方言志》中已作詳細介紹，而鄒宗良所編寫之《聊齋俚曲集》裡亦有詳盡注解，筆者提此只是說明蒲公《聊齋俚曲》之行文風格，其用意主要表現勸善淄川之人民，故羼雜了大量的方言土語，以求與觀眾接軌，而這正是其語言文字上的最大特色。

二、不避粗鄙，刻畫真實

《聊齋俚曲》中許多搬演的即是現實社會的景象，如〈牆頭記〉、〈姑婦曲〉、〈磨難曲〉、〈慈悲曲〉……等，或在現實景象下，對社會的不滿，繼而將想法投射於俚曲故事的意境之中，如〈蓬萊宴〉、〈寒森曲〉、〈快曲〉、〈增補幸雲曲〉……之類。但我們要注意的是，這其中許多角色的扮演便是當下低層階級的人物，故生動故事、貼近現實，講究他們對話的寫實，便絕不可或缺，這是蒲公特別重視，進而創作與他類文學作品不同語言風格的原因。緣此，《聊齋俚曲》除了應用前面所提之「方言土語」外，筆者以為中下階層說話不避粗俗的率真，亦實是其語言表達上之一大特色。

不避粗俗的語言特色，在蒲公之俚曲可說俯拾皆是，而其粗俗的程度絕對可使一般所謂之雅士「嘆氣」，但卻可讓作品極富「生氣」。如〈翻魘殃〉中二相公仇祿因不願在考場中幫妻弟范栝應題作答之一段裡寫道：

> 范栝說：「你乜個給我寫上罷。」二相公說：「雷同了怎麼了？」范栝說：「你果真不給我？」二相公說：「你怪些也罷。」范栝就惱了說：「狗攮的！你每日吃俺的飯，這點事就求不動你？」[19]

這「狗攮的！」豈不粗鄙之至！但故事寫於此，加上此句，又豈不是把二人對話的生動性，如實的示現於我們的眼前。

又如〈禳妒咒〉中，江城因高蕃譏笑她小氣，乃罵道：

> 小雜種太欺心，開開口就銷撇人，有兩錢就撐他娘那棍！豈不知俺是小家人，怎麼合俺作了親？我只待掘他娘一陣！既嫌俺般配不上，退了婚我就起身。[20]

又是「小雜種」，又是「撐他娘那棍」，又是「掘他娘一陣」，這是劇中高蕃之妻江城所說的話，讀來著實令人「驚豔」！悍婦形象乃全然表露無遺。

另外，蒲公亦寫出即使是知書達禮之士人，若遇到其憤恨不平而難以忍受之事時，他也會氣憤地說出粗鄙之話語來，因為這就是人性。如〈寒森曲〉中商家兄弟父親被鄉中惡霸趙惡虎為爭地而打死，兩方狀告於官府，文中言商臣之為人乃「從來和平」[21]，但見此殺父仇人趙惡虎時，卻不禁大罵出聲，於大堂初審時，蒲公寫道：

> 趙惡虎才坐下，大相公說：「王子犯法，庶民同罪。你不下來跪著，裝你娘的那什麼樣兒！」趙惡虎雖不跪著，卻也不敢坐著了。[22]

爾後縣官受賄，輕判趙惡虎，想叫趙惡虎賠二十五兩子給商家了事時，商臣又罵道：

> ……大相公說：「生員不要錢，使他一兩銀子的，就是他娘的一個孤老！」
> 大發誓怒衝冠，若還使昧心錢，著他娘和他妮子去養漢。他是舉人有勢力，你也不該另眼看，如何就把燒埋斷？老父師忒也不公道，頭直上怕有青天！[23]

斯可忍，孰不可忍！大相公雖是「從來和平」，但見縣官判的不公時，不僅連市井粗俗之語都罵了出來，而且連縣官也一併羞辱。這是蒲公不矯揉造作的寫出「人性」，罵來直令人痛快淋漓、大喝其采！

又如〈磨難曲〉裡方娘子為貪官老馬所捉，其兄方二相公對其言，他日或有得第中舉之時，故要老馬最好主持公道，放其妹妹。但老馬卻貪念昧心、狗眼看人低，絲毫不將方二相公放在眼裡，更別提「公道」二字了。文中乃寫道：

老馬冷笑道等你中了再講。方相公說那時節轎馬送去，不費你的事麼？老馬大怒道你就中了，待怎麼著本縣！方相公回頭說道走走，座他娘的！我料想他不敢教你死。方娘子說二哥哥，你甚志氣，待跪跪個好人，跪他怎麼！二相公說罷！罷！我只拿他當個人來。[24]

這「座他娘的！」可說再粗俗不過，而方二相公乃一讀聖賢書之人，這話語的出現，雖不符合身分，但同筆者前面所言，乃實符人之本性。

文章故事貴在「真」，劉勰所謂「為情而造文」其意即在於此。蒲公俚曲雖語言頗多粗鄙之處，但都適時、適情，毫不虛假造作，而演出時觀眾的回響，可想而知，必然感同身受而引起共鳴才是！

三、詼諧風趣，引人一笑

蒲公俚曲語言的另一特色是詼諧風趣。即使蒲公在俚曲中也不免刻意地穿插一些丑角來製造喜劇歡愉的效果，如〈禳妒咒〉第二十四回「撻廚」即特意編排以兩個廚子的對話，描述不良廚子所應具備的諂（諂媚主人以樂）、懶（懶得費事烹調）、尖（尖嘴猴腮躲事）、奸（奸心端詳上意）及貪（從中貪取利潤）等五種惡行，寫來頗為詼諧有趣，舉例如其言「奸」一段寫道：

秦廚說怎麼奸呢？吳恆說客房裡有了客，給了東西著咱去作，咱可不要傻著頭就作，先伸頭兒去瞧瞧那客，看

> 咱樣的個客，若是打傘坐轎，或是穿著綾羅緞匹，這必是主人敬的了，咱可就買了肝肺來不上碗。秦廚說怎麼呢？吳恆說用心。若是那客戴頂破帽子，穿著身破袍子，咱可就小臘梅的裹腳。秦廚說怎麼說？吳恆說有塊塊就是了。看起這個來，也就自家昧不的良心，養漢老婆不生兒，奸搗的沒了種了！[25]

聽來豈不令人捧腹大笑！但這樣情節的描繪是蒲公所刻意穿鑿附會，故筆者以為乃略帶匠氣之弊。筆者要談的是，蒲公俚曲另有一詼諧幽默，乃直接隨順於故事情節之中，此種筆法則可見其功力之深。如〈牆頭記〉中張老為不肖兒及媳婦所欺辱，終日給他「糊突」（用雜糧麵作成的粥）吃。一日，其親家翁欲來拜會，雖張老被兒子媳婦逼其不得出現、享受佳肴，但張老思考著，若是躲著而能撈點剩菜剩飯吃的話倒也不錯，故乃依順兒意，暫且躲著。沒想到曲終人散之後，所吃的卻仍然是那糊突粥，其寫道：

> 清晨飯日頭高，糊突喝了勺一瓢，雖然多只撒了兩泡溺。肚裡咕嚕如雷響，一堆餓火把心燒，堪堪餓死誰知道？老婆子真有造化，這樣罪何曾摸著！（指其妻早死，故不必受此活罪。）小瓦瓶端出飯來。張老說好了！好了！必然有點東道，可把這肚子包補包補。小瓦瓶放下去了。近前一看呀，原來還是我那糊突冤家！你大號紅黏粥，你名突你姓胡，原來你是高粱作。熱了燙人嘴巴子，薄了照出行樂圖，老來相處你這樁物。摸了摸，呀，老盟兄你幾時死了，一點兒溫氣全無？[26]

最後這「摸了摸，呀，老盟兄你幾時死了，一點兒溫氣全無？」不是讓人在為張老心疼之餘，卻也被其苦中作樂的幽默口吻所引而發會心之一笑嗎？

又如〈禳妒咒〉第四回寫十三歲的高蕃考完童生試後，回家等待放榜，而高蕃之父高仲鴻與其弟高季二人談論著高蕃有無入泮之指望時，寫道：

> 仲鴻說進學這樣難，就不必指望。他孩子又小，不進也罷了。高季說也未必。就若是進，必在三四名；沒有就沒有。仲鴻說怎麼說呢？高季說以下都是錢了。
> 點著名學道笑言也麼開，喜的原不是求真才。心暗猜，必定是大包封進來。只求成色正，不嫌文字歪，把天理丟靠九霄外。哪管老童苦死捱，到老鬍鬚白滿腮。我的天，壞良心，真把良心壞！
> 仲鴻說童生有多大年紀的？高季說咱這臨縣中有一個劉太和，今年六十五了。一夥小童生見了他每日考，便都戲他說：劉大爺，你好作詩，何不作一首？劉太和說：什麼為題？眾人說，就指著自家罷。劉太和順口念道：從哪來了個春風鼓，童考考到六十五。沒錢奉上大宗師，熬成天下童生祖！
> 仲鴻大笑說這也可笑可笑！[27]

在對話之間，巧妙的戲謔了當時的貪官污吏，筆法自然，但警世意味卻再濃厚不過了。

又有如〈窮漢詞〉，全曲實寫窮人對生活困苦的不滿，但蒲公卻以「喜劇」呈現，由一窮漢對財神訴苦說，為何他拚命努力，卻始終一貧如洗呢？而言其家中生活是：

孩子絕不探業，老婆更不通情，攮他娘的養漢精，狗腿常來逼命。止有一身破衲，夜間蓋蓋蒼生。綽號名為「大起靈」，一起滿床光腚。[28]

經濟如此貧困，全家就只剩一件「破衲」可以晚上當被子蓋蓋，若一人起床，則全家人便都得露出屁股了，豈非笑鬧中卻帶著些許淒苦感嘆啊！所以他對財神乃求道：

我那親親的爺爺！你到幾時合夥你那些眾兄弟們，一當踏凶，二來散悶，光降光降來舍下走走？
元寶哥，黃邊沿，象象帕，顛顛塊，看看底，認認面，是幾兩，是幾件，或是字，或是幕，進進包，上上串，合俺作上兩日伴。紅纓帽子胭脂瓣，滿州襪子扣絲線，紗羅穿上渾身涼，皮襖穿上一身汗；獅子碗，象牙筷，脂油餅，蘸辣蒜，大米乾飯雞黃麵；黑叫驢，紅鞍韂，打一鞭，風霜快。鄰舍百家看一看，也是俺陽世三間為場人，熬沒兒馬騙了蛋。[29]

這就是蒲公詼諧幽默的一面，其用意是要凸顯悲苦貧困的事實，但行文上卻是「反向操作」，以輕鬆又帶點嘲諷的口吻去描述。並筆者以為，要有如此鬼斧神工之生花妙筆，則文學創作的想像力必然是超乎常人之上，而蒲公近五百篇詼詭莫測的《聊齋志異》故事，正適足為此豐富之想像力作一強而有力之證明。

綜上，蒲公俚曲的語言特色乃極顯明！一方面既強調修辭技巧「典雅」的重要；另一方面的語言風格中，又切記俚曲乃為廣大百姓而創作，故「通俗」的文字內容，實應為作品之重心，二者兼容並蓄，是故具其文學之獨特性。甚者，其雅中有俗，乃在修辭技巧中寫著頗為粗俗但卻易為低層百姓所喜之文句，如〈富貴神仙〉中有排比之修辭，但寫道：

> 打也打你不害羞，東頭罵到街西頭。科子科子休弄鬼，還要把你乜狗筋抽；狗筋抽，我報仇，打的你屁滾又尿流！
>
> 打也打你逞英豪，人不打你嫌你騷。罵了半日無人理，你就逞的炸了毛；炸了毛，我就掏，定要打的你起了毛！
>
> 打也打你主意差，平白的罵人做什麼？渾身上下撕你個淨，拾起腿來摔一個花；摔一個花，還不的家，還要打的你高腳子爬！
>
> 打也打你不成材，一片賊毛半片鞋。你只說你罵手好，我這罵手也不嚌；也不嚌，我就揣，定要打的你不敢出頭來！
>
> 打也打你無良心，劈著腿生出你乜雜毛根。生兒的所在就應該自家裂，腆著個狗臉還罵人；還罵人，莫心昏，定要打的你安不住身！
>
> 打也打你太欺心，欺負俺家沒有人。我若不看那鄰里面，還該鏇了你乜雙腚門；雙腚門，殺你那孫，給你個斷根斷根又斷根！
>
> 打也打你太不賢，打你用不著作高官。那裡值當的方仲起，我就合你纏一纏；纏一纏，濟著揎，打到你明年明年又明年！[30]

凡如此例，俚曲中所在多是，而筆者認為，成就其文學價值之一大主因，亦必緣此。

眾所皆知，文學是語言的藝術表現，舉凡人物的形象、事物的描寫、景致的傳述或情態的狀繪等等，在透過適當語言文字的表現後，便形成了一句句、一篇篇美不勝收並足以挑動人類情緒的文學佳作。而蒲松齡《聊齋俚曲》便是具備這樣要件的藝術創作，且其在中國之名家名作中，筆者以為更是具有獨樹一幟的文學地位而堪列上乘之作。換言之，蒲公不僅文字運用得當，而且更進一步地，已達到一種反璞歸真的境地，能以最儉樸、最純真的文字，去刻畫極動人的情節描繪；更重要的，他能鎔鑄陽春白雪與下里巴人這雅、俗之異而並陳於作品之中，使其「雅中有俗，俗中有雅」，達到誠如王季烈在《螾廬曲談》中所云：「蓋詩詞皆宜於雅，而曲則有宜雅之處，有宜俗之處，雅非一味典雅，而須以超妙之筆，俗非一味俚俗，而須含雋永之旨，故堆砌典故，毫無機趣，與夫出詞鄙俚有傷大雅，皆非作曲所宜也。」[31] 這樣的藝術表現便是他作所難以尋覓，而筆者所以謂其獨樹一幟之故。

注　釋

1 王正德：《餘師錄》，收錄於《宋詩話全編》（江蘇古籍出版社，西元一九九八年十二月），冊六，頁六一九九。
2 周紫芝：《竹坡詩話》，收錄於《宋詩話全編》（江蘇古籍出版社，西元一九九八年十二月），冊三，頁二八二九。
3 吳曾：《能改齋漫錄》，收錄於《宋詩話全編》（江蘇古籍出版社，西元一九九八年十二月），冊三，頁三一二八。
4 余培林：《詩經正詁》（台北三民書局，民國八十二年十月），頁六四。

5 劉勰著、王更生注譯：《文心雕龍讀本》（台北文史哲出版社，民國八十年九月），冊下，〈麗辭〉，頁一三二。
6 盛偉編：《蒲松齡全集》（上海學林出版社，西元一九九八年十二月），冊三，總頁二七四二。
7 同注6，冊三，總頁三〇九八。
8 同注6，冊三，總頁二八四一。
9 同注6，冊三，總頁二八七八～二八七九。
10 按：原俚曲疑缺三字。
11 同注6，冊三，總頁三〇八四～三〇八五。
12 同注6，冊三，總頁三一九八～三一九九。
13 陳師道：《後山詩話》，現收錄於《宋詩話全編》（江蘇古籍出版社，西元一九九八年十二月），冊二，頁一〇二一。
14 魯迅：《魯迅全集》（台北谷風出版社，民國七十八年十二月），第六卷，〈題未定草〉，頁四二八。
15 孟慶泰、羅福騰著：《淄川方言志》（北京語文出版社，西元一九九四年六月）。
16 同注6，冊三，總頁二四五〇。
17 蒲先明整理、鄒宗良校注：《聊齋俚曲集》（北京國際文化出版公司，西元一九九九年十月），頁六九。
18 同注6，冊三，總頁二五二五。
19 同注6，冊三，總頁二五八八。
20 同注6，冊三，總頁二七九九。
21 同注6，冊三，總頁二六三三。
22 同注6，冊三，總頁二六三二。
23 同注6，冊三，總頁二六三三。
24 同注6，冊三，總頁三〇〇七。
25 同注6，冊三，總頁二八五一～二八五二。
26 同注6，冊三，總頁二四四八～二四四九。
27 同注6，冊三，總頁二七七九。
28 同注6，冊三，總頁二七三七。
29 同注6，冊三，總頁二七三八～二七三九。
30 同注6，冊三，總頁二九三七。
31 王季烈：《螾廬曲談》（台灣商務印書館，民國六十年七月），卷二，〈論作曲〉，頁二。

第7章

結論

劉勰於《文心雕龍・通變》中曾云：「斯斟酌乎質文之間，而檃括乎雅俗之際，可與言通變矣。」[1] 此即云，行文之時要能在質樸和華麗之間斟酌取捨，於典雅和通俗之間作適切的矯正，如此，則方有資格談文學通變的道理。而這番文學理論，用於蒲公之《聊齋俚曲》上，筆者以為實可謂再恰當不過。因《俚曲》本就是能綴「下里」於「白雪」，又能揚「白雪」出「下里」之間的曠世鉅作；且其價值遠非世俗所謂「美文」可比，因其比「美文」更富有深層之感化、教化的意義；其功用遠非學究刻板教育所及，因其語言豐富、形象生動，極富趣味的牽動人民的情緒；其新意遠非一般學士、作家可比，因其竟能將地方俗曲和南北曲結合，形成嶄新的一種戲曲風格。換言之，它不論是在文化教育的推廣上，或在語言文字的保存上，抑或戲曲寫作的創作上，都有其獨特之地位，而這正是它最大的成就。但既有如此之成就，則《聊齋俚曲》何以兩百年來不受重視，且其間各部俚曲被世人所遺忘，甚至連山東淄川人也不記得其中的多部俚曲（尤其至今已無任一部俚曲可從頭至尾完整唱完），而最後竟需遠渡重洋，赴東瀛取經，這中間之緣由究竟為何？這些，筆者以為則是在結論時所應有所交代才是。

第一節　《俚曲》失傳之因

蒲松齡曾云：「此生所恨無知己，縱不成名未足哀。」[2]這是他對名落孫山的失意，但也是對《聊齋志異》的自豪，自詡此乃千秋傳世之作，而後《志異》也果真受文人雅士所喜而為不朽之作。但其《俚曲》呢？同樣是蒲公嘔心瀝血之作，且這更多是在其晚年所寫，文筆更是已達極致，為何卻是四處流散收集不易呢？其中原因為何？於此筆者則一併論述之。

一、時間距今已然久遠

蒲松齡仙逝時間為西元一七一五年，距有心蒐集蒲松齡俚曲作品如路大荒者，至少也已超過了兩百年。而當然，文學作品或文物藝術的流傳，若言時間為其最大的天敵，我想大概都會得到認可的，因為這中間包括原稿可能因借閱或傳抄而失蹤、祝融的肆虐或水患的淹覆、保存不當遭蟲蟻齧食……等等，都可能隨著時間的流逝而一一遭遇，尤其這個作品在當時若並非被視為驚世之作或極盛一時的話，那麼保存就更為不易了。《聊齋俚曲》固然有被視為千古佳作如〈磨難曲〉者，至今仍有人能唱其中某些段落，但其他未受到重視的作品也是有的，而這些便即隨時間而「隱遯」失傳了。

二、方言土語限制發展

語言無疑是文化傳達的一大媒介，但無奈的，它同時也是阻礙。阻礙之因即在——由於各地方言的差異，故而若無彼此時常進行著交流溝通，那麼必定產生隔閡而無法交談，此理乃再淺顯不過。

《聊齋俚曲》顧名思義，它便是以俚語方言所寫成的曲子，而這部分正是它失傳的主因之一。試想說唱藝術，若在台上的人賣力搬演，但台下卻見其扮唱不知何詞時，這如何引得起觀賞者的興趣，如〈姑婦曲〉一段說白寫道：

> 臧姑聽的跑了來，也不怕大伯，罵二成：「賊殺的！你不來呀！」二成狗顛呀似的跟了去，只聽的那屋裡，娘呀娘呀的，動了腥葷了。于氏氣極，忽的跑了去說：「小科子罵的不少了！」臧姑也罵：「我只說你那老科子！」大成見不是犯，跑到屋裡，把他娘拉出來，他那裡還罵哩。[3]

這一段寫悍婦臧姑的潑辣乃極其生動，不僅對丈夫二成頤指氣使、辱罵杖打，對婆婆也是目無尊長、肆意呰毀，充分寫出不孝、不敬的嘴臉。但試問何謂「狗顛呀似的跟了去」？又什麼是「動了腥葷了」、「見不是犯」、「小科子」、「老科子」？這種山東淄博地方的方言土語，若非當地人民，誰能在第一次聆聽時即識得其意呢？且此尚是說白的部分，若配合上前後的劇情及演出者當時的肢體語言，雖未能明瞭全意，倒也仍可猜上個七、八成。但若是在唱詞的部分呢？我們知道，語言在搭配上音樂後，由於曲調上節奏的問題，會產生有類似一音多轉，而把平聲字唱成上聲的情形；或亦有快板時，在一個音節中甚至出現三、四字，如此等等演唱上的問題。而台下的觀眾既無字幕可看，又之前從未聽過台上戲曲的情節，再加上方言俚語的阻隔，試問，他們能識得台上演出劇情的箇中三昧嗎？因此其流傳上也就有了困擾。

三、傳統時代風氣影響

不同於西方思想的大方、活潑，中國思想基本上是內向的、羞澀的、是深受禮法所規範的，故而若有超越禮法而涉於情色者，則往往為衛道人士所排擠。如四大小說之《金瓶梅》問世後，即被冠以「淫書」之名，並遭遇到禁錮及銷毀的命運，而作者甚至不敢以正名署其上，僅以「笑笑生」之名，以笑這失序無道卻又大驚小怪的世界；又中國歷來皆為君權主義，故凡言語或文字之中含有褻瀆當今君王或朝政的話，輕則入獄，重則誅族，此亦各朝屢興文字獄之由。這是傳統時代風氣的影響，強烈地閉鎖個人的思想。

而若有思想先進的文學家，創作了一些違反傳統「善良」風氣之作品的話，那麼通常只有「束之高閣」、藏在自己家中，提供自己欣賞或借閱於三、五好友罷了，付之刻印是斷然不敢的；而若敢刻印傳世，則必惹來禍殃，最後難免書禁於市、人坐於獄的下場，久而久之，若無識眼之人，則便失傳亡佚。在《聊齋俚曲》裡，〈琴瑟樂〉即是最好例證，這部說唱筆者以為搬演於公眾場所的機會微乎其微，其曲詞甚至連蒲公也說：「都淨是些胡話」，而只希求「留著待知音，不愛俗人看。」可見蒲公寫是寫了，但礙於現實傳統的風尚，他卻不敢隨意公之於世。也因如此，或許蒲公後世子孫，亦怕這樣的文章流於剛入主中原、風聲鶴唳，隨時有抄家情況的清初時代，是具一定程度威脅，故在後世蒐集俚曲中，此部乃最是曲折、最難找尋。又〈醜俊巴〉中也有一些豬八戒對潘金蓮的「淫思」，寫來極為露骨，這同樣在某些程度上違反了當時之善良風俗，而易受世俗迂腐人士所排擠。

四、當代流行劇種所迫

《聊齋俚曲》作品雖好，但畢竟有種種的限制，如前所述即是。而此時若恰巧又有另一種戲曲正如潮水般地席捲全中國，無可避免的，在同質性的情況下，則俚曲必然更被擠壓到邊緣地帶。

蒲松齡為西元一六四〇至一七一五年之人，恰好當時在中國出現了兩位天才型的作家，其才華洋溢、作品之佳，無論在當代或後世，是沒有人有任何質疑的，直到今天，對於此二人的作品仍是給予時代的首選，並合稱其「南洪北孔」，即洪昇與孔尚任，代表作分別是〈長生殿〉與〈桃花扇〉。

洪昇，浙江錢塘（今杭州）人，生於清順治二年（西元一六四五年），卒於康熙四十三年（西元一七〇四年），年六十，小蒲公五歲，其生平仕途並不如意，故而有機會歷十餘年之辛勞，創作了著名傳奇〈長生殿〉。而〈長生殿〉在當代引起何等的震撼呢？如吳梅在《顧曲麈談》中云：「相傳聖祖最喜此曲（〈桃花扇〉），內廷宴集，非此不奏，自〈長生殿〉進御後，此曲稍衰矣。」[4]而王季烈在《螾廬曲談》卷二更寫道：

> 惟余謂古今傳奇，詞采、結構、排場並勝，而又宮調合律、賓白工整，眾美悉具，一無可議者，莫過於長生殿。故學作曲者，宜先讀長生殿，次讀元人百種、玉茗四夢。琵琶、幽閨、浣紗、明珠、玉玦、紅梨、燕子箋、春燈謎、桃花扇、石渠五種、藏園九種，學其所長，去其所短，則於作曲之道，思過半矣。[5]

這顯然是把〈桃花扇〉之成就，排序於〈長生殿〉之後，而直指〈長生殿〉為古往今來第一名作。又吳梅在《曲學通論》中亦云：「曲阜孔尚任，錢唐洪昇，先後以傳奇進御，世稱南洪北孔是也。故桃花長生二劇，僅以文字觀之，似孔勝於洪，不知排場布置、宮調分配，則昉思遠出東堂之上，余嘗謂桃花扇有佳詞而無佳調，深惜雲亭不諳度聲。」[6]似是批評在曲調上，〈桃花扇〉乃遠不及於〈長生殿〉。

孔尚任，山東曲阜人，為孔子六十四世孫，生於清順治五年（西元一六四八年），卒於康熙五十七年（西元一七一八年），年七十一，小蒲公八歲，為官亦不順洽，故亦有暇作成曠世名著〈桃花扇〉。而其受歡迎的程度，乃絲毫不遜於〈長生殿〉，如孔尚任在其自書〈桃花扇本末〉中乃云：「〈桃花扇〉本成，王公薦紳，莫不借鈔；時有紙貴之譽。己卯秋夕，內侍索〈桃花扇〉本甚急；予之繕本莫知流傳何所，乃於張平州中丞家，覓得一本，午夜進之直邸，遂入內府。」[7]甚至連康熙都迫不及待、欲索觀覽。又吳梅云：

> 余謂《桃花扇》不獨詞曲之佳，即科白中詩詞對偶，亦無一不美，如葉分芳草綠，花借美人紅，新書遠寄《桃花扇》，舊願常美燕子樓。及上下本結穴之五七律兩首，幾乎無一字不斟酌，摶兔用全力，惟雲亭足以當之耳。[8]

且言「同時代之文家亦多矣，而此蟠天際地之傑構獨讓雲亭，雲亭亦可謂時代之驕兒哉！」直是曠世奇才、曠世奇作。但鐘鼎山林，人各有好，每個人都有其主觀的意見與喜愛，所以由此看來，〈長生殿〉及〈桃花扇〉二作之孰優孰劣，我們也就無須計較，只須知道這兩部傳奇是當代的顛峰之作也就夠了。

試想，當天下愛戲之人皆沈醉於〈長生殿〉及〈桃花扇〉，而引為一股風潮時，蒲公雖亦有與「南洪北孔」各擅勝場之《聊齋俚曲》，又如何能與之相抗衡，更何況蒲公之俚曲尚是以地方俚語所寫的呢？這即是筆者以為受當代流行劇種所迫之故！但筆者更深信，真正的上乘之作是禁得起時間淬煉，並足可供後人細細品味，且此亦筆者窮數年之力，研此題目之緣故。

五、說唱形式流傳不易

筆者以為以說唱形式演出的《聊齋俚曲》，在所有俚曲失傳的原因中，或許是最大的一個。

固然清初時淄博乃位於濟南至青島的中繼站，往返的經商團體皆會於此憩息，但如前面原因所述，俚曲公開演出的條件並不樂觀。此外，不論說唱或戲劇，皆是由人所演出，那麼這就牽涉到演出人的部分了。若搬演《聊齋俚曲》的人是個專業的演出者，在考量到市場的需求與生計的需要時，筆者以為他是絕對無法背誦住這十五部戲曲（如是說唱，亦有十二部之多），而可能只挑取其中教化性較強、較感動人心的俚曲，或戲謔性較夠、較富幽默感的戲而已，甚至在現實壓力下，若可接受淄博方言的觀眾較少的話，演出人可能一部也不取，而取其他劇種也不定。又若搬演《聊齋俚曲》只是在節慶廟會之時自娛娛人所用的話，那筆者以為，則難度必然更高！何因呢？因在演出時為求流暢，勢必得將所有說白和唱詞背下，而俚曲少則一千餘字，多則甚至說唱部分也有如〈富貴神仙〉的約四萬五千字，〈增補幸雲曲〉的約六萬字，這樣繁多的字數，豈是一般在自娛娛人的業餘百姓所能背誦得起來的。故想當然爾，或許後來就只有最受歡迎的兩、三部俚曲，仍然在民間傳唱，其餘則棄之案頭，也就不再用以演出了。而逢此遭遇，若再無適當加以保存，經過一段時日後（尤其是曲譜部分），也就愈加不受重視，其結果自然也就只有亡佚失傳一途了。

由上可知，蒲松齡的十五部《聊齋俚曲》其曾有一段時間，或因時間的流逝、或因語言的隔閡、或因傳統的桎梏、或因風潮的逼迫、或因演出的形式等諸多因素，造成它的亡佚失傳，其中尤為遺憾的是，今日已無哪一部俚曲能自始至終的唱完了。但所幸文本的部分已全部蒐回（除〈醜俊巴〉應是蒲公殘稿，故未終篇外），這是後人們所感值得欣慰之事。也希望未來能慢慢再從其他文物的蒐集中（或由國內、或由海外），再有尋得其俚曲方面的遺稿，以補此遺珠之憾啊！

第二節　《俚曲》歷史地位

《聊齋俚曲》之偉大成就，除其子蒲箬云乃「直將使男之雅者、俗者，女之悍者、妒者，盡舉而匋於一編之中。嗚呼！意良苦矣！」外，同時亦得到許多《聊齋俚曲》研究者的讚賞，如：

周貽白《中國戲劇發展史》云：

> 在清初許多劇作家裡面，有一位不以戲曲名世的作者，頗值得一提。這人，便是撰作《聊齋志異》的蒲松齡。以前大家僅知道他長於詩古文辭，聊齋詞刊行後，已引起多數人的注意。近年則又發現許多俗曲及洋洋百萬言的章回小說《醒世姻緣》，於是又知道蒲氏對俗文學亦復功夫精湛。在這些俗曲裡，有鼓兒詞，快曲和整本大套的牌子曲。而且都是用他的故鄉——山東淄川——的土語寫成。現已刊行者，計有鼓兒詞七種，俚曲十一種（《聊齋全集》——世界書局出版）。……而一切詞句，皆以俚俗方言出之，不惟極端本色，直薄元人，且亦打破歷來劇作家渲染詞藻的習慣。至於不用典故，純重白描，足使我們覺得一般傳奇雜劇之「堆金砌玉」，實為文字上一重魔障。[9]

胡適〈跋張元的柳泉蒲先生墓表〉云：

> 我們看了這些著作書目，讀過今日還保存著的各種遺著，不能不承認這一位窮老秀才真是十七世紀的一個很偉大的新舊文學作家了。[10]

趙苕狂在《聊齋全集》之〈編餘隨筆〉寫道：

> 蒲氏的文字，我們現在也可略略的品評一下，則《聊齋志異》班香宋豔，固然是有口皆碑，《醒世姻緣傳》更有并剪哀梨之妙，實為白話小說中之上乘。詩文詞三者也皆醰醰有味，不失為一時作家。而尤擅勝場的，卻要推那些俚曲和鼓詞。他不滿意於當前的現社會，無時不是憤世嫉俗，無處不是弄些有意味的諷刺，在這裡全個兒表現出來了。所以胡適之先生評論他，說是雖有絕高的文學天才，只是一個很平凡的思想家，還不得謂之為的評。因為這兩句話，單單用來批評《聊齋志異》，固未始不可；如指他的全體文字而言，卻也未必盡然的。[11]

馬瑞芳《蒲松齡評傳》寫道：

> 俚曲的語言尤具特色。蒲松齡是一位傑出的語言大師，具有兼顧陽春白雪、下里巴人的非凡才能。他既能熟練地運用先秦以來汗牛充棟的典籍中古色古香的語言，創造出《聊齋志異》特有的典麗古奧的語言形式，又能熟達地運用村翁婦孺的活生生的口語，創作出通俗易懂的、晨鐘暮鼓般的俚曲。俚曲的語言，以淄川方言為基礎，挑選了最明朗生動、貼切簡潔的字眼，最富於表現

> 力、最富於雕型作用的字眼。這是蒲松齡隨時摭取人民口語的結果。[12]

凡若此對《聊齋俚曲》讚譽之詞，而賦予其歷史上之崇高地位者，所在多是，而這些筆者絲毫不以為其乃過分誇飾之詞，因其確實在戲曲上開創新局，在藝術上獨樹一幟，更重要的，他在思想主題上，有著極純正的教化情感，望能勸人向善於潛移默化之中，把文學賦予了真正的生命，為情而造文。這樣真、善、美兼具的文學作品，若閱過《聊齋俚曲》而不稱其為第一流的文學創作，而不稱其與《聊齋志異》並為耀眼之一對明珠的話，則此人必然為雖白晝卻仍不見咫尺之物者。

總言之，《聊齋俚曲》的研究早在二十年前就已生根發芽，而這兩、三年來更似含苞待放，世界各地的蒲學研究者分頭並進，或在文本蒐集，或在曲調研究，或在文字推敲，或在思想琢磨，皆各盡本分地希望為這絕世之文學佳作，貢獻一己微薄之力，期待它果真開出令人讚嘆的美麗果實。而筆者這本論文的撰寫，只是為這朵即將盛開的花朵挹注了微不足道的一勺之水，但相信也必對其綻放有些許的幫助才是。筆者已許下心願，忝為蒲學研究之一分子，未來也將會在這片蒲學園地裡全心全意、戮力耕耘，其中原因無他，只因蒲公才情太高，而甚喜其著作之故。

注　釋

1 劉勰著、王更生注譯：《文心雕龍讀本》（台北文史哲出版社，民國八十年九月），冊下，〈通變〉，頁五〇。

2 盛偉編：《蒲松齡全集》（上海學林出版社，西元一九九八年十二月），冊二，〈偶感〉，總頁一七二三。

3 同注2，冊三，總頁二四八七～二四八八。

4 吳梅：《顧曲麈談》（台灣商務印書館，民國六十二年八月台二版），頁一八四。

5 王季烈：《螾廬曲談》（台灣商務印書館，民國六十年七月），卷二，〈論作曲〉，頁二。

6 吳梅：《曲學通論》（台灣文星書店，民國五十四年一月），頁八六。

7 孔尚任：《桃花扇》（台灣文光圖書有限公司，民國六十八年四月），〈桃花扇本末〉，頁五～六。

8 同注4。

9 周貽白：《中國戲劇發展史》（台灣僶勉出版社，民國六十七年八月），頁四九一～四九四。

10 見路大荒：《聊齋全集·跋張元的柳泉蒲先生墓表》（台灣進學書局，民國五十九年八月），頁五四。

11 同注10，頁五。

12 馬瑞芳：《聊齋居士：蒲松齡評傳》（台灣雲龍出版社，西元一九九一年二月），頁二九四。

主要參考書目

山東省淄博市淄川區志編纂委員會　《淄川區志》　山東齊魯書社　西元一九九〇年一月

主沛綸編著　《戲曲辭典》台灣中華書局　民國五十八年九月

王季烈　《螾廬曲談》　台灣商務印書館　民國六十年七月

王　琴等著　《簡明戲曲音樂詞典》　北京中國戲劇出版社　西元一九九〇年

王奕清等編　《康熙曲譜》　湖南岳麓書社　西元二〇〇〇年十月

王書川等編　《山東省淄川縣志》　淄川縣志編纂委員會　民國八十六年十二月

王贈芳等修、成瓘等纂　《濟南府志》　台灣學生書局　民國五十七年二月

王鐘陵主編　《二十世紀中國文學史文論精華・戲劇卷》　河北教育出版社　西元二〇〇〇年十二月

中國曲藝音樂集成全國編輯委員會　《中國戲曲音樂集成・山東卷》　中國ISBN中心　西元一九九六年六月

中國曲藝音樂集成全國編輯委員會 《中國曲藝音樂集成・山東卷》 中國ISBN中心 西元一九九八年十二月
中國戲曲志編輯委員會 《中國戲曲志・山東卷》 中國ISBN中心 西元一九九四年十月
朱一玄編 《聊齋志異資料匯編》 河南中州古籍出版社 西元一九八六年二月
吳 梅 《曲學通論》 台灣文星書店 民國五十四年一月
吳 梅 《顧曲麈談》 台灣商務印書館 民國六十二年八月台二版
李 玉 《北詞廣正譜》 台灣學生書局 民國七十六年十一月
周祥鈺等編 《九宮大成南北詞宮譜》 台灣學生書局 民國七十六年十一月
周貽白 《中國戲劇發展史》 台灣僶勉出版社 民國六十七年八月
孟 瑤 《中國戲曲史》 台灣傳記文學出版社 民國八十年四月
孟慶泰等著 《淄川方言志》 北京語文出版社 西元一九九四年六月
袁世碩 《蒲松齡事跡著述新考》 濟南齊魯書社 西元一九八八年一月
袁世碩、徐仲偉 《蒲松齡評傳》 南京大學出版社 西元二〇〇〇年六月
馬瑞芳 《蒲松齡評傳》 台灣雲龍出版社 西元一九九一年二月
陶宗儀 《南村輟耕錄》 北京文化藝術出版社 西元一九九

八年八月
張　庚等著　《中國戲曲通史》　台灣大鴻圖書有限公司　西元一九九八年七月
張景樵　《清蒲松齡先生留仙年譜》　台灣商務印書館　民國六十九年四月
盛　偉編　《蒲松齡全集》　上海學林出版社　西元一九九八年十二月
盛　偉輯注　《聊齋佚文輯注》　山東齊魯書社　西元一九八六年一月
黃文華　《詞林一枝》　台灣學生書局　民國七十三年七月
曾永義　《中國古典戲劇的認識與欣賞》　台灣正中書局　民國八十年十一月
曾永義　《論說戲曲》　台灣聯經出版公司　民國八十六年三月
無名氏著　《萬花小曲／絲絃小曲》　台灣學生書局　民國七十六年十一月
路大荒　《聊齋全集》　台灣進學書局　民國五十九年八月
齊森華等著　《中國曲學大辭典》　浙江教育出版社　西元一九九七年十二月
楊海儒　《蒲松齡生平著述考辨》　中國書籍出版社　西元一九九四年四月
楊蔭瀏　《中國古代音樂史稿》　台灣大鴻圖書有限公司　西元一九九七年七月
蒲先明整理、鄒宗良校注　《聊齋俚曲集》　北京國際文化出版公司　西元一九九九年十月
蒲松齡著、張友鶴輯校　《聊齋誌異》　台北里仁書局　民國

八十年九月
劉階平　《蒲留仙傳》　台灣學生書局　民國五十九年十二月
鄭　騫　《北曲新譜》　台灣藝文印書館　民國六十二年四月
蔣　孝《舊編南九宮譜》台灣學生書局　民國七十三年八月
羅師敬之　《聊齋詩詞集說》　台灣國立編譯館　民國八十七年十一月
羅師敬之　《蒲松齡及其聊齋志異》　台灣國立編譯館　民國七十五年二月
羅師敬之　《蒲松齡年譜》　台灣國立編譯館　民國八十九年九月
羅師敬之　《傳奇・聊齋散論》　台北文津出版社　西元二〇〇二年十月
顧起元　《客座贅語》　台灣藝文出版社　民國五十八年
灌圃耐得翁　《都城紀勝》北京文化藝術出版社　西元一九九八年八月
龔正我　《摘錦奇音》　台灣學生書局　民國七十三年七月

國家圖書館出版品預行編目資料

寫鬼寫妖 刺貪刺虐：《聊齋俚曲》新論 ／蔡造珉著，-- 初版 -- 臺北市：萬卷樓，2003[民 92]

面； 公分

參考書目：面

ISBN 957－739－455－8 (平裝)

853.7　　　　92016011

寫鬼寫妖 刺貪刺虐

—《聊齋俚曲》新論

著　　者：蔡造珉
發 行 人：楊愛民
出 版 者：萬卷樓圖書股份有限公司
臺北市羅斯福路二段 41 號 6 樓之 3
電話(02)23216565．23952992
傳真(02)23944113
劃撥帳號 15624015
出版登記證：新聞局局版臺業字第 5655 號
網　　址：http://www.wanjuan.com.tw
E-mail：wanjuan@tpts5.seed.net.tw
經銷代理：紅螞蟻圖書有限公司
臺北市內湖區舊宗路二段 121 巷 28 號 4F
電話(02)27953656(代表號)　傳真(02)27954100
E-mail：red0511@ms51.hinet.net
承印廠商：晟齊實業有限公司
定　　價：360 元
出版日期：2003 年 10 月初版

ISBN 957－739－455－8